ちくま学芸文庫

万葉の秀歌

中西 進

筑摩書房

目次

巻六 166

巻七 191

巻八

万葉の秀歌

はじめに

いまでいえば高校一年生のときではなかったかと思う。私がはじめて『万葉集』に接したのは。国語の教科書に十首ほどがならんでいたのを覚えているが、それがどの歌だったかはまったく忘れた。しかし鮮明に記憶に残っているのは高市黒人《たけちのくろひと》や山部赤人《やまべのあかひと》の名前が奇妙に思われたことだ。だから、歌を講じおわったあと、先生が「なにか質問はないか」といわれたとき、私は手をあげて、「黒人とか赤人とかという名前は、どんな意味ですか」とたずねたほどであった。いまもなお私が尊敬しているF先生は、「さあ、それはわからん」とぶっきらぼうにいわれた。いまも私がいま質問されてもおなじように答えるだろう。せいぜいいくつかの臆測を紹介するぐらいで。──多分、

もうひとつ、おなじころに級友がどこからきいてきたか、しきりに赤人の歌を口にして、いいだろう、いいだろうといっていたことを思い出す。「わが背子に見せむと思《おも》ひし梅の花それとも見えず雪の降れれば」（１４２６）である。もっとも彼はだれの歌とも万葉の歌ともいわずに、いいだろうと得意になっていたから、私が、これを赤人の歌だと知るまでに

は、いささか時間がかかったが。

いま、こうした万葉の初まなびを思い起こしてみると、たいそう懐かしい。もう三十年以上も昔のことになった。しかし、そのころ感じた万葉の、なにやら神秘めいた魅力はいまだに忘れていない。なにが神秘めいているのか、とにかく三十年経ったいまも、万葉はなぞにつつまれていて、魅惑的である。

この魅力に惹《ひ》かれて、いささかの鑑賞を試みたのがこの書物である。しかし、じつはこの鑑賞のもとになっているものがある。東京のN区に万葉を読むグループがあって、そこで私は「万葉秀歌講座」というのを昭和四十八年からつづけてきた。十年を越え百回を越えていまだに会は盛会だが、この会では、毎回講義録をつくってくれる。講義録は聞き上手のSさんが当日の話をもとに、すでにほかの書物に書いた私の意見をまじえながら、毎回見事なものに仕上げてくれた。その、厖大《ぼうだい》な、百冊あまりの小冊子から歌を取捨し、加朱し、また新たに書きなおしてこの書物を脱稿した。

こうしたいきさつから、この書物は本文を私の『万葉集　全訳注原文付』（講談社文庫）によったことはもちろん、私のいままでの考えを集大成したような体裁にもなっている。とくに問題だったのは秀歌をとりあげる以上、従来言及した秀歌でも、重ねてとりあげることとしたことだった。その結果、当然既刊の拙著と重複する面が出てきたが、だからといって秀歌を落とすべきではないと考えたので、読者の了解を乞うしだいである。
「初心忘るべからず」という。私はいまでもあの初まなびのころの素朴な疑問をもって万葉を読んでいきたいと念願している。その念願をすこしでもこの書物が反映していれば、望外の喜びである。

中西　進

巻一

巻一は『万葉集』のなかでももっとも早く成立した、格調高く名歌揃いの巻である。天皇の御代を標記して、雑歌《ぞうか》だけが年代順に配列されている。『万葉集』のはじめにとる分類は、雑歌・相聞《そうもん》・挽歌《ばんか》で、相聞は贈答しあった歌、挽歌は死を悼《いた》む歌であり、それ以外のいろいろの歌を雑歌とする。しかし雑歌といっても、「雑多」の意味ではない。実際には宮廷の儀式などで歌われた、なんらかの意味で公的な歌である。

『万葉集』は、まず最初に持統《じとう》天皇時代の柿本人麻呂《かきのもとのひとまろ》までの歌の集成があった。これを「原万葉」と呼ぶことができるが、それを中心として増補され、追補されたのが巻一および巻二である。

『万葉集』のもとのものは冊子でなく巻物であった。したがって、自由に切って継ぎ足すことも容易であっただろう。新しい和歌をあいだに挿入する増補も、全体のうしろに付け加える追補も、長皇子《ながのみこ》と志貴皇子《しきのみこ》関係の歌を中心としておこなわれたと私は考える。その時代は奈良朝のおわりごろ、光仁《こうにん》天皇のころである。光仁天皇は志貴皇子の子、時の政府の中心人物文室大市《ふんやのおおち》は、長皇子の子だったからだ。もちろんこれを実際に推進したのは大《おお》伴家持《とものやかもち》である。

巻一の歌数は長歌十六首、短歌六十八首の計八十四首だが、ほかに異伝の歌が八首ある。

1　籠《こ》もよ　み籠《こ》持ち　掘串《ふくし》もよ　み掘串《ぶくし》持ち　この岳《をか》に　菜《な》摘ます児　家聞かな　名告《の》らさね　そらみつ　大和《やまと》の国は　おしなべて　われこそ居《を》れ　しきなべて　われこそ座《ま》せ　われこそは　告《の》らめ　家をも名をも

雄略天皇《いうりやくてんわう》

最初に「泊瀬朝倉宮御宇天皇代《はつせのあさくらのみやにあめのしたしらしめししすめらみことのみよ》」とある。五世紀、泊瀬に都した天皇は雄略天皇で、この天皇の恋の物語は『古事記』『日本書紀』に多い。『万葉集』には諸地域の歌があるが、泊瀬の歌がもっとも古く、『日本霊異記《にほんりようい き》』も雄略からはじめられる。このことは、和歌・説話の時代が雄略天皇の時代からはじまると考えられていたことをしめしている。そしてまた五世紀以後しばらくは大伴氏が過去の栄光に輝いた時代であった。それらのゆえに、この歌が巻頭におかれたと思われる。

「籠」はかご。「も」「よ」は詠嘆。「み籠」「み掘串」の「み」は美称である。「掘串」は菜を掘るへら。これらをくりかえすことによってことばに連続性をもたせ、かつリズミカルにちがうものへと転換させてゆく。こうして、作者が作詩の意識なしに見事に詩的表現をつかみとっていることに驚かされる。

もちろん、これはひとりの作者によってつくられたものではない。「児」は女性をあらわす、いとしさのこもることばで、「摘ます」も親愛の情をあらわす敬語。春先、もえ出た若菜をつむのは村をあげての楽しい野遊びの行事で、このとき女性集団に男性集団が歌いかけ、求婚するのがならわしであった。相手の持物をほめながら、男が女に近づいてゆくのである。つぎの「家聞かな　名告らさね」の「ね」は打消から願望になったことばで、家と名のふたつをきいている。家は家柄、名は呼び名である。そのふたつをきくことは、求婚を意味し、答えることは、応じることであった。

「そらみつ」は空に充満している意で、「大和」の修飾辞であるが、ふつうは使わず、格式ばった全大和の偉容を意識したときにのみ使う。「おしなべて」は「強いて靡《なび》かせて」の意味で、権力誇示の台詞《せりふ》であり、われこそ「座せ」、すなわち「いらっしゃる」というのも天皇の自称敬語である。

しかし「そらみつ」から「座せ」までは、その前後といかにも不調和で異質である。いまこの部分を伏せて、前後を読んでみると、まことにおおらかで、陽光輝く春の野づらに若菜つむ男女が興じあうさまが浮かんでくるではないか。

「われこそは　告らめ」の「告る」は、神かけた神聖なことばを口にするときの表現であり、いわゆる名のりである。この歌は本来民謡で、中心部に自由に即興的におのおのの名のりを詠みこんだものだったが、「雄略天皇恋物語」がつくられたときに、とりこまれた一首である。もともとは、古代民衆が集団で享受した野外劇の台詞でもあったろうか。

『万葉集』は、巻一の1番から50番くらいまでの歌がいちばん古く、とびとびに付加された歌をはさみこんで現形ができあがっているが、この歌は、八世紀になって、家持の手で巻頭におかれたものと思われる。

2

大和《やまと》には　群山《むらやま》あれど　とりよろふ　天《あま》の香具山《かぐやま》　登り立ち　国見《くにみ》をすれば
国原《くにはら》は　煙《けぶり》立つ立つ　海原《うなはら》は　鷗《かまめ》立つ立つ　うまし国そ　蜻蛉島《あきづしま》　大和の国は
舒明天皇《じよめいてんわう》

これは国見《くにみ》の儀礼歌である。国見というのは、春、山に登って国土をほめ、秋の収穫を予祝する行事で、この歌は、国見の歌としては、もっとも年代が新しく、これ以後、国見歌はなくなる。おそらく、この歌は、天皇の作という由緒をもってのちのちまで伝承された讃歌だと思われる。

「大和には」から「国見をすれば」までが条件をあらわし、「国原は」以下に描写がある。この部分は、雄略天皇の「籠もよ　み籠持ち……」の歌の中心部とおなじく、国見の折々にしたがって、変えられるべきものであった。「うまし国そ」以下が結びとなる。

「香具山」は古来の聖山で、『日本書紀』崇神《すじん》天皇十年の条の武埴安彦《たけはにやすひこ》の話にあるように、その土をもつことが、大和の国の支配権を握ることになるとされるほどだった。そこから見る国原には「煙立つ立つ」という。この「立つ立つ」は万葉仮名では「立龍」と表記されており、「立ち立つ」と訓む説もある。しかし、「立ち立つ」では強調になってしまう。

そうではなく、「立つ立つ」というのはものごとのくりかえしをいう表現で、くりかえすことが、儀礼歌として必要であった。そのことにことばの祝福がこめられているのである。重ねて「海原は　鷗立つ立つ」とくりかえす。ここの「鷗」は、白鳥でなく、ゆり鷗だといわれている。

なお、「立龍」はつぎに、「立多都」と書かれており、3番の歌の「立たすらし」も「立須良思」「他田渚良之」と二様に書き、あるいは、ほかの歌で「敷布《しくしく》」「伊与余麻須満須《いよよますます》」などと書き替えられているのと同様、『万葉集』の書記者の趣味性によるものと考えられている。

大和には海はなく、低い香具山に登っても海は見えない。それで、この海は、かつて存した埴安池《はにやすのいけ》だという考えもあるが、ここも前歌とおなじく、修飾辞をもつ全大和の意識から歌われているので、まさに洋々たる海原を幻視している王者の歌である。

3　やすみしし　わご大君の　朝《あした》には　とり撫でたまひ　夕《ゆふへ》には　い縁《よ》せ立たし　御執《みと》らしの　梓《あづさ》の弓《ゆみ》の　中弭《なかはず》の　音すなり　朝猟《あさかり》に　今立たすらし　暮《ゆふ》猟《かり》に　今立たすらし　御執《みと》らしの　梓の弓の　中弭《なかはず》の　音すなり

反歌

4　たまきはる宇智の大野《おほの》に馬並《な》めて朝踏ますらむその草深野《くさふかの》

間人連老《はしひとのむらじおゆ》

中皇命《なかつすめらみこと》が宇智の大野で狩猟する父の舒明天皇に、間人連老をしてたてまつらせた歌である。「宇智の大野」は、いまの五条市宇智。父帝が愛用の梓弓をとられて、朝に夕に猟をする勇姿を想像し、その鳴弦がきこえると歌っている。長歌は、公の献歌であるから、朝夕、二つの場面を対句的に詠みこんで、くりかえし祝福しているが、反歌になるとかなり自由な気持で、詠者の感情をこめ、抒情的に朝の景を歌いおさめている。

反歌というのは、長歌を歌いおわったおさめとして、くりかえす添え歌のことで、この長歌と反歌を組み合わせた形式は、長歌の叙事性に短歌の抒情性を加えるものである。大陸文学の吸収による、たいへん斬新な様式であった。長歌の古いものには反歌のないものが多く、『万葉集』の出発時期は、この様式の樹立とほぼ同時だった。

中皇命とは、中継ぎの天皇の意味で、舒明天皇の皇后斉明《さいめい》のことかといわれた時期もあったが、いまは間人《はしひと》皇后説が有力である。この皇后は、天智《てんち》天皇の同母妹で、叔父孝徳《こうとく》の皇后となった。母の斉明死後、六年ほどのあいだ、中皇命であったと思われる。間人が死んで、二年後に天智天皇が即位する。

この歌の形式上の作者は、中皇命で、実作者は老である。こうしたあり方が万葉黎明《れいめい》期の歌の様式だった。「い縁せ立たしし」は、弓を自分のほうへ引き寄せることで、「い寄り」、すなわち、自分が近づくことではない。「弭」は弓の両端の弦《つる》をかけるところ。立派な弓は装飾などがあって弭が長いが、その中心のところが「中弭」。「らし」「らむ」によって、離れたところから想像して詠んでいることがわかる。ここに歌われた美しさも、勇姿を幻想した、祈りの美しさである。

7

秋の野のみ草刈り葺《ふ》き宿《やど》れりし宇治の京《みやこ》の仮廬《かりほ》し思ほゆ

額田王《ぬかたのおほきみ》

皇極《こうぎょく》女帝の時代の歌。題詞の前に、「明日《あす》香川原宮御宇天皇代《かのかははらのみやにあめのしたしらしめししすめらみことのみよ》」とある、その天皇が皇極女帝で、その下に、「天豊財重日足姫天皇《あめとよたからいかしひたらしひめのすめらみこと》」と和風諡号《しごう》が書かれている。

額田王については、天武紀《てんむ》に「天皇初め鏡王《かがみのおほきみ》の女《むすめ》額田姫王を娶《めと》りて十市皇女《とをちのひめみこ》を生む」とあるだけだが、私は、近江《おうみ》鏡山の麓《ふもと》に住む、新羅《しらぎ》の天日矛《あめのひぼこ》の子孫らしい鏡造り族のひとり、鏡王の娘で、鏡女王《かがみのおおきみ》の妹と考える。このときの額田の年齢は判然としないが、額田の孫の葛野王《かどののおおきみ》の年齢から逆算して、額田の生涯を舒明朝の六三〇年ころから持統朝の六九〇年ころまでと推定すると、皇極朝の額田は、十二〜十四歳の少女である。

この歌のつくられた年も不明確である。左注には、「戊申《ぼしん》の年比良《ひら》の宮に幸《いでま》すときの大《おほ》御歌《みうた》といへり」とあるが、戊申の年は皇極年間にはなく、大化四年（六四八）が戊申である。しかし、この年比良への行幸はなく、翌五年の孝徳朝に、宮をあげて紀温湯《きのゆ》に行かれたことは、有間皇子《ありまのみこ》の事件で知られるところである。それらのうちの、いつの折に詠まれたものか明確でないが、かりに六四〇年代と推測しておこう。

天皇の作か否かについては、当時、天皇の公的な歌には代作が多く、これを記すばあい、天皇御製とし、実作者名もしるされていた。いまのばあいも皇極天皇の代作者が額田王だったのであろう。もちろん代作といっても、天皇の代わりに詠む人もその折も限定されていて、いつでもだれでも代作できるものではない。つぎの時代になるとこれは宮廷歌人がつくるようになった。間人連老とともに額田は、その先駆的存在であろう。白鳳《はくほう》期には、柿本人麻呂のような男性歌人が輩出する。

歌の意味は、「秋の野のみ草（すすき）を刈りとってきて、屋根をふいて宿った、宇治の都のかりの宿りが懐かしく思われることだ」。原文は「秋」を「金」と書いているが、これは陰陽五行説《いんようごぎょうせつ》によるもので、また金には視覚的効果もあった。野営のとき、廷臣はごろ寝しても、高貴な人は屋根の下に寝た。屋根をふく材料は草（かや）がふつうで、すすきを使うときもすすきだけを選んでふくのではなく、屋根全体はかやでふき、その上にさらに飾りとして、穂すすきをふき添えたと思える。

「宇治の京」とあるが、宇治は五世紀、政治文化の中心で、仁徳《にんとく》天皇の異母兄菟道稚郎子《うじのわきいらつこ》のいたところであった。その都が忘れがたいとは、〝都ぼめ〟の表現である。だからこの歌は讃歌である。こうして、土地土地の地霊に祈るのは、当時の旅のならわしであった。詠まれたのが出発のときか、後日かも判然としない。「宿れりし……」というのは、過

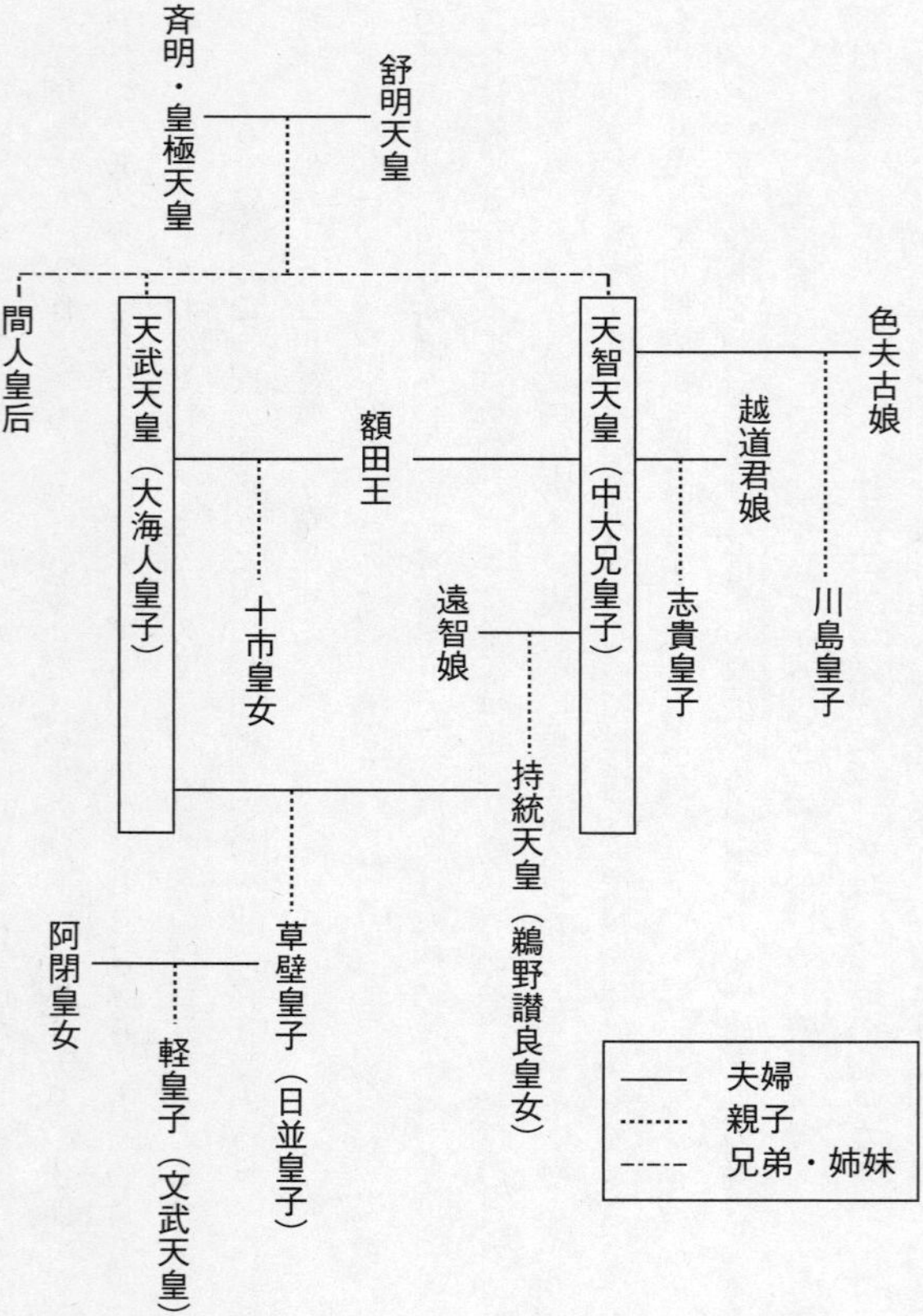
舒明天皇
斉明・皇極天皇
間人皇后
天武天皇（大海人皇子）
天智天皇（中大兄皇子）
色夫古娘
越道君娘
額田王
十市皇女
遠智娘
志貴皇子
川島皇子
持統天皇（鸕野讃良皇女）
草壁皇子（日並皇子）
阿閉皇女
軽皇子（文武天皇）
夫婦
親子
兄弟・姉妹

去形で、「思ほゆ」は現在形である。後日の追憶の歌とすると、「あの夜が忘れがたく思われる」という箇所に、少女の忘れがたい初体験がこめられていると、富士谷御杖《ふじたにみつえ》や太田水穂《みずほ》がいっている。

代作を命ぜられた額田は、惜別の情を述べることで、宇治の都を讃美し、通過儀礼の歌をつくったが、そのなかに秘かにおのれの甘美な回想をこめたのではなかろうか。

8

熟田津《にきたつ》に船乗りせむと月待てば潮《しほ》もかなひぬ今は漕ぎ出《い》でな

額田王《ぬかたのおほきみ》

斉明七年（六六一）、朝廷は百済《くだら》救援のために老女帝を奉じ、後宮の多くの女性をともなって西下する。岡山県大伯《おおく》の港に寄り、伊予松山の道後温泉近くの熟田津に船泊りして、大船団が筑紫《つくし》にむかった。この歌は、その熟田津を出航するときの歌である。熟田津がどこであるかは、いま、正確にはわからない。

このばあいも、形式作者は斉明、実作者は額田である。「熟田津に船乗りしようと月を待っていると、潮もちょうどよくなった。さあいまは漕ぎだそう」という意味の一首。天皇らしく堂々として、緊張感の張った秀歌であるが、解釈上は、いろいろ疑問点が多い。「月待てば」は満月を待つ、月の出を待つの両説があり、「潮もかなひぬ」も満潮説、高潮説がある。しかし、船も小さく、航海技術も今日ほど発達していなかった当時、好んで夜の航海をえらぶというのはおかしい。やはりこの歌は、昼間歌われたものであろう。松山から筑前博多への航路をとるにあたって、一行は適切な潮流の流れぐあいをとらえ、それに乗って西行しようとしたと思われる。そのために何日かを熟田津にとどまって、月齢を数え、その日を待った。ここでは、「潮も」にこだわり、「月も潮も」と解さなくてもよいであろう。

その日が来た。さあいまは漕ぎだそう、と額田は歌う。四国のこのあたりは、夏には東南の風が吹き、冬には反対の風向きになるという。この東南の風に乗って、一気に周防灘《すおうなだ》をわたり、関門海峡を越えて博多へわたったものと私は考える。『日本書紀』によれば、この船団は難波《なにわ》港を一月六日に出発し、十四日に熟田津に着き、博多には三月二十五日に着いている。

難波から博多へ行くのに熟田津に寄ることは不思議だから、なにか深い宗教的事情があるのだと説く説がある。梅原猛氏は、左注に「天皇、昔日《むかし》より猶《な》ほ存《のこ》れる物を御覧《みそなは》し、当《その》時《かみ》忽ち感愛《かなしみ》の情《こころ》を起す。所以《ゆゑ》に歌詠《うた》を製《つく》りて哀傷したまふ」とあり、逸文『伊予国《いよのくに》風土記』には、①景行《けいこう》天皇と皇后、②仲哀《ちゆうあい》天皇と神功皇后、③聖徳太子《しようとくたいし》、④舒明天皇と皇后、⑤斉明、天智、天武天皇の五回の行幸をあげているが、これはいずれも国内および海外遠征に勇名を馳《は》せた帝たちで、その戦旅への門出に、この地に参拝したものだった。それらをあわせ考えると、当時はとくに熟田津詣りが必要で、それはこの地に因縁深い軽太子《かるのひつぎのみこ》、聖徳太子、あるいは皇室に怨恨《えんこん》をもつすべての不幸な皇子たちの、鎮魂《ちんこん》のためであったと説く（『さまよえる歌集――赤人の世界』）。また、池田弥三郎氏は、「女帝の職務に関係した聖水をもとめての、宗教的行事としての船乗りと見たい」といわれる（『万葉百歌』）。しかし熟田津はけっして航路をはずれているわけではなく、潮流や風向きによって航路を考えなくてはならない。べつに宗教的要素を考える必要はないだろう。

なお結句の原文「許藝乞菜」について、「こぎこな」と訓む説もあるが、

汝《な》をと吾《わ》を人そ離《さ》くなるいで、（乞）吾君《あがきみ》人の中言《なかごと》聞きこすなゆめ　（660）
いで（乞）如何《いか》にわがここだ恋ふる吾妹子《わぎもこ》が逢はじと言へることもあらなくに（2889）

などの例によって、「いで」と訓む説をとりたい。

16

冬ごもり　春さり来《く》れば　鳴かざりし　鳥も来鳴《きな》きぬ　咲《さ》かざりし　花も咲
けれど　山を茂《も》み　入りても取らず　草深み　取りても見ず　秋山の　木《こ》の
葉を見ては　黄葉《もみち》をば　取りてそしのふ　青きをば　置きてそ歎《なげ》く　そこし
恨《うら》めし　秋山われは

額田王《ぬかたのおほきみ》

天智天皇が、藤原朝臣鎌足《あそみかまたり》に詔《みことのり》して、春山の万花《ばんか》の美しさと秋山の千葉《せんよう》のいろどりの美とを競わせたときに、額田王が、歌をもって判定した歌である。

天智朝は、六六三年の白村江《はくすきのえ》の敗戦以来、多くの百済朝廷の要人を受けいれ、彼らを学識の先達として、礼法・軍備・教育などの政策を遂行した。春秋の優劣が争われたのは、こうした開明的な近江朝の廷臣たちの、中国文学の話題からかもしれない。

それにしても、額田が判者とされたのは、その出身があずかっていようか。すでに述べたように（二八ページ）、彼女は、近江の鏡山の麓で鏡造りを聖職としていた渡来者集団の出身で、父を鏡王という。垂仁《すいにん》紀三年には「近江国鏡村の谷《はざま》の陶人《すゑびと》は天日矛《あまのひぼこ》の従人《つかひひと》なり」とある。応神《おうじん》記の春山霞壮夫《おとこ》の恋物語も、出石《いずし》族の祖神伝説で、出石族は天日矛の直系であった。山が恋する話は、大和三山歌(13~15)にも歌われているが、たんに山が恋うだけでなく、春山と秋山とを競わせるのは、出石伝説の影響によるものであろう。

さらに、春山秋山の争いには季節観が入っているから、季節観がいつごろから日本にあったかを考えるとき、この歌は大事なものとなる。季節観は実際の生活上の必要があって意識されだし、やがて美的に成長するが、農耕民にとって根幹の季節は、春耕秋収の二期であった。

さて歌意は「冬が去り、春がやってくると、声をひそめていた鳥も来て鳴き、咲かなかった花々も咲く。しかし山には草木が繁茂しているので、入っていって手にとることもなく、野は草が深いのでとってみることもない。一方、秋山は、木の葉を見るにつけ、黄葉を手にしては美しさに感嘆し、また青い葉を措《お》いては嘆く。そこに思わず恨めしさをおぼえる。そんな心ときめく秋山こそ、よいと思います、私は」。

作者はことばをたたみかけ、前進してゆく。情念の深入り、対象へのからみがある。そして感情を激しくかき立てるところに、秋山のすばらしさがあるという結論の「秋山われは」は、叫びのような表現で、天智・天武両帝に愛されたという額田が、どちらに心惹《ひ》かれていたかを、いま読むわれわれにも考えさせるところがある。

美点に心惹かれる一方、欠点に嘆息が出るほうが欠点のない完全さよりもよいという。

すこしでも、両帝の面影が作歌時にあったとしたら、この「そこし恨めし」ということばこそ、心の全重量のかかった部分だということになろう。

20 あかねさす紫野《むらさきの》行き標野《しめの》行き野守《のもり》は見ずや君が袖振る 額田王《ぬかたのおほきみ》

21 紫草《むらさき》のにほへる妹《いも》を憎《にく》くあらば人妻ゆゑにわれ恋ひめやも 天武天皇《てんむてんわう》

天智天皇が蒲生野《かもうの》（滋賀県八日市市、およびその付近。鏡山の北東）に遊猟《みかり》したときに、額田王のつくった歌と、それに対して皇太子《ひつぎのみこ》の答えて詠んだ歌である。

天智天皇は称制七年目の六六八年に即位し、弟大海人《おおあま》（のちの天武天皇）を皇太子とした。その年の五月五日蒲生野に薬狩をもよおす。薬狩とは、鹿茸《ろくじょう》という鹿の若角（袋角《ふくろづの》）や薬草をとる行事で、推古《すいこ》女帝のときに二度行われたまま、絶えていたものであった。

大海人は、紫野を行き、標野を行き、袖を振った。袖振る行為は恋人同士のものであるのに。「紫野行き標野行き」というくりかえしには、遠ざかりゆく進行の効果と、禁入地区であることの強調がある。「野守」には、野の管理人、当日の廷臣、そして天智がふくまれていよう。そのなかでの袖振りは、大胆で鮮烈で、とがめる額田の心のときめきも、いっそう大きくなる。

その返歌は「憎くあらば」と反対を仮定し、「恋ひめやも」と反語で打ち消すという手のこんだ歌で、聞き手の心理的反応をたしかめながらの、口誦歌ならではの表現である。

28　春過ぎて夏来《きた》るらし白栲《しろたへ》の衣乾《ほ》したり天《あま》の香具山

持統天皇《ぢとうてんわう》

歌のはじめに「藤原宮御宇天皇代《ふぢはらのみやにあめのしたしらしめしすめらみことのみよ》」とあり、作者は持統天皇。藤原宮は、持統・文武《もんむ》両天皇の都で、中国を範とした条坊制の地割をもち、官僚機構をつつみこんだ宮都であった。倭建命《やまとたけるのみこと》の歌う〝まほろば〟のように、大和三山に囲繞《いじよう》されていた様子が「藤原宮の御井《みゐ》の歌」(52)に詠まれている。「春が過ぎ、夏が来たらしい、白妙の衣

を干していることだ。その天の香具山よ」。

太古、天上から土を落としたとき、ひとつは四国の伊予に落ちて天山《あめやま》となり、ひとつはこの香具山になったと逸文『伊予国風土記』にある。古代人はこの聖山の土を手中にすることで反乱をしずめ、支配できると考えた。また、香具山は国見をする山でもあった。山の名義については最近、「かぐ山」の「かぐ」を「かがひ」の「かぐ」として、歌垣《うたがき》をする山ととる説がある。また衣は、神祭りの衣を干したとする説もある。

以前から、すでに七世紀の後半にあって季節到来を躍動的に詠んだものだといわれ、一般にもそう考えられているが、いわゆる季節の推移観を当歌に見るのは、早すぎるように思われる。

東歌《あずまうた》の「筑波嶺《つくはね》に雪かも降らる否《いな》をかもかなしき児ろが布乾《にのほ》さるかも」(3351)や、平安時代の流行歌である風俗歌の「甲斐が嶺《ね》に　白きは雪かや　いなをさの　甲斐《かひ》の褻衣《けごろも》や　晒《さら》す手作　や　晒す手作」などは、ともに山に白いものが見える事実があって、それをどう見立てるかを楽しんでいる歌である。民衆は見立ての名人で、それを思いがけないものに連想しては楽しんだのである。

『播磨《はりま》国風土記』餝磨《しかま》の郡私《こおりきさき》の里に「……品太《ほむだ》の天皇《すめらみこと》夢前丘《いめさきのをか》に登りて望み見給へば、北の方《かた》に白き色の物ありき。勅《の》りたまひしく『彼《そ》は何物《なにもの》ぞ』と……舎人《とねり》、上野《かみつけ》の国の麻奈毗《まなひ》古《こ》を遣《や》りて察《み》しめ給ふに、申《まを》ししく『高き処《ところ》より流れ落つる水、是《これ》なり』と……即高瀬の村と号《なづ》く」とある。これも、白いものを滝と見立てたのである。こうした伝統との連関のなかで、この歌を考えなければならないのではないだろうか。

持統女帝と志斐《しい》の嫗《おみな》との、「強語《しひかたり》」をめぐっての戯《たわむ》れの贈答歌（236・237）に見られるように、女帝の周辺には、こじつけをたがいに享受する雰囲気がある。この歌も、香具山の雪を見て、それを「春も過ぎ、夏が来たらしい。白い布が干してある」と冬の後宮から見立てて、戯れ楽しんでいる一首である。

45
やすみしし　わご大君　高照らす　日の御子《みこ》　神ながら　神さびせすと　太《ふと》敷《し》かす　京《みやこ》を置きて　隠口《こもりく》の　泊瀬《はつせ》の山は　真木《まき》立つ　荒山道《あらやまみち》を　石《いは》が根　禁樹《さへき》おしなべ　坂鳥の　朝越えまして　玉かぎる　夕さりくれば　み雪降る　阿騎《あき》の大野に　旗薄《はたすすき》　小竹《しの》をおしなべ　草枕　旅宿《たびやど》りせす　古《いにしへ》思ひて

短歌

46
阿騎《あき》の野に宿る旅人打ち靡《なび》き眠《い》も寝《ぬ》らめやも古《いにしへ》思《おも》ふに

47 ま草《くさ》刈る荒野にはあれど黄葉《もみちば》の過ぎにし君が形見《かたみ》とそ来《こ》し
48 東《ひむがし》の野に炎《かぎろひ》の立つ見えてかへり見すれば月傾《かたぶ》きぬ
49 日並皇子《ひなみしのみこ》の命《みこと》の馬並《な》めて御《み》猟《かり》立たしし時は来向かふ

柿本《かきのもとの》朝臣《あそみ》人麻呂《ひとまろ》

天武と持統の子である草壁皇子《くさかべのみこ》の遺児軽皇子《かるのみこ》、すなわちのちの文武天皇が安騎野《あきの》に宿ったとき、人麻呂のたてまつった長歌と、それに添えた四首の短歌である。時は持統六年（六九二）、軽皇子が十歳のころだろうか。安騎野は、奈良県宇陀《うだ》郡大宇陀町一帯の野で、当時は、恰好の猟場だった。神武記にも、宇陀の狩猟の歌が残されている。

短歌は反歌とは別物である（拙著『柿本人麻呂』）。反歌は、本来、長歌の歌いおさめに必要とされた小歌曲であるが、概して叙事的な長歌に対して、抒情的・個的な表現が、発想の立場を変えて述べられたものである。これに対して短歌は、長歌に拘束されることなく、自由に歌い添えられたもので、せいぜい一、二首の反歌に対し、数首の連作まである。

長歌は献歌にふさわしく、「やすみしし　わご大君……」と頌詞をもってはじまり、行旅の道行となる。「石が根」「禁樹」また「旗薄」「小竹」をおしなべる「荒山道」は、「太敷かす京」と反対の世界である。そこをおしなべる旅のあとに安騎野に宿ったと語り、そしてこの旅宿は、「古思ひて」なのだと結ぶ。

題詞・長歌の主題から考えると、安騎野には「古を思ふ」べく来たのではない。目的は遊猟で、その夜の頌歌を献ずることが人麻呂の役目である。したがって「古思ひて」は、長歌の裏側にあった「古」の意識が顕在化して、四首の連作となったというべきだろう。「古」とは、父草壁の時代を指し、草壁の形見の地が安騎野であったのである。

第一首（46）は、「古思ふに」、いねがたく輾転反側《てんてんはんそく》する旅人であると歌う。この野に宿る官人のすべての悲傷であるかのように。

第二首（47）は、「ま草を刈るしかない荒野だが、もみじ葉のように過ぎ去ってしまった草壁の形見としてやってきた」と歌う。荒野の荒涼さに対する人麻呂は、意志的で積極的だといえようが、現実の荒野は、寂寥《せきりょう》にみちている。

第三首（48）は、その寂寥のまま眠れぬ夜のあとに迎えた払暁《ふつぎょう》の叙景歌である。「炎」は朝の初光、季節は初冬。やせた下弦の月が西にありながら、夜が明ける。「かへり見すれば」という動作は、野を東から西へ、視野に移動させることであるが、安騎野は狭く、東の野といっても、山々が連なっていて、曙光《しょこう》に明らむのは山ぎわであるにすぎない。

この凄絶《せいぜつ》な月を草壁とし、炎を軽とし、この歌を世代の交替を寓意《ぐうい》した歌とする説があるが、あまりに図式的にすぎよう。それは当歌を除く三歌が、草壁追慕の過去性に塗りこめられていることから、当歌にこの寓意を見ることで、四歌に同種の内容をもたせようとするのであるが、他の三首にもそのような寓意はない。

四首は、夜更けから夜明けへの時間の経過にしたがっているのだとすれば、この歌は素直に、夜明けの人麻呂の矚目《しよくもく》であり、いねがたく回想に沈む人麻呂の心象風景であるとすべきだろう。

第四首（49）で、日並の馬上の勇姿は、眼前のものとなり、群馬のいななき、弓弭《ゆはず》の騒ぎがよみがえる。日並の猟に出発する「時は来向かふ」と人麻呂は歌う。

51　采女《うねめ》の袖吹きかへす明日香《あすか》風《かぜ》都を遠みいたづらに吹く　志貴皇子《しきのみこ》

明日香の宮から藤原の宮に遷都したのちに、志貴皇子がつくった歌である。

明日香の浄御原《きよみはら》宮がどこにあるかはっきりしないが、最近は飛鳥宮伝承地がそれであろうといわれている。

持統は、藤原京への遷都を、愛児草壁の死によって決意した。皇太子草壁は病弱であって、その回復をまって即位、そして遷都をと願っていたが、朱鳥《あかみとり》三年（六八九）に死んでしまう。その後、持統は朱鳥四年十二月十九日および六年六月三十日の二回、藤原宮の地に都を定めようと下見をし、ついで朱鳥七年秋八月と八年正月に行幸、十二月に遷都したことが『日本書紀』にしるされている。

旧都が廃墟になるのは遷都後、どれくらい経ってであろうか。新都を造るとき、古い都の建物の材料（材木・瓦・調度）などを運ぶことがあるので、このばあいもおなじだとすれば、すぐでも廃墟のようになったであろう。

志貴は天智の第七皇子。壬申《じんしん》の乱後、天智の皇子は、生きにくかったはずである。積極的に天武朝に協力する立場と、現実から逃避し隠者ふうに身を処す立場とがある。大津《おおつ》の謀叛《むほん》を讒言《ざんげん》したことによって知られている川島皇子《かわしまのみこ》は前者、対して志貴は現実から一歩遠ざかり、観察者の立場をとっていた。志貴は、過去性を背負って生き、そのために清らかな生活を送りえたようである。その過去性によっても、この歌はまことに志貴らしい。

初句は文字にすると四音であるが、歌うときは五音に延ばして詠んだであろう。「采女」一文字足りない出だしは、かえってさらさら流れない重みを感じさせる効果もある。「采女」は古代豪族の娘たちで、天皇側近に奉仕した触れるべからざる聖女であった。それが美しく着かざっている。「袖吹きかへす」の「袖」は、大きな袖でないと意味がないだろう。大きな袖は、当時おしゃれなものであった。采女は赤い裳《も》をつけ、白い広袖の上衣を着ていた。その裳や袖を、ひるがえし戯れる風が「明日香風」である。

「明日香風」は斬新な造語だった。しかし采女はすでに去り、明日香風が袖を吹きかえしたのも過去のことである。都が遠くなったので、明日香風は華麗さを喪失して空しく（「いたづらに」）吹いている。「吹く」は詠嘆の連体形。

旧都はもとのままで、采女のいないことだけが変わったこととなる。つまりこの歌の重点は人間におかれている。志貴は人間に関心をもつ人であり、人間を欠いた自然を見つめるときも、人間を背景にもっていた。この歌もおなじである。

志貴は柿本人麻呂の「近江荒都」の歌のようには、草も霞も歌わず、采女の欠落だけを歌っている。人間の欠落のなかに佇《た》って、志貴の見ているものは、あまりにも美しい袖であった。この歌で歌われているのは、美しい幻想の風景で、その華麗な幻影は、高橋虫麻《たかはしむしま》呂《ろ》に連なる系譜のものである。

64

葦辺《あしへ》行く鴨の羽《は》がひに霜降りて寒き夕へは大和し思ほゆ

志貴皇子《しきのみこ》

慶雲三年（七〇六）、難波の宮への行幸の際につくった歌である。歌の内容は、「葦のほとりを泳いでゆく鴨《かも》の羽交《はがい》に霜が降るような寒い夕べは、大和のことが偲《しの》ばれてならない」。「羽がひ」とは、翼をたたむとき羽が重なるところをいうが、そこに霜が降るような寒い夕べとは、いつごろであろう。持統太上天皇と文武天皇の難波行幸は、九月二十五日出京、十月十二日還御で、動いている鳥の羽交に霜の降ることはありえない。

そこでこの歌は、葦辺を泳ぐ鴨を昼間眼にして、夜に思い出していると考えられる。現在、眼にしている風景ではない。志貴はほの暗い宵、鴨の羽を切る（羽を振る）音をきいたことがあった。そのさまは「埼玉《さきたま》の小埼《をさき》の沼に鴨そ翼《はね》きる　己《おの》が尾に降り置ける霜《しも》を掃《はら》ふとにあらし」（1744）と同じである。「武蔵《むざし》の小埼《をさき》の沼《ぬま》の鴨《かも》を見て作れる歌一首」という題の高橋虫麻呂の歌である。

ここでいう「夕へ」の時の範囲は、いまのわれわれがいうのよりおそく、夕方より夜に近かった。旅にあって、夕暮れに鴨の霜を切る羽音にききいっている志貴の心は、一点にしみ通ってゆく。「大和し思ほゆ」と。大和は懐かしい家郷であり、家族がおり、妹がいる。このばあいの寒さは、妻を欠く心理的寒さでもあった。「宇治間山《うちまやま》朝風寒し旅にして衣貸《ころもか》すべき妹《いも》もあらなくに」（75、長屋王《ながやのおほきみ》）とおなじである。

この「鴨」はひとつの象徴と見られる。「軽《かる》の池の汭廻《うらみ》行き廻《み》る鴨《かも》すらに玉藻《たまも》のうへに独《ひと》り宿《ね》なくに」（390）の歌を考慮すると、この歌の「鴨」も共寝の暗示をふくんだ鴨となろう。独り寝の心情の象徴として見事である。

そもそもこの歌の中心は、望郷の念にある。だから、結句の「大和し思ほゆ」だけでもよかった。万葉の旅の歌には、家も大和もたくさん歌われている。旅は家に対するもので、家は大和もふくんでいるからである。大和の語を口にするとき、望郷の念が湧くのが当時の人びとの常であった。

しかし、この歌では、大和より葦辺の鴨の状態のほうが、強く歌われている。志貴の歌は抒情的叙景歌で、景のなかに情がこめられ、情だけを歌うことはしないのである。志貴の代表作「懽《よろこび》の御歌《みうた》」（1418）にも景のなかに喜びの情がこめられている。

巻二

万葉人はなかんずく愛と死を歌った。愛を歌いあった歌を相聞、死を悼んだ歌を挽歌と呼ぶ。相聞は多く短歌で、挽歌は死の儀礼に鎮魂のことばとして、音楽にあわせて歌われた長い歌謡であった。彼らはこのふたつを区別分類したあとのいろいろの歌を、雑歌とした。

彼らがまっ先に分類したものが愛と死であったということは、いつも私を考えこませてしまう。今日にいたるまでのあらゆる文学のなかから、愛と死にかんする部分を取り去ったら、ほとんどの作品は残らないのではないだろうか。愛と死は、すべての生物を例外としない。また愛は死をいっそう悲しくし、死は愛をいっそう激越にするだろう。万葉人は千年の昔に、こうした人間のあり方を知って、それのみに眼をこらしていたのである。

巻二は、この相聞と挽歌の、主として持統朝のものを集めている。持統女帝は、ひたすら天武の回想に生きた人である。この巻の歌々は、この持統朝の性格を反映して、いまもわれわれの心をうつ。

この巻の編者は、仁徳天皇をめぐる歌物語として、当時の人びとに享受されていた磐《いわの》媛皇后《ひめのおおきさき》の四首の連作を、巻頭においた。この連作は、恋愛心理の進行にともなう配列が心憎い。そして挽歌のはじめには、当時の人びとの涙を誘った有間皇子の自傷歌と、それに和する歌々をおいた。挽歌の部には柿本人麻呂にかんする歌が圧倒的に多く、はじめとおわりに死者の「自傷歌」をおいており、なにか尋常でないものを匂わせている。巻二の歌数は長歌十九首、短歌百三十一首の計百五十首。巻一同様、天皇の代ごとの標目が立てられている。

121　夕さらば潮《しほ》満ち来《き》なむ住吉《すみのえ》の浅鹿《あさか》の浦に玉藻刈《か》りてな　弓削皇子《ゆげのみこ》

弓削皇子が紀皇女《きのひめみこ》を偲《しの》んで詠んだ歌四首のひとつ。ふたりとも天武の子で、相愛の間柄であったらしい。梅原猛氏は、自分より目上の奔放な人妻に対する皇子の恋は危険で悲劇的なものであったのではないかと推理している（『黄泉の王』）。

弓削皇子は病弱でもあったらしい。「滝《たぎ》の上《うへ》の三船《みふね》の山に居《ゐ》る雲の常《つね》にあらむとわが思《おも》はなくに」(242)という弓削の歌は、命の不安を感じていた人のはかない願いを感じさせるし、この歌に和した春日王《かすがのおおきみ》(伝未詳、669歌の作者とは別人)の歌「王《おほきみ》は千歳《ちとせ》に座《ま》さむ白雲《しらくも》も三船の山に絶《た》ゆる日あらめや」(243)もひとしい。ここに掲げた歌は、それゆえの励ましの歌ととれる。

この歌は、叙景そのものの歌としても美しい。「住吉(住吉はいまの大阪市住吉区を中心とした一帯、『古今集』では「すみよし」だが、『万葉集』ではすべて「すみのえ」という)の浅香の浦には美しい深緑の藻が水中にゆれている。いま「夕方が訪れる気配がある」という。この夕方の予測のなかに弓削の心がある。植物は多くのばあい、女性の比喩《ひゆ》に用いられ、ここでも藻は、しなやかな皇女のたとえである。「さあ、玉藻を刈ろう」とは、やみがたい皇女への慕情をしめす。「な」は願望の助詞。暮れようとしながら、なお明るい海浜の風景のなかに、あえかな皇女のイメージを思い浮かべるのである。風景の美しさと慕情の美しさ、そのやさしい抒情が、病弱で夭折《ようせつ》した弓削の心を伝えている。

149　人はよし思ひ止《や》むとも玉鬘《たまかづら》影に見えつつ忘らえぬかも

倭大后《やまとのおほきさき》

「近江大津宮《あふみのおほつのみや》御宇《にあめのしたしらしめしし》天皇《すめらみこと》代《のみよ》」として、壬申の乱の前年（六七一年）の天智の死をめぐって、後宮の女性たちが奏上した挽歌九首が、時間的・段階的に採録されている。当時の後宮の女性は、宮廷奉仕の役目をもって宮廷に仕えていたが、そのもっとも大きな役目は大葬奉仕であった。これは中国の制度を導入したもので、『周礼《しゆらい》』『礼記《らいき》』にも大葬奉仕のことがしるされている。

「天《あま》の原振《ふ》り放《さ》け見れば大君《おほきみ》の御寿《みいのち》は長く天足《あまた》らしたり」（147）は、重態の天智の命長かれと祈る大后の呪歌であった。呪歌とは、言挙《ことあ》げをすることによって生命をとりもどそうとするものである。また「青旗《あをはた》の木幡《こはた》の上《うへ》をかよふとは目には見れども直《ただ》に逢はぬかも」（148）は、飛鳥にあった大后が、急ぎ駆けつける途中、木幡にての詠である。天翔《あまがけ》る天智の幻影を見ながら、現《うつ》し身に逢えないもどかしさを歌うのであろう。「木幡」は天智陵を指すらしいから、この歌は崩御後のもので、題詞に混乱があるらしいとする説もあるが、私はその説をとらない。

倭大后は、父の古人大兄皇子《ふるひとのおおえのみこ》を、夫の天智に殺されている。蘇我《そが》氏と天皇家との抗争のなかにあった女性だが、その苛酷な運命を真実の愛にまで昇華させた女性であろう。当時の朝廷では、天子後宮の女性間に、后、妃、嬪《みめ》、夫人と階級差があり、これらは多く出自《しゆつじ》によって決められた。そして母となることはなによりも、その身分を安泰にすることにつながったが、彼女はひとりも子を生んでいない。

この歌の「人はたとえ忘れることがあっても、自分だけはけっして忘れない」ときっぱりいい放つ断言の強さは、歴史の悲愴な背景のなかで、長く苦しい愛の葛藤を経た、大后の誇りと愛の自覚とによるものであろう。

「玉蔓」は日陰の蔓《かずら》のこと。つる草の美称で、「影」にかかる修飾辞。「かげ」とは本来光のこと。「輝く」「かぎろひ」「かげろふ」などとおなじで、また反対の陰翳《いんえい》、投影なども「かげ」である。「朝影にわが身はなりぬ玉かぎるほのかに見えて去《い》にし子ゆゑに」(2394)(別れた女性ゆえに、朝影のようにやせてしまった)と人麻呂の歌集に歌う「影」は、光によってできる影法師である。古代人の考える影とは、光ったり消えたりする明暗の点滅のなかに認識された。したがって、倭大后の眼前には、明であり暗である、あるともなく消えるともない天智の幻影があったことになる。

153 鯨魚《いさな》取り　淡海《あふみ》の海《うみ》を　沖放《さ》けて　漕《こ》ぎ来る船　辺《へ》附きて　漕ぎ来る船　沖つ櫂《かい》　いたくな撥《は》ねそ　辺《へ》つ櫂　いたくな撥ねそ　若草の　夫《つま》の　思ふ鳥立つ
倭大后《やまとのおほきさき》

前歌とおなじく、天智天皇の挽歌である。「鯨魚取り」は、海にかかる修飾辞。「沖放けて　漕ぎ来る船」は、沖遠く漕いでくる船。「辺附きて　漕ぎ来る船」は、岸辺ちかく漕いでいる船である。作者は琵琶湖畔の宮殿より、それらの船に呼びかける。「櫂を荒々しく漕ぐな」と。夕波のうえには、可憐な鳴き声を綴って水鳥（千鳥）が群れている。その水鳥は、夫の天智がいまもなお生きているように思わせる鳥である。

鳥は霊魂を運ぶものだから、いまの鳥も天智の霊魂の宿ったものであり、天皇の魂と相呼応している鳥なのである。その鳥が飛び立たぬように、櫂よゆっくり漕げという。

この歌は、墳墓に葬る前の殯《もがり》の期間のものである。古代人は、死が魂の慰撫《いぶ》によって定まると考えたから、その殯の行事が必要だったのであった。

流麗でなくぽつぽつと切れている表現も、悲しみの深さを伝えるのにふさわしい。詩の型《タイプ》としても、最初にふたつの船を出し、多少の変化をもった反復を重ねる、古風な伝統的な歌い方である。こうした歌い方は、「纏向《まきむく》の　日代の宮は　朝日の　日照る宮　夕日の　日陰る宮　竹の根の　根足る宮　木の根の　根蔓ふ宮……」という雄略記の歌にも見られるが、このような格調の高い聖なるくりかえしの讃歌は、連続形式(『万葉集』527、2640など)とともに文学の最初の表現形式であり、リズムの根源でもあった。これにくらべれば、人麻呂の多用する対句は、より新しい形式であった。最終句の五、三、七止めは、「われこそは　告らめ　家をも名をも」という1番の歌(二一ページ)とおなじで、これも古い歌いぶりである。

最終句の「若草の　夫の　思ふ鳥立つ」が、この歌の中心であろう。「若草の」は「つま」の修飾辞で、「つま」は相手のことである。古くは、夫婦両方とも「つま」と呼んだ。若草の匂い立つ、初々《ういうい》しさ、やわらかさを彷彿《ほうふつ》とさせることばであろう。こういうことばにふれると、古代人のイメージの豊かさに驚かざるをえない。

157　神山《かむやま》の山辺《やまへ》真麻《まそ》木綿《ゆふ》短木綿《みじかゆふ》かくのみ故《から》に長くと思ひき

高市皇子《たけちのみこ》

156から158は、十市皇女《とおちのひめみこ》の薨《こう》じたときに高市皇子が詠んだ挽歌で、三首ともに秀歌である。

三諸《みもろ》の神の神杉《かむすぎ》夢《いめ》のみに見えつつ共に寝《い》ねぬ夜《よ》ぞ多き（156）

山振《やまぶき》の立ち儀《よそ》ひたる山清水《やましみづ》酌《く》みに行かめど道の知らなく（158）

十市は、額田王を母とする天武最愛の皇女だった。彼女は、これまた天智最愛の長子大友皇子《おおともみこ》の妃となり、葛野王を生んだが、壬申の乱で大友は殺される。

一方の高市は、天武の長子で、この乱では天武側の総指揮官であり、この歌によれば秘かに十市を慕っていたらしいことがわかる。書紀によれば十市は、天武七年（六七八）四月七日の寅の刻に、卒然《にわか》に死んだという。自殺であろうともいわれているが、皮肉な運命に耐え、耐えきれずに生命尽きたのではあるまいか。夫を攻めて殺した仇敵《きゅうてき》高市の求愛も彼女の死を早めた一因と思われる。その求愛は、十市を苦しめたであろう。長く拒否しつ

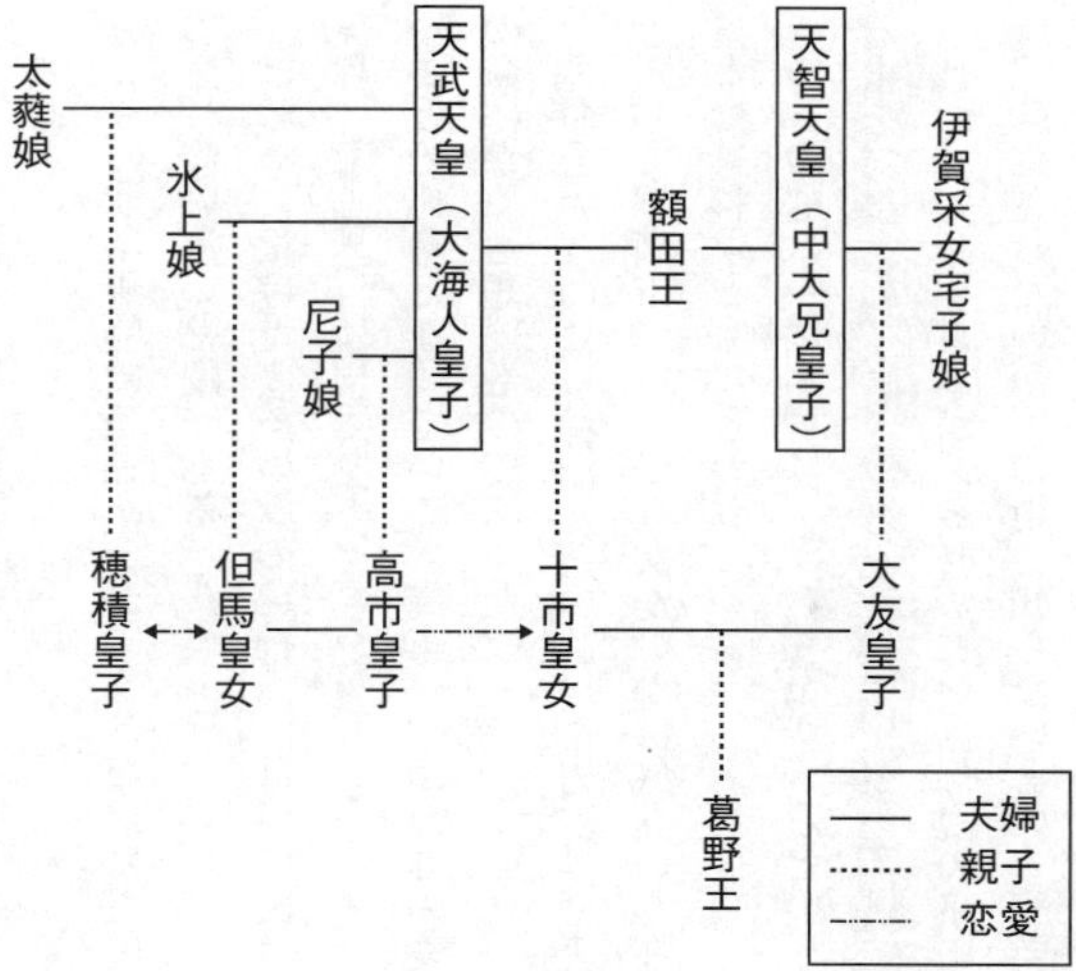
天智天皇（中大兄皇子）
伊賀采女宅子娘
天武天皇（大海人皇子）
額田王
太蕤娘
氷上娘
尼子娘
穂積皇子
但馬皇女
高市皇子
十市皇女
大友皇子
葛野王
夫婦
親子
恋愛

つ、しかしついに受けいれたが、卯月早暁《そうぎょう》卒然と逝《い》った。その折の高市の嘆きがこの三首である。

156の歌は難解で諸説あるが、夢のなかにだけ十市があらわれて、共寝しない夜が多いの意。淡い淡い慕情がある。

はじめに掲げた157の歌の「神山」は三輪山。「山辺」は山のあたり。「真麻」は麻糸の美称。「木綿《ゆふ》」は楮《こうぞ》や麻でつくる幣《しで》である（幣は、神に供える幣《ぬさ》のこと）。「短木綿」は短命なことの比喩となっている。高市が、ふたりの愛が永くあれと神かけて祈ったのに、皇女の命はかくも短いものであった。

短命をいうのに「神山」といい、「山辺真麻木綿……」とたとえる初三句は、156の歌でも、さえして、高市にとって皇女がいかに気高い存在であったかを偲ばせる。

皇女は神杉とともに歌われている。

158の歌の「儀《よそ》ふ」は、まわりをかざるという意味で、高市は山吹の花にかざられている泉を、皇女のイメージとした。「山清水」は、西方からシルク・ロードを通ってもたらされた、生命をよみがえらせるという伝説の泉のことで、「酌みに行かめど道の知らなく」は、蘇生させたいがその術《すべ》を知らないという絶望感を歌ったものである。

かつて十市が伊勢神宮に赴いたときに吹黄刀自《ふきのとじ》が詠んだ「河の上《へ》のゆつ岩群《いはむら》に草生《くさむ》さず

常《つね》にもがもな常処女《とこをとめ》にて」（22）は、三年前に十市皇女の命の永遠を祈った寿歌であるが、吹黄刀自のように儀礼歌をつくったり伝誦したりする「詞《ことば》の嫗《おうな》」には、短命への予感があったのかとさえ思わせる。書紀によれば、皇女の死に遭遇して、天武は深く悲しみ、四月十四日、十市を「赤穂」（新薬師寺の近く）へ運び、「自ら哭泣《みね》し給ふ」たという。「哭泣」は、葬儀のとき、弔意《ちょうい》を表して泣き叫ぶことである。

166　磯の上《うへ》に生《お》ふる馬酔木《あしび》を手折《たを》らめど見すべき君がありと言はなくに

大来皇女《おほくのひめみこ》

「うつそみの人にあるわれや明日《あす》よりは二上山《ふたかみやま》を弟世《いろせ》とわが見む」（165）ともども、二首は大津皇子の移葬のときの歌だという題詞がある。

大津は天武天皇と大田皇女の皇子で、大来皇女の弟。大田皇女は持統天皇の姉だが、若くして死去したので、妹の鸕野《うのの》讚良皇女《さららのひめみこ》（のちの持統）が皇后となり、それによって持統の子の草壁が皇太子となった。大津は文武に通じ、礼節を重んじた立派なプリンスであったという（『懐風藻《かいふうそう》』）。一方の草壁も思いやりある温厚な人柄だったらしいが、すぐれて男性的な大津の魅力にはおよばなかった。とすれば、ふたりのあいだに軋轢《あつれき》が生じるのは当然かもしれない。

天武は朱鳥元年（六八六）九月九日に亡くなる。こういうときはすぐ宮中から使者が出され、三関を守るのが習慣である。ところが、この緊張の最中に、大津は伊勢へ出かけた。わが未来がないという不安感から、姉に暇乞《いとまご》いに行ったのだという説がふつうだが、私はただ逢いたくて行ったのだと思う。しかし大津のこの行動は不用意であった。なぜなら伊勢神宮は壬申の乱のとき、大海人《おおあま》が戦勝を祈った神社であり、大海人が勝利をおさめて以来、大事な神社となっていた。そこに大津が秘かに参詣したのは、大津もまた武運を祈りに行ったと解されてもしかたないからである。大来がここの斎宮であったことは、いまは不幸なこととなった。密告により、十月二日大津は捕えられ、翌三日磐余《いわれ》の池に近い訳語田《おさだ》の舎《いえ》にて処刑された。二十四歳であった。妃の山辺皇女《やまべのひめみこ》は髪をふり乱し、はだしで走り赴いて殉死したと伝える（『日本書紀』）。大津の辞世の歌は、後述（九七ページ）の、

ももづたふ磐余《いはれ》の池に鳴く鴨《かも》を今日《けふ》のみ見てや雲隠《がく》りなむ　（416）

である。

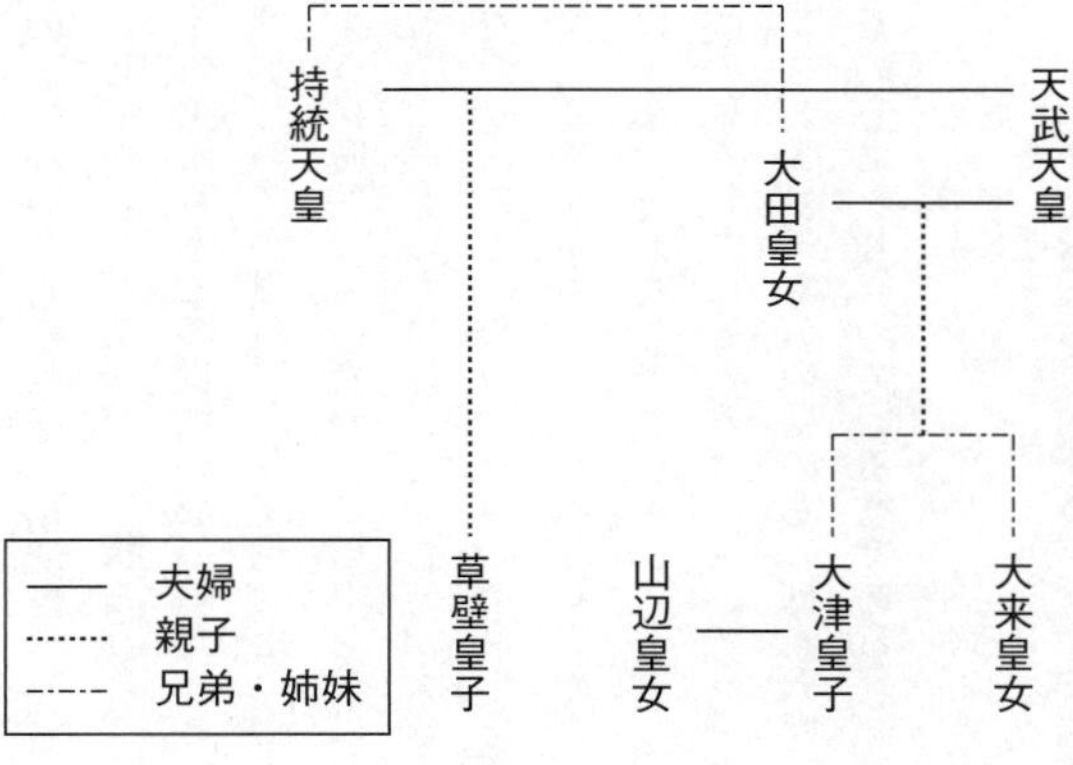

大津は死後どこに葬られたかわからないが、やがて二上《ふたかみ》山山頂に葬りなおされた。二上山は、大和と河内をへだてる屛風《びょうぶ》のような葛城《かつらぎ》山の北側の山である。交通の要衝《ようしょう》であり、当時は信仰の山でもあった。そういう山に謀叛の皇子を葬ったのは、怨霊《おんりょう》慰撫の意図がはたらいたのであろう。

この事件は、当時の人びとに、すぐ歌語りとして語り伝えられた。その作者とはいまの新聞記者のような無記名の記事の書き手で、流布《るふ》している歌の語り口を巧みにつないで物語を構成した。大来の歌の情感が恋人的だという理由から、この姉弟を恋愛関係にあると考える人もいる。しかし、それは、世の恋歌のパターンを踏んで時の人（詞人）がつくった歌だからである。

166のこの歌は、大来が大津を思慕する一連の心理のなかの歌で、移葬を対象とするものではない。しかしその情況はべつにしても、この歌は秀歌である。「鈴蘭のように楚々《そそ》として清らかなあしびを手折ろうと、手を伸ばしてはためらう。まず見せたいと思う、愛する弟はもうこの世にいないのだ」という歌である。

美しい花が眼前にあり、見せたいと思う美しい心がある。本来植物は髻《うず》に挿頭《かざし》とされるように呪的なものだが、このあしびは美的なものである。しかしそれらは、空しく否定される。美しいだけに、その否定は大きな空白感となり、空白はまたあしびの美しさをきわだたせることになる。青春の十余年を斎宮として神に仕えた聖処女の嘆きには、あしびの純白こそがふさわしいだろう。岩のゴツゴツした荒々しい風景のなかに、やさしいあしびはある。それを見せたいというやさしい心がはたらくが、「ありと言はなくに」で、また磯の荒々しさにもどる。

この歌は、あるいはのちの柿本人麻呂の作か。しかし大来の心情にぴたりと身を寄せ、その心になりきっている歌である。

189　朝日照る島の御門《みかど》におほほしく人音《ひとと》もせねばまうら悲《がな》しも

草壁皇子《くさかべのみこ》の宮《みや》の舎人《とねり》

持続三年（六八九）四月に、日並皇子尊《ひなみしのみこのみこと》、すなわち草壁皇子が死んだ。その死を悼む柿本人麻呂の挽歌（167〜169）につづき、舎人の歌二十三首（171〜193）がある。これはそのなかの一首。「皇子尊」という特殊な呼称は、天皇に準ずる皇太子のことである。草壁皇子のいた島の宮は、もと蘇我馬子《そがのうまこ》の大邸宅であった。この邸に飛鳥川からとり入れた水は、傾斜地を利用した三段の池をめぐり、ふたたび飛鳥川に滾《たぎ》り落ちたという。百済の造園技術による豪華なもので、それによって馬子は〝島の大臣《おとど》〟と呼ばれた。それを馬子の滅亡後に、天皇家が没収したもので、当時最大の離宮であり、草壁の住居とされていた。

　舎人は、天皇・皇子に仕えたなかば私的な従者で、護衛や諸種の雑事に当たる。歴史は古く、かつ律令制度で古い習慣が整理されても舎人の制は残存した。私的な従者ゆえに、彼らは極端にいうと、主人が死ぬと職を失うことになる。この歌はその草壁に仕えた舎人のだれの作であるかはわからないが、学者によっては、二十三首とも人麻呂の代作だという。それは、人麻呂の挽歌の表現とよく似た表現が二十三首のなかにあることや、二十三首としての構成を考えると、人麻呂の作らしいという考えからである。しかし私は人麻呂は舎人ではなかったと考えるので、この代作説はとらない。

「おほほしく」は、当時「おぼぼし」ともいったが、ここは清音に訓んでおく。意味は、ぼんやりしていることをいう。また、ここの「島の御門」は、門そのものでなく、御殿のことを指している。直接そのものを指さないのが敬意の表現であった。ここで東宮の御所を「みかど」といっているのは、天皇と同格に扱っていることをしめしている。当時、草壁は、それほどに思われていたのだろう。

いま、島の御門には朝日が照り輝いている。朝は一日のはじまりで、朝日の輝きは力のみちた情景であるのに、舎人の心ははれやらず、ぼんやりしてなんとなくもの悲しい。皇子生前に集まった人びとは訪れず、権威の座にあった人の大邸宅は森閑《しんかん》として、朝日だけが明るく照らしている。遺された舎人の心には、静寂のもたらす圧迫感に、しめつけられるような寂しさがあったであろう。

203　降《ふ》る雪はあはにな降りそ吉隠《よなばり》の猪養《ゐかひ》の岡の寒からまくに

穂積皇子《ほづみのみこ》

但馬皇女《たじまのひめみこ》の没後、穂積皇子が、冬の雪の降る日に、はるかに墓を望みながら「悲傷《かなし》み流涕《な》きて」つくった歌である。

但馬、穂積はともに天武を父とする異母兄妹で、しかも但馬はやはり同父異母兄高市皇子の妃であったが、穂積と愛しあっていた。（五五ページ系図参照）

秋の田の穂向《ほむき》の寄れるかた寄りに君に寄りなな言痛《こちた》くありとも　（114）

後《おく》れ居て恋ひつつあらずは追ひ及《し》かむ道の阿廻《くまみ》に標結《しめゆ》へわが背《せ》　（115）

は、いずれも穂積をひたむきに慕う彼女の歌である。そして「窃《ひそ》かに接《あ》ひし事形《あら》はれて」から詠んだ歌、

人言《ひとごと》を繁《しげ》み言痛《こちた》み己《おの》が世にいまだ渡らぬ朝川渡る　（116）

は、一途で積極的な但馬の心をあらわしている。当時の恋愛は夜ごとに男性が女性を訪ね

るのがふつうで、それも平安時代は「宵《よひ》」と呼ばれる時刻であった。ところが、この歌は夜でなく朝、しかも女性のほうから出向いている。二重の意味で特殊な経験である。馬に乗り、薄明のうすあかりの河を渡りながらつぶやいた歌であろうか。中国では、習慣的なことばとして「渡河」が結婚を意味する。物理的な渡河でなく経験をあらわすのである。「逢ふ瀬」は「逢う折」のことで、「せ」は経験すること。

このふたりの恋愛事件も、『万葉集』にとられる以前に「但馬穂積物語」があって、そのさわりの部分が歌われて残されていたのではなかろうか。その一連のなかに穂積の歌がないのは、但馬が一方的に激しく慕っただけではないかと思うだろうが、そうではない。むしろ恋の苦しさは、多くを歌った但馬より穂積のほうが重かったと見られる。それがいま、但馬の死によって過去となった。みずからに強いてきた緊張がいま破れた。この歌の涙は、耐えていたものが、堰《せき》を切って溢れ出るように、そのように溢れ出たものである。

但馬の死は、和銅元年（七〇八）晩夏のころであった。葬《はふり》の行事のあと、「吉隠」（桜井市吉隠。小地名の「猪養」や墓の場所は不明）に埋葬された。秋が凋落《ちょうらく》の気配を迎え、やがて冬になり、ついに雪が降った。穂積は地下に眠る但馬の冷たさを思って、墓を望む地点（不明）にあって歌う。「あはに」は未解決な語だが、ここでは「多い」という意味の「サハニ」と同語とする説にしたがおう。「まくに」は「……だろうことだのに」という逆接的詠嘆である。「雪よそんなに降るな。あの猪養の岡に眠る但馬が寒いことだろうのに」という一首である。

穂積の情念は死者を生者のごとく推理し、生者として思いつづけていたことだった。全『万葉集』中十首にも入れうる秀歌だと思われる。

207　天飛《あまと》ぶや　軽《かる》の路《みち》は　吾妹子《わぎもこ》が　里《さと》にしあれば　ねもころに　見まく欲《ほ》しけ
ど　止《や》まず行《ゆ》かば　人目を多《おほ》み　数多《まね》く行かば　人知りぬべみ　狭根葛《さねかづら》　後《のち》
も逢《あ》はむと　大船《おほふね》の　思ひ憑《たの》みて　玉かぎる　磐垣淵《いはかきふち》の　隠《こも》りのみ　恋ひつ
つあるに　渡る日の　暮《く》れぬるが如《ごと》　照る月の　雲隠《かく》る如《ごと》　沖つ藻の　靡《なび》き
し妹《いも》は　黄葉《もみちば》の　過ぎて去《い》にきと　玉梓《たまづさ》の　使《つかひ》の言へば　梓弓《あづさゆみ》　声《おと》に聞きて
（一《ある》は云はく、声《おと》のみ聞きて）言はむ術《すべ》　為《せ》むすべ知らに　声《おと》のみを　聞きてあ
り得《え》ねば　わが恋ふる　千重《ちへ》の一重《ひとへ》も　慰《なぐさ》もる　情《こころ》もありやと　吾妹子《わぎもこ》が
止《や》まず出で見し　軽の市《いち》に　わが立ち聞けば　玉襷《たまだすき》　畝火《うねび》の山に　鳴く鳥の
声《こゑ》も聞えず　玉桙《たまほこ》の　道行く人も　一人だに　似てし行かねば　すべをなみ

妹《いも》が名喚《よ》びて　袖《そで》そ振《ふ》りつる　（或る本に「名のみ聞きて　あり得ねば」といへる句あり）

短歌二首

208　秋山《あきやま》の黄葉《もみち》を茂《しげ》み迷《まと》ひぬる妹《いも》を求めむ山道《やまぢ》知らずも　（一《ある》は云はく、路《みち》知らずして）

209　黄葉《もみちば》の散《ち》りゆくなへに玉梓《たまづさ》の使《つかひ》を見れば逢《あ》ひし日思はゆ

柿本朝臣人麻呂《かきのもとのあそみひとまろ》

「柿本朝臣人麻呂《かきのもとのあそみひとまろ》の妻死《つまみまか》りし後に泣血《いさ》ち哀慟《かなし》みて作れる歌二首幷せて短歌」と題詞にある。

二首とは二つの長歌207と210だが、二首の内容があわないので、創作の虚構歌とするものや、別種の歌とするものもあるが、二首とも、実体験にもとづいた一連の作で、207～209は死を知らされた直後の歌、210～212はやや日時を経た回想の歌と考えられる。

軽の妻に貴族の女性を想像する説もあるが、反対に私は、市がふさわしい衆庶の女性だったと思う。一般大衆に接点をもつところに、歌人人麻呂のエネルギーの源泉があったように、この作品の強さ・太さには民衆の体質があずかっていると考えるからである。

そして死を悼む固有の情念が激しく吹きだすところに、この作品の一途な逞《たくま》しさと、ゆるぎない調べが生まれた。207は死を知らされた直後の驚愕のなかで歌われ、直線的である。「……ので」という順接の助詞「ば」を多用し、どんどん叙述が進行する。これは事態を説明する必要性に発しているが、このときの人麻呂の驚愕の足どりが見てとれるほどである。

人麻呂は「沖つ藻の　靡きし妹」への逢いたさを耐え、つる草が先であうようにまた逢うことができようと大船を頼む思いで安心して、「磐垣淵」のように引きこもって恋していた。「磐垣淵」とは、垣根のように岩をめぐらした淵のこと。これは暗い物思いを暗示し、一方そのなかの心のときめきは、まさに「玉かぎる」ほのかさにイメージされている。

そこへ使者によって死が知らされる。この歌では、死という抽象的なことがらも、太陽における落日、月における雲隠れ、また黄葉の落ちてゆくのにひとしいと具体的にとらえられている。驚愕のあまり、人麻呂は軽の市に駆けつける。そこで「玉襷　畝火の山に鳴く鳥の　声も聞えず」と歌う。古代、死者の霊魂は鳥になって天翔ると考えられており、人麻呂は畝火の山の鳥声に死者の霊を求めたのである。しかし鳥の声も妻の声もなく、もとより路行く人のなかに妻の姿はない。

いま、人麻呂にとって喧騒と雑踏の市は、静寂そのものである。行きかう群衆は彼と無縁であった。耳にも目にも妻を失った人麻呂は、しかたがないので、妹の名を呼んで袖を振った。袖を振るのは、招魂《しょうこん》の模擬呪術である。また名には魂があり、それを口にすることは、通常のばあいは、相手を危険にさらすことだったが、いまはいっさいの顧慮を放棄して妹の名を呼び、懸命に袖を振って、死者の霊を呼びもどそうとしたのである。

「黄葉が繁茂しているので妹は道を見失ってしまった」という208の歌は、死が「まがひ」として理解されていたことをしめしている。人は落花、落葉の魔性に魅せられて、現し身を消してしまうのだ、と考えるのである。

なお209は、死の報せ、すなわち恋の終焉《しゅうえん》によって出発を回想している歌である。この歌も落葉につれて(「なへに」)使者が訪れたといっており、ここにも落葉にまぎれて死にいたるという考えが歌われている。これは自然の生命と人間の生命とのあいだに区別を考えなかった古代人の生命観によるものであり、なかんずく人麻呂において、この生命観は強固なものであった。

217　秋山の　したへる妹　なよ竹の　とをよる子らは　いかさまに　思ひをれか

栲縄《たくなは》の　長き命を　露《つゆ》こそは　朝《あした》に置きて　夕《ゆふへ》は　消《き》ゆと言へ　霧《きり》こそは　夕《ゆふへ》に立ちて　朝《あした》は　失《う》すと言へ　梓弓《あづさゆみ》　音聞くわれも　おほに見し　事悔《くや》しきを　敷栲《しきたへ》の　手枕《たまくら》まきて　剣刀《つるぎたち》　身に副《そ》へ寝《ね》けむ　若草の　その夫《つま》の子はさぶしみか　思ひて寝《ぬ》らむ　悔《くや》しみか　思ひ恋ふらむ　時ならず　過ぎにし子らが　朝露のごと　夕霧のごと

短歌二首

218　楽浪《ささなみ》の志賀《しが》津《つ》の子らが（一は云はく、志我《しが》の津の子が）罷道《まかりぢ》の川瀬の道を見ればさぶしも

219　天数《あまかぞ》ふ凡津《おほしつ》の子が逢ひし日におほに見しくは今ぞ悔《くや》しき

柿本朝臣人麻呂《かきのもとのあそみひとまろ》

吉備《きび》の国（岡山県）津宇郡（都窪郡）から朝廷に召されていた采女《うねめ》の死を悼んだ歌である。

各地の豪族の女性中、容姿端麗な者を選び、天皇側近に仕えさせたのが采女で、律令制時代になると職業化してくるが、人麻呂の時代はまだ古来の采女の形態を残存させていたと思われる。

吉備津の采女は、短歌で「志賀津の子ら」「凡津の子」と呼ばれ、しかも「罷道の川瀬の道」と歌われているから、志賀の川で死んだらしい。となると、吉備の女性がどんな理由で死んだのかという疑問が出てくる。なお不思議に思われるのは、采女は天皇の側近にのみ仕える女性で、他の男性と交わってはいけないのに、この采女には夫がいたらしいことである。

彼女は、天武あるいは持統朝に出仕した吉備出身の女性で、朝廷の官人と許されざる恋におち、本国に帰されるところを志賀に蟄居《ちっきょ》させられ、そこで川に身を投じたのではあるまいか。いつごろの人かはわからないが「梓弓　音聞くわれも……」といっているから、人麻呂が出仕する以前に仕えていたのであろう。それは天智朝ではないかと想像する。

こういうことがあると、朝廷の人は鎮魂歌をつくらねばならない。不慮の死は鎮魂されなければならないからである。歌の内容は「秋山の美しくいろづくような妹、なよなよした竹のようにしなやかな子は、どう考えていたのか、栲縄（布でつくった縄）のごとき長い命であるものを、露だったら朝おいて夕べにはもう消えるというし、霧だったら夕べに立ちこめても翌朝はなくなってしまうという。この采女のことを梓弓の音のように評判をきいていた私も、ぼんやりとしか見たことがないのだが、布を重ねた枕のように手をかわしあって、剣や太刀のように身体を寄せて寝た若草のような夫は、いまは寂しく思慕しつづけて寝ているだろうか。采女の死を悔んで恋いつづけているだろうか。寿命をまたずに死んでいった子が、朝露のようにも、夕霧のようにもはかなく思われる」というものである。

この歌にはいつもの人麻呂の流麗さがなく、つぶやきのように澱《よど》む文脈は、はれやらぬ作者の真情そのままのようである。前半は長いものと短いものを対比してはかなさを、後半は愛の欠落を歌って残された人の悲しみを表現している。残された者の悲しみを思いやることで、悲しみをあらわすのは、愛の欠落、欠如が死だととらえる人麻呂の基本的な死の認識にもとづくものである。

218は「楽浪の志賀津の子が、あの世へ去っていった川瀬の道を見ると寂しいことよ」。見ることはふつうは、ほめること、祝福することなのに、いまは見ると寂しい。人麻呂はいま、悲恋が終焉を告げた地に立っている。志賀津の子は、志賀で死んだ吉備津の子と解するが、おなじような情況のべつな女性の歌がセットされたとも考えられる。

219は、「天にまで数えあげる多し＝凡津の子が私と逢った日にぼんやりとしか見なかったことはいま悔まれることだ」の意。「おほに見し」と二度も歌っているのだから、ちらと見かけたことはあったのだろう。この歌でも人麻呂は、見ることを問題にしている。「おほに」見たにすぎぬ女性、風のたよりにその入水を知った女性、吉備の采女は人麻呂にとって露のようにはかなく、霧のようにおぼおぼとした、とりとめのない存在であった。

なお、この采女は禁じられた恋のために蟄居し入水した女性なのだから、そういう勅勘を受けた女性の死を悼むこと自体、たいへんなことといえよう。こういう歌を詠んでいるのを見ても、人麻呂を単純な皇室讃仰者とするのは当たらない。

230 梓弓《あづさゆみ》 手に取り持ちて 大夫《ますらを》の 得物矢《さつや》手《た》ばさみ 立ち向《むか》ふ 高円《たかまと》山に 春野焼《や》く 野火《のび》と見るまで もゆる火を いかにと問へば 玉桙《たまほこ》の 道来《く》る人の 泣く涙 霂霂《こさめ》に降《ふ》り 白栲《しろたへ》の 衣《ころも》ひづちて 立ち留《とま》り われに語らく 何しかも もとな唁《と》ふ 聞けば 哭《ね》のみし泣かゆ 語れば 心そ痛き 天皇《すめろき》の 神の御子《みこ》の いでましの 手火《たび》の光そ ここだ照りたる

短歌二首

231 高円《たかまと》の野辺《のへ》の秋萩《あきはぎ》いたづらに咲きか散るらむ見る人無しに

232 三笠山《みかさやま》野辺行く道はこきだくも繁《しげ》り荒れたるか久《ひさ》にあらなくに

笠朝臣金村《かさのあそみかなむら》

題詞によれば、霊亀元年（七一五）の秋九月に、天智天皇の第七皇子である志貴親王《しきのみこ》が亡くなったときの歌である。志貴親王が亡くなったのは、『続日本紀《しよくにほんぎ》』によれば、霊亀二年八月となっている。双方正しいとすると、元年に元正天皇の即位があったので、葬儀を延ばしたのではないかと思われる。

この歌は「笠朝臣金村の歌集に出づ」という注がある。金村は高橋虫麻呂、山部赤人とほぼ同時代の天平歌人で、行幸従駕《じゆうが》歌などでは、赤人や車持千年《くるまもちのちとせ》の先にならべられているから年長者だったであろうか。金村は志貴親王の側近に仕えていたと思われ、この歌は金村の歌中でいちばん早い時期のものである。

志貴の墓は高円山の東南の麓、東金坊《とうこんぼう》につくられた。「梓でつくった弓を手にもち、得《さ》物矢《つや》（幸矢《さち》、獲物をとる矢）を手にはさんでいる大夫が向かい立つ的＝高円山に」と長い高円山の修飾があるが、これによって統一されたひとつのイメージが生まれ、あとの文脈にはたらきかける。「梓弓……得物矢……」という歌いだしは、葬列に連なる大夫（勇者）に響いてこよう。また親王生前の遊猟の折の姿も重ねあわせている。さらに弓、矢、的、と縁語によることばの統一も意識されていた。

「春の野を焼く野火と思われるまで燃える火」というたとえによって考えれば、このときの燃え立つ焔のひろがりと大きさが思われる。「その夜空をこがす火をどうしたのかと、私が尋ねると、人は、泣く涙を小雨のように流し、白栲の衣を濡らして立ちどまって私に語った。『どうしてみだりにそういうことをきくのか。声をかけられるとまた涙も新たになる。語ると心が痛む。あれは天皇という神の御子が、あの世にお立ちになる手火があんなにおびただしく輝いているのだ』と」。「玉桙」の「玉」は美称で、桙状のものを道に立てたことによっていう。「白栲の衣」は葬式の浄衣、「手火」は、松明《たいまつ》など手にもつ火を指す。

柿本人麻呂の挽歌は、中国の誄《るい》(しのびごと)の形式を踏んだもので、皇族の挽歌だと皇統譜をまず述べ、功績を述べて哀悼し、永遠の祈願をするのがふつうである。しかし、この歌にこれらは痕跡もない。作者は、志貴周辺にあった人と思われるのに、高円山の夜空をこがす火を見て驚きたずねる媒介者が「われ」として登場し、葬送の奉仕者と対話をかわす。作者はナレーターではなく、完全なひとりの登場人物となってもうひとりと対話をしている。ドラマティックである。

対話は231・232の二首の短歌をめぐっても見られる。231は、「志貴邸の内外に咲き乱れている萩は空しく散っているだろうか、萩を愛した人が亡くなって」と想像する。見る人のないことの空しさが胸をうつ。現在の白毫寺《びゃくごうじ》は、志貴邸宅跡といわれ、高円山の高みにあり、奈良市街が一望のもとに見渡せるところである。当時は狩猟もできる野辺で、秋には一面に萩が咲きこぼれたのであろう。

植物をよすがとして、亡き人を偲ぼうという歌は多い。見る人なく咲く萩の空しさは、長歌と連合しあっている。短歌はべつにつくられたものを唱詠することもあったが、唱和される必然性がなくてはならない。この必然性が空しさにある。しかも第二短歌の232・234には奉仕者の空しさが歌われ、それは金村の実感に支えられていた。

233「高円《たかまと》の野辺の秋萩《あきはぎ》な散りそね君が形見《かたみ》に見つつ思《しの》はむ」は、231の歌と対《つい》になっている歌である。231で「散るだろうか」と疑問を提出したのに対して、233では「見つづけてよすがにしよう」と積極的に禁じている。掛け合い、唱和が用意されたと考えられる。

232は「三笠山の野辺を通る道は、たいそう草木が繁って荒れているだろうか、親王が亡くなってからいくらも経っていないのに」。「門前雀羅《じゃくら》を張る」というような寂しい思いが、感動の中心にあろう。人の世の心の移り変わりを歌う一首である。

なお234の「三《み》笠山《かさやま》野辺ゆ行《ゆ》く道こきだくも荒れにけるかも久《ひさ》にあらなくに」は232とほとんどおなじ。異伝である。

巻二

巻三を最終的に仕上げたのは大伴家持であろう。大伴家持は、当時の大伴家の衰運のなかで、偉大な歌人として敬慕おくあたわなかった柿本人麻呂の歌を巻頭において、この巻を仕上げたと思われる。天皇を現人神《あらひとがみ》として称える、先代憧憬の念にみちた編集でもあった。

この巻は巻一の雑歌と、巻二の相聞および挽歌をあわせたかたちの三分類をもつが、相聞に当たる、たがいに贈答しあった歌は、ここでは「譬喩歌《ひゆか》」と呼ばれている。これは心情を物にたとえて詠んだ歌のことである。そもそも日本の和歌は心情を物にたとえることからはじまったから、これは基本の形式だが、分類としては新しい。歌う方法によって分類するということ自体が、中国の歌学にならったものだったのである。収められた歌も譬喩歌は数が少なく、雑歌や挽歌より時代が新しい歌である。

これに対して雑歌・挽歌は巻一、巻二の拾遺となっていて、古くは人麻呂時代のもの、さらにはそのころ行われたらしい、より古い聖徳太子の歌などを載せるが、大半は奈良朝以降の歌である。したがって、この巻の包括する時代は長く、歌人の数も多くなって、多面的な世界が扱われることとなった。

全巻で長歌二十三首、短歌二百二十六首よりなり、ほかに異伝歌が十首ある。

255
天離《あまざか》る夷《ひな》の長道《ながぢ》ゆ恋ひ来《く》れば明石の門《と》より大和島《やまとしま》見ゆ（一本に云はく、家門《いへ》のあたり見ゆ）

柿本朝臣人麻呂《かきのもとのあそみひとまろ》

羇旅歌《きりよか》八首中の秀歌。詞章をもって宮廷に仕えた人麻呂は、なんらかの公の役目をもって、旅についたのであろう。

「天離る」は「夷」＝田舎につづくことば。「長道」は、単調な長い道のり。「ゆ」は通過をあらわすことばで、場所の一点をあらわす「に」「を」で替えることはできない。英語の through に当たる語である。「天離る」「夷」「長道」の三語は、遠い遠い旅路を語り、単調な鄙《ひな》の日々を偲ばせよう。同一のトーンで思い描く人麻呂の感情世界である。長い旅路の日々、人麻呂の心を占めていたものは大和への一途な思慕であった。彼は、それを「恋ふ」と表現した。「恋ひ来れば」には長い旅路の時間の経過があり、「ば」によって場面が展開するのである。

「明石の門」は、西下に際して、視界から大和を失った地点であって、いま、ふたたび大和を視野に入れることができた。小さくかすかに波間に浮沈しつつ、生駒《いこま》の山巓《さんてん》が望見された。それは瞬間的な発見であり、ひたすらな思慕が形づくる山容であろうか。生駒に大和を代表させたのだろう。ここは、現実に見えなくとも、心に見る大和島であると思われる。一本には、「家門《いへ》のあたり見ゆ」とさえいっている。この結句によって、旅愁の深さは、歓喜へと展開してゆく。古代の苦難の旅に思いを馳せれば、歓喜はおのずからにわかるであろう。

羇旅歌八首は航行の順によってはいないが、いずれも、敏馬《みぬめ》あるいは野島《のしま》などの地名を詠みこんでいる。これは、旅の新鮮な感動をともなうとともに、旅路の平安を祈る心のあらわれでもあった。陸路なら土地土地の神々に幣を手向《たむ》けたのとおなじ心理である。稲日《いなび》野《の》には、景行天皇の求婚を受けて、美女が隠れたという隠妻《なびづま》伝説が残り、また、三山の妻争いの仲裁にやってきた、阿菩《あぼ》の大神は、ここに船を伏せて鎮座したという。『日本書紀』は、応神天皇の淡路行幸の折、数十頭の鹿が、海上を泳いできて、加古《かこ》の水門に入ったと伝えている。人麻呂の教養は、これらの古代の物語によく親和していたはずで、懐かしく「心恋しき」土地だったであろう。この点、この巻に、旅の歌八首をとどめる高市黒人《たけちのくろひと》とは、およそ異質である。

八首中五首に「一本に云はく」として異伝の歌詞が添えられているのは、当時の人びとに愛誦されたためで、巻十五に収める、のちの天平八年に、新羅への使者たちが詠誦した人麻呂の歌とおなじく、その時点での異伝を書き加えたものである。

---

261 やすみしし　わご大王《おほきみ》　高輝《たかて》らす　日の皇子《みこ》　しきいます　大殿《おほとの》のうへに
ひさかたの　天伝《あまつた》ひ来《く》る　白雪《ゆき》じもの　往《ゆ》きかよひつつ　いや常世《とこよ》まで

反歌一首

262 矢《や》釣《つり》山木《こ》立《だち》も見えず降《ふ》りまがふ雪のさわける朝楽《あしたたのし》も

柿本朝臣人麻呂《かきのもとのあそみひとまろ》

天武天皇の皇子、新田部皇子《にいたべのみこ》への献歌である。ただ、人麻呂がこの皇子の舎人であった

か否かは確証がない。

「八方を支配し、高く輝いているわが皇子の、すべてを従えて君臨する高殿の上に、天空を流れ乱れてくる雪のように、往き通いつつ永遠にお仕えしよう」という一首である。「白雪じもの」の「じもの」は「……ではないが……のように」の意で、「雪ではないが、雪のように」。「天伝ふ」は太陽にも使うが、そのばあいは観念的だといえよう。しかし雨や雪のばあいには、直接的である。とくに、雪は天伝う感じがあり、適切である。

反歌の初句は、原文を「矣駒」とし、矣駒《いこま》山と訓む説もあるが、生駒《いこま》山の見えるところに皇子の家があったとは思われないので、矢釣山とする。矢釣山は飛鳥坐《あすかにいます》神社の北東にあり、皇子の大殿はこれを間近に望見するところにあったのだろう。

三句の「まがふ」は入り乱れるさまで、視野のなかを雪がいくつも出たり入ったりする状態である。大伴家持の「物部《もののふ》の八十《やそ》少女《をとめ》らが汲《く》みまがふ寺井《てらゐ》の上《うへ》の堅香子《かたかご》の花」（４１４３）もおなじで、実景を見ているのではなく、つぎつぎと立ちあらわれては汲むさまを、幻視しているのである。その雪を「さわける」という。雪は、本来反射音を吸収して、無音であるのに、乱舞する雪に無言の音楽を彼はききとめた。そして一直線に降下せず、降り、また舞い上がり、ひるがえりながら落ちてくる雪の姿を、やはり、雪も騒いでいるのだと考えた。擬人法である。だから「朝楽も」というふうに、あわせて雪に包まれて、奉仕している心の充足をもいうことになる。この歌は、ただ雪だけを歌って、それが見事な讃歌となった。ありふれた表現ではあるまい。

『万葉集』に、雪の歌は多い。山上憶良《やまのうえのおくら》の「貧窮問答《びんぐ》」(892)の雪などは、みじめさのシンボルのような雪であり、大伴旅人《たびと》の、

沫雪《あわゆき》のほどろほどろに降り敷《し》けば平城《なら》の京《みやこ》し思ほゆるかも　(1639)

は、デリケートな悲しみがしみいるような歌で、望郷を一身に担った雪だといえようか。

人麻呂の歌集の沫雪の歌、

沫雪《あわゆき》は千重《ちへ》に降り敷《し》け恋《こひ》しくの日長《け》きわれは見つつ偲《しの》はむ　(2334)

などは、恋人への思いとともに歌われている。これらのなかにあって、この雪は奉仕する歓喜のシンボルとして歌われたものである。

266 淡海《あふみ》の海《うみ》夕波《ゆふなみ》千鳥《ちどり》汝《な》が鳴けば情《こころ》もしのに 古《いにしへ》思ほゆ

柿本《かきのもとの》朝臣《あそみ》人麻呂《ひとまろ》

開口音が多く、声調のよい歌だとされている。初句で切れ、二句で切れる。「夕波千鳥」とは、夕波の上の千鳥という意味で、濃縮された漢語的表現である。この漢語の孤立語によって、切断された抒情がつくられ、冷たさが宿る。それでいて作者は主情的に呼びかける。「千鳥よ、汝が鳴けば心もしのに（しなえるように）古えが思われてならない」と。「古」とは、近江の都の繁栄した昔である。「情もしのに」という悲しみは、心の奥処にむかって沈んでゆく沈痛な悲しみで、夕闇の湖上に飛ぶ千鳥の声によって、心にきざしたものである。「思ほゆ」と、字余りになっているのは、他動にまかせて呆然《ぼうぜん》としている人麻呂を思わせる。すべてが拒否される暗い感情のなかにいるといえよう。

29〜31の「近江荒都を過ぎたる歌」は、荒都への信じられぬ驚きを歌っていた。「天皇《すめろき》の神の尊《みこと》」が壮麗な高楼を連ねた大殿は、永遠のものであったはずなのに、そのうらはらな衰亡を眼のあたりに見た。それが信じがたい現実である。その驚きが、いま、夕闇に鳴く千鳥の声によって実感として訪れる。

この歌を、同じ近江における作であること、なによりも内包された心情が近似しているので、おなじ行旅における歌と考えることも、それほど失当ではないと思う。ただ千鳥は、冬の鳥であり、春草の繁茂する季節とはあわない。

「近江荒都」の歌においては、自然の風景は、人物と反対の立場に立っていて、「……聞けども……言へども……」と逆接の助詞が使われていた。しかし、この歌では、自然は人間と一体になっていて、「鳴けば」と順接が用いられている。そうなったとき、悲しみは心に沈む。人麻呂は29〜31の歌で、信じがたい現実を現実として認めざるをえなかった。そうして、過去の帰らざることをはっきりと知った。その心を、時をおいて歌ったのが、この夕波千鳥の短歌である。

この歌は、いつも松尾芭蕉《ばしょう》の「海くれて鴨の声ほのかに白し」（白色とは虚《むな》しい色で、どこにもわが身をゆだねるところとてない漂泊の色である）を、思い起こさせる。「海くれて鴨の声」までは叙景で、白いのはそのときの芭蕉の情感の世界である。ほのかに白い世界は、そのまま、人麻呂の情調であったにちがいない。

270　旅にして物恋《ものこほ》しきに山下《やました》の赤《あけ》のそほ船沖《ふねおき》へ漕《こ》ぐ見ゆ

高市連黒人《たけちのむらじくろひと》

羈旅の歌八首の最初の歌である。黒人は七世紀後半、万葉第二期に属する、柿本人麻呂と同時代の宮廷歌人だが、すべての点で人麻呂と対照的である。人麻呂は長歌に秀いで、太々とした叙事性に富んだ長歌を詠んだが、黒人は短歌だけを残し、繊細な抒情を詠嘆的に詠んだ。思想的にも、人麻呂は進歩的で、外国文学の素養も深く、漢文学的表現を作品にとり入れている。一方、黒人は保守的・伝統的で、高市郡土着の古い氏族の出身である。

古《いにしへ》の人にわれあれやささなみの故《ふる》き京《みやこ》を見れば悲しき　(32)

などと歌う。この歌は、題詞に「高市古人《たけちのふるひと》の近江の旧堵《きうと》を感傷して作れる歌」とあり、つづけて「或る書に云はく、高市連黒人といへり」と細注がある。彼が「古人」といわれるほど、保守的で古風な世界に住んでいたことがわかる。

人麻呂は、天皇讃歌・従駕歌・挽歌・物語的フィクションの歌を長・短・旋頭歌《せどうか》の形で幅広くつくったが、宮廷の晴れの場における儀式の歌が主だった。黒人は一首の天皇讃歌も皇子挽歌も応詔歌も歌っていないが、即興的・日常的な褻《け》の場における作歌に奉仕した、宮廷歌人であった。

『万葉集』に残る十九首の黒人の歌は、すべて旅路の歌である。旅とは、故郷を離れ、不安定な状態で、愁《うれ》わしい。旅愁の詩人として、黒人は人麻呂を遠く抜いていよう。彼は多く「いつ」「どこ」という不定詞を使い、また遠ざかるものを好んで歌った。そのひとつが、この歌である。旅にあって「物恋しい」とは、そこに存在しないものにむかって心惹かれる状態で、「物」は漠然とした気持を意味している。黒人は、あとにしてきた故郷、そこに残した人びとに心惹かれているのである。「恋しきに」は、「であるのにさらに」の意味。

第三句の原文は、「山下」だけで、助詞に・へ・を・ののどれを補ってもよい。いまはのをとり、「山下の赤」とつづくと考える。朱が映えて、山の下が明るくなるのである。「そほ」は、赤土のことで、『万葉集』にはほかに「真朱《まそほ》」とある（3841）。「そほ船」は、赤土を塗った船で、「赤のそほ船」とは、重複したいい方である。官船であろうといわれている。暗いなかに、ぽっと明るく、朱が浮かんで見えるのであろう。しかも、船は沖へ遠ざかってゆく。やがて視野から消えてゆく船である。船も、海上にゆらぐが、心も旅にあってゆらいでいるのである。

暗い風景だと思うが、船を発見したことで、黒人の心は明るくなっていよう。「そほ船」は、芭蕉の「山路来て何やらゆかし菫草《すみれぐさ》」の「菫」にもたとえられようか。山路の荒々しさと対照的である。なお「沖」も、原文は「奥」だけで、を・にもとれるが、沖にむかって去るものとしてへをとる。なお一説に、黒人は夜の神に仕える人だという説もある（高崎正秀氏）。

317 天地《あめつち》の　分《わか》れし時ゆ　神《かむ》さびて　高く貴《たふと》き　駿河《するが》なる　布士《ふじ》の高嶺《たかね》を　天《あま》の
原　振《ふ》り放《さ》け見れば　渡る日の　影《かげ》も隠《かく》らひ　照る月の　光も見えず　白雲《しらくも》
も　い行きはばかり　時じくそ　雪は降りける　語り継《つ》ぎ　言ひ継ぎ行かむ
不尽《ふじ》の高嶺《たかね》は

反歌

318 田児《たご》の浦ゆうち出《い》でて見れば真白《ましろ》にそ不尽《ふじ》の高嶺《たかね》に雪は降りける

山部宿禰《やまべのすくね》赤人《あかひと》

赤人は、第三期の宮廷歌人。山部氏は、山守り部、すなわち山の管理に当たった一族である。伊予にも山部の地名があり、そこの出身かともいわれる。

真間《まま》の手児名《てこな》の歌431〜433、道後温泉の歌322〜323、その他357〜362の歌からわかるように、赤人はよく旅をしているが、その旅がどんな目的の旅かということについて、中国の周時代の楽府《がふ》の官吏であった采詩官《さいしかん》のように、朝廷から派遣されたのだろうという説があるが、根拠はない。官位は低い人であったらしい。

富士の歌には、都の人のものと麓の農民のものとがあって、性格がちがっている。農民の歌の富士は、生活のなかで詠まれているが（3355・3356など）、都人は、めずらしい聖なる山として見ていた。

赤人は富士を神話的発想から歌い出している。「ゆ」は、そのときからずっと。「さぶ」は、それがそれらしいことで、「神さぶ」は神らしい、神々しい。「天の原」は、天のひろがり。「放く」は、放つ。「目を遠く放って見ると、富士は太陽や月の光も隠す存在であり、雲も通過することを遠慮し、雪さえもいつも降っている。この聖なる富士の高嶺を世々に語り継ぎ、言い継いでゆこう」。このように「語り継ぎ言い継いで」ゆくのが、宮廷歌人の役目でもあった。

反歌にも荘厳な感情が流れている。「真白にそ」がそれで、これは尊厳な畏怖であり、荘厳な美であった。この歌の美への感動は、聖なるものへの感動とともに歌われている。現代人は、美なるものへの感動が芸術になり、聖なるものへの感動が宗教になると考える。しかし古代人は聖と美を別々には考えない。聖は清であり、また美である。いったいに赤人は醒《さ》めた人であり、万葉も理知的になった第三期の歌人だが、この歌では、聖と美とが一体となっている。

この歌の歌われた場所については、いまは興津《おきつ》川北側の薩埵《さった》峠という説が支持されている。「田児の浦」も、現在のところではなく、富士川西岸の蒲原・由比・倉沢にかけての弓状の海浜だという。「うち出でて」は、広々としたところへ出る意で、「浦づたいに通って」と解する。漕ぎ出るのではない。山陰をまわったとき、突如聳《そび》える富士の偉容にはじめて出会っての感動であろう。『新古今集』や『百人一首』のこの歌は、結句が「雪は降りつつ」と替えられていて、降りつづけていると富士山が見えないはずだから意味上矛盾があるが、新古今時代は、「つつ」の経過に余情があってよしとしたのである。

おそらくこの歌ののちに赤人は客観的な純粋叙景歌を詠んだのであろう。近代的詩精神の誕生ということができよう。たとえば923と925など、相反するふたつのものを対比させた、緊密な構成の長短歌は、柿本人麻呂の華麗な味わいとはちがって、また、見事である。とくに赤人の短歌は、客観的写生歌として、近代アララギ派の歌人に賞讃された。

324

三諸《みもろ》の　神名備《かむなび》山に　五百枝《いほえ》さし　繁《しじ》に生《お》ひたる　つがの木の　いや継《つ》ぎ継《つ》ぎに　玉《たま》かづら　絶ゆることなく　ありつつも　止《や》まず通はむ　明日香《あすか》の　旧《ふる》き京師《みやこ》は　山高み　河雄大《かはとほしろ》し　春の日は　山し見がほし　秋の夜《よ》は　河し清《さや》けし　朝雲《あさぐも》に　鶴《たづ》は乱《みだ》れ　夕霧《ゆふぎり》に　河蝦《かはづ》はさわく　見るごとに　哭《ね》のみし泣かゆ　古《いにしへ》思へば

反歌

325

明日香《あすか》河川淀《かはよど》さらず立つ霧《きり》の思ひ過ぐべき恋にあらなくに

山部宿禰《やまべのすくね》赤人《あかひと》

神岳《かむおか》に登って、赤人のつくった歌。神岳は、神のいます丘の意で、ここでは、奈良県明日香村の雷丘《いかずちのおか》のことである。

「みもろの神名備山に、たくさんの枝をさし伸ばしながら、一面に生えている栂《とが》の木のように、いっそうつぎつぎに、そして美しいつる草が絶えることがないように、ずっと通いつづけよう。明日香の古き都へ」。

「三諸」は、神のいますところを意味する普通名詞で、「御杜《みもり》（森）」、また「御降《みも》り」の意味である。実体は、神名備とおなじ。「神名備」は、神のほとりの山の意で、神の降臨する山を指す。

主題として提示されるのは、明日香の古き都。それに対する修飾が、「つがの木の……」とつづく。これは一見不必要なわずらわしさともとれよう。しかし、ことばは意味とともにリズムをもっており、ことがらでおき替えられないニュアンス、イントネーションがある。また観念的でない可視的なイメージなどはリズムに依存するところが大きい。

「ありつつも　止まず通はむ」は「止まずあり通はむ」とおなじ、『万葉集』に独特な表現である。ずっと通おうという表現には賞讃の意味があり、明日香への思慕や敬愛の大きさをしめしている。赤人は、飛鳥、藤原、寧楽《なら》と三つの都を、実際に経験していると思われる。柿本人麻呂が近江大津宮を詠む際の、たとえば「大宮は　此処と聞けども　大殿は此処と言へども」(29)といった表現は、伝聞のものであるが、赤人の明日香は実際に知っているものである。「つがの木の　いや継ぎ継ぎに」は29にもあり、その真似をしているといわれるが、赤人は伝統としてこれを継承する立場にあったからにほかならない。

以下、明日香古京を「山高み……さわく」と対句を多く使って、美しく描写する。「河雄大し」とは「山高み」に対応する雄大な情景を指す。ことばとして「面しろし」に対する「遠しろし」で、「しろし」には「顕」「著」を当ててよいだろう。距離的ひろがりをいうようである。明日香は、平城京に比し山が多い。「山し」は強め。「春の日には山こそ見たい」。この「見たい」もほめことばで「賞美する」ことである。

そして「秋の夜は、川がすがすがしい。冬は朝雲に鶴が乱れ飛び、夏は夕霧にかわずがしきりに鳴く」。「かはづ」は、蛙類の総称だが、ここは河鹿《かじか》であろう。朝と夕、山上の雲と川の霧、空と鶴と川のかわずが対応している。霧は低いところにもやっているものである。「それを見るごとに、自然に泣けてしまう。過ぎ去った古えを思うと」。「哭《ね》」は泣くこと。「泣かゆ」は、自然に泣けてしまう。なぜ古えを思うと泣けてしまうのか、それは、赤人がとくに過去への意識が濃厚で、古えに心を傷《いた》ましめるからである。

「朝雲に……さわく」は、その過去の空白に心がさまよいながら、見ていたものである。過去の空白な時間のなかに、入っていってしまう赤人、そのことからくる虚脱感。それは、茫然《ぼうぜん》とした喪失感である。

325の反歌ではいきなり「恋」という。しかしそれも古えへの恋である。「明日香の川淀にもやって流れ行かぬ霧のように、いつまでも過ぎ去ってしまわぬ恋であるよ」。この反歌は、緊張感に支えられた長歌に対し、すこしはずれたところにあろう。公的長歌に私的感情を短歌のかたちで添えるのが、発生時以来の長・反歌のあり方でもあった。

赤人の歌は、しばしば、静止的・絵画的であるといわれる。それは一糸乱れぬ端正さ、構図の比類なき美しさのゆえである。「若の浦に潮満ち来れば潟《かた》を無み葦辺《あしへ》をさして鶴《たづ》鳴き渡る」（919）の歌も、潮、潟、鶴の動きを詠んでいるなかに絵画的な静止的な印象が強い。

しかし、そういう端正な歌を詠む赤人は、自分自身息苦しくはなかったろうか。「春の野《の》にすみれ摘《つ》みにと来《こ》しわれそ野をなつかしみ一夜《ひとよ》寝にける」（1424）には、官僚機構に倦《う》んだ生身《なまみ》の赤人の、やや風狂にすぎるほどの褻《け》の姿がある。また、女性を手に入れようとしたが失敗したので、またチャレンジしようという歌（384）がある。

わが屋戸《やど》に韓藍《からあゐ》蒔《ま》き生《おほ》し枯れぬれど懲《こ》りずてまたも蒔《ま》かむとそ思ふ

赤人作とは思えないほどの戯歌である。

その幅のなかで、この324は長歌ではあっても赤人の人間らしさを感じさせる歌で、有名な924・925の反歌をともなう長歌923の整然たる公的名歌より、かえってこちらのほうが感情がしみ出ていてよい。

338　験《しるし》なき物を思《おも》はずは一坏《ひとつき》の濁《にご》れる酒を飲むべくあるらし

大伴宿禰旅人《おほとものすくねたびと》

「大宰帥大伴卿《だざいのそちおほとものまへつきみ》の酒を讃《ほ》むるの歌十三首」中の第一首。従来、十三首がいかなる構成をもつかが論じられているが、むしろ感性の人旅人の、偽《いつわ》らざる心情が流れだして、おのずからの構成をなしたものであろう。それを統《す》べる第一首がこの歌である。

「考えたってしかたのないことは考えず、一杯の濁り酒（どぶろく）を飲むほうがよいらしい」。ここで「験なき物」、つまり効果がないものといっているのは、一連のあとの歌によると、「賢《さか》しみ」（341）あるいは「賢しらをする」（344・350）、すなわち、利巧ぶることを指している。これは、集中のほかのところ（3860）で「情進《さかしら》」を当てていることから考えれば、心が不自然になにかしようとして、わざとらしくなることらしい。ここは、それを否定しているわけで、ごく自然なものがいいことになる。

中国で高く価値を付されている「賢」を当て、それを不自然で、利巧ぶりにすぎないと否定するのである。儒教思想にもとづく官僚の世界の価値観や、「価《あたひ》無き宝《たから》」（345）、「夜光る玉《よるひかるたま》」（346）、「来生の願」（348）など、これらいっさいを拒否して、価値あるものは、酒を飲み、酒に染み、酔い泣きして、「この世なる間《ま》」（349）を楽しく生きることだという。徹底的な現世享楽主義である。それは儒教思想への反動であり、老荘思想への思慕である。「七の賢しき人」（340）とは、晋《しん》時代の嵆康《けいこう》、阮籍《げんせき》ら、竹林の七賢人のことで、いずれも時の政治を批判し、竹林で清談をした隠士たちである。

酒をほめることは、歌の題材として、特殊なものである。しかし、中国に「酒徳頌《しゅとくのしょう》」などがあり、そうした影響で詠んだとすると、この題材も納得できる。中国の詠物詩の影響は満誓《まんせい》の綿を詠む歌（336）にも考えられ、旅人の教養と中国趣味をしめす、斬新なものといえる。

しかし、歌われている内容はかなり深刻なものである。大宰帥は高官であっても、大宰府は辺境で、中央政界からは疎外されている。しかも老齢のうえ、若い愛妻を失った。793の題詞によれば、ほかにも多く不幸な報せを経験したらしい。となれば、たいへんな悲しみのうちにあったわけである。そのなかで、ある日望郷の念にさいなまれつつ、この十三首をつくったのだった。「飲むべくあるらし」など十三首がそれぞれ、推量・疑問などゆとりある表現をとっているのは、「べし」で思考する山上憶良と大いにちがうところで、鷹揚《おうよう》な歌いぶりのなかに、秘められた悲しみが伝わってくる。

388
海若《わたつみ》は　霊《くす》しきものか　淡路島《あはぢ》　中に立て置きて　白波《しらなみ》を　伊予《いよ》に廻《めぐ》らし
座待月《ゐまちづき》　明石《あかし》の門《と》ゆは　夕《ゆふ》されば　潮《しほ》を満《み》たしめ　明けされば　潮を干《ひ》しむ
潮騒《しほさゐ》の　波《なみ》を恐《かしこ》み　淡路島　磯隠《いそかく》りゐて　何時《いつ》しかも　この夜《よ》の明けむと　立ち騒《さわ》
さもらふに　眠《い》の寝《ね》かてねば　滝《たぎ》の上《うへ》の　浅野《あさの》の雉《きぎし》　明けぬとし　立ち騒
くらし　いざ児等《こども》　あへて漕《こ》ぎ出《で》む　にはも静《しづ》けし

反歌

389
島伝ひ敏馬《みぬめ》の崎を漕《こ》ぎ廻《み》れば大和恋《やまとこほ》しく鶴《たづ》さはに鳴く

若宮年魚麻呂《わかみやのあゆまろ》の伝誦歌《でんしょうか》

題詞に「羈旅《たび》の歌一首并せて短歌」とあり、左注に「右の歌は、若宮年魚麻呂誦《よ》めり。ただ、いまだ作者を審《つばひ》らかにせず」とある。伝誦者年魚麻呂はほかに短歌一首（387）を詠み、この388・389および1429・1430歌を誦している。

387の歌は、仙柘枝《やまひとつみのえ》の歌三首と題詞のあるものの最後の一首だから、年魚麻呂は伝説を語り、歌を誦し、おわりに自作歌も加えたのであろう。仙柘枝とは、吉野川のほとりに住んでいた漁師味稲《うましね》が、あるとき、上流から流れてきた柘《つみ》（山桑）の枝を拾ってくると、枝は女性に変身し、結婚するが、やがて天に飛び去ってしまったという話である。

年魚麻呂の伝記は不明、宮廷詞人と呼ばれるべき存在で、山部赤人と親しい関係にあるらしい。彼の歌は、いつも赤人の歌とならべておかれている。

「わた」は海、「つ」は所有の「の」、「み」は尊いもの。もともとの「海の神」から、海そのものを指すようになるが、のちのちまでどこかに神のイメージを引いている。「霊し」は尊く、不思議なこと。「伊予」は四国の総称。

「本州と四国の中央に淡路島をおき、白波をめぐらして四国を囲み、座待月（十八夜の月）の明るい明石の海峡からは、夕方になると潮を漲らせ、夜明けには潮を引かせる」。このことを海の神がつかさどるという。ダイナミックな歌柄で、船上から見渡しているのではなく、大空から見下ろしているようである。実際に経験したことを、想像のうえで天空から俯瞰《ふかん》したように詠んだものであろう。ことにそれを神の仕業というとき、生き生きとした印象を生み、また幻想的でさえある。この歌のユニークさは、たいへんなものだ。

「潮の寄せるざわめきの激しい響きが恐しいので、淡路島の海岸の石のごろごろしたところに、船を避難させて、いつこの夜も明けるだろうかとまって、眠ることができないでいると、払暁となり、激しい海にそそぐ川のほとりの草も、浅い野の雉が、夜が明けたとて飛び立ち騒ぎ、鳴く声がきこえる。さあみんな漕ぎ出そうではないか。海上も静かな夜明けだ」。

まんじりともしないで、船中で夜を過ごした人びとが、いち早く耳にするのが朝の雉の声である。当時は雉がたくさんいたであろう。雉は野の鳥の代表だった。「いざ児等」は官人への呼びかけ。男性集団にかぎっての習慣的な表現のようである。この旅も官人集団のもので、恐しい夜と、静かな夜明けの対比が見られ、それをつかさどるのが海神だという。作者未詳だが、巧みな歌である。

389の反歌は、「島づたいに敏馬の崎をめぐって漕いでくると、故里大和への慕情をかき立てるように、鶴がしきりに鳴くことだ」。「敏馬の崎」は、いまの神戸市灘区岩屋町で、人麻呂の旅の歌にもここが詠まれている。

416　ももづたふ磐余《いはれ》の池に鳴く鴨《かも》を今日《けふ》のみ見てや雲隠《がく》りなむ

大津皇子《おほつのみこ》

題詞に「大津皇子の被死《みまか》らしめらえし時に、磐余《いはれ》の池の般《つつみ》にして涕《なみだ》を流して作りませる御歌一首」とある。

大津皇子は、皇太子草壁に対し謀叛を企てたという疑いがかけられ、朱鳥元年十月三日に殺された。持統紀に「賜《フ》二死《ヲ》皇子大津《ニ》於訳語田舎《をさだのいへ》一《ニシテ》 時《ニ》年、二十四」とある。皇子二人をとりまく勢力争いの感があるが、この事情については、166の歌の説明ですでに述べた（五七―五八ページ）。

「磐余」は現在の奈良県桜井市香久山の北で、過去何代かここに都があった。大津の住居が磐余にあったのは、彼が重んじられていたことをしめすであろう。

題詞の「被死らしめらえし」とは、みずからの意志によるものではないのだから、処刑されたのであり、刑死者の臨刑詩だということになる。異常な情況のなかにおかれた詩というべきだろう。この異常さは当時の万葉人にもそう感じられていたらしい。巻三の挽歌は、冒頭を横死《おうし》者慰問《いもん》の歌からはじめ、客死《かくし》者、溺死《できし》者らにかかわる歌を集めている。当歌もそのなかにある。

巻三は題詞に長いものが多く、しかも「涕を流して」などと、主観的に書かれている。これは、『万葉集』でも巻三がまだ記紀的な記録物語の姿勢を残していることをしめすものであり、『日本書紀』の記事はいっそう劇的である。

妃《みめ》皇女《ひめみこ》山辺《やまのへ》、髪《かみ》を被《くだしみだ》して徒跣《そあし》にして、奔《はし》り赴《ゆ》きて殉《ともにし》ぬ。見《み》る者皆歔欷《ひとみななげ》く。皇子大津は、……容止《みかほ》墻《たか》く岸《さが》しくして、音辞《みことば》俊《すぐ》れ朗《あきらか》なり。……長《ひととなる》に及《いた》りて弁《わきわき》しくして才学《かど》有《ま》す。尤《もと》も文筆《ふみつくること》を愛《この》みたまふ。詩賦《しふ》の興《おこり》、大津《おほつ》より始《はじま》れり。

大津がほんとうの謀叛人なら、当時の官選の歴史書がこんなに抒情的に書かないだろう。じつは、当時の人びとは中国の故事をよく知っていて判例のように用いたが、『後漢書《ごかんじょ》』の列女伝七十四董祀《とうし》妻伝には、文姫（名は琰《えん》）の悲憤詩中に「観者皆歔欷《きょきス》」とあり、書紀のこの部分に類似する。ところが、これは文姫が夫董祀を弁護し、その罪が許されるくだりである。書紀の筆者はこの文姫伝を引いて、大津の罪が許さるべきだといいたかったのではないだろうか。

歌は「百にまで伝わる、い（五十《ぃ》）われの池に鳴いている鴨を見ることも今日を限りとして、私は雲のかなたに去るのだろうか」。幼少のころから見なれてきた鴨は、今年も磐余の池に姿をあらわし、眼を楽しませていた。いま死に臨んで、もろもろの生活の風景のなかから、少年の日以来の鴨の姿がよみがえってきたのである。

「雲隠る」は、死の敬語表現で、この歌は「雲隠りなむ」と推量の助詞までついているから、大津自身の作であるとは思われない。「大津皇子物語」というものがあり、この歌はその最後の歌だったのではないか。当時は歌はだれが代作してもよく、人びとは大津の作として享受し涙したのである。「大津皇子物語」を語った人は、無念のうちに死んだ若きプリンスの悲しみを語った。われわれも、大津の心をこの一首から理解すればよく、実作者はだれでもかまわないのである。

『懐風藻』のこのときの作「金烏《きんう》西の舎《や》に臨《て》り、鼓の声《ね》は短き命を催《うなが》す。泉路《よみぢ》に賓主なく、この夕べ誰《た》が家にか向はむ」も、実作の当否は当歌とひとしい。漢詩は死へとせきたてる落日と鼓声を、歌は過去への惜別を鴨に寄せて歌っている。

475 懸《か》けまくも　あやにかしこし　言はまくも　ゆゆしきかも　わご王《おほきみ》　皇子《みこ》の
命《みこと》　万代《よろづよ》に　食《め》したまはまし　大日本《おほやまと》　久邇《くに》の京《みやこ》は　うちなびく　春さりぬ
れば　山辺《やまへ》には　花咲きをり　河瀬《かはせ》には　年魚子《あゆこ》さ走り　いや日異《ひけ》に　栄《さか》ゆ
る時に　逆言《およづれ》の　狂言《たはごと》とかも　白栲《しろたへ》に　舎人装《とねりよそ》ひて　和豆香山《わづかやま》　御輿《みこし》立たし
て　ひさかたの　天知《あめし》らしぬれ　こいまろび　ひづち泣けども　せむすべも
無《な》し

反歌

476　わご王《おほきみ》天知《あめし》らさむと思はねば凡《おほ》にそ見ける和豆香《わづか》そま山

477　あしひきの山さへ光り咲く花の散りぬるごときわご王《おほきみ》かも

大伴宿禰家持《おほとものすくねやかもち》

「十六年甲申《かふしん》。春二月に、安積皇子《あさかのみこ》の薨《かむさ》りましし時に、内舎人《うどねり》大伴宿禰家持の作れる歌六首」のうち、二月三日につくった三首である。

若き日、家持は短期間に三つの死を経験する。第一は、天平十一年（七三九）の妾《しよう》の死で、つぎがこの安積皇子の死、第三が越中赴任中、天平十八年（七四六）の弟大伴書持《ふみもち》の死である。このことが家持の精神形成に大きな影響をあたえたと、山本健吉氏は強調している（『大伴家持』）。

安積皇子は聖武《しようむ》天皇の第二皇子。母は県犬養広刀自《あがたのいぬかいのひろとじ》で、同腹に井上・不破二内親王があり、光明《こうみよう》皇后にはべつに基王《もといのおう》があった。基王は、神亀四年（七二七）九月に誕生し、その十一月に皇太子となる。しかし五年九月に基王が亡くなると、傷心の聖武に、翌年左大臣長屋王が「左道を学んで国家を傾けようとしている」という密告があった。具体的には基王の死が長屋王の呪詛《じゆそ》によるという内容に曲解しうるものであった。長屋王とその妃吉備内親王、およびその男子は死を命じられる。これは光明立后を望む藤原氏の陰謀によるもので、その半年後には天平と改元され、光明が皇后となった。

一方、安積皇子については、天平十六年の閏《うるう》正月十一日、聖武天皇が久邇《くに》京から難波の離宮へ出かけようとし、したがった安積皇子は、途中の桜井（大阪府下枚岡）で急逝《きゅうせい》する。突然の死に、どうも藤原氏によって殺されたのではないか、という推測もある。十七歳のはかない生命であった。藤原氏の台頭をよろこばない皇親派にとっては打撃が大きかったであろう。皇子は家持や皇親派の希望の星であった。

ひさかたの雨は降《ふ》りしく思ふ子が宿《やど》に今夜《こよひ》は明《あか》して行かむ　（一〇四〇）

は、安積皇子に代わって、家持が詠んだものである。

この歌の題詞に、家持がわざわざ内舎人としるしているのにはこうした政治的事情がある。それと同時に、かつての天皇親政の白鳳時代、柿本人麻呂や日並《ひなみし》の舎人たちが天武の皇子女の亡くなったとき、つぎつぎと挽歌をつくったことの文学伝統を意識してのことであった。

またこの長短歌をつくった二月三日は、死去の日から二十一日目で、三七忌《さんしちき》に当たる。仏事の節目につくられたのであろう。つぎの歌は、三月二十四日の作で、五十日目に当たる。

歌の意は、「口にするのもいいようなく恐れ多い。ことばにしようにもはばかられることである。わが大君皇子の命が永久に統治なさるべきであったこの日本の久邇の都は、物みなの霞こめる春になると山辺には花咲き乱れ、河瀬には若鮎が走り泳ぎ、ますます日一日と栄えていたそのとき、突如として逆言《さかしまごと》の戯れ言というのか、皇子は亡くなり、舎人たちは白布の喪服に装い、和豆香山に皇子は輿をお立てになり、遠いはるかな天を支配なさってしまわれたことよ。そこで舎人たちは大地に身を投げ出しごろごろころがり、衣を涙に濡らし泣くのだが、どうしたらいいのか、せん術もない」。

この歌いだしは、人麻呂の高市挽歌（一九九）の口ぶりを真似ている。高市皇子の挽歌になぞらえることで、家持は安積皇子が高市に匹敵するといっていると考えるべきだろう。しかし人麻呂の挽歌はことばが連続し、流暢《りゅうちょう》で荘重、かつ軽快であるのに対し、家持の歌はぽつぽつ切れ断続的で重々しく、死を悲しむにふさわしい。この点では人麻呂を凌駕《りょうが》しているといえよう。

また、挽歌の伝統を継承し、類型的な表現をとってはいるが、そのなかでもイメージの中心の「うちなびく……栄ゆる時に」は、枝もたわわに咲きほこる花や、ぴちぴちしたすばやい鮎など、若い皇子の象徴としてふさわしい。当時はそういう風景の美しさがすなわち繁栄の姿であるとして、人間の命の繁栄と結びつけられ、一体化して認識されていたのである。当時の人びとは、挽歌の核としてこれをクローズアップして受けとっていたであろう。

476は、「わが大君が天を治められるだろうなどとは思ってもいなかったので、気にもとめずぼんやり見ていた杣《そま》山でしかなかった和豆香山よ」。皇子がここに葬られたので、いまは重要な親しい山になったのである。

477は、「あしひきの山まで輝かせて咲く花の落花のようなわが大君よ」。光による把握がすばらしいではないか。輝かしい花は、凋落の季節をまたずに、散り果てて墳墓の主となった。この現実をあえて「わご王かも」といった家持の嘆きは深い。

巻四

すべて、恋の贈答歌である相聞の歌が集められている。冒頭は、磐媛《いわのひめ》に関係のありそうな短歌一首と崗本天皇《おかもとのすめらみこと》の御製長短三首で、これは古代伝承歌からの採録である。つぎには詞《ことば》の嫗《おうな》の歌、宮廷歌人の歌とつづける。そして奈良朝の歌を連ね、最後は編者と思われる人と同時代の人びとの歌におよんでいる。

編者は大伴家持であろう。彼は、青春時代に、多くの女性たちと歌の贈答をした。和歌が恋愛の道具にしかならなくなったと嘆いたのは『古今集』の紀貫之《きのつらゆき》だが、すでに家持における和歌も同様で、彼はむしろ積極的に、この和歌の機能を試みた。後年こうした歌々を古歌につづけて、この一巻を編んだ。だから彼の青春の記念碑といえる、愛憐の思い濃き一巻である。

巻頭歌（484）の「難波天皇《なにはのすめらみこと》の妹《いろも》の大和《やまと》に在《いま》す皇兄《すめいろえ》に奉上《たてまつ》れる御歌《みうた》」の「難波天皇」という呼び方や、またつぎの歌の「崗本天皇」（485）などは奈良朝のおわりごろの呼称と思われ、これらの歌が、家持にとっていかに遠い過去のものであったかを偲ばせる。

『万葉集』の体裁上は第一部（巻一から巻七まで）にあるこの巻だが、現在のかたちに整えられ、ここに入れられたのは、奈良時代に入ってからで、家持の周辺の歌が、日付順に記された巻十七〜巻二十の四巻を編みおわったのちに、ここにこの巻を加えたのではないかと考える。

全巻で、長歌七首、短歌三百一首、旋頭歌一首、合計三百九首を収める。ほか、異伝が二首ある。

488　君待つとわが恋ひをればわが屋戸《やど》のすだれ動かし秋の風吹く
額田王《ぬかたのおほきみ》

「額田王の近江天皇《あふみのすめらみこと》を思《しの》ひて作れる歌」と題詞にある。近江天皇は天智のこと。ただ、この呼び方はのちのいい方である。

一般に額田をめぐる天智、天武兄弟の三角関係を想像することが行われているが、私は天智と額田のあいだに、恋愛関係はなく、帝王と、その朝廷にあって詞をもって仕える女性との、敬愛しあう間柄であったと考える。ただこの歌については、後人の「額田王物語」のなかの一首で、額田の立場の歌とされたものと考えられる。歌風も新しく、あるいは柿本人麻呂の作かと思われるほどである。もっとも16の春秋争いの長歌もおなじように斬新で、それは彼女が大陸文化吸収の旺盛な近江朝の文人のなかにあってもとくにぬきんでていたからであろう。

万葉歌人のなかでも、このように例外的に歌風が新しいのは、もうひとり、山上憶良がそうである。憶良も朝鮮からの渡来者で、前にふれたが（二八ページ）、額田も祖先は朝鮮出身と思えるところがある。

この歌には「詞の嫗」である額田が、風を題材としてつくった趣もある。人を「恋ふ」、すなわちそこにいない人を求める心は敏感になっていよう。常人にはきこえない音もとらえうる精神状態にいた。だのに、待つ人は訪れず、かすかな風に簾《すだれ》がゆらぐだけである。裏切られたあとの空間に、虚しく秋風が吹き過ぎる。この風は秋風で、かつ微風でなくてはならない。恋人を待つ女性の心理が繊細にリアルに歌われている。

この風は古代のマジカルな風だという意見もあり、人の訪れる前兆だという考えもある。その説にしたがえば、恋う人はまもなく訪れることになる。しかし私は、秋風に象徴されるものは、やはり虚しさだと思う。

またこの歌は漢詩を翻案したような一首で、『玉台新詠集』に、この歌のもとづいたらしい詩があると土居光知氏は指摘している。六朝第一の、はれがましい男子の文学を集めたものが『文選』で、これと正反対の女性的な抒情の詩を集めたものが『玉台新詠集』である。その恋愛詩を「情詩」と呼ぶ。しかし、翻案歌にしても繊細な真実感のこもる秀歌である。それゆえに人びとに愛誦され、鏡王女の489の歌とともに巻八に再録されている。

501　未通女等《をとめら》が袖布留山《そでふるやま》の瑞垣《みづかき》の久しき時ゆ思ひきわれは
柿本朝臣人麻呂《かきのもとのあそみひとまろ》

ただ人麻呂の歌とあるだけで、作歌の情況など、すべて書かれていない。布留山にある布留の社、石上神宮《いそのかみ》にかけて恋の心を詠んだ一首である。

人麻呂の歌を地域的に見ると、山辺《やまのべ》の道は巻向《まきむく》山麓あたりの歌が多く、そのなかには民謡的な世界を代表する歌が多い。このあたりの櫟本《いちのもと》が出身地ではないかといわれ、「正倉院文書」には、櫟本に柿本姓の戸主がいる。そのあたりに生まれ、そこを生活圏とする生

活者として歌をつくったと思われる。1684の舎人皇子《とねりのみこ》に献じた三輪山の歌、

春山は散り過ぎぬとも三輪《みわ》山はいまだ含《ふふ》めり君待ちかてに

にしても、このあたりを生活圏とする人の詳細な観察にもとづいている。

しかし掲出の歌を生活的な歌とのみ決めてしまうのは、ためらわれる。ぴんとした張りがあり格調が高い。それは彼の宮廷歌人としての立場から生まれたものと思われる。

三句までは序詞で「久しき」に連続する。布留神社は久しい歴史があり、これを祀《まつ》る物部《もののべ》氏は朝廷の一族とは異なる別系統の氏族であった。神武より先に大和に入っていた饒速日《にぎはやひ》の子孫で、のちに大王家に奉仕し、祭祀を世襲する伴造《とものみやつこ》の一族となる。物部の「物」とは魂でもあり、鬼でもあり、要するに霊的なもので、それを布留の地で祀るのである。ここに祀られる神体は、布都《ふつ》の御魂《みたま》なる神剣で、崇神天皇の御代に石上に祀られたという。この伝承の久しさが、いま序詞として用いられた。

歌意は「神籬《ひもろぎ》としてめぐらされている瑞垣が、神々しく久しい昔からあるように、久しく常に恋しつづけてきた」。「瑞垣」はみずみずしい垣根のこと。いま、神体を形どって剣形のものがめぐらされている。「未通女等が袖（振る）布留山の瑞垣の」でちょっと切れて、「久しき時ゆ」とつづくこの歌には、ほんとうに久しい感じがある。

この序詞には、招魂儀礼として袖を振る美しい聖処女のイメージがある。巻十三の長歌3243は、海辺に袖を振る処女《おとめ》を歌っている。ともに鎮魂の袖振りであったろう。

少女等《をとめら》が　麻笥《をけ》に垂《た》れたる　績麻《うみを》なす　長門《ながと》の浦に　朝なぎに　満ち来る潮の　夕なぎに　寄せ来る波の　その潮の　いやますますに　その波の　いやしくしくに　吾妹《わぎも》子《こ》に　恋ひつつ来れば　阿胡《あご》の海の　荒磯《ありそ》の上《うへ》に　浜菜つむ　海人少女《あまをとめ》らが　纓《うな》がせる　領巾《ひれ》も照るがに　手に巻ける　玉もゆららに　白栲《しろたへ》の　袖振る見えつ　相思《おも》ふらしも

これも美しい恋歌である。なお2415の歌は、501の歌と一、二語違う柿本人麻呂の歌集の歌である。

526　千鳥鳴く佐保の河瀬《かはせ》のさざれ波止《や》む時も無しわが恋ふらくは
大伴坂上郎女《おほとものさかのうへのいらつめ》

「大伴郎女の和《こた》へたる歌四首」と題詞があるうちの第二首。ほかの三首はつぎのごとくである。

佐《さ》保《ほ》河《がは》の小《こ》石《いし》ふみ渡りぬばたまの黒馬《くろま》の来《く》る夜《よ》は年にもあらぬか　（525）

来《こ》むといふも来《こ》ぬ時あるを来《こ》じといふを来《こ》むとは待たじ来《こ》じといふものを　（527）

千《ち》鳥《どり》鳴く佐《さ》保《ほ》の河門《かはと》の瀬を広《ひろ》み打橋《うちはし》渡す汝《な》が来《く》とおもへば　（528）

作者の大伴郎女は通常坂上郎女と称せられる。坂上郎女はたいへん気の毒な女性であった。佐《さ》保大納言卿《ほのだいなごんのまえつきみ》の女《むすめ》で、若いときは晩年の穂積皇子に愛され、「寵《うつくし》びをうくること儔《たぐひ》なかりき」とこの歌のあとの注にあるが、すぐ死別したらしい。皇子の死後、藤原不比《ふひ》等《と》の子、麻呂の求婚を受け、贈答歌もあるが、この恋もわずかの期間でおわった。その後、先妻の一女をもった老後の大伴宿奈麻呂《すくなまろ》（異母兄）と結婚し、坂上大嬢《おおおとめ》（家持の妻）・二《おと》嬢《おとめ》を生んだが、ほどなく宿奈麻呂と死別する。

それでいて、郎女は相手のない架空の恋の歌をたくさんつくっている。だからこれは、恋というものをあらゆる面から表現する結果となり、折しも天平の文運の時代とあいまって、一大恋愛文学をつくりだすこととなった。

この歌にしても、つねに心をみたすものを、さざ波のかたちにおいてとらえている比喩

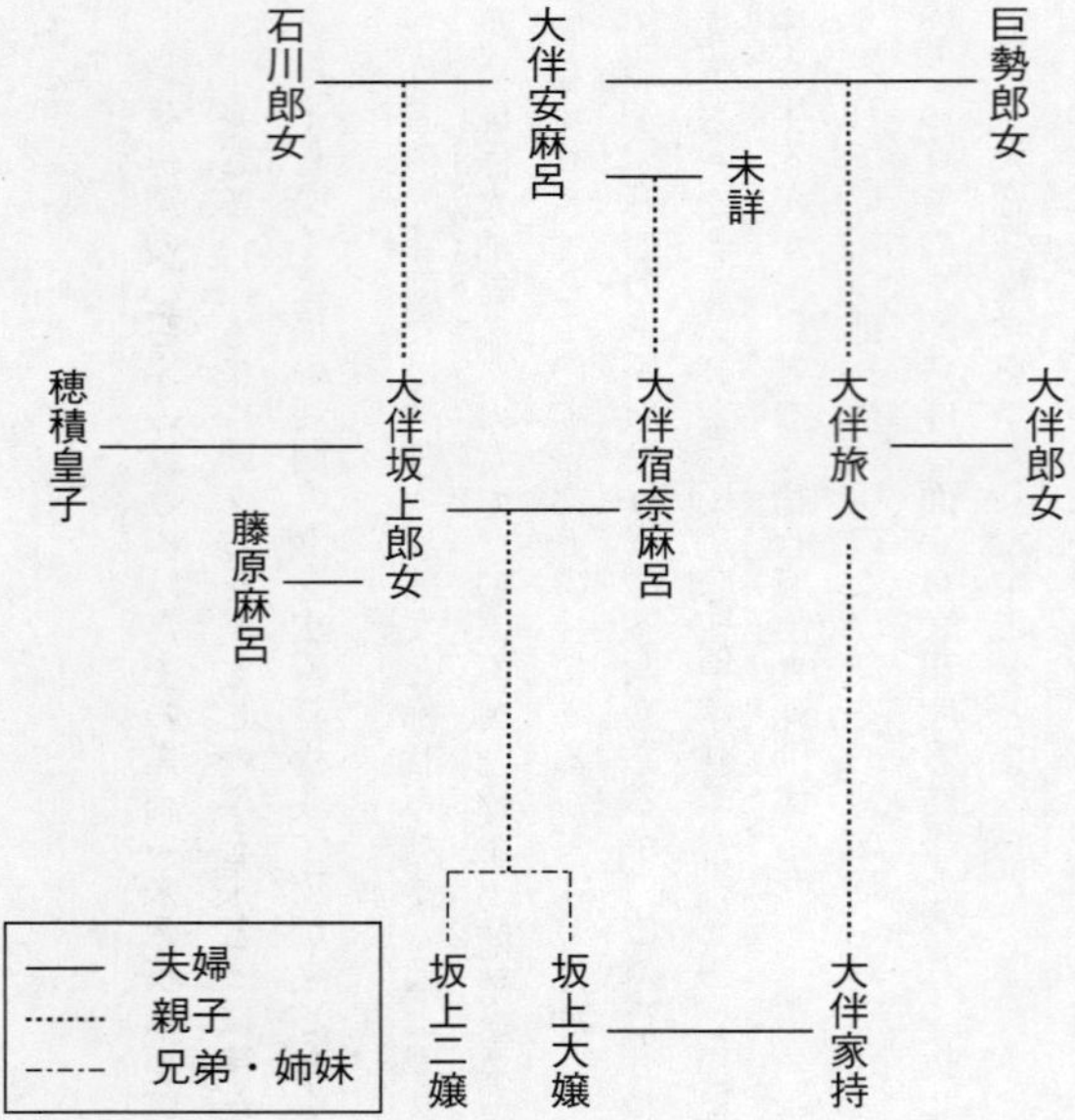
巨勢郎女
大伴安麻呂
石川郎女
未詳
大伴郎女
大伴旅人
大伴宿奈麻呂
大伴坂上郎女
穂積皇子
藤原麻呂
大伴家持
坂上大嬢
坂上二嬢
夫婦
親子
兄弟・姉妹

が美しい。佐保川には小さな波がいつも立っていて、「そのようにいつも」という意味で下へつづいてゆくが、そんな意味のつづきよりは、恋心のかたちとしてさざ波を発見しているところに郎女の慕情がある。しかも「千鳥鳴く」と佐保の河瀬を描写していることが、美しさを倍加している。清冽《せいれつ》な流れに、さざ波は澄んだ瀬音を立てる。さ音のくりかえしも快い。

つねに思うことを「楫《かぢ》とる間《ま》なく」思われると表現している歌(3173・3961・4027)もあるが、この歌の比喩のほうがずっと美しい。若いときの作と思われるみずみずしい一首である。

570　大和《やまと》へに君が立つ日の近づけば野に立つ鹿《しか》も響《とよ》みてそ鳴く

麻田連陽春《あさだのむらじやす》

麻田陽春は、天智朝に百済より亡命した答本春初《とうほんしゅんしょ》の息。神亀二年に麻田の姓を賜わった。この歌は天平二年、大宰府から、大伴旅人が帰京するときの餞《はなむけ》の歌二首のうちの一首である。

「別れを惜しんで鹿までも鳴く」という。「鹿も響みて」の「とよむ」とは、あちこちに声が響いてたくさん鳴くことだから、その音響がみちみちているかのようでありながら、しかしにぎやかに騒々しくはなく、澄んだ虚しさがある。鳴き声が消えたとき、よりいっそうの空虚さが漂うだろう。その寂寥感は旅人との別れ、そして残る者の京への思いとよくあっている。陽春自身の切ないまでの望郷の念もふくんで、かつ旅人との別れを傷んでいる。鹿は雌鹿を恋して鳴くのだが、作者も旅人を恋しているという気持がこめられているのである。

「鹿鳴《ろくめい》」とは中国の『詩経』にあり、賓客《ひんかく》をもてなす詩の篇名である。ここでも当然、その教養を踏まえて歌われているであろう。もちろん残される者の寂寥感があって、この歌はたんなる挨拶の歌ではない。

陽春という人は心穏やかな教養人だったろうか。この歌も教養をさりげなく歌いこめていて、けっして表《おもて》には出していない。惜別とはいっても大仰《おおぎよう》に悲しむわけでも、自分自身の望郷の念をあらわに歌うわけでもない。歌はむしろ軽やかで、「大和へに……立つ」と「野に立つ」というところにリズムをとっている。このふたつを「ば」で結んでいるのだから、読み下して快い。この軽さは、淡々とした表情のなかに深い友情を秘めた趣と解せる。つまり「君子の交わりは、淡きこと水のごとし」という君子の淡交をしめすもので、じつはこの態度は、旅人を中心とする文人たちのだれかれに感じられるものであった。大宰府における文雅のほどが知られるというものであろう。

陽春がつくったもう一首とは、

韓人《からひと》の衣染《ころもそ》むとふ紫《むらさき》の情《こころ》に染《そ》みて思ほゆるかも　（569）

である。これも、570の歌に優るとも劣らない秀歌で、「紫の濃染」ということばがあるように、紫が濃く染まるところから、旅人のことがわが心深く染まっていることを比喩し、かつ紫は当時最高の階層をしめすシンボルカラーだったから、紫に旅人をたとえることは、最大の尊敬を払ったことになる。それでいて、これまたさりげなく歌っているところが、いまの歌とひとしい口ぶりである。旅人は正三位大納言として紫の式服を着した。そのうえ「韓人の衣染む」というところに、海外好みの旅人をいっそうよろこばせるものがあったにちがいない。

594　わが屋戸《やど》の夕影草《ゆふかげくさ》の白露《しらつゆ》の消《け》ぬがにもとな思《おも》ほゆるかも

笠女郎《かさのいらつめ》

大伴家持に贈る歌二十四首（587〜610）中のもの。笠女郎の歌は『万葉集』に二十九首（上の二十四首に加え、395〜397・1451・1616）あるが、すべて家持に贈った歌である。なおこの二十九首は、女性として大伴坂上郎女につぐ歌数となる。

全体、二十四首は四段の構成になっている。595までの歌には「思ふ」と「恋ふ」の語がほぼ、交互に使われているが、596〜601は「恋ふ」のみ、602〜608は「思ふ」のみが使われている。そして最後の609〜610は別れてからのものである。こうした用語のうえからも女郎の心理が四段階を経ていることがわかろう。これらは長年月のものを一括したもので、配列は贈られた順によっていると思われる。

「恋ふ」ことは「乞ふ」ことであるという折口信夫の説は、二語の仮名が、「恋ひ」の「ひ」は乙類、「乞ひ」の「ひ」は甲類と分かれるので成り立たないという反論もあるが、私は性質がたんへん似ていると思う。ともに相手を求めるのである。神に祈るのも「乞ふ」といい、これは積極的な行動性のあることばである。対して「思ふ」は心のなかで思うことで、自己回帰的である。「思ふ」のオモは「重し」のオモとおなじである。心に重みを感じることが「思ふ」であった。

全体の構成について述べるとまず第一段、笠女郎は、「年《とし》の緒《を》長く」(587)あるいは「恋ひわたる」(588)とあるように、長く家持を思っていた。一途な慕情を寄せながら、人に知られまいと心を砕き、あるときは激情を抑えて、奈良山の小松の下で嘆き(593)、またあるときは夕影草の白露のようにたよりなく切なく思われるとも訴えている(594)。

595と596のあいだには、なにか事件がふたりのなかにあったかもしれない。第二段の596から女郎の心は突如燃えあがる。

八百日《やほか》行く浜《はま》の沙《まなご》もわが恋にあに益《まさ》らじか沖《おき》つ島守《しまもり》　(596)

は、同意を求めるより、それを命じているようである。そして家持の住居は近く(597)、身分高い人であること(600)も詠んでいる。

ついで第三段。ここにいたって、片恋の絶望のなかで、自己を客観視しようとするきざしが芽生えたろうか。永別すべき展開を知った段階が訪れる。「恋ふ」などという積極性はなくなる。心は鬱積し閉鎖的となる。自己閉鎖的感情の集積が、

皆人《みなひと》を寝《ね》よとの鐘《かね》は打つなれど君をし思《も》へば寝《い》ねかてぬかも　（６０７）

であった。しかし理性的で勝気な女郎は、家持を餓鬼《がき》にたとえることでこの恋を忘れようとする。

相思《あひおも》はぬ人を思《おも》ふは大寺《おほでら》の餓鬼《がき》の後《しりへ》に額《ぬか》づくがごと　（６０８）

拝むべき対象は仏。餓鬼など拝んでもしかたない。しかもそれを「後」からである。いかにも見当はずれな空しさの強調がある。前歌とおなじく底知れぬ淵に沈んで、どうにも解決のしようがない怨念《おんねん》のようなものがあるかもしれない。女郎は気丈な女性で、それが恋う激しさにも、暗い負《ふ》の塊《かたまり》にもなった。

しかし所詮あきらめざるをえない。第四段は、つぶやきのような二首で、この恋がおわる。

情《こころ》ゆも我《あ》は思《も》はざりきまたさらにわが故郷《ふるさと》に還《かへ》り来《こ》むとは　（６０９）

近くあらば見ずともあらむをいや遠く君が座《いま》さばありかつましじ　（６１０）

なぜ片思いにおわったかは、ふたりの性格の相違によるらしい。家持はあまりに生《き》まじめで、行動を起こすのに、まことに慎重、消極的であった。一途に激しく燃えあがる女郎と性格的にあわないはずである。女郎は詩人的性格の人だから、ふさわしい恋の相手は柿本人麻呂あたりだろうか。

594の歌の解釈に入ろう。「夕かげ（光）草」は草の名ではない。夕方の光のなかにそよぐ草で、『万葉集』中の孤語である。元暦校本など古い写本に「暮草陰」とあるので「ゆふくさかげ」と訓む説もある。夕方の光には寂寥と華麗さがある。一面の夕映えは華やかであるが寂しい。のみならずそのなかにそよぐ草に白露が輝いているという。露は明るい光を受けているが、やがて消えてしまうものである。

この上三句の景は、人を恋う心の美しく華麗な寂しさを、詩人の直感でとらえた景である。人を思う心の華やぎは夕日の華麗さにつながり、しかしやがてははかなく消えてゆく。それをいかにも繊細に美しく表現している。

「もとな」は「もとなし」で、心もとなく不安定な状態。結句は「思ふ」でなく「思ほゆ（思われる）」といっているが、これは自分を投げだすことでなりゆきにまかせている、漂うように不安な心中の思慕をしめしていよう。

このように恋歌の名手であるからには、笠金村の娘ではあるまいかという空想を楽しむこともできる（沙弥《さみ》満誓《まんせい》の娘かという説もある）。

また、笠女郎の歌は当代の相聞歌の最初におかれている。おのずから家持と交渉のあった時期をしめすものであろう。

624　道にあひて咲《ゑ》まししからに降る雪の消《け》なば消《け》ぬがに恋ふといふ吾妹《わぎも》

聖武天皇《しやうむてんわう》

酒人女王《さかひとのおおきみ》（穂積皇子の孫娘である）を思ってつくった歌。聖武天皇の歌はどれも歌柄が大きく、天平の王者の風格がある。奈良国立博物館にある聖武の念持仏《ねんじぶつ》は柔和さとゆとりと寂しさをもった像で、聖武の面影に通うのではないかと思う。私は、政治的に困難な時代を苦悩しつつ生きた天皇に、心惹かれてきた。

天平十二年（七四〇）九月の藤原広嗣の反乱を契機として、十月より天平十七年五月まで、伊勢、近江をめぐり、恭仁、難波、平城と転々と都を替えたので、軟弱な天皇だの、ノイローゼになっただのと聖武を評する人が多い。しかし聖武は、困難な時代を生きぬくのに、救いを仏に求め、仏への憧れが、都を探すことに結びついたのにすぎない。混濁した現世に対応する透明な仏世界が水辺にあると思われたのであろう。聖武は水の幻想のなかに仏の世界を憧れ、水辺に都を定めようとしたと私は考える。ノイローゼどころではない、確かな憧れである。

それは光明皇后のもつ透明さにもつながるだろう。「藤三娘」という署名を今日にも見せる光明は、聖武と同年で、藤原不比等の三女だが、にもかかわらず光明は、藤原氏の立場をもたず、夫とのあいだに藤原氏を介入させなかったろうと、私は想像する。光明は激しく怒りも、大きく笑いもせず、つねに静かな微笑をたたえて、夫聖武の傍に端座していたという感じがある。その光明あるゆえに、聖武は安らぎを得たであろう。

なお聖武には、県犬養広刀自ほか三人の夫人があった。

この歌の解釈は種々あるが、私は四句半までが「　」に入る会話と見る。「『道でお逢いしたとき、お笑いになったので、降る雪が消えてしまうなら消えてしまいそうに恋しく思う』と、そういっているお前よ」という歌で、自分の気持はすこしもいっていない。いかにも天皇らしいおおらかさではないか。「咲ましし」は敬語のしと、過去のし。「からに」は、「ので」。

聖武には、

梓弓《あづさゆみ》爪引《つまび》く夜音《よと》の遠音《とほと》にも君が御幸《みゆき》を聞かくし好《よ》しも　（531）　海上女王《うなかみのおほきみ》

君により言《こと》の繁《しげ》きを古郷《ふるさと》の明日香《あすか》の川に潔身《みそぎ》しに行く　（626）　八代女王《やしろのおほきみ》

などの献歌がある。魅力ある天皇であったと思われる。これらは伝承した古歌を天皇にたてまつったものらしく、恋歌のパターンによっている。

これらの歌からは天平の宮廷におけるある閑日の雅《みや》びな印象を受けるが、

あしひきの山にしをれば風流《みやび》なみわがする業《わざ》をとがめたまふな　（721）

という坂上郎女の献歌もこのころのものである。

大《おほ》の浦《うら》のその長浜に寄する波寛《ゆた》けく君を思ふこの頃　（1615）

は、遠江守桜井王《とおっとうみのかみさくらいのおおきみ》の献歌への聖武天皇の返歌で、王の任地の地名を詠みこむやさしさも伝わってくる。大・長・寛と大きい語をならべたおおらかな歌柄である。

視覚と聴覚とにいち早く秋の到来を感じた、

今朝の朝明《あさけ》雁が音《ね》寒く聞きしなへ野辺《のへ》の浅茅《あさぢ》そ色づきにける　（1540）

も格調高くかつデリケートな歌で、ともに、私の好きな聖武天皇の歌である。

651　ひさかたの天《あま》の露霜《つゆじも》おきにけり家なる人も待ち恋ひぬらむ
652　玉主《たまもり》に玉は授《さづ》けてかつがつも枕とわれはいざ二人寝《ふたりね》む

大伴坂上郎女《おほとものさかのうへのいらつめ》

郎女は旅人の異母妹である。大伴旅人は天平三年に死んだが、郎女が主として作歌したのはそれ以後、万葉では四期と呼ばれる天平〜天平勝宝年間である。この二首は婿《むこ》の大伴家持にあたえたものか。

第一首、「気がつくとはるか天空からの露霜が、すっかり地をおおって夜が更けてしまったことだ。家にいる人（娘の坂上大嬢《おおおとめ》）もあなたの帰りを待ちこがれているでしょう」。「ひさかたの」は、はるか天空のイメージ。「露霜」は、露とか霜を漠然と指す。「ぬ」は現在の状態に重きをおいた表現。「も」は添加、私も帰したくないが、「家なる人（大嬢）も」である。早く帰れといっても作者の帰しがたい気持がこもっているので、いわれた人には失礼にはならない。

第二首、「玉」は、娘の坂上大嬢のこと。女性を玉にたとえることはしばしばある。とくに白玉とするものが多い。その番をするのは主人《あるじ》なので、漢字「主」に主人の意をこめ、それを「もり（守）」と日本語訓みして、重層した意味を効果的にもたせている。「授ける」は、いばったいい方で、戯れの気持を表現したものである。「かつがつも」は「なにはともあれ」とか、「とにもかくにも」で、ここでは不本意な気持があらわれている。「玉主に玉は授けてしまったのだからともかくも、枕と私は、さあふたりで寝よう」。

うらぶれた気持ではなく、戯れの気持である。大宰府には山上憶良の有名な「宴《うたげ》を罷《まか》るの歌」があるが（337）、兄旅人に招かれて大宰府に滞在していた郎女も、その宴に同席していたかもしれないという想像さえできる。651・652ともに深刻な歌ではない。軽く興ずる気持で、ユーモラスに呼びかけている。

しかしもう一歩踏みこんで作者の気持を理解しなければならぬ。前に述べたように（一一一ページ）、郎女は年若いとき、天武第五皇子穂積と結婚。人形をいとおしむように寵《ちょう》愛《あい》されたが、すぐ死別。つぎに藤原麻呂と結婚したが、長くつづかなかった。三番目には、異母兄宿奈麻呂に嫁いだ。そのあいだの子が坂上大嬢と二嬢《おとおとめ》だが、すでに先妻の子、田村大嬢があった。宿奈麻呂も高齢であったろう、まもなく死んだ。そのあと郎女は兄旅人にしたがって九州に行く。かりにその時期を神亀三、四年（七二六、七二七）とすると、宿奈麻呂とのあいだも短期間である。その後は結婚した形跡はない。

兄旅人や甥《おい》で婿の家持とも恋愛していたなどと考えて、人によっては彼女を淫蕩《いんとう》な女性だという。しかし山本健吉氏らによると、旅人のもとへ下るのも氏《うじ》の祭りをつかさどるためであるという。家持との恋歌の贈答もほんとうの恋愛ではなく、歌の指導や歌の戯れ、ときに娘の代作であったと考えられる。

しかし同時にそこが問題である。正当な恋愛のできる年齢のときは、すれちがいの恋愛しかしていない。つかのまの愛の体験のなかで青春が過ぎ、初老を迎え歌作するときに、架空の愛を詠んだのである。この歌もなにげなく読むと、軽い戯れの歌だが、しかしそこに郎女の一生を重ねて味わうと、一抹《まつ》の哀愁が漂うのを禁じえない。架空の恋愛が華やかであればあるほど、現実の暗さは否定できない。

しかし彼女は、愚痴《ぐち》をこぼさない。恋愛小説を創作するように、恋愛の種々相を仮定して作歌に励んだのである。そのため作歌も多く、家持につぐ第二の歌数がとられている。

661 恋ひ恋ひて逢《あ》へる時だに愛《うるは》しき言尽《ことつく》してよ長くと思はば

大伴坂上郎女《おほとものさかのうへのいらつめ》

「長いあいだ恋いつづけてやっと逢えたのなら、せめてそのときだけでもうれしいことばを尽くしてください。この恋を長くとお考えでしたら」という一首である。

第三句の原文は「愛寸」とあり、「愛」は、「うつくし」とも訓める。しかし「うつくし」は、弱少の者に対するいたわり、愛すべきいとしさをいうことばであり、一方「うるはし」は、整って破綻《はたん》のない美しさをいう。相手とのあいだになんらかの隔てのあるばあい、禁じられた恋や畏敬の念のはたらくときなど、非日常的なばあいに用いることばである。前者は愛の睦言《むつごと》程度のレベルで、後者は高度の精神をふくみ、このばあいは、これがふさわしい。

「恋ふ」は、愛の欠落状態にあるつらさ、苦しさをいうことばで、そうした状態をつづけてきてやっと逢えたそのときは、愚痴やつらさをいわず、ことばのかぎりうるわしいことをいってくださいというのである。

もっとふつうの考え方をすれば、愛のことばは真実にみちた、いつくしみに溢れることばであるべきだということになるだろう。世の常識はそうである。だからつらければつらかったと嘆き、逢えなかった時の長さに愚痴をこぼしたとしても、むしろそのほうが尊いということになろう。相手のいうことにもちゃんと対応し、いいならいい、いやならいやというのがよいということになる。

しかし「うるはしき言」とはそれと正反対である。破綻のないことばというのは心を乱れさせないことば、巧言令色といわれても相手の心をよろこばせることばである。だからこのほうがいいというのは、危険な発言である。すくなくとも真実をぶつけあいながら、しかしおたがい傷つけあうという恋を、彼女は好んでいない。うそでもいいから私をよろこばせることばを尽くしてほしいと願うのである。極端にいえば、虚偽の美しさのなかにいたいとさえいいたげである。

ここには、愛に、それほどの信頼をおいていない作者がある。しかも「だに」と強調し、「長くと思はば」と結ぶ表現には、生身の愛の体験はつかのまでしかなかった大伴郎女の願いと、そのゆえに体験した、愛の永続には虚と実が必要だという哲学がこめられている。

ほんとうの真実を尽くして傷つけあう愛は本物かもしれない。しかしそれはすぐ壊れてしまう。そんな愛は人生をほんとうには知らない若者の愛である。そこに愛の至福はないことを知ってしまった大人の、哀愁の霧につつまれた愛がこれである。そうした愛の省察において、この一首は、『万葉集』中でも屈指の秀歌としての深さをもつということができる。

663 佐保《さほ》渡り吾家《わぎへ》の上《うへ》に鳴く鳥の声なつかしき愛《は》しき妻《つま》の子

安都宿禰《あとのすくね》年足《としたり》

作者、安都年足は伝未詳。おなじ万葉の歌人安都扉娘子《あとのとびらのおとめ》との関係もわからないが、年足は人足の子だろうという説もある（古義）。安都氏の者は他に真足、雄《お》（男・小）足、月足、宅足《やか》が『続日本紀』に見え、名前の類似から一族だろうと思われる。年足、人足、真足は活躍した時代がずれるので、親子関係のものか。

歌は、上三句が比喩で、下二句がいいたい内容である。「佐保」は、奈良市北郊、佐保川の北岸になる。「佐保山を飛び越えてわが家のほとりに来て鳴く、その鳥の声が懐かしいように心惹かれるいとしい妻よ」。

山から里に来て鳴く鳥は、ホトトギスであろう。ホトトギスは、昔を懐かしむ鳥とされ、

額田王も、

古《いにしへ》に恋ふらむ鳥は霍公鳥《ほととぎす》けだしや鳴きしわが念《おも》へる如《ごと》（112）

と歌っている。折口説によれば、万葉人は鳴き声を「もとつひと」とききもとつ人＝ホトトギスと考えていたという（『万葉集辞典』）。ただ鳴き声と考えずに、恋しい人を慕って鳴くのがホトトギスだという考えによるものであろう。もとつ人は旧知の人、昔なじみの人を指し、

本《もと》つ人霍公鳥をや希《めづら》しみ今か汝《な》が来る恋ひつつ居《を》れば（1962）

とある。もとつ人は故人もふくむので、ホトトギスは挽歌に歌われた。

本来、相聞歌はそこにいない人を恋し、たがいに歌いあうものだから、本質的に挽歌と共通する心情がある。人麻呂の軽の妻の歌（207）でも、使者の死の報せを信じられない人麻呂は、妻の声をきこうと軽の市へ出かける。妻が好んで行った軽の市で、畝火の山の鳥の声をきいては、死者の霊を求めるために。鳥の声は妻の声と重なっていた。この歌の「鳥の声が懐かしいように懐かしい妻よ」も、鳥の声を妻の声としてきいているのであり、両者のあいだには区別がない。

しかも上三句の描写によれば佐保から飛んでくるのだから、佐保に恋人がいるのかもしれない。するとこの歌を贈られたのは若き日の坂上郎女であったろうか。

また「声なつかしき」といっていることから連想されることは、『万葉集』に季節ごとに来る鳥を懐かしむ歌があることで、当の坂上郎女も、

尋常《よのつね》に聞くは苦しき呼子鳥《よぶこどり》声なつかしき時にはなりぬ　（1447）

と歌っている。これによれば、年足の一首は、初夏山ホトトギスが里に降りてくる、その季節のものか。そう思わせるほど、一首の印象はすがすがしく爽やかである。

女性を「妹《いも》」とか「我妻」とかというのが『万葉集』のふつうの表現だが、ここでは「妻の子」といっている。「子」は愛称、「いも」は親しい女性のことだが、「つま」は一対の一方の意味で、男（夫）女（妻）たがいに用いた。当時の別居婚のなかで、一対のものとしての意識をあらわすことばである。だから、この歌では「妻」といって、より親しみをこめている。先に挽歌を引き合いに出したが、離れていて逢いたいと思う切実さは、挽歌とまがうほど強い。

七一〇　み空行く月の光にただ一目《ひとめ》あひ見し人の夢《いめ》にし見ゆる

安《あ》都《との》扉《とびらの》娘子《をとめ》

作者の伝記についてはなにもわからないが、扉は大伴坂上大嬢・大伴田村大嬢のような複姓であろう。それに娘子（少女）をつけて呼ぶのは、「扉の家の娘さん」といった呼び方である。

『万葉集』のこのあたりの歌の作者は、正式のフルネームで呼ばれている人がいない。河《こう》内百枝娘子《ちのももえのおとめ》・巫部麻蘇娘子《かむなぎべのまそのおとめ》・粟田《あわた》女娘子《めのおとめ》・豊前国娘子大宅女《とよのみちのくちのくにのおとめおおやけめ》・丹波大女娘子《たにわのおおめのおとめ》などである。「娘子」に対して「郎女《いらつめ》」（女郎）は、笠・平群《へぐり》・大伴といった一流の氏族の名が冠せられていて、身分高い女性を尊敬したいい方である。

娘子を娘さん程度と考えると、この女性たちが遊女だったのではないかと考えられる。遊女は、『万葉集』では「遊行女婦」と書かれ、『和名抄《わみょうしょう》』によって「うかれめ」と訓まれる。本来、遊女は巫女《みこ》として神のことばを語る女性だったが、「うかれめ」とは遊行《ゆぎょう》する女の意である。もしこれらの女を遊女とすると、歌と内容的によくあう。国名のつくのはその出身の国をしめしている。

歌は「はるかな高い空を渡る月の光のなかで、ただ一目ちらりと逢った人が夢のなかに見えることよ」。

「み空」の「み」は美称で、み吉野、み熊野らの聖地、み越路、み坂らの畏怖すべきところに「み」が用いられているところを見ると、高い空を尊んだ表現だということがわかる。異空間が「あめ」・「あま」で、神のいるところが高天原《たかまのはら》、その下が「み空」である。

この「月」は、明るい満月ではあるまい。「人」は身分高い「君」と呼ぶ男性でもなく、「背子」「背な」「吾背《わがせ》」のように「背」と呼ぶ親しい男性でもない、一般化した呼び方で、あるよそよそしさを感じさせる。「夢」は、寝目《いめ》で、寝ているあいだの目、また、忌目《いめ》、忌むべき忌々《ゆゆ》しい目だというふたつの説がある。いずれにせよ、理解のおよばぬ神聖なもの、神の領域のものと考えられていた。

この歌を考えてみると、共通した性格のことばを使っている。はるかなみ空、ほの暗い月光のなかで、たった一度ちらっと逢ったという。どれも淡々《あわあわ》と、不確かである。しかも、その瞬間の出逢いだった人に、夢で逢ったという。全体がはかなさにみちたことばづかいで統一されている。作者をうかれ女《め》とすれば、男性との出逢いの仕方も受身的で、ひたすらまつしかないという運命的なはかなさが、もうひとつ加わることになる。

さらに「夢に見た」という。古代人は、恋する人の思いが夢のなかにあらわれると考えたから、夢のなかに出てきたことは、私の好きなあの人も、私を思っていたからなのだという救いがある。そのうえ、「夢にし」と強めている。しかし、夢は所詮夢である。循環して、はかなさにもどるだろう。

この時代の遊女は、芸の人であり、歌の伝承者でもあった。楽器も弾き、作歌もした。それでいて、はかない恋の演戯者であった。彼女たちの歌をすこし見よう。

はつはつに人を相見《あひみ》ていかならむいづれの日にかまた外《よそ》に見む　(七〇一)

河内百枝娘子

「ほんのちらと人を見て――お逢いしてまたどのようないつという日に外ながらでも見ることがありましょうか」。「はつはつ」「人」と淡々とした感じや、「いかならむ」「いづれ」と不定称をくりかえしている。

ぬばたまのその夜の月夜《つくよ》今日《けふ》までにわれは忘れず間《ま》なくし思《おも》へば　(七〇二)

河内百枝娘子

「暗闇のあの夜に照っていた月、それを今日まで私は忘れません。たえまなくお慕いしておりますから」。

夕闇《ゆふやみ》は路《みち》たづたづし月待ちていませわが背子《せこ》その間《ま》にも見む　（709）

豊前国娘子大宅女

「宵闇は、暗くて道がおぼつかないので、月の出を待ってお帰りください。そのあいだにもあなたのお顔を見ましょう」。別れの折の「引きとめ歌」のパターンである。男女の別れは、ふつうは朝だが、ここは早々と「夕」に男が帰ろうとしている。この歌は、ほんのわずかのあいだでも、わが背子を見ていたいという歌で、やはり夕方の闇、「たづたづし」、月のなかを通れという三点において、うかれ女の歌に共通のはかなさをもっている。うかれ女なら、つぎに男といつ逢えるかわからないのだし、よそながらの逢瀬かもしれないのである。

彼女たちの歌は、こうしたネガディブな影を、どこかにかならず引きずっている。丹波大女娘子は、

鴨鳥《かもどり》の遊ぶこの池に木《こ》の葉落ちて浮きたる心わが思《おも》はなくに　（711）

と、「浮きたる心ではない」といわねばならないし、

味酒《うまさけ》を三輪《みわ》の祝《はふり》がいはふ杉手触《てふ》れし罪《つみ》か君に逢ひがたき　（712）

では、神聖な杉に「手触れし罪か」あの人に逢えないと嘆いている。大伴家持の越中守時代の宴席には、遊行女婦、土師《はにし》や蒲生《かもう》がいて、巧みな挨拶の歌を詠み（4067・4068・4232）、古歌（4236・4237）も伝承している。地方赴任の官人と恋におちた娘子は、官人の帰任に際し、儀礼的な餞宴歌をとどめた。対馬《つしま》の玉槻《たまつき》（3704・3705）や大宰府の児島《こじま》の歌（965・966）などがそうであった。

巻九の相聞歌には、これら女性関係の相聞歌が、編集者の文学的意識でまとめられている。しかし、『万葉集』中、答歌のある遊女の歌はわずかである。対話のない世界が遊女の世界だった。

巻五

巻五は神亀五年（七二八）から天平五年（七三三）までの歌を年代順にならべ、最後に作者未詳の長歌（反歌二首）を加えている。巻頭に「雑歌」とあるように、概して雑歌を収めた巻といえるが、その様子は、たとえばおなじく「雑歌」と題された巻一とはたいそうちがう。

すなわち、この巻は、大宰府でつくられた歌を集めたもので、「大宰府歌集」と呼ばれるべきものが享受されたことを物語っている。大宰府の歌は他の巻にも一部とられているが、それらは断片的である。それに対して巻五は大宰帥《だざいのそち》だった大伴旅人を中心とした歌を集めたもので、蒐集《しゆうしゆう》者は山上憶良である。いや、蒐集にさえいたらないメモのごときものである。書簡などもそのまま収めたり、贈答のものを一括していたりして、未整理である。

したがって巻五は前半が、旅人を中心とした、旅人の自作歌、旅人への献歌、また贈答歌によって占められているが、後半、旅人が天平三年に帰京したあとはすべて憶良の歌、憶良の贈答歌となる。もちろん、ここに残されたものが大宰府の歌のすべてではない。色濃く山上憶良の趣向をにじませた歌ばかりが巻五に残されたわけだが、それらは中国思想を強く反映したもの、文人趣味の濃いものなどで、全万葉に対して、きわめて強い個性をしめす一巻となった。

歌数は多くない。長歌十首、短歌百四首の計百十四首で、ほかに異伝歌が八首ある。

793　世の中は空《むな》しきものと知る時しいよよますますかなしかりけり

大伴宿禰旅人《おほとものすくねたびと》

旅人は大宰府にともなった妻に先立たれた。「凶問《きようもん》に報《こた》へたる歌」とあり、「禍故重畳《くわこちようでふ》し、凶問累集《きようもんるいじふ》す」とあるから、不幸なことがいくつかあり、そのひとつに妻の死があったことになる。そして、これはだれかふたりの人に宛てた手紙を、当時巻物であった巻五のなかに切り継ぎして入れたものらしい。「筆の言《こと》を尽《つく》さぬは、古今の嘆く所なり」と謙遜の挨拶があり、神亀五年六月二十三日の日付もある。

この歌がつくられた神亀五年（七二八）は、翌年、長屋王が謀叛の心ありとされ、みずから縊《くび》るという事件があって、天平と改元される。遠ざけられたように、大宰府にあった旅人の心にも、不穏な気配が惻々《そくそく》と伝わってきたであろう。

「世の中は空しいとわかったとき、いよいよ、ますます悲しいことだ」という一首である。「空しい」は、空《くう》の概念、仏教で「色即是空《しきそくぜくう》」などというときの「空」で、仏教の導入以前には日本になかった。しかも、「世の中」も「世間」の翻訳語である。「世の中は空し」とは、聖徳太子の「世間虚仮《こけ》」とほぼおなじと考えてよいだろう。

『万葉集』では、「常なし」とか「空し」とかは、「知る」とともに使われることが多い。それは無常や空が彼らにとって外来の知識だったからである。ところがいま、旅人は、これをほんとうに知った。かねて、知識として知っていたことを、実感として把握したのである。

「かなし」は悲哀の気持だけでなく、愛《かな》しさもふくんでいる。「かなし」と思うのは、それをいとおしんでいるからであり、愛の極限の感情は、悲哀そのものだからである。われとわが身へのいとしさ、いじらしさが切ないまでに、旅人の胸を責めている。それは、この世を相手としたときに、あらわれる。このばあいの世は、哲学的・象徴的ではなく、実体ある生活をしている世である。そして旅人をして、この世を認識させたものが、妻の死であり、周辺に色濃く漂う凋落の気配であった。

しかしこの歌は、口ずさむと暗さはなく、透明である。透明さが山上憶良とちがう旅人の特色であろう。憶良は考え、旅人は感じる。しかし直覚的な透明な感性は、華やかでなく、冷静である。

旅人には「いよよ、ますます」のような畳語《じょうご》が多い。

沫雪《あわゆき》のほどろほどろに降り敷《し》けば平城《なら》の京《みやこ》し思ほゆるかも　(1639)

の「ほどろほどろ」もそのひとつで、淀みない調べが、また透明感をつくっている。

798　妹《いも》が見し楝《あふち》の花は散りぬべしわが泣く涙《なみだ》いまだ干《ひ》なくに

山上臣憶良《やまのうへのおみおくら》

山上憶良は上官の大伴旅人の妻の死を悼んで「日本挽歌《にほんばんか》」なる長歌をつくった。長・反歌とも旅人の心になり代わったものだが、この一首は「日本挽歌」の反歌五首中、最高の

秀歌である。長歌794から797の反歌までは葬送のとき、798・799は後日詠んだものである。神亀五年七月二十一日の日付は、全体を詠み終えた日、793の歌より約一カ月が経っている。

「楝」は梅檀《せんだん》のこと。あの淡い紫色の小さな花をつける、気品のある木である（べつの木という説もある）。その楝は、まさに旅人の妻が死んだと思われる陰暦四月のころ、満開だったと思われる。楝の花を気品ある木だといったが、それを愛した死者も、その花を愛するにふさわしい気品のある女性だったであろう。楝すなわち死者といってよかったであろうか。

ところがいま七月、楝の花は散ろうとする気配を見せている。「散りぬべし」の「ぬべし」とは、まだその状態ではないのに、かならずやそうなるにちがいないと思われるときに用いることばである。だからまだ散ってはいない。しかしどこかにしのびよった死のきざしを見せている花だということになる。これはそのまま死者追慕の作者の気持と、驚くほどに重なっている。

死は確実な事実のはずなのに、しかしそれを信ずることはむつかしい。花のような死者の姿はそのまま現し身を保っているはずだという願望は、楝の花にも満開を信じつづける気持を起こさせるだろうが、一方否でも信じなければならない死は、少しずつ楝の落花を認めることになるだろう。願望としての誇り高い開花と、現実としての凋落の気配との双方を花に見ている心が、この「ぬべし」という語法になってあらわれていると思える。

否応なしに流れてゆく月日のなかで、初秋七月の棟が散ってゆくことを、作者はもちろんよく知っている。そして散ってしまえば、死者のよすがを、すべて失うことになる。このすべての喪失を恐れるのがこの一首の心である。

この歌を読むとき、いつも私は小林秀雄が中原中也を追悼した一文を思い出す（「中原中也の思ひ出」）。ふたりが鎌倉の妙本寺を訪れたとき、満開の海棠《かいどう》がしきりに落花しており、それは死を急ぐ危険な姿に受けとれた。すると中也は、茫洋《ぼうよう》々々とつぶやいたというのである。これは詩人だけが発見する死の姿であろうか。同様に花を見ていたのが憶良である。その意味で、この憶良の歌の洞察は深い。

799　大野山《おほのやま》霧立ち渡るわが嘆く息嘯《おきそ》の風に霧立ちわたる

山上臣憶良《やまのうへのおみおくら》

おなじく「日本挽歌」の反歌の一首、その最後のものである。「大野山に霧が立ちこめている。私の嘆きの息づかいが風となって、その風のために霧が立ちこめる」という一首。「大野山」は大宰府の背後に聳える大城山のこと、大伴旅人の妻はここに埋葬された。季節はいま初秋（七月二十一日）、そろそろ冷気を感じはじめたなかで、死者の墳墓のあたりをこめて霧が立ち渡るという。暗い風景である。

当時、人間の息は霧や雲になると信じられた。天平八年（七三六）に新羅へ派遣された使者一行が都をあとにしようとしたとき、ひとりの女性が旅立ってゆく恋人に贈ったつぎの歌も、その間の事情を語る一首である。

君が行く海辺《うみへ》の宿に霧立たば吾《あ》が立ち嘆く息《いき》と知りませ（3580）　作者未詳

離別の悲しみによる嘆息が、恋人の宿る海辺に夜霧となって立ちこめるという。いま、山上憶良は大野山を見ている。するとそこに霧が立つ。その霧を彼はみずからの嘆きの風によって立つものだと心得た。

先の楝の花の歌でも自然の花が人間であるところの死者と重なることをいったが、ここでも自然の霧と人間の息づかいが一致している点、ひとしいものがある。しかし、決定的にちがうのは霧が生者である作者と一致する点である。

棟の花ではなお生かしておきたい祈りが花に死者をかいま見させたのだったが、いまはもう死はどうしようもなく現実となっている。冷たいむくろとなって墳墓のなかにある。そう認めたとなると、せめて残されている手段は、死者をわが肉体のなかにつつみこむことしかないだろう。霧をわが息と感じるしかない。ちなみにいえば、古代人にとって息《いき》をすることが生きることであった。生命を生命たらしめているその息によって、死者がつつまれているのである。

ただ、それが霧だというところにも注意すべきだろう。たとえばおなじく息が雲となるゆえに、

吾《あ》が面《おも》の忘れむ時《しだ》は国はふり嶺《ね》に立つ雲を見つつ思《しの》はせ　(3515)　東歌《あづまうた》

というばあいは、信じられた明るい未来がある。しかしいまは霧であり、霧は概して物を閉じこめるもの、隠してしまうものとして否定的に歌われている。その点からいえば、やはりこの風景は絶望の風景だということになろう。

802 瓜食《うりは》めば　子ども思ほゆ　栗食《くりは》めば　まして思《しの》はゆ　何処《いづく》より　来《きた》りしもの

そ　眼交《まなかひ》に　もとな懸《かか》りて　安眠《やすい》し寝《な》さぬ

反歌

803 銀《しろかね》も金《くがね》も玉も何せむに勝《まさ》れる宝子に及《し》かめやも

山上臣憶良《やまのうへのおみおくら》

「子らを思《しの》へる歌」と題されたもの。前歌とおなじく神亀五年（七二八）七月二十一日の作。

ただ憶良は「日本挽歌」を大伴旅人に献上したのち、筑前守《つくしのみちのくちのかみ》として管内の巡行に出、嘉摩《かま》郡にいたって、当歌を含む三種類の長歌をつくった。いわゆる「嘉摩三部作」の第二首である。

これを三部作と称するのは、三つの関連した主題が歌われているからで、第一作は惑《まど》い、この作は愛、そして第三作は無常を主題としている。したがってこれは生活記録ではない。だから、憶良にこんな小さな子どもがいなかったはずだとか、孫ではないかといった論議は必要ない。幼な子を素材として愛なるものを歌った一首である。

ところで、愛について憶良は懐疑的である。愛は、煩悩《ぼんのう》にほかならないと考えるからである。その間の事情を彼は序（この歌の前書）のなかで語っている。それによると、大悟に達したはずの釈迦《しやか》さえわが子羅睺羅《らごら》（梵語《ぼんご》の音写で、束縛するものという意味である）が可愛いといっているではないか。いわんやわれわれ凡人は、だれがわが子を愛さないであろうか、という。

「いったい、子どもとは何者であろう。いかなる因縁によって、子となり親となるのか。瓜を食べても、栗を食べても、ぼんやりと眼前に幻のように子どもの面影がかかって、私は安眠できない」というのが、作者の言い分である。夜の床に身を横たえ、まんじりともしないで、暗闇を見つめているのであろう。時に憶良は六十九歳。

瓜や栗というかにも子どものほしそうな具体的なものをとりあげながら、一転して、「何処より来りしものそ」――人間の親子の因縁はどこに由来するのかと抽象化するところに、憶良の特色がある。

こうなればもう素材としての子どもは、まったく不要であろう。子と親との因縁を結ぶことによって愛情に苦しんでしまう人間。暗闇のなかで、つぶやくように苦しみとしての愛を歌ったものがこの一首である。私小説的な報告でなく、哲学的・抽象的な思考である。しかし、この長歌のうちに芽生えた疑惑は、反歌においては、そこにいたるまでの自己との戦いを経過しながら、「いやいや子どもは宝だ」と思おうとし、思ってしまう。「銀も金も玉もなんの役にも立たない。どんなにすぐれた宝であろうとも子どもにはおよばない」と。そこが憶良の悲劇的な体質であった。なぜ愛《いと》しいのかとこんなに疑惑にとらわれ、迷いながら、最後は、深い儒教的教養のゆえに、儒教的な教理のなかに自己を納得させようとする。

しかし、こういう結論に達してもまた迷うに決まっている。はてしない葛藤が永続する。この世を抜け出せず、苦しみのなかにうごめき、

世間《よのなか》を憂《う》しとやさしと思へども飛び立ちかねつ鳥にしあらねば (893)

ということになろう。憶良内面の複雑な屈折を考えねばならない。反歌だけをとり出して、子宝の讃美などとはいっていられない歌である。

811 言問《ことと》はぬ樹《き》にはありともうるはしき君が手馴《たな》れの琴にしあるべし

大伴宿禰旅人《おほとものすくねたびと》

天平元年（七二九）十月七日、旅人は一面の琴を都の藤原房前《ふささき》に送った。その折に添えた手紙と、琴が歌ったかたちの二首の歌（810・811）と、それに答えた房前の返事と一首の歌（812）を『万葉集』は載せる。これはそのうちの一首である。

いったい旅人はなぜこんなことをしたのか。「琴」は手紙のなかでも「君子《うまひと》の左琴《さきん》」としてほしいといっているように君子の愛する物であり、房前が琴を愛する君子であることを、暗にいおうとしている。のみならず旅人は琴にわが身をたとえて歌を贈るのだが、さてその琴とは対馬という絶海の孤島にあって自然の風光のなかに育ち、役に立つとか立たないとかといったレベルを超越して過ごしてきたものだという。このあり方こそ、旅人がいま自分の立場として都の房前に明らかにしておかなければならないあり方であった。

天平元年十月といえば、当時最高の地位にあった左大臣長屋王が、おそらく藤原氏の陰謀によったのであろう、讒言されて藤原宇合《うまかい》率いるところの軍隊に自邸を囲まれ、自害せしめられた事件、同年二月の事件の直後である。これは藤原氏が一族出身の光明子を皇后に立てようとするための工作であり、さらに先立って、長屋王派の大伴旅人を大宰帥に遠ざけておいたのだといわれている。旅人としては、いまぜひとも自分の立場を都へ伝えておかなければならなかったのである。

しかも房前はこのとき中衛大将として中衛府の軍隊を掌握しており、その当の房前に直接立場を説明する必要があった。

そうしてみると「なにも物をいわない木ではあっても、立派なあなたの親しい琴となるにちがいないでしょう」とは、ことばすくなくともわかってほしいという切ない願いがこめられ、しかも、わが身をあなたのまさぐる琴だといったところに、いい知れぬみじめさがある。ましてやわが身は都から遠く用・無用のあいだに過ごしてきたとは、全面的な降伏宣言ではないか。

旅人は天皇家随一の、古来の名族大伴氏の棟梁《とうりょう》である。しかも時に齢六十五歳、房前は十六も下の四十九歳であった。いかに屈辱的であったかは、察するにあまりあろう。

ただ、この屈辱を救ったものは、わずかに旅人の風雅の意識であったろう。詩・琴を介して交わりあうという態度をとることによって、かろうじて世俗の政治上の屈辱から魂を救済しえたであろうが、それは旅人にとってどれほど強固なものだったであろうか。

そう考えてくると、この一首はいかにも旅人らしい端正な歌いぶりにもかかわらず、いいしれぬ哀韻をどこからともなく響かせてくるようである。

822　わが園《その》に梅の花散るひさかたの天《あめ》より雪の流れ来《く》るかも

大伴宿禰旅人《おほとものすくねたびと》

旅人は天平二年（七三〇）正月十三日に、わが邸宅に配下の官人たちを招いて観梅の宴を催した。会する者は大宰大弐以下三十一人、旅人の歌をあわせて三十二首が詠まれ、余韻さめやらぬままに旅人は六首の歌を追和して、合計三十八首という一大歌群が生まれた。

いうまでもなく梅は外来の植物で、当時の貴族たちからそのエキゾチックな香りを愛され、好んで邸宅に植えられたものであった。そもそも「うめ」（または「むめ」）という大和ことば自体が漢字音の「め」から日本語化したものだから、今日いうところの外来語のような響きをもったことばであった。さしずめダリヤとかチューリップとかといったことばで、それを詠みこんだばあいの新しさを、これらのうえにも想像しなければならない。のみならず、それを観賞するために重要官人たちが一堂に会したのだから、この催しは異常なものだったと考えてよいだろう。一本の木を中心に歌宴が催されたということは、『万葉集』中、ほかに例がない。

旅人は三十二首に先立って漢文で当日の模様を述べて序文としているが、その書き方も中国の王羲之《おうぎし》の名篇「蘭亭序《らんていのじょ》」を真似たものであり、華麗な四六文によるものであった。

さて歌は「主人《あるじ》」としるされた旅人のもの、さすがに、三十二首の歌群中、ぬきんでてすぐれている。「わが家の庭に梅の花が散る。空から雪が流れてくることよ」。「ひさかた」は「はるかな久しい彼方」、空の無限のかなたをいう。無限を連想せしめることによって、ローマン的な歌となった。そこから雪がやってきたというのである。「雪」は「梅の花」を比喩したもの。雪は「散る」「降る」「積る」がふつうだから、「流る」というのは、たいへん斬新な表現だった。古代人の考えでは、水は流れるが、雪、まして梅の落花は「流れ」ない。いったいに、こうしたたとえのとり方は日本人の苦手とするところだのに、中国人のもっとも得意な表現法だった。花が笑ったり、霜の花が咲いたりする類《たぐい》である。旅人はそれを、いま用いた。しかも花を雪と見立て、その雪が流れるというのだから、二重の比喩をするのである。

そこには表現の問題を越えて、感受性の変更すらあっただろう。開かれた知識人である旅人が、それをあえてした。

旅人の眼前の落花の景は、やがて幻視のなかで、流雪に変わってゆく。まるでヴェルレェヌの象徴詩ででもあるかのように、交感するふたつのものがこもごもに変化する内面的な世界である。眼前に流れるものは雪でもあり、落花でもあった。見事な複合的表現である。

834
梅の花今盛りなり百鳥《ももどり》の声の恋《こほ》しき春来たるらし
田氏肥人《でんしのうまひと》

前歌とおなじく天平二年（七三〇）正月の梅花の宴の歌である。

肥人は「立派な人」の意の名前。田氏は、田辺、田口など「田―」という姓を、漢字一字で書いたもの。これは、中国式にハイカラさを気取った表記である。本来馬飼であるものを「宇合」と書いたり、大伴旅人を「淡等」と書いたりするのにひとしい。当人としては格式の高さを誇る意図もあったろう。

この宴の歌は、各歌それぞれに味わいをもつとともに、宴席歌として、前を継ぎながらつぎへ移る連続も考慮されている。この歌も前後、春が来ることを問題として連続している。まず、一読、調べの快い歌である。第二句で切れ、ここで「いま、梅は咲きほこっている」と断言したあと、春が来たらしいと推量しているので、文脈は素直でわかりやすい。快いのはそのゆえであろう。

作者は、いま、満開の梅を眼前にしている。これが『古今集』以後になると香りを詠むことになるが、万葉で梅の香りを詠むことはない。香りをめでるのは、平安時代になってからで、奈良時代は、色彩の美しさのほうを賞美した。といっても、橘《たちばな》の香りは万葉でも詠んでいるから、万葉人が香りを知らなかったのではなく、香りよりもより多く色彩をめでたのである。『古今集』の、

　春の夜のやみはあやなし梅花色こそみえねかやはかくるる　（41）

は面白いことに、色と香りを詠んでおり、かつ香りを重んじている。これに対して、この歌は視覚的に梅の満開をのみ歌うのである。

そこで注目されることは、いまの歌が聴覚の予感をもっていることである。「百鳥が慕わしく思われる春」という。「百鳥」は、たくさんの鳥の意で、固有名詞ではない。この百鳥のなかには、もちろん春のことぶれである「春告鳥」、すなわち鶯《うぐいす》も入っているはずである。現実世界の梅と、空想世界の百鳥との重層性をもっているのがこの歌であった。

それを微官の少令史《しょうりょうし》である作者が詠んだ。そのことがさらにうれしい。大宰府の少令史は大初位下《だいそいげ》相当だから、下から数えて三番目（少初位下、少初位上、大初位下）である。

三十二首のなかには鶯と梅との取りあわせを詠んだ歌なら何首かある。しかし肥人は春の喜ばしさを百鳥のさえずりのなかにとらえたのであって、そこににぎやかな心浮き立つ春の快い把握がある。それはたやすく額田王の名歌を連想させるだろう。「冬ごもり　春

さり来《く》れば　鳴かざりし　鳥も来鳴《きな》きぬ」（16）というものを。額田王の名歌から系譜を引く天平の秀歌といってよいであろう。

892　風雑《まじ》り　雨降る夜《よ》の　雨雑《まじ》り　雪降る夜《よ》は　術《すべ》もなく　寒くしあれば　堅塩《かたしほ》を　取《と》りつづしろひ　糟湯酒《かすゆざけ》　うち啜《すす》ろひて　咳《しはぶ》かひ　鼻びしびしに　しかとあらぬ　鬚《ひげ》かき撫でて　我《あれ》を措《お》きて　人は在らじと　誇《ほこ》ろへど　寒くしあれば　麻衾《あさぶすま》　引き被《かがふ》り　布肩衣《ぬのかたぎぬ》　有りのことごと　服襲《きそ》へども　寒き夜すらを　我《われ》よりも　貧しき人の　父母は　飢《う》ゑ寒《さむ》からむ　妻子《めこ》どもは　乞ふ乞ふ泣くらむ　この時は　如何《いか》にしつつか　汝《な》が世は渡る

天地《あめつち》は　広しといへど　吾《あ》が為《ため》は　狭《さ》くやなりぬる　日月《ひつき》は　明《あか》しといへど　吾《あ》が為《ため》は　照りや給はぬ　人皆か　吾《あ》のみや然る　わくらばに　人とはあるを　人並《ひとなみ》に　吾《あれ》も作《な》れるを　綿も無き　布肩衣《ぬのかたぎぬ》の　海松《みる》の如《ごと》　わわけさがれる　襤褸《かかふ》のみ　肩にうち懸け　伏廬《ふせいほ》の　曲廬《まげいほ》の内に　直土《ひたつち》に　藁《わら》解き敷きて　父母は　枕《まくら》の方《かた》に　妻子《めこ》どもは　足《あし》の方《かた》に　囲《かく》み居《ゐ》て　憂へ吟《さまよ》ひ　竈《かまど》には　火《ほ》

気《け》ふき立てず　甑《こしき》には　蜘蛛《くも》の巣懸《か》きて　飯炊《いひかし》く　事も忘れて　鵺鳥《ぬえどり》の
呻吟《のどよ》ひ居《を》るに　いとのきて　短き物を　端截《はしき》ると　云へるが如く　楚取《しもと》る
里長《さとをさ》が声は　寝屋戸《ねやど》まで　来立《きた》ち呼《よ》ばひぬ　かくばかり　術《すべ》無きものか
世間《よのなか》の道

893
世間《よのなか》を憂《う》しとやさしと思へども飛び立ちかねつ鳥にしあらねば
山上臣憶良《やまのうへのおみおくら》

「貧窮問答《びんぐもんだふ》の歌一首并せて短歌」と題された歌。貧窮を主題とする問答体の一首、貧窮は仏典にしばしば問題とされるものである。

「如何にしつつか　汝が世は渡る」（どのようにしてお前は世間を渡っているのか）までが、問者の問いかけで、以下は答えになる。

冒頭は、風と雨と雪の夜をだぶらせて積み上げる強調表現である。「堅塩」は、粗末な黒塩。「糟湯酒」は、酒糟《さけかす》を湯に溶かしたもので、「麻衾」は、麻の寝具また、被いの意味。「布肩衣」は、ちゃんちゃんこのような肩をおおうだけの衣である。「乞ふ乞ふ」は、食物をせがむことをいう。「伏廬の曲廬」とは、はいつくばったように曲がって傾きかかった家。民衆の家は地を浅く掘りさげた上に、屋根をふきおろした竪穴《たてあな》式家屋の粗末なものだった。「楚」は元来若い枝のことだが、よくしなうので笞《むち》として使った。

貧を歌うことは、近代のプロレタリア文学ではめずらしくない。近世でも、橘《たちばなの》（井手）曙覧《あけみ》の「独楽吟」などがあるが、奈良時代にはたいへんめずらしく、『万葉集』ではこれ一首である。後世の「貧の文学」の源流といえよう。

少しのちの弘仁年間に書かれた『日本霊異記《にほんりょういき》』の下巻三十八話に、著者景戒《けいかい》が、「俗家に居て、妻子を蓄《たくは》へ、養《やしな》ふ物無く、菜食《さいじき》無く、塩無く、衣無く、薪《たきぎ》無し」「昼も復《また》飢ゑ寒《こご》え、夜も復飢ゑ寒ゆ」と、自分の生活を回顧した文があるが、この歌の描写とよく共通する。観念的でなく、現実に見知っている民衆の姿である。中国の先蹤《せんしょう》文学には貧を主題とする賦《ふ》があり、陶淵明《とうえんめい》の作品にも貧が多く歌われている。その伝統を継承しようとする文学的関心があろう。

短歌の最後に「山上憶良頓首《とんしゅ》謹みて上《たてまつ》る」と書き添えられたことから推すと、この作はだれかに献上されたと思われる。その人は丹《たじ》（多治）比県守《ひのあがたもり》だっただろう。丹比氏は名門で、県守は左大臣島の子、政界に重きをなした人物で、大宰大弐として九州に在任したこともあった。憶良とともに九州にあった時期があるはずで、ふたりは親しい間柄にあった。また、この歌を天平四年（七三二）の作と推定すると、県守はこの年中納言で、六十五歳の長老として太政官の有力者のひとりだったろう（憶良は七十三歳である）。

さらに同年八月県守は山陰道節度使《せつどし》に任命された。節度使は、その地域の治安維持にあたり、民情視察や国司の勤務評定などをする役職。山陰道はかつて憶良が伯耆守《ほうきのかみ》として何年かを過ごしたところであり、そこへの民情視察は、彼にかの地の民を想起させたにちがいない。彼はすでに筑前守の任をおえて都に帰ってきていたが、いまふたたび国司の立場に自分をおいてみて、台閣の実力者の県守に民苦を訴えたいと願った。

架空の作ではないから、貧の描写がリアルである。全体が民苦の描写ではなく、問者は、憶良の自画像と思われる。当然、問者は、答者の窮よりゆとりがあるが、いつものやさしさで、「我よりも貧しき人」を思いやっている。そしてひとつの作品のなかに、両者がともに歌われることによって、苦しむ民衆と連続のものとして、自己の貧困をもとらえていることがわかる。差をもって描き出した客観的二者ではなく、「我もまた貧者」という自覚から歌われているのである。現実に憶良は従五位の位をもち、その位田十八町を支給されているから貧しかったとは思えない。彼は意識のなかで貧しかったのである。

ある雨の寒夜、憶良は堅塩を肴《さかな》として独り糟湯酒をすする。雨はみぞれを混《まじ》え、寒気はつのる。七十三歳の憶良は、咳ぶき鼻をすすり、布肩衣を着重ねつつ、長い生涯をしみじみ回顧する。韓土に生まれ、天智、天武、持統、文武、元明、元正、聖武と天皇は七代。権力の政争は激しく、あさましかった。その間、拙《つた》なく生きながら、亡命者としては破格の栄達を得た。しかしそれも自分の誠実な恪勤《かっきん》さをかえりみれば、報われぬ不公平さでもある。ここで憶良は、自分だけのこととして愚痴らず、広く人間の世界へと志をおよぼしてゆく。租税の苛斂誅求《かれんちゆうきゆう》に耐える民衆の飢寒と貧窮を思いやれば、まさに「術無きものか　世間の道」という嘆息となる。

この歌は冒頭に「術もなく　寒くしあれば」とはじまり、末尾「術無きものか　世間の道」とおわる。つまりふたつの「術なし」で全体をはさんだかたちだが、最初の夜の「術なさ」から、結論が世の「術なさ」へと移っているのである。物理的・生理的な貧寒から説き起こし、抽象的・精神的な飢寒へと論を進めるこの歌い方はまことに見事である。

この歌の結論は租税の責苦にある。このとき、憶良が国司であったら、このような官の批判は歌えなかったかもしれない。しかし、いまは自由に三十年の官僚生活の総決算のように歌った。ひとりの人間としていえば、精神的飢寒は厳然として抜きがたく、彼の人間観のなかに存在する。雪の深夜の孤影は深いといえよう。

893の短歌について述べる。「やさし」は、仏教にいう「慚愧《ざんき》」の訳語で、慚愧に耐えないこと。憶良は、生涯を「士《をのこ》」たらんと志し、中国の士・大夫を理想的男性像として努めたために、現在の境涯を慚愧に耐えないものといわざるをえなかった。彼の最終歌、

士《をのこ》やも空しくあるべき万代《よろづよ》に語り続《つ》くべき名は立てずして（978）

の空しさに通ずるものである。

また鳥は、憶良に特徴的なもので、自由の象徴としてしばしば歌われる。ここには、鳥になって自由に「天翔り」たいと願っても、また地上に押しもどされる憶良がいる。空しさの嗟歎《さたん》は、為政者の生活も知り、民衆の貧苦も知ったうえで、常に弱者に暖かいまなざしをそそぐヒューマニストだった憶良、そして当代最高の知識人であった憶良の人間連帯《ヒューマン・リレーション》を願う心から生まれたものと考える。万葉歌人中、ただひとり「人間への愛」を歌ったのが憶良であった。

898　慰むる心はなしに雲隠り鳴き行く鳥の哭《ね》のみし泣かゆ　山上臣憶良《やまのうへのおみおくら》

天平五年（七三三）六月三日につくった長歌の、反歌六首のなかの第一首である。長歌には「年老いた身に病気が加わって長年苦しみ、また子どもたちを思った歌」という題がある。時に憶良七十四歳。この作ののち、ほどなく死んだと思われる。憶良はいままでにも人間における老い（804）、病気（「沈痾自哀の文《ちんあじあい》」）、子への愛（802）を歌っており、ここではそれら生涯の主題を一篇にとりまとめてつくった感がある。この後すぐに没したことをもってすれば、生涯の総決算のような歌がこれだったことになる。

長歌によれば、平安への願いも空しく人間には老いがあり、さらに重荷を加えるように病気がある。そこでこの世に絶望して死にたいと思うと、さて可愛い子を捨ててゆかなければならない。この矛盾のなかに思いわずらって泣くばかりだ、という。人間は、いわばこの絶対矛盾のなかにいる。とりわけてそのばあいにかなしいのは子への愛であって、そこを憶良は、

五月蠅《さばへ》なす　騒《さわ》く児《こ》どもを　打棄《うつ》てては　死《し》には知らず　見つつあれば　心は燃《も》えぬ　（897）

と歌う。この「心が燃える」という表現こそ千万言の心がこもったことばで、じっと子どもを見ていると、胸が熱くなってくるという、せん術のない哀切の情を訴えるものであろう。

掲出した歌の上句「慰むる心はなしに」とは、こうした精神の逼迫《ひっぱく》を語るものだが、逃れようのないこの苦渋をあまりにも地上的なものだといえば、地上をはいまわりながら逃れがたい人間の眼に、あの大空を翔けめぐる鳥はどれほど軽やかに映ったことだろうか。憶良にとって鳥が自由の象徴であることは、すでに「貧窮問答」の短歌に見られた（一五八ページ）が、ここでは「雲隠り鳴き行く」というようにいっそう軽やかに、かついっそう手のとどかぬ高みに鳥は飛び翔けっている。鳥影は絶望的に小さい。よく眼をこらさなければ見失ってしまうほどにたよりない。もちろんこの歌ではその鳥の鳴くように泣くといっているのだから比喩だが、わが身をなぞらえたい願望すらあるというべきだろう。

不思議なことに、すぐれた詩人はしばしば死に近く鳥を歌う。たとえば芭蕉が「この秋は何で年よる雲に鳥」といったのもおなじで、人間の霊魂が死後鳥となるという信仰は、信仰などというレベルを越えて、すぐれた直覚の人たちのもった生命観だったというべきかもしれない。

904　世の人の　貴《たふと》び願ふ　七種《ななくさ》の　宝もわれは　何為《なにせ》むに　わが中《なか》の　生れ出で

たる　白玉の　わが子古日は　明星《あかほし》の　明《あ》くる朝《あした》は　敷栲《しきたへ》の　床《とこ》の辺《へ》去らず
立てれども　居《を》れども　共に戯《たはぶ》れ　夕星《ゆふつつ》の　夕《ゆふへ》になれば　いざ寝よと　手を
携《たづさ》はり　父母も　上《うへ》は勿《な》放《さが》り　三枝《さきくさ》の　中にを寝むと　愛《うつく》しく　其《し》が語らへ
ば　何時《いつ》しかも　人と成り出《い》でて　悪《あ》しけくも　よけくも見むと　大船《おほぶね》の
思ひ憑《たの》むに　思はぬに　横風《よこしまかぜ》の　にふぶかに　覆《おほ》ひ来《き》ぬれば　為《せ》む術《すべ》の
方便《たどき》を知らに　白栲《しろたへ》の　手襁《たすき》を掛け　まそ鏡　手に取り持ちて　天《あま》つ神　仰
ぎ乞ひ祈《の》み　地《くに》つ神《かみ》　伏して額《ぬか》づき　かからずも　かかりも　神のまにまに
と　立ちあざり　われ乞ひ祈《の》めど　須臾《しましく》も　快《よ》けくは無しに　漸漸《やくやく》に　容貌《かたち》
くづほり　朝《あさ》な朝《あさ》な　言ふこと止《や》み　たまきはる　命絶えぬれ　立ち踊り
足摩《す》り叫び　伏し仰ぎ　胸うち嘆き　手に持《も》てる　吾《あ》が児飛ばしつ　世間《よのなか》の道

山上臣憶良《やまのうへのおみおくら》

反歌

905　稚《わか》ければ道行き知らじ幣《まひ》は為《せ》む黄泉《したへ》の使負《つかひお》ひて通《とほ》らせ

906　布施《ふせ》置きてわれは乞ひ禱《の》む欺《あざむ》かず直《ただ》に率去《ゐゆ》きて天路《あまぢ》知らしめ

この作には作者の記名がなく、左注に憶良のつくり方に似ているという注があるだけだが、全体、彼の作と思われる。

題に「男子《をのこ》の、名は古日《ふるひ》に恋ひたる歌三首」とある。古日という男の子がいて、病気で幼いころ死んだことになるが、憶良の家系のなかに、古日の名は文献的にはたしかめられない。あるいは憶良の子で、以前に死んだと考えることも可能であるが、巻五の歌は、神亀五年(七二八)から天平五年(七三三)のあいだ、憶良が六十九歳から七十四歳までの作品であり、この歌は回想のものではなく、古日を失くした時点で歌われた歌であるから、年齢的に無理である。

おそらく古日は、憶良が筑前在任中の管内の幼児で、その死を悼んだ、父親の立場に立っての代作歌であろう。いつもの憶良の、弱者へのいたわりである。また、代作なりの客観化もされている。憶良には代作をする傾向があり、「熊凝《くまこり》の為に志を述べたる歌」と、さらに志賀の荒雄の死に白水郎《あま》の歌をつくっている。いずれも実在の人間の死に際して、当事者の立場でつくったものである。しかし子への愛を歌うものに先立って「子らを思《しの》へる歌」(二四四ページ)があり、そこで述べたように、たとえ実際に死んだ子がいたとしても、作品はそれを越えて普遍化されている。

古日という名は、年長の意の「古」に、「日」を添えたもの。日のつく名は一時代前に流行した名で、しかも地方の人に限られているが、女性名としてはこの時代にも中央に残っていた。この歌の「……白玉の　わが子古日は……」はいかにも女性的印象である。

内容はたいへん感動的で、構成を見るとひとつの統一をもっている。冒頭五句は、803の「銀《しろかね》も金《くがね》も玉も何せむに」の歌とおなじ内容で、子への愛を出発点としているが、結句「世間の道」へと帰着している。この首尾六句にはさまれた中心部六十句では、親と子についての叙述が対比的に描かれ、各部の末尾はすべて接続助詞によってつなげられる。そして子に属する叙述は、順接「ば」、親に属する叙述は、逆説「に」「ど」によって結ばれている。つまり親の行為・心情はつねに子を因としているのに対し、子の状態は親を理由として決定されないのである。決定されないどころか裏切られつづけるという考えである。この構造は、親と子の関係を根元にまで降りてとらえているといってよいだろう。

「古日は明け星の輝く夜明けには、床の傍にまつわり、立っても坐っても一緒に戯れ、夕星の見える夕暮れになると『さあ寝よう』と手を引き、『お父さんも、お母さんも傍を離れないで、ミツマタの枝のようにまんなかに寝よう』という」と愛らしく描写されている。

「親は一日も早く、よくも悪くも大人になった姿を見たいと願うのに、予期しない邪悪な風が突然おそって病気になってしまったので、施す術もなく、白布の襷《たすき》をかけ、真澄鏡を手にもって天の神地の神に祈願し、どのようにも神の思召《おぼしめし》のままにと、とり乱しては乞い願ったが、しばらくも良くはならず、しだいに生き生きとした姿を失い、朝ごとにことばもすくなくなり、ついに生命も絶えてしまった」。

以上、幼児が死にいたる経過が具体的に、時間的に語られる。前半の愛らしい姿やことばを知っている読者は、その落差を鋭く享受するだろう。

必死な祈願以後は、熟合の動詞をつらねて切迫感をもたせ、死後の嘆きは、「手に持てる 吾が児飛ばしつ」と絶叫にちかい。それなのに、病気の平癒《へいゆ》を祈るとき「かからずもかかりも」といっている。平癒も神の思召を願うことが第一で、神の意志にともなって得られるというような発想をとらざるをえないのは、作者に知識人としての翳《かげ》りがあるからで、これは、結論が唐突なかたちで独立しておかれる最後の一句、「世間の道」となって結ばれる理由でもある。

905は「まだ幼いので死への道行も知らないだろう。捧げ物をしよう。泉下への使者よ。わが子を背負って通ってください」。長歌で、「世間の道」と観念的なものにまで入りこんでいながら、ここでは、具体的に「背負って」と願っている。この具体的なやさしさは、子を失くした親の常で、そんなことが子を失った親にはこのうえなくうれしいのである。かく歌うのは真率な作者の人柄であろう。

906は「布施を捧げて私は乞い祈る。どうか欺くことなく、まっすぐに連れていって天への道を教えてほしい」という。天上他界観にもとづいた挽歌で、前歌の黄泉への道とは不調和になる。強いて一連のものと考えるなら、天は兜率天《とそつ》の世界として、外来思想とすることもできなくはないが、おそらく906は、反歌二首として905とともにつくられたのではないと考える。憶良的他界観は前者にあり、「天路」は、つぎに詠まれるように、超俗的神仙の世界であった。

ひさかたの天路《あまぢ》は遠しなほなほに家に帰りて業《なり》を為《し》まさに　(801)

すでに述べたように全体の最後に左注があり、作者名も作歌事情も記されず、「右の一首は、作者いまだ詳《つばひ》らかならず。ただ、裁歌《さいか》の体、山上《やまのうへ》の操《みさを》に似たるを以ちて、この次《つぎて》に載す」とある。これは当歌が伝承されたことをしめしているが、憶良の歌でも、まったく自己の体験のみにかかわる歌は伝承された形跡がないのに対し、フィクション歌は伝承された形跡をもつ。この歌もいつか憶良の手を離れて、人びとのあいだに伝承されていったのではなかろうか。

憶良代作の伝承歌の主人公は、みな鄙の人間である。伝承という強靭な文芸のあり方は、集団的共感がなければ拒否されてしまう。そうした集団的運命をもつものこそ鄙と呼びうる存在ではないか。鄙の幼児古日を恋する歌は、愛児を失った人びとの涙を誘い、悲しみを慰めつつ流浪《るろう》し、906の歌もとりこんでいったのだと思われる。

巻六

全巻、雑歌を収める。しかも最初の部分は笠金村《かさのかなむら》が元正《げんしよう》天皇の行幸にしたがって吉野の離宮に出かけた折の讃歌など、はれがましい讃歌をならべているので、格調の高さを感じさせる一巻である。

しかし、はれがましい巻として似通う巻一とのちがいは、この巻が全巻、年次をあげて年次ごとに歌を載せていることである。すなわち養老七年（七二三）から天平十六年（七四四）までの歌をあげており（途中、歌を欠く年もある）、年次にかけて歌を理解するという態度に新しさを見せる。いわば歌による編年史といったものの試みは、天平期におけるひとつの歴史意識として注目されよう。

巻末にはさらに天平十二年から五年間の寧楽《なら》—久邇《くに》—紫香楽《しがらき》—難波《なにわ》という都うつりにかんする田辺福麻呂《たなべのさきまろ》の歌集の歌を追補しており、右にいった歴史意識とは皇都の繁栄と衰亡とに、密接に関係する意識だったことをしめしていよう。

そしてまた、追補の最後は宮廷歌人としての福麻呂の歌であり、巻首の金村の吉野歌集などと首尾照応するという巧みさをもつ。首尾照応といえば、冒頭の金村の歌は金村の歌集として残されたものから拾われたものではないかと思われるので、この巻は首尾を宮廷歌人の歌集歌でつつんでいることになる。

巻二の末尾に金村の歌集の志貴皇子挽歌が追補されていることや、巻一が各所に志貴皇子関係の歌を挿入していることは、だれでもが気づくことであろう。志貴皇子関係の歌が金村の歌集をとおして伝わったとすると、巻一追補に主役を演じた金村の歌集は、巻六では中心資料となって主役を演じていることになる。

なお収める歌は長歌二十七首、短歌百三十二首、旋頭歌一首、ほかに異伝歌が七首ある。

912　泊瀬女《はつせめ》の造《つく》る木綿花《ゆふはな》み吉野の滝《たぎ》の水沫《みなわ》に咲きにけらずや

笠朝臣金村《かさのあそみかなむら》

題詞によると、養老七年（七二三）、元正天皇の吉野行幸にしたがったときの長歌（907）の、ある本による反歌である。ある本の反歌とは、『万葉集』が第一の資料としたものにはなく、第二資料に、同じ長歌の反歌としてついていたということである。反歌は添え歌で、本来一首が原則、長歌を口ずさみ、そのあとに簡単な一首の短い歌を添えたものだが、時代とともに反歌の性格も変わり、長歌と密接に結びつかなくなるし、数も増大する。長歌とちがう詠者の反歌、あるいは別々な何人かの反歌がならべられるようにもなる。しかしこの作は、第一義的には金村の作と考えてよいであろう。

泊瀬は、泊瀬川上流の山奥で、人を葬る地でもあった。そこは聖なる場所であり、川の上流に神を祀るのが古代人の習慣でもあったので、神を祀る女性が多くいた。それが「泊瀬女」と呼ばれる聖処女である。泊瀬女は「木綿花」をつくる。木綿とは、植物の繊維をさらし、細く裂いて、ひげのようにしたもので神祭りに幣《しで》としてたらした。木綿花はこれを花にたとえた、実在しない比喩の花である。だから波をたとえて木綿花が咲いたではないかというのは、二重の非現実である。

実際に、金村の見ているものは、泡立つ吉野川の清冽な流れであった。そこに聖なる木綿花を見るのは、非凡な詩人の眼に映じた、詩的真実である。ただ白木綿花はほかにも歌われていて、柿本人麻呂の「夕波千鳥」(266)のような、彼の独自の造語ではない。

この歌は、吉野従駕の歌であるのに、天皇讃歌のパターンである離宮をほめることばはなく、「聖なる女性のつくった白木綿花が咲いている宮滝よ」と表現することで、間接に天皇をほめている。いわば、意図を秘かに裏側にまわした、まことにすぐれた歌だと思う。

917 やすみしし　わご大君《おほきみ》の　常宮《とこみや》と　仕へまつれる　雑賀野《さひがの》ゆ　背向《そがひ》に見ゆる　沖つ島　清き渚《なぎさ》に　風吹けば　白波騒《さわ》き　潮干《ふ》れば　玉藻《たまも》刈りつつ　神代より　然《しか》そ尊《たふと》き　玉津島山《たまつしまやま》

反歌二首

918 沖つ島荒磯《ありそ》の玉藻潮干《しほひ》満ちてい隠《かく》りゆかば思ほえむかも

919 若の浦に潮満ち来れば潟《かた》を無み葦辺《あしへ》をさして鶴《たづ》鳴き渡る

山部宿禰《やまべのすくね》赤人《あかひと》

「八方を治めておられるわが大王（聖武）の、永遠の宮としてお仕えする雑賀野の野に、うしろをふりかえっていま来た方向を見ると、沖の島の清らかな渚には、風が吹けば白波が騒ぎ、潮が引くと玉藻を刈りつづける、このように尊い玉つ島であることよ」。「風」と「潮」、「白波」と「玉藻」はそれぞれ対句。玉藻は水に濡れ青々としていて、爽やかな色

若狭湾
手結が浦
丹後
若狭
琵琶湖
丹波
尾張
大津の宮
▲鏡山
蒲生野
平安京
山城
長岡京
摂津
紫香楽宮
久邇の都
河内
伊賀
伊勢

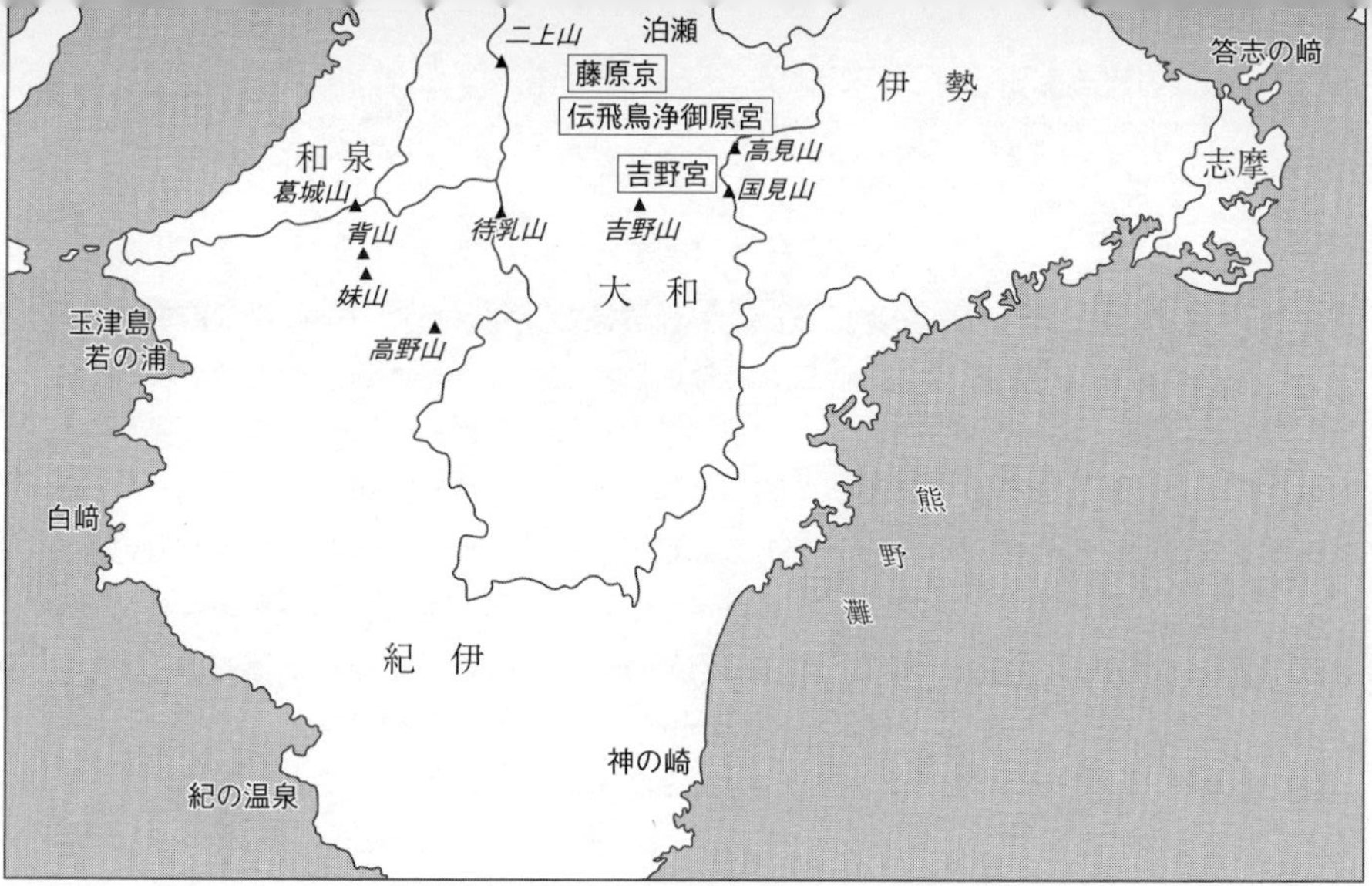
二上山
泊瀬
藤原京
伝飛鳥浄御原宮
伊勢
答志の崎
和泉
葛城山
吉野宮
高見山
国見山
志摩
背山
待乳山
吉野山
妹山
大和
玉津島
若の浦
高野山
熊野灘
白崎
紀伊
神の崎
紀の温泉

彩感がある。「玉津島」は、美しい島という固有名詞で、もと島であった奠供山《てんぐ》に、いま玉津島神社があり、当時も神を祭る聖地であったろう。

清冽な透明な美しさは、この時代の宮廷歌人の特色であり、七世紀の柿本人麻呂とひじようにちがうところである。

918の歌は、玉もやがて隠れゆくさまを想像し、「そうなったら慕いつづけることだろうなあ」といい、919の歌は、「潮がみちて干潟《ひがた》がなくなると、葦の生えているところを指して鶴が鳴き渡ってゆく」という、日本画的な美しい構図である。平安朝的な繊細優美さを家持よりも早く、先取りしているといってもよい。

ただ絵画的ということは、ふつうは時間のないことだが、この歌にはむしろ時間の移動がある。ダイナミックではないが、二首を通じて流れる静かな時間がある。なお『続日本紀』によると、聖武天皇は十月はじめここに行幸し、十六日に神を祭り、玉津島と呼ばれたところを若の浦と改名しようと勅《みことのり》を出した。人びとの喜びに湧き立っているとき、赤人はこの新地名を詠みこんで人びとの感動を誘ったのである。

923 やすみしし　わご大君《おほきみ》の　高知《たかし》らす　吉野の宮は　畳《たたな》づく　青垣隠《あをかきごも》り　川次《なみ》の　清き河内《かふち》そ　春べは　花咲きををり　秋されば　霧《きり》立ち渡る　その山の　いやますますに　この川の　絶ゆること無く　ももしきの　大宮人《おほみやびと》は　常《つね》に　通《かよ》はむ

反歌二首

924 み吉野の象山《きさやま》の際《ま》の木末《こぬれ》にはここだもさわく鳥の声かも

925 ぬばたまの夜《よ》の更《ふ》けぬれば久木《ひさき》生《お》ふる清き川原に千鳥しば鳴く

山部宿禰赤人《やまべのすくねあかひと》

幾何学的な構成をもつすぐれた歌である。「吉野の宮」までは主題の提示で、以下の叙述部は「畳づく」（重なりつづく）より「絶ゆること無く」まで、類似語を駆使しつつ、すべてが対句となっている。「青垣隠り」は、青々とした垣根にこもっている意で、木々の繁茂をいうのは、ほめことばであった。「川次」の「なみ」は、つづくもの。「ををり」は、たわみ咲き溢れる。「春は花が枝もたわわに咲き、秋が来ると霧が立ち渡っている」と、美しいことばで春秋を対比させ、それを山と川で受けて永遠であることをいっている。

「ももしきの」は、ほめことばであり、「大宮人」を修飾する。その大宮人は「常に通って、お仕えすることであろう」。

かつて柿本人麻呂に詠まれた、天皇に奉仕するものとしての聖地吉野は、奈良時代の人赤人にとっては、山紫水明《さんしすいめい》の美しき自然そのものであった。

反歌の「象山」は吉野川をはさんで宮滝と対している。「際」は「間」。払暁にみ吉野の象山あたりの木々の梢《こずえ》には、あたりをとよもして百鳥のさえずりが湧き起こる。そして他方、ぬば玉の夜が更けてゆくと久木（あかめがしわ、春先真赤な若葉を出して美しい）が生えている清らかな河原からは、千鳥のくりかえし鳴く声がきこえてくる。

山と川をそれぞれの主題とし、朝と夜を対比させた二首で、共通するのは鳥の声と、天地の静寂である。二首とも夕方から夜更けへの時間の推移をとらえた歌と解する説もあるが、そうではない。破綻のない整理しつくされた歌であり、見事な知的構成である。

赤人は長歌においても、国土讃歌の伝統を継承しながら、自然そのものを凝視している。この孤的な深まりはすでに集団から離脱した個人の立場にあろう。とくに短歌二首は、静寂の胎動をとらええて、まことに赤人独自のものである。

970　指進《さしずみ》の栗栖《くるす》の小野《をの》の萩《はぎ》が花散《ち》らむ時にし行きて手向《たむ》けむ

大伴宿禰旅人《おほとものすくねたびと》

天平二年（七三〇）十月大伴旅人は大宰帥兼任のまま大納言に任ぜられ、十二月上道《みちだち》する。しかし待ち望んだ帰京であったのに、健康に恵まれず、三年の秋病没する。

この970の歌は、

須臾《しましく》も行きて見てしか神名火《かむなび》の淵は浅《あ》さびて瀬にかなるらむ　（969）

とともに、「三年辛未《しんび》に大納言大伴卿の寧楽《なら》の家に在りて故郷《ふるさと》を思《しの》へる歌二首」という題詞がある。奈良の佐保にある大伴氏の本邸に帰って、若いころを過ごした故郷、明日香を偲んでのものである。この歌は、大宰府以来の望郷歌でもあり、一読、心が濡れてくるような哀感がある。

巻六には、この歌のあとに、975歌・978歌と、七十歳を中心とする上層官人ふたりの死の歌を載せている。編纂者自身がその意図で集めたものだろう。

「指進《さしずみ》」とは、大工の墨壺《すみつぼ》のことで、墨の墨縄を「たぐる」から「栗栖」の「くる」につづけたのであろう。「栗栖の小野」は、飛鳥の一部にあるであろうが、判然としない。上の三句は、萩の花への呼びかけ、「指進の栗栖の小野の」と「の」を重ねることで、懐かしさの感情の高まりがしめされている。そして「その萩も散るであろうときに故郷に行って、神への幣《ぬさ》を手向けたい」と願う。

すなわち、死の床の旅人は、しきりに神祭りを恋していた。旅人の生涯を終えようとする眼交《まなかい》には、降りしきる萩の落花があった。しかも旅人は、初秋七月二十五日に死んで、その願いは果たせていない。六十七歳であった。旅人の眼交に散る萩の花は、漠々たる空想のものでしかなかった。

古来日本人の心には、人が落花にまぎれて死ぬという考えがあった。旅人も、落花に死の気配を感じていたのであり、その萩は魂のよりどころである栗栖の萩でなくてはならなかった。

万葉に見る旅人は、歴史書たる『続日本紀』にあらわれる旅人、征隼人《せいはやと》持節《じせつ》大将軍とは、まるでちがう。あの旅人の歌のどこに、将軍の面影がうかがえるだろうか。

旅人は帰京の途上、亡妻大伴郎女追想の涙を流しつづけ、巻三には亡妻悲傷歌十一首（438〜440、446〜453）が載せられているが、いまそのあとを追うこととなった。

978

士《をのこ》やも空しくあるべき万代《よろづよ》に語り続《つ》ぐべき名は立てずして

山上臣憶良《やまのうへのおみおくら》

「右の一首は、山上憶良臣《のおみ》の痾《やまひ》に沈みし時に、藤原朝臣八束《やつか》、河辺朝臣東人《あづまひと》をして疾《や》める状《さま》を問はしむ。……」という後注があり、天平五年のところに配列されている。憶良には、896の歌のあとに長文の「沈痾《ちんあ》自《じ》哀《あい》の文」があり、これも天平五年の作、これ以後の作は知られていないので、生涯最後の作であろう。

八束は房前の第三子。藤原氏でありながら、大伴氏と親交があり、そのために政治的に危険な立場にもなった。秀才であったらしい。

この歌を年若い八束に対する教訓ととる説があるが、そう直接的なものではないだろう。むしろ一首は「士」を男子生涯の目標として生きた人の、わが生涯への悲嘆である。「士は空しくあってはいけない、充足して生き、のちのちの世に語り継がれるべき万代不朽の名を立てなければならない」。ここでは、士としての名に、大きなウエイトがかかっている。

「士」とは、中国にいう士・大夫であって、それが憶良の男子としての理想像であった

（一五七ページ）。士として立派な名をもつことを願ったのであり、世俗的な名声ではない。もちろん彼は世俗的な名声も否定しないが、世俗的な名声は、随伴するものにすぎない。彼が世の中を「やさし」と思う（893）のは、「士」たらざる現状によってであり、「人は在らじと誇」ること（892）も「士」としての自負であった。しかし、憶良の生涯は「士」をめざしながら挫折した。そこに空しさへの嗟歎《さたん》があろう。この結果において、後年の八束を培《つちか》ったのが憶良であるといえよう。八束は、のちに政界に活躍し、真楯《またて》の名を賜わる。

『続日本紀』などを見ると、各国司の政治業績やそれへの褒賞《ほうしょう》などの記述があるが、憶良の名は出てこない。たとえば、沙弥満誓はたいへんな能吏で、美濃守《みののかみ》時代に養老の滝に元明の行幸を仰いだり、木曾路開通などに数々の業績をあげ、功を賞せられるが、上皇元明が病気となるや、平癒を祈って出家するというスマートさをしめしている。これは憶良には真似のできないものである。

すでに述べたように、これ以後に憶良の歌はない。世に憶良の辞世歌とするのも、ゆえなしとしないであろう。そこで感じることは、すでに大伴旅人の最終歌（969・970）があり、この辞世歌があって、死の歌に編者が注目していることである。そう考えると、もうひとつ、安倍広庭《あべのひろにわ》の同種の歌（975）があいだに介在していることにも気づく。彼は天平四年二月に薨《こう》じており（『続日本紀』）、天平四年に配列されたこの歌は辞世の歌とおぼしい。三者、比較すると興味ぶかい。

かくしつつ在《あ》らくを好《よ》みぞ霊《たま》きはる短き命を長く欲《ほ》りする　（975）

内容からも死にちかいときの歌とわかる。「このように、病床にいながらも、生きつづけていることがうれしく、霊魂のきわまる生命を短いと知りつつ、長くと願うことだ」。459の歌の後注にもあるように、朝廷からの見舞いを受けての返礼の歌であろう。そう思わせるような謹粛さと挨拶性がある。

広庭は、長い生涯を官人として仕え、それが日常的な安らかな生活の場であった。そのなかで臨終の見舞いをいただくという聖武の恩寵を、素直に受けてこのように歌う。平凡に生き、ほどほどの栄達に自足を感じている、平均的な官僚の姿である。

旅人の望郷歌とも、憶良の悲嘆歌とも、きわだってちがう印象を受けるであろう。憶良のいう空しさの内容については、「貧窮問答の歌」（一五八ページ）でも述べた。自足の心境を感じて生涯をおえようとする広庭とくらべると、もたなければよいのに理想をもってしまう憶良の痛ましさが、よけいよくわかる。

994　振仰《ふりさ》けて若月《みかづき》見れば一目見し人の眉引《まよびき》思ほゆるかも

大伴宿禰家持《おほとものすくねやかもち》

この前に坂上郎女の、

月立ちてただ三日月の眉根《まよね》掻《か》き日長《け》く恋ひし君に逢へるかも　（993）

という歌があり、ともに「初月《みかづき》」の題詠と思われる。

「空遠くふり仰いでかすかな三日月を見ると、かつて一目見た美しい女性の描き眉が偲ばれる」と家持は歌った。

当時の女性はほんとうの眉は剃《そ》り落として、眉引きをする。それが思われるという歌だが、ほんの一瞬見ただけの女性は、眼前にいるわけではないから、はるかな三日月のようにたよりない。しかも歌で「振仰けて」と歌われている三日月も、題詠歌なのだから、幻想のものであった。空想上の月の上に、女人の眉引きを連想するという二重の幻想詩である。はるかな空のかすかな繊月はやがて女人の眉に変わり、趣は恋歌となる。月は女、それを宵空にふりさけているのが家持であった。

右にあげた坂上郎女の993歌は、眉根をかくことの形容として三日月があるだけの歌である。眉がかゆいのは思う人に逢える前兆と考えられていたが、かゆがる女性はユーモラスな中年女性である。

それに対して、これは初々しい少年の歌であり、題詠の習作である。家持の歌のなかで作歌年代がはっきりするもののうち、これが最初の作で、おそらく十五歳ごろであろうか。作家においては、しばしば処女作が生涯の作品を決定するといわれるが、これも繊細優美な家持の作風を代表する詩である。

なお980以下、月の歌がつづいているのであげておこう。

雨隠《あまごも》る三笠の山を高みかも月の出で来《こ》ぬ夜は降《くた》ちつつ　（980）　安倍朝臣虫麻呂《あべのあそみむしまろ》

猟《かり》高の高円山《たかまとやま》を高みかも出で来《く》る月の遅く照るらむ　（981）　大伴坂上郎女《おほとものさかのうへのいらつめ》

ぬばたまの夜霧《よぎり》の立ちておほほしく照れる月夜《つくよ》の見れば悲しさ　（982）　同

山の端《は》のささらえ壮子《をとこ》天《あま》の原と渡《わた》る光見らくしよしも　（983）

同

雲隠《くもがく》り行方《ゆくへ》を無みとわが恋ふる月をや君が見まく欲《ほ》りする（984）

豊前国娘子《とよのみちのくちのくにのをとめ》

天《あま》に坐《ま》す月読壮子《つくよみをとこ》幣《まひ》は為《せ》む今夜《こよひ》の長さ五百夜《いほよ》継ぎこそ（985）

湯原王《ゆはらのおほきみ》

愛《は》しきやしま近き里の君来《こ》むと大《おほ》のびにかも月の照りたる（986）

同

待ちかてにわがする月は妹《いも》が着《き》る三笠の山に隠《こも》りてありけり（987）

藤原八束朝臣《ふぢはらのやつかのあそみ》

998

眉《まよ》の如雲居《ごとくもゐ》に見ゆる阿波《あは》の山かけて漕《こ》ぐ舟泊《とまり》知らずも

船王《ふなのおほきみ》

船王は『日本書紀』の編者舎人《とねり》親王の長子、つぎの999番の歌の作者守部王《もりべのおおきみ》や淳仁《じゅんにん》天皇の兄に当たる。そのことが、この人の生涯を大きく左右した。太上天皇聖武の遺言で皇太子となった道祖王《ふなどのおおきみ》を廃し、大炊《おおい》王が淳仁天皇となったのは、藤原仲麻呂《なかまろ》の強引な力によるものだが、このとき、船王も事に加担していただろう。天平宝字元年（七五七）の橘《たちばなのな》奈良麻呂《らまろ》の乱には、船王は仲麻呂側として、奈良麻呂側の人びとの糾問《きゅうもん》に当たっている。

これを図式的に考えると、船王は『万葉集』や大伴家持の側ではない。その人の歌がなぜ『万葉集』に収録されているかといぶかられようが、1001の歌は山部赤人の作で、997〜1002の一連の歌は、赤人を通じて『万葉集』に収められたと思われる。

この時代の皇位継承は、天武の系統で争われていた。奈良麻呂の乱の鎮圧後、仲麻呂は恵美押勝《えみのおしかつ》となって権力を握ったが、光明の死後はふるわず、孝謙の庇護《ひご》下の道鏡を除こうと反乱を起こしたものの、琵琶湖畔に敗死する。宝字八年（七六四）であった。このとき、淳仁は位をおろされて、淡路に配流。孝謙が重祚《ちょうそ》して称徳《しょうとく》となる。船王も捕えられ、隠岐に流された。

船王は天平勝宝三年（七五一）、家持や中臣清麻呂《なかおみのきよまろ》と同席の宴に加わって、

手束弓《たつかゆみ》手に取り持ちて朝猟《あさかり》に君は立たしぬ棚倉《たなくら》の野に　（4257）

という伝誦歌を披露しており、翌天平勝宝四年（七五二）には奈良麻呂の餞別の宴で、

能登川《のとがは》の後《のち》には逢はむしましくも別るといへば悲しくもあるか　（4279）

と、三年後の天平勝宝七年（七五五）には奈良麻呂の家での橘諸兄《たちばなのもろえ》の宴席で、

石竹花《なでしこ》が花取り持ちてうつらうつら見まくの欲《ほ》しき君にもあるかも　（4449）

と歌っている。にもかかわらず上述のように、右の二年後の宝字元年（七五七）には、奈良麻呂とその一味を拷問《ごうもん》にかけることとなり、このときに組んだ仲麻呂と運命をともにして、七年後に配流されたのである。まこと、時の流れに翻弄《ほんろう》された生涯であった。

この歌は、997の歌の前書に「春三月に、難波《なには》の宮に幸《いでま》しし時の歌六首」とあるうちの一首。『続日本紀』によると、行幸は十四〜十九日である。

「眉のように雲居のかなたに見える阿波あたりの山をめざして漕ぐ船は、どこに泊るのかわからぬことだ」。詠んでいるのは難波。海上遠くに見えるかたちが、ゆるやかな湾曲をもってぼんやり浮かんでいるのであろう。「雲居に見ゆる」とあるからおぼろな印象で、

眉のようなやさしさを想像する。女性の美しい眉を蛾眉とか柳眉とかというように、この眉は女性を連想させる。そこにむかって漕いでゆく船は泊りがわからないという、漠々たる不安感は、初二句とよく照応していよう。船旅の不安な想いが、美しく表現されている。旅愁は、高市黒人も歌った。しかし黒人の歌に美しい描写はない。白鳳の歌人と天平の歌人とのちがいである。

一〇一一　わが屋戸《やど》の梅咲きたりと告げやらば来《こ》といふに似たり散りぬともよし

葛井連広成伝誦の古歌《ふぢゐのむらじひろなりでんしようこか》

天平八年（七三六）の冬十二月、葛井連広成の家に、歌儛所《うたまいどころ》（歌舞を管理する役所）の多くの皇族や臣下の子弟たちが集まって宴会をした。そのときに誦された二首のうちの第一首である。広成は帰化系の人で、古く渡来し、音楽や舞を管理していたらしい。天平二十年（七四八）八月二十一日には聖武が広成邸に一泊し、このとき夫妻は正五位上を受けた。また先立って養老三年（七一九）に、従六位下で遣新羅使となっている。

このときに歌を誦した事情が題詞に書かれているが、そこでは、つぎのように意識的に「古」を六回も使っている。「近ごろ、古舞がさかんになり、古い年がしだいに暮れゆこうとしている。当然のこととして、ともに古情を尽くし、ともに古歌を唱えよう。ゆえに私は主旨にそって、古曲（古歌）二節を献上する。風流で気概のある者が、たまたまこのなかにあれば、争って思いを起こし、おのおの古体に和してほしい」。

歌の意味は「わが家の梅が咲きましたと人に告げてやったら、いらっしゃいというのに似ている。いや梅は散ってもかまわない」というもの。

この時代に出土した木簡などにも書かれていて、『古今集』では手習いの歌とされている「難波津に咲くや此の花冬ごもり今は春べと咲くや此の花」という歌の「此の花」は、梅の花を指す。梅は外来の貴族趣味のもので、渡来系の広成が歌うにふさわしい素材である。異国ふうな美しさのなかで珍重されたから、この歌は新しい貴族趣味のなかで普遍性をもち、多くの人に共感されたであろう。

結句の「散りぬともよし」は「おいでくださったらもう散ってもかまわない」とも理解できるが、そうした実質をいうと考えるのはむしろ正しくないだろう。来てもよし、また来なくてもよしという気持が「散りぬともよし」といわせていると考えるべきで、そういう心の軽さがこの歌の身上である。来てほしい、そして散ってほしくないという気持はあるが、縛ってでも散らしたくないという重さはなく、それが雅び・風流・意気といった心である。

青柳《あをやなぎ》梅との花を折りかざし飲みての後《のち》は散りぬともよし　(821)

笠沙弥《かさのさみ》

酒坏《さかづき》に梅の花浮《う》け思ふどち飲みての後《のち》は散りぬともよし　(1656)

大伴坂上郎女《おほとものさかのうへのいらつめ》

このように当時の歌人が似た歌を歌っているなかで、この一首は古体だという。おそらく古体とは古くからの口誦歌という意味で、この歌いぶりを「古曲」といったのであろう。その古体を真似て広成が歌ったのか。素材の入れ替え、人称の転換は簡単にできる。そうすることで、またいっそう口誦歌は人びとのなかにひろがっていった。

その流れのなかにあると思われる一首が『古今集』にある。

月夜よし夜よしと人に告げやらば来てふに似たり待たずしもあらず　(692)

1048　立ちかはり古き都となりぬれば道の芝草長く生《お》ひにけり

田辺福麻呂《たなべのさきまろ》の歌集《かしふ》

田辺福麻呂の歌集中の一首。題詞に「寧楽《なら》の故《ふ》りにし郷《さと》を悲しびて作れる歌」とある。天平十二年（七四〇）までの五年間は、あわただしい遷都の連続であった。福麻呂の諸歌は、この都うつりにともなって歌われている。1050〜1058は久邇《くに》新京讃歌、1059〜1061は三香原《みかのはら》荒墟悲傷歌、そして1062〜1064は難波宮讃歌であった。

遷都のたびに福麻呂が詠むのは、宮廷歌人の伝統を受けたものだが、近ごろそれらの献歌がはたして、宮廷の場でほんとうに歌われたのかどうかは疑問であると思われだした。すなわち、献歌の契機には権官《けんかん》がいつも介在する。たとえば山部赤人の吉野讃歌には長屋王がいたし、人麻呂のときにも丹比島《たじひのしま》がいた。福麻呂は橘諸兄《たちばなのもろえ》のところで詠んでいる。そして献歌はこうした権官どまりではなかったかという疑問である。久邇京を選んだのは、近くの泉川のほとりに諸兄の別宅があったからで、選んだのは諸兄の演出らしい。久邇京は整った都ではない。甕《かめ》のかたちの狭い盆地だから大規模な都をつくるとなると、川をはさんだものとなる。そのことがかえっておもしろいと諸兄は考えたらしい。

福麻呂が旧都を歌うのは赤人からの伝統を継承するものであろう。その赤人は、人麻呂の伝統にそって明日香旧都を歌った。その伝統をつくった人麻呂は、中国文学の伝統によって歌った。そして中国の廃都の詩歌は、反乱によって荒廃した都を悲しみ、反逆によって滅ぼされたものに対する歴史的な痛みを歌ったものである。

「繁栄した昔と変わって、いまは古い都となってしまったので、道のほとりの草も長く生い繁ったことだなあ」。雑草が生えるにまかせている、それを眺めているだけの歌だが、そこに打撃の大きさがある。赤人の「古《いにしへ》のふるき堤《つつみ》は年深《としふか》み池のなぎさに水草《みぐさ》生ひにけり」(378)は、美しい風景だが、この歌には美しさもない。荒々しい荒廃だけをあらわしている。じつはこの一首は反歌なのだが、この「立ちかはり」の初句は、長歌にある「群鳥《むらとり》の　朝立ちゆけば」という表現とともにいかにもあわただしい遷都のさまがこめられている。あわただしい遷都なら現実はさほど荒れ果ててはいないだろうが、その現実をことばによって認識しようとする態度がある。いまは変わったのだ、と。

なおもう一首、おなじく奈良の都が旧都となったことを嘆く作者未詳の歌が、これに先立って収められており、なかなかの秀歌である。福麻呂の歌集の歌は、これら一連三首(1044〜1046)を継ぐかたちで収められている。

紅《くれなゐ》に深く染《し》みにし情《こころ》かも寧楽《なら》の京師《みやこ》に年の経《へ》ぬべき（1044）

作者未詳

「紅」で象徴されるものは、かつての都の繁栄である。「華やかな繁栄という紅色にわが心は染まって、都を忘れがたい。愛惜の紅よ。いま、奈良の都は移ろい色あせて、荒廃に帰そうとしている。このまま荒れ果てて、年を経ていってよいであろうか」という一首である。

呆然《ぼうぜん》と荒都を眺める自分は、紅に深く染まっていたと回顧している。作者がどのような人か、つまびらかにしないところがいっそう趣深い。「近江荒都」を嘆く、宮廷歌人の人麻呂（29〜33）や高市黒人の歌に通じるものを、一般民衆の側から詠んだ歌である。

巻七

巻三と同じく、雑歌・譬喩歌・挽歌の三分類になっているが、すべて作者不明の歌で、長歌は一首もない。しかし旋頭歌は二十六首と、全巻でもっとも多い。

『万葉集』全二十巻は、一部（巻一から巻七まで）、二部（巻十六まで）、三部（巻二十まで）の三部分よりなると思われるが、その第一部の最後に当たるこの巻に、作者不明歌ばかりを付録的に収めたのであろう。

『万葉集』の基本的分類の相聞・挽歌・雑歌は、すこし時代が下ると相聞が譬喩歌に変わる。相聞はたがいに贈答した歌だから、譬《たと》えることとは無関係と考えられるが、古代人の表現は、愛を物にたとえて詠む傾向があり、そもそも相聞歌は譬喩歌であった。しかし、そこを意識したのは中国の詩学によってで、この意識のなかで分類名として譬喩歌が登場してくる。巻一、巻二は、雑歌のみの巻一と相聞・挽歌のみの巻二で、巻三がこの両巻をあわせたかたちで三分類をもつが、すでに相聞が譬喩歌に変えられており、巻七はこの巻三とまったくおなじ分類である。

なお、巻三では、譬喩歌が、雑歌・挽歌よりあとに付け加えられたかと思われ、すこし成立が新しいかたちであり、さらに巻七では、時代とともに減少し欠落する挽歌がわずかに十三首しかない。成立における、それなりの新しさと、より新しさとが考えられるであろう。

巻七の雑歌は、「月を詠《よ》める」「吉野にして作れる」などの題を付してわけられ、その小分類の最初に柿本人麻呂の歌集の歌をおいて全体をかざっている。このことはかなり意図的で、当時いかに人麻呂の歌が尊重されていたかを知ることができる。人麻呂の歌集の歌は、生前彼が書きとめた他人の歌、変形された彼の歌、彼の死後、人麻呂の歌集としてまとめられたときまでに入りこんだ他の種類の歌などをふくんでいると考えられる。

巻七の歌数は数え方により相違するが、短歌三百二十四首、旋頭歌二十六首、あわせて三百五十首があり、ほかに異伝歌が六首ある。

1074　春日山《かすがやま》おして照らせるこの月は妹《いも》が庭にも清《さや》けかりけり

作者未詳

「妹」と「春日山」を替えると、だれにもどこでも応用できるだろう。この幅広い共通性が、『万葉集』の作者未詳歌の特色である。多くの人びとに愛され、口ずさまれ、変形されて、たくさんの類似歌を生んでゆく作者未詳歌の基本がある。巻七、巻十〜十四の六巻は、すべて作者名不記の歌で、全万葉歌のうち約半数が作者未詳歌である。このことは『万葉集』という歌集の性格を考えるうえで重大である。無名歌は、一首一首の歌がだれの作であるかといった関心のまったくない、歌が民衆共有のものであった時代の所産であった。

「おし照る」は、当時半ば修飾辞的に使われているが、ここの「おして照らせる」は、月光が春日山全体をおおっているさま。月光のなかに春日山がある。「つい先刻、自分が妹の庭にいたとき、清らかな月光は地上を霜のように白々と照らしていた。いま、妹も自分とおなじくこの月光を眺めていることだろう」。後朝《きぬぎぬ》の情緒にひたる作者には、ある意味の虚脱感と充足感がある。

月が妹を照らしているだろうとか、月を見ると妹のことが思われるとかと、いっさい直接には妹に関係したことをいわないところにひろがりがあって、春日山上空をおおう景にふさわしい。斎藤茂吉は「作者は現在通って来た妹の家にいる趣で、春日山の方は一般の月明（通ってくる道すがら見た）をいっている」というように、現在に解しているが、いま春日山の月を見ていて「思い出してみると、あのときの妹の庭にもさやかだったなあ」と追憶している歌であることが末句の「けり」にしめされている。別れたあとの情感を歌った一首である。

のちの作品だが、『徒然草』のなかにひとりの女性が、男の帰ったあと、しばらく妻戸を開けたままぼんやりと月を眺めていたという描写がある（三十二段）。これもおなじような情感の漂いを感じさせるもので、男女の立場を替えてはいるものの、愛の別れぎわを歌ったものである。

外国の作品でもシュトルムの『アンゲーリカ』では、別れを告げにいった男が、女に対していう。「もう暫くそこに立ったままでいてくれ給え。そして家にはいるとき、あまり戸をひどく閉めないでね」と。ひどく戸を閉めることによってきっぱりと断絶してしまうことを恐れたのだろう。いずれは別れるにしても、余韻の漂いのなかにしばらくはいたいという願望である。愛の別れの情感は古今東西を問わないというべきだろう。

1088　あしひきの山川《やまがは》の瀬の響るな《な》へに弓月《ゆつき》が嶽《たけ》に雲立ち渡る

柿本朝臣人麻呂《かきのもとのあそみひとまろ》の歌集《かしふ》

「雲を詠める」と題された、柿本人麻呂の歌集から一首。「あしひきの」は、山を導くことば。山に登るのに足を引くからとか、山は裾野を長く引いているからとか、山は葦や檜《ひのき》が生えているからなど諸説がある。「弓月が嶽」は、三輪山の北につづく巻向《まきむく》山の主峰。その山中から流れる川は穴師《あなし》（痛足）川とも巻向川とも呼ばれ、上流はかなり急流で瀬音も高い。その「山川の瀬音の高まりを耳にし、弓月が嶽に目に移すと、いましも黒々とした雨雲が山頂に立ち渡っている」。

激しい雨の到来を、まず聴覚でとらえ、やがて視覚的に確認する。嵐来たらんとする前の一瞬の静寂と、作者の感情のなかにある不思議な空虚さを耳と目でとらえ、「なへ」（とともに）で並立させた一首である。瀬音は、すでに雲の動く気配をはらみ、雲は瀬音の立ちまさる音響のなかに、いっそうの濃さを増すといった相互関係があるだろう。

人麻呂の歌集の歌には、巻向周辺のものが多い。櫟本《いちのもと》が彼の出身地といわれるから、巻向のあたりは彼の生活圏であったろう。すでに述べたように、人麻呂の歌集のなかには性質のちがう何種類かの歌が収められているが（一九二ページ）、そのなかでこの歌は人麻呂の自作と思われる。三輪山にほど近い櫟本にいまも柿本寺《しほんじ》跡と伝えるところがあり、久しく信じられてきた人麻呂の墓もある。「歌塚」と呼ばれるものがそれである。

またこの歌一首の力強さも人麻呂ふうを思わせる。風雨の気配が油然《ゆうぜん》として天地にみちる光景をとらえていて、神秘的な感じさえもたらす。この力量は人麻呂ならではのものであろう。人麻呂の歌集にはほかにも弓月（斎槻《ゆつき》）が嶽を詠んだものがある。

長谷《はつせ》の斎槻《ゆつき》が下《した》にわが隠《かく》せる妻　茜《あかね》さし照れる月夜《つくよ》に人見てむかも　（２３５３）

この旋頭歌なども、わが隠妻《かくしづま》を月明りの夜に他の男が犯したかという不思議な一首である。「ゆつき」とは「神秘的なつき（月・槻）」という意味の名前だから、二首ともにもつ神秘感は、このことと関係があるにちがいない。

1125　清き瀬に千鳥妻呼び山の際《ま》に霞立つらむ甘南備《かむなび》の里　　作者未詳

題詞に「故郷《ふるさと》を思《しの》へる」とあり、新都寧楽にあって、旧都飛鳥を偲んだ歌だということがわかる。「甘南備」は神の降臨するところ。それゆえ、三輪の甘南備、龍田の甘南備など、各地にあったはずだが、そのうちもっとも多く登場するのが飛鳥のそれである。

甘南備は山を指すが、そのまわりを川が流れて、これをとりまいていることが甘南備の条件とされたようだから、第一句の「清き瀬」は甘南備川のことを意味する。そして山と川をとり入れた総体を「甘南備の里」といっているのであって、山だけや川だけを歌うものは多いが、このように里としてのひろがりを詠むのはユニークである。この里は当然神の降臨する山を中心とした聖域として詠まれており、その具体的な描写が「千鳥」や「霞」によるものであった。

「故郷」とは旧い都の意味にも用いるが、ここは、作者が遷都にしたがって平城京に移り住んでいて、旧都飛鳥が自分自身の古里《ふるさと》だったのだろう。歌われている風光は美しく、歌い方もまた美しい。そのうえ、上句に川瀬を描き下句に山のさまを述べるという幾何学的対応があり、山部赤人の歌のもつ構成美とひとしい。たとえば赤人はおなじ旧都の歌で、「山高み　河雄大し《かはとほしろ》」「朝雲《あさぐも》に　鶴《たづ》は乱《みだ》れ　夕霧《ゆふぎり》に　河蝦《かはづ》はさわく」（324）と歌う。短歌におけるこのような対応も例がすくなく、赤人の、

大夫《ますらを》は御猟《みかり》に立たし少女《をとめ》らは赤裳《あかも》裾引《すそひ》く清き浜廻《はまび》を　（一〇〇一）

というのが顕著な例だから、あるいは赤人作かとも思わせるが、しかし、やはり破綻のない美しさを好む天平時代の風潮から生まれたものと考えるべきであろう。

1241　ぬばたまの黒髪山を朝越えて山下露に濡れにけるかも　古集《こしふ》

まことにやさしい優美な歌である。「黒髪山」は、奈良山の一部。ゆるやかな起伏をなして、奈良の都の背後をおおう丘陵である。「ぬばたま」は黒の修飾辞。

これは羇旅の歌となっている。したがって、他国の人が黒髪山を旅したともとれるが、かならずしも遠方からの旅人でなく、もっと日常生活的にこの山を越えている人の歌ともとれる。かりに旅の歌としても、その日常生活的な感情をだぶらせて、みなをよろこばせたものと解せられる。なぜなら旅人がなぜ朝露に濡れながら山越えをしなければならないかは理解するのにむつかしいが、反面、女のもとを訪ねて朝帰るという歌は類型的だからである。

そして、女性のところから朝帰るという日ごろの生活のなかで、彼らは露に裾を濡らすことを気にして歌う。

朝戸出《あさとで》の君が足結《あゆひ》を濡らす露原　はやく起き出でつつわれも裳裾《もすそ》濡らさな

（2357）

これは柿本人麻呂の歌集の旋頭歌だが、朝帰りの男を送り出す女の歌である。「足結」は妻が手ずから男の衣の裾を結んだもので、ここに女の愛情がこめられている。だから、その足結を濡らす露とおなじ露に、私も裳の裾を濡らしたいという一首で、当面の一首にも、おなじ情感がこめられている。

こうした露を問題とすることのなかに、雅びな奈良の都人の感情もあろう。そのなよやかで優雅、柔和な心情と、「ぬばたまの黒髪山」のことばがよくあっている。それをわざわざいうのは、別れてきた女性の黒髪、やさしかった女性のそれが、いまもなお眼前にあるからである。裾も心も濡れているといえようか。

1264　西《にし》の市《いち》にただ独り出でて眼並《めなら》べず買ひにし絹《きぬ》の商《あき》じこりかも

古歌集《こかしふ》

「時に臨める」と題された十二首のなかにある。この題が難解だが、なにか折にふれて歌われた歌という意味で、このばあいも、西の市における歌垣のごとき折に行われたものではなかったろうか。いわゆる秀歌ではないかもしれないが、別の面白味があり、『万葉集』の幅の広さをしめす歌である。

当時平城京には、東と西に定期的に市が立った。その「西の市に、ただひとり出かけ、見比べずにすぐとびついて買った絹は失敗だったなあ」という一首である。

「商じこり」とは商売上の失敗という意味で、すでにこうしてひとつの熟語をつくりあげるほどに商取引なるものが成熟していたことが注目される。商売を古く「あきなひ」といったが、これは「なりはひ」に対することばで、「なりはひ」とは生業を意味し、「なり」は主として農作をいった。この基本的な農生活のうえに商行為が生じてくるわけで、商行為がすでに成り立っている時代の、都市生活者の生態を彷彿とさせる歌である。

寓意を考えると、また面白い。絹はたいへん高価なもので、庶民が身につけるものではなかった。だから「絹」が女性をいっていると考えれば、一見高貴な女性と見えた者に求愛したがさてそれはつまらない女だったということになる。その失敗は「眼並べず買」ったことによるというのだから、がむしゃらに欲望にまかせた粗忽《そこつ》さへの悔恨があるということになる。

　しかも「ただ独り出でて」というのがまたおもしろい。つまり彼らはふつう共同体のなかにあって平穏だったのだが、ここで個人の立場に立ったときに失敗するというところに、うえに述べた商行為の歴史的な位置が見える。所詮、彼らは「なりはひ」の人びとであって、「あきなひ」の人ではなかったのだろう。

　東の市の歌には、門部王《かどべのおおきみ》の、

東《ひむがし》の市《いち》の植木《うゑき》の木《こ》足《だ》るまで逢《あ》はず久《ひさ》しみうべ恋ひにけり　（310）

がある。これも恋歌の比喩に東の市の植木が用いられているもので、ともに恋に市が関係するのは、市が恰好の恋愛の場だったからである。柿本人麻呂の有名な軽の市の歌もそのひとつである。

1269　巻向《まきむく》の山辺《やまへ》とよみて行く水の水沫《みなわ》のごとし世の人われは

柿本朝臣人麻呂《かきのもとのあそみひとまろ》の歌集《かしふ》

「所に就《つ》きて思《おもひ》を発《おこ》せる」の三首のうちの一首。三首とも挽歌の趣が濃く、「所に就きて」はなにか死者に関係のあったところで触発された、という意味にとれる。

巻向山は、三輪山の北にあり、柿本人麻呂の歌集には巻向の歌が多く、この歌は彼の自作と考えられる。「巻向山のほとりを響いて流れゆく水をじっと見ていると、水沫ができたり消えたりする。その水沫のように、はかないものだ、生きてある自分は、と思う」。

人麻呂の、宮廷における緊迫感のある力強い歌に親しんだ人は、こんなに弱々しい歌が人麻呂にあることに意外な感をもつであろうが、人麻呂は逞しい歌だけを詠んだのではない。彼は世の中を肯定的にのみ、見てはいない。彼の歌は世の明も暗も抱きかかえながら、なお明るい。人麻呂の強さ、明るさは、対立を包摂したものである。

人麻呂の生きた白鳳時代は、明るく未来を志向しており、人麻呂の歌風は、その白鳳時代を代表しておおらかに力強いと考えられがちだが、人麻呂の生きた七世紀後半、天武、持統、文武期はすでに、種々仏式の行事が行われている。人の死後四十九日の中陰に祈ることなども、この時代にはじまる。こうした仏教の影響も十分に受けつつある白鳳期に生きた人麻呂には、思想的複雑さもあり、内面の屈折もあった。それらをあわせもった人として考えなければ、人麻呂の大きさはわからない。

この歌の前歌「児《こ》らが手を巻向山《まきむくやま》は常《つね》にあれど過ぎにし人に行き纏《ま》かめやも」（1268）は、「愛している女性の手を枕とする巻向山は変わらずにあるが、ふたたび亡き人に出逢って共寝することがあろうか」という哀悼歌。二首ともに、巻向山を、手枕をする愛の情念をもって見ている。その巻向山に響きを立て水が流れる。だからその音が轟々《ごうごう》と大きいほど、愛する者を失った作者の心の空洞は大きくなる。

泡立ち流れ、消える水沫を凝視していると、いつか水沫は「世の人われ」の姿となり、生々流転《せいせいるてん》するわが身がかえりみられてくる。

この歌はよく『方丈記』を連想させる。有名な、

淀《よど》みに浮《うか》ぶうたかたは、かつ消《き》えかつ結《むす》びて、久《ひさ》しくとどまりたる例《ためし》なし。

は、しかし、無常を第一義とする観念的・思想的なものだから、極端にいうと思索者長明は水沫そのものを眼前にしていなくてもいい。これに対して『万葉集』のこの一首は、消え、また結ぶ水沫を見つめ、それに触発されて無常を思うかたちである。これはあくまで

具体的実感であった。

1281　君がため手力《たぢから》疲れ織りたる衣《きぬ》ぞ　春さらばいかなる色に摺《す》りてば好《よ》けむ

柿本朝臣人麻呂《かきのもとのあそみひとまろ》の歌集《かしふ》

雑歌の末尾に、二十四首まとまっている旋頭歌のうちの一首。相手を「君」と呼んでいるから、作者は女性である。女性に代わってつくるか、戯れの歌以外には、万葉で男性が女性を「君」と呼ぶことはない。そして「君」というのは、身分の高い男性を、ちょっとあらたまって呼ぶときの呼び方である。ちなみに「わが背子」は同等、「殿」はたいへん身分高い男性に対してである。

歌の意は、「あなたのために、手の力も疲れるほどに織った衣《きぬ》ですよ。春になったらどのような色に摺り染めにしたらよいでしょう」。

女性は機織りの仕事に従事している。それは寒い冬のあいだの長い労働である。織ったのはふつうは麻の布だが、これは繊維が粗いので荒栲《あらたえ》と呼ばれた。摺り染めは、自然の花や草、土を摺りつけることである。

作者は若い女性であろう。織りながら、来たる春の野山を想像している。夢の豊かさを感じさせ、ほのぼのとした感動がある。しかし現実には、調布である布を女性集団で織っているのである。織っている女性が目前の布を身につけることはできない。労働も自由意志のものではない。

こうしたギャップのなかにある女たちの、これは機織りの集団の労働歌である。某麻呂のために某女が織っているという流行歌であろう。集団のなかには、いろいろな年齢の女性がいたはずで、年長の女もいたろうが、しかし労働歌の中心の気持は、うら若い女性のものである。過去の青春にたちかえりながら参加する人びともいたはずである。

彼女たちは強制労働によって調布を織るという、厳しくみじめな現実のなかにありながら、集団のみなに共感を呼ぶ男性を話題にし、共通の色彩豊かな夢を描きつつ、声を揃えて歌いつつ仕事を進めた。これが集団の労働歌であり、旋頭歌の本質でもあった。われわれはこれを痛ましいとも思うが、しかし彼らの表現にいっさい哀切さはない。ここに万葉人の詩心があった。現実逃避というよりも、巧みな生活の知恵というべきであろう。

同様に東歌の「稲舂《つ》けば皹《かか》る吾《あ》が手を今夜《こよひ》もか殿の若子《わくご》が取りて嘆かむ」（３４５９）も、「君」と呼ぶより、もうひとつ身分高い男性に愛される情況を空想した歌である。架空の恋を設定することで、みなが参加できる労働歌となる。「筑波嶺《つくはね》の新桑繭《にひぐはまよ》の衣《きぬ》はあれど君が御衣《みけし》しあやに着欲《きほ》しも」（3350）も、おなじ情況設定の歌であり、いずれも女性の夢の歌である。

1287　青《あを》みづら依網《よさみ》の原に人も逢はぬかも　石走《いはばし》る淡海県《あふみあがた》の物がたりせむ
柿本朝臣人麻呂《かきのもとのあそみひとまろ》の歌集《かしふ》

「青みづら」は、青々した草を「みづら」（髪形）によせてあむから、「依網」の修飾辞としたのだという。「依網」は、「よせあみ」の約。この地名は各地にあるが、ここは大阪市住吉区と考える。「依網の原で人に逢わないかなあ。そうしたら石走る淡海県の物語をしたいなあ」という、なんとも正体不明な、しかしなんとなく心惹かれる歌である。

依網の地名と、柿本人麻呂の歌集の歌であることから、まず依羅娘子《よさみのおとめ》が想像される。依羅娘子は人麻呂が死んだときの歌224〜227に、妻として登場するが、この一連の歌は、実際の死を歌っているのではなく、人麻呂伝承中のものである。

したがって、この歌で、逢いたいと望まれているのは、220以下の歌と同類の、依羅娘子を主人公とする物語を伝える、依網の原にいた語部《かたりべ》であろう。語部は宮中にも有力な氏族にもいた。依網は丹比郡《たじひ》にあり、ここを支配したのが丹比氏であった。丹比は人麻呂と深く結ばれ、丹比氏が人麻呂を庇護し、一族は人麻呂の歌を伝誦したと思われる。それが依網の語部の役目であった。語部はひとつの物語の時・場所・人物を、自由に替えて語ったから、既存の和歌を利用しつつ、ヒーローを人麻呂とし、依羅娘子をからませて語った。その一部が「淡海県の物語」であった。

人麻呂は、中国の廃都詩の伝統によって、反乱で荒廃した近江京を悲しみ、反逆によって滅ぼされた人びとへの痛みを歌った（29）。人麻呂と近江県とのかかわりは深い。依網の原で物語りたいと願う、淡海県の物語とは、29の歌などもそのなかに入る、敗者近江方からの壬申の乱物語であろう。近江側からは、天武は皇位簒奪者《さんだつ》ともいえる。217〜219の歌の吉備《きび》の津《つ》の采女は、咎《とが》を受けて蟄居し大津で投身自殺した采女らしいが、配列からいってこれも近江県の物語の一部であろう。近江県の物語は、敗者に暖かいまなざしをそそぐ、心やさしい褻《け》の世界の物語であったのではないか。

1295　春日《かすが》なる三笠の山に月の船出づ　遊士《みやびを》の飲《の》む酒坏《さかづき》に影に見えつつ　作者未詳

「春日にある三笠山に月の船が出た」と歌う「月の船」が、まず注目される。この歌のほかに、巻七の巻頭歌、

天《あめ》の海に雲の波立ち月の船星の林に漕《こ》ぎ隠る見ゆ　（1068）

と、巻十の、

天《あま》の海に月の船浮《う》け桂楫《かつらかぢ》かけて漕ぐ見ゆ月人壮子《つきひとをとこ》　（2223）

が、月のことを月の船といっている。

この表現は、中国語の翻訳ではないかと疑われており、『懐風藻』にも、

月舟《げつしう》霧《む》渚《しよ》に移り、楓檝《ふうしふ》霞《か》浜《ひん》に泛《う》かぶ。
台上《だいじやう》流耀《りうえう》澄《す》み、酒中去輪《しゆちゆうきよりん》沈む。

水下《くだ》りて斜陰《しやいん》砕《くだ》け、樹除《このはち》りて秋光《しうくわう》新《あらた》し。
独《ひと》り星間《せいかん》の鏡《かがみ》を以ちて、還《さら》に雲漢《うんかん》の津《わたり》に浮かぶ。

という文武天皇の詩がある。「月の船」「星の林」「雲の波」のような比喩による造語法は、元来日本人には不得手で、中国人の得意としたものだから、この推測も一見、妥当なように思える。

ところが中国の詩には、「月船」も「月舟」も出てこない。漢の武帝が池に船を浮かべて多くの人を乗せ、月を観賞したときの記事に、「観月船」「親月船」とあるが、これは月船・月舟とはちがう。

そこで『懐風藻』の「月舟」も観月船と考えられ、これに対して『万葉集』の「月の船」は、月そのもので、日本人の着想したものだと思われる。空を月が渡るとき、空を海と考えると、月の船の発想はできよう。アメ・アマは天を意味し、また海辺の人を海人《あま》と呼んだ。日本では海と空とはひとつづきのものと考えていたのである。

2223の歌の「桂楫」は、月のなかに桂の木があるという中国の伝説によるものだから、中国ふうなハイカラな雰囲気をかもしだしただろう。大宮人たちは中国的教養を大事にした。

「遊士」は、風流な遊びの精神をもった「をのこ」のこと。「みやびを」という大和ことばに遊士の漢字を当て、意味を重層させた巧みな造語である。

柿本人麻呂時代には大夫《ますらお》が理想像となっていたが、この時代には大夫から遊士へと価値観が変わってきた。「みやび」とは、本来都ふうのことで、「宮ぶ↕鄙ぶ」という対応をもつ。遊びの精神はゆとりにあり、この1295の歌は、

ももしきの大宮人《おほみやびと》は暇《いとま》あれや梅を挿頭《かざ》してここに集《つど》へる　(1883)

と歌われるような遊びの精神を知っている人間の歌で、万葉ふうではないとさえいえそうな、新しい歌である。結語が「つつ」であるのも軽快で、これは日本人の好む中止法、含みのあるいい方である。優雅な調べをつくっている。

さらに、酒杯のなかに月の影を浮かべている優雅さがある。酒盃に映る壊れやすい月を大事にしている繊細さもある。周囲は暗闇で月だけが盃中に映る。投影とは、虚の現実である。虚景を歌って、繊細で新しく、間接的で、かつ雅びな世界である。その世界に没入することが「月の遊び」であった。

こんなに新しい雅びな月の歌が、柿本人麻呂の歌集の二十三首の旋頭歌のつぎにならんでいることにも、またひとしおの面白さがある。旋頭歌は民衆の集団歌であるが、1295

の歌は、すでに短歌を主として作歌する習慣の時代となったころの人が、前代の集団の歌を真似て、宴席でつくった歌である。人麻呂の歌集の後代における享受をしめす好例であろう。

1367 三国山《みくにやま》木末《こぬれ》に住まふ鼯鼠《むささび》の鳥待つが如《ごと》われ待ち痩《や》せむ

作者未詳

題には「獣《けもの》に寄せたる」とある。「三国」は、摂津（大阪）説、越前説などがあるが、後者の福井県坂井郡三国町と考えるのがよかろう。

「木末」は、梢のことだが、ニュアンスがすこしちがって、木の先が伸びてゆく先端のことである。「住まふ」の「ふ」は継続をあらわし、住みつづけているという意味になる。

「むささびが鳥をじっと待つように恋人を待ってやせるだろう」と、むささびの行動を「待つ恋」の譬喩としているが、このように当時の民衆歌のつくり方は、動物に対しても固定的なイメージをもたず、実態をよく見ている。むささびは長時間忍耐強く待っているのを見知っているのである。

それにしても、なぜ「鳥待つ」と見たのだろうか。鳥を食べることもあるのか。三国は雪国だから、餌のなくなった雪におおわれた風景のなかで、むささびがじっと待っているさまが想像される。狩猟を生業《なりわい》とした人びとのなかで観察された生態に、恋の心が結びついたものである。こうした経験は、『万葉集』では貴族歌のなかにも連続して歌われているが、『古今集』『新古今集』になっては譬喩としてすらとり入れられなくなり、それだけ歌がやせてくる。

むささびなどという動物を題材として詠むことは、『古今集』『新古今集』にはない。『万葉集』でもこの歌を入れて三首しかない。ところで他の二首を見ると、一定の傾向がある。

鼯鼠《むささび》は木末《こぬれ》求むとあしひきの山の猟夫《さつを》にあひにけるかも　(267)
志貴皇子《しきのみこ》

むささびは幹の洞《ほら》に住んでいる。幹をたたくと上へ上へと登り、前後肢のあいだの皮膜をひろげて他の木へ滑空する。「むささびは梢へ駆け登ろうとして山の猟師にとらえられてしまったのだなあ」という一首である。

大夫《ますらを》の高円山《たかまとやま》に迫《せ》めたれば里《さと》に下《お》りける鼯鼠《むささび》そこれ（1028）

大伴坂上郎女《おほとものさかのうへのいらつめ》

廷臣たちが、高円山で狩猟をしている。「多くの勢子《せこ》を使って、追い出したので、追いつめられて里に降りてきたむささびが、これですよ」ととらえられたむささびを聖武天皇に献上するのに添えた歌である。もっとも左注があって、「奏上する前に、むささびは死んでしまったので歌を奏上することもやめた」とある。ひどくとりとめのない話である。

ところが、このふたつの歌は、ともにむささびが強い殺意をいだいた者に追われて逃げている。ひとつは木末に、ひとつは里に。そこから考えると、共通したなにかの寓意がありそうである。とくに267の歌の「木末求む」は、高位を望むことで、猟師に譬喩される人に殺されたのであろうか。志貴の歌は、そんな背景を匂わせる。当時志貴は、官を離れ高円山の麓にいたらしい。同様に考えると、1028の歌にもむささびのように、すばしこく動きまわる小利巧なひとりの官人が想像できる。彼は追われてしかたなく山（すなわち官）を降り、里へやってきて死にましたということだろうか。とすれば、あるいは猟師は藤原氏かもしれない。皇族の人びとや大伴氏らは、このころ新興勢力の藤原氏に押されていたことだった。

このことと当面の三国の歌がどう結びつくかはむつかしい問題だが、一読孤独の感を印象せしめるむささびの姿はほかの二首と異ならない。

1415 玉梓《たまづさ》の妹は珠かもあしひきの清き山辺に蒔《ま》けば散りぬる

作者未詳

ある本の歌として「玉梓の妹は花かもあしひきのこの山かげに蒔《ま》けば失《う》せぬる」(1416)という異伝が載せられている。「玉梓」は立派な梓。手紙を運ぶ使者は、古くは梓の杖をもって連絡に当たったという。「玉梓の使いが通った妹は、ほんとうは珠だったのだなあ。あしひきの清らかな山辺に灰として蒔けば、散ってしまったことよ」。

土葬であった日本に、仏教とともに火葬の習慣が入ってきた。記録によれば、僧道昭《どうしょう》の遺命によって遺骸を荼毘《だび》に付したのが、わが国での火葬のはじめだという。女帝持統も火葬され、骨壺は大内陵にある。それ以前の火葬の跡も、泊瀬にあったことが昭和九年に発見されている。

『万葉集』は、この葬送の変化の時期を、ちょうどなかごろにもっている。柿本人麻呂はこのころに生きた。彼を中心とした殯宮《あらきのみや》の挽歌は万葉期前半のもので、のちには葬送の儀礼も、挽歌も簡略になって、「み哭《ね》」や「匍匐礼《ほふくれい》」は消滅する。

こうなると、その衝撃を乗り越える手段は、死者を玉か花かと見ることしかない。玉はまだ死者が形を変えて残ったという気持をもっているが、異伝歌の花は、すっかり散り過ぎ、失せ果てるとする観相である。

「玉梓の妹は珠だろうか」という発想は、女性がしばしば白珠（真珠）にたとえられることによっている。その、妹とも思える真珠の緒《お》（糸）が切れると、玉は音を立てて乱れ散る。玉かぎる光（きらきらしい光でなくほのかな輝き）を放ちながら。それが妹の死の印象である。これを花と見る異伝歌のほうが自然だが、しかしそこには、音立てて散る壮絶さはない。

女性を玉と見、花にたとえるのは当時一般的で、そこに人びとは慰めを見出したのである。当歌はそのうえに「玉梓の妹」といっているように、使者によって結ばれていたらしく、なおのこと実在感が薄かったようである。玉か花かと見、跡形もなくなってしまった死は、いっそう虚無的な影を濃くしている。

この時代に死を肉体の消滅だと考えたリアリストは山上憶良である。そのことを、「男子古日に恋ひたる歌」（９０４〜９０６）のなかで「漸漸《やくやく》に容貌《かたち》くづほり」と表現した。しかし反面、火葬は美しいものと受けとられたのではないだろうか。なぜなら肉体がくずれたりしないからである。それをしめすのが、巻七の挽歌である。

鏡なすわが見し君を阿婆《あば》の野《の》の花橘の珠《たま》に拾《ひり》ひつ　（１４０４）

橘は常緑樹なので、その常磐《ときわ》なるものの実として焼いた骨を拾うことは、死者が永遠の存在になったという思いからではあるまいか。

巻八

『万葉集』は、はじめ藤原宮時代（持統朝）あたりまでのものの集成があり、各巻が増補や追補されて、ほぼ現在のかたちにちかくなったのは、奈良朝末期と思われる。この作業のなかで、現『万葉集』の第二部を構成する九巻、巻八から巻十六までの冒頭にあるこの巻は、光仁天皇のもとでつくられたらしい。全歌を春夏秋冬の四季に分け、おのおのを雑歌と相聞に分類して、主として天平の優雅な歌々を載せている。

各部立《ぶたて》のはじめには、当時の人びとに愛誦された名歌をおいて、その分類のなかで年代順に配列している。また作者のわからない歌は僅少である。しかし仔細に見ると、雑歌・相聞の歌は接近しており、区別はほとんどない。わずかに雑歌は歌われた機会が公の宴席であり、また、題詠であろうと想像されるだけである。これは雑歌が、公の性格だけを残して、儀礼をもたない集団の歌に拡大してゆき、反面、相聞も歌いあうというかたちを離れて、愛や恋の感情を歌うものに内容を変えてきたからである。

四季の分類もここにはじめて見られるもので、これはそのまま『古今集』の分類意識につながってゆく。すなわち『古今集』はいきなり四季の歌からはじまり、恋の歌は後半の巻十一以降に収められる。これはちょうど『古今集』を二分するかたちで前半を雑歌とすると、万葉の巻八や巻十とひとしいかたちとなる。このかたちにおいて巻八は、『古今集』に近接する新しさをもつといえよう。全巻で長歌六首、短歌二百三十五首、旋頭歌四首、連歌一首がある。合計二百四十六首、ほかに異伝が四首。

1418 石《いは》ばしる垂水《たるみ》の上《うへ》のさ蕨《わらび》の萌《も》え出づる春になりにけるかも

志貴皇子《しきのみこ》

「懽《よろこび》の御歌《みうた》」と題詞にある。古来、新春の喜びを歌ったとか、官位昇進の喜びを歌ったとかといわれてきたが、本来新春の賀宴で歌われたものが、やがていろいろな折の喜びをあらわすときに歌われるようになったと思われる。したがって、官位を得たり、褒賞を得たりして、御礼を言上する折にも通用し、当時の人びとの必要性に応じてくりかえし愛誦されたのではあるまいか。

この歌が巻八の巻頭にあることは、全二十巻の巻頭にあるのに匹敵する重みがある。『万葉集』の第一部は、ばらばらにつくられ、それがある時期に第一次の整理を施され、集大成されたもので、その時期が、光仁天皇の宝亀年間(七七〇〜七八〇年)であった。光仁天皇は志貴皇子の皇子白壁王《しらかべのおおきみ》で、天智の孫に当たり、即位のときは六十二歳であった。その時点で新たに巻八がつくられ、その巻頭に天皇の父君の「懽の御歌」をおき、祝福をこめて言寿《ことほ》ぎ、華やぎを添えたのである。

初句は「石そそぐ」の訓みもあるが、「石ばしる」と訓みたい。「石ばしる」は淡海につづく修飾でもある。文字どおりの景色で、生き生きとした躍動感がある。「垂水」は、固有名詞ではなく、一般的な滝のこと。「上」はほとり。「にけるかも」は、ことばとしてより音《おん》の響きから、長い詠嘆と感動の深さが感じられる。

一首、透明で清冽な美しさがある。もえ出てくるものは、小さくやわらかな柔毛《にこげ》に包まれた「さ蕨」である。「さ」は、本来は神聖なものにつけた接頭語だが、ささやかな美しいものにもつけたようである。可憐な美しい蕨がもえ出しているという感じがする。初々しく誕生する生命である。

全体にイメージの統一もある。季節は万物のもえ出る、四季のはじまる春である。陽光はさんさんと輝き、飛沫は飛び散り、柔毛につつまれたさ蕨はもえ出た。すべてに春が溢れた、そんな光景であろうか。

志貴は、春日宮天皇《かすがのみやのすめらみこと》の称号を贈られ、田原天皇ともいわれる。その離宮は白毫寺《びゃくごうじ》となって、高円山のそばにある。ちかくに墓もあり、早春はあしびの花につつまれる美しい墓である。

1424 春の野《の》にすみれ摘《つ》みにと来《こ》しわれそ野をなつかしみ一夜《ひとよ》寝にける
山部宿禰《やまべのすくね》赤人《あかひと》

赤人には二面がある。巻六の歌は、赤人の宮廷歌人として同時代にもてはやされた側面をしめすが、べつな面の赤人をしめすのが、巻八の歌で、後世に愛好された赤人の側面をしめすものである。すなわち、巻六の歌は長歌が主で、公的な讃歌が多く、幾何学的構成の美しさをもつ。それに対し巻八のそれはすべて短歌で、私的な自然詠が多く、感受性の繊細さに特色がある。

赤人の自然詠は後世に長くもてはやされたが、それをまず好んだのは大伴家持であった。巻八の編集に、家持好みの赤人が集められたのである。もちろん、それは末期万葉時代一般の好みでもあり、平安朝にも受け継がれるものであった。

この「すみれ」は、少女趣味的なすみれではない。「けり」は回想をしめし、気づいてみると「……であった」という驚きのあったことがわかる。「野が懐かしいので一夜寝てしまったなあ」というとき、やがて野が白んでくるときの赤人には、かすかな自嘲があったろう。しかし自嘲をあえてとりはらって、そのなかにわが身を埋没させるところに風流がある。だから後悔などはしない。そういう風流の歌であり、雅びの精神である。このすみれの歌を好んだ人びとには、この雅びに強く惹かれるものがあったであろう。

「なつかし」とは、かつて経験したものを失い、それを思い出すとき使うことばである。しからばなぜここで「なつかし」というのか。そのことは、作者が山部氏であることと関連があろう。山部氏は、本来山を管理した氏族であった。大和の東の山の辺の出身か、あるいは伊予国の豪族かと考えられているが、どちらにしても古来の豪族で、律令体制のなかで生まれてきた新しい氏族ではない。こういう古い氏族には地縁性の重視がある。律令体制が深まると、地方は朝廷派遣の国司によって治められ、地縁性は薄れ、中央集権的になる。赤人が朝廷に仕えた七三〇年代は、中央の官僚機構ができあがってゆく時期だった。

赤人は、冷たい合理的な組織のなかに組み入れられていて、時にふとわが身の空しさを感じたであろう。そのとき彼は「野」の世界に惹き寄せられる。だから一夜を野に寝てしまうのである。野の花に愛情をもつことは、個人としての人間の心を大事にする気持とつながっていよう。ここには柿本人麻呂などには考えられなかった個人の自覚がある。

1435　蝦《かはづ》鳴く甘奈備《かむなび》川に影見えて今か咲くらむ山吹の花　　厚見王《あつみのおほきみ》

作者は後期万葉を代表する歌人で、他に668・1458の二歌がある。

「かはづ」は、河鹿《かじか》もふくむ蛙類の総称だが、ここは美しい声で鳴く河鹿。車持千年の歌(913)や、山部赤人の神岳に登ったときの歌(324)などにも歌われているものである。甘奈備山はすでに述べたように(一九七ページ)、神の降臨する山のことで、べつに三《み》諸《もろ》・御室《みむろ》などという。原義は御杜《みもり》とも御降《みも》りともいわれている。各地にあるが、その条件は山形がきれいな円錐形であることと、神奈備川が麓を帯のように流れていることである。

明日香の神奈備山は雷丘《いかずちのおか》（甘樫丘《あまかしのおか》だともいわれる）である。当歌の「甘奈備川」は、具体的には明日香川を指す。三句以下の「影が見えて山吹は咲いているだろうか」ということの「山吹」は、現在の山吹の花とおなじ。つわぶきの花だという説もあるが、当歌が春の分類に入っていることから、つわぶきでは季節的にあわない。山吹は晩春に花開き、そのころ蛙もしきりに鳴く。

風景だけでも美しいが、さらに「影見えて」とある。だからこの山吹は、地上にも水中にもあって、二重の開花のひろがりをもつ。もちろん水中のものは映像で、実像ではないが、映像を詠むことは、詩の表現としては一歩を進めたものといえよう。具象的な世界を詠んでいるのではない。

『万葉集』にも、水底が物の影を映すものだとする歌はすくなくないが、この歌は、映像そのものを詠んでいる点で、他と異色である。そのうえに地上の山吹も歌っており、複合的世界をつくりだすが、さらに虚の水中の花を「咲くらむ」と現在推量しているのは、眼前の花を見ているのではないから、二重の虚を歌っていることになろう。事実のもつ力強さはないが、情緒的で優雅である。万葉の和歌史上、虚を歌う新しさにおいて評価されるべき歌である。

この点『古今集』的で、紀貫之の屏風歌、

逢坂の関の清水に影見えて今や引くらむ望月《もちづき》の駒（拾遺集巻三、秋）

は、当歌を本歌としている。この貫之の歌は、厚見王よりもさらに一歩を進めて、水中に満月と馬の影とが映っているとする。それでいて「望月」は地名である。ことばの世界が、大きく事実を離れているが、これこそが、作者の狙《ねら》いであった。

1500　夏の野の繁みに咲ける姫百合《ひめゆり》の知らえぬ恋は苦しきものぞ

大伴坂上郎女《おほとものさかのうへのいらつめ》

『万葉集』には大伴家持の歌が約一割あり、叔母の坂上郎女の歌も彼の歌についで多い。しかしその割には、郎女の歌に秀歌と称する歌がとぼしい。しかし、そのなかでこの歌はすぐれている。

「夏草の生い繁る野の草の底深く姫百合が咲いている。人目につかない姫百合のような恋は苦しいものだ」という一首である。夏草は強烈な太陽のなかでしなえるように生きているさまも柿本人麻呂などによって歌われているが、この歌の夏草は鬱蒼《うつそう》と繁るものとしてとり上げられている。その逞しさが姫百合と対照的で、いっそう姫百合をつつましく可憐なものにしていよう。

姫百合というからには、うら若い女性の恋心であろう。坂上郎女の歌はほとんどが彼女の中年以後の歌だから、この歌も実際の経験を歌ったものではない。それが結句の「ものぞ」という断定にもしめされていよう。その点からいえば、これは「知られぬ恋」といった題で詠まれた歌といってよく、それは『古今六帖』などの平安和歌のあり方を彷彿とさせる。

もしこれを題詠とすれば、本来観念的な歌のはずである。そのうえ、心に秘めた物思いは本来抽象的なのだが、この歌では具体的に恋の心を姫百合におき替えており、イメージが鮮やかである。深い草におおわれている夏野の人目につかない茂みに、あまりめだたず姫百合が咲いている。その見落とされそうだが、発見してみると、まぎれることなく赤く咲く姫百合が「知らえぬ恋」の心だというのである。百合は刺激的な匂いの強い花であるが、姫百合には毒々しさがない。やさしい百合である。

「苦しきものぞ」と、逆説的詠嘆で止める止め方が効果的である。この当時の「苦し」の語感は、現代のそれより程度が軽い。不本意だという程度で、あまり深刻ではない。だから、この深刻ぶらないところがこの歌の味わいであり、ゆとりであろう。歌の中心が象徴にあり、しかもなかなか風景的に美しい一首である。

1550 秋萩の散りのまがひに呼び立てて鳴くなる鹿の声の遥《はる》けさ

湯原王《ゆはらのおほきみ》

秋の雑歌九十五首中にある。「湯原王の鳴く鹿の歌一首」という題があるが、これは鳴き声をいうのではなく、鳴いている鹿の意味である。中国には「鹿鳴」と題する、賓客をもてなす内容の詩があるが、ここはそれとは無関係である。

作者は天智の皇子である志貴の子で、光仁の弟。父の歌風は清らかで透明だが、子の歌も清冽で、ともに繊細優美な歌風である。「散りのまがひ」は、萩の落花が散りつづけて、視野を乱し、見えたり見えなかったりする状態をいう。この巻の冬の雑歌にも大伴旅人の、

わが岳《をか》に盛りに咲ける梅の花残れる雪をまがへつるかも　(1640)

があり、大伴家持の、

物部《もののふ》の八十《やそ》少女《をとめ》らが汲《く》みまがふ寺井《てらゐ》の上《うへ》の堅香子《かたかご》の花　(4143)

も、水を汲む「をとめ」が視野に入り乱れ、ある幻覚をもたらすような状態である。

巻六の970の歌の折にも述べたが（一七六ページ）、はらはら散る小花片は時として見え、また見えなくなって、見ている者を死へと誘うと思われた。この時代には、落花のまぎれに人間は死んでゆくと考えられた。そのまがいに、鹿が叫び、声をあげて鳴く。追い立てられるような哀切なその声に、湯原は死の予兆を感じているようである。それでいて鹿が鳴くのは妻を求めてのことだから、死にせきたてられた愛として、この鹿のあり方を見ることができる。

「なる」は、伝聞推定の助動詞。声によって落花のなかにいる鹿を想像していることがわかる。その声ははるかであるという。かすかな淡々《あわあわ》とした声である。生命の稀薄さとでもいおうか、「遥けさ」とよく調和する。

その声を耳にしつつ、落花に生と死のまがいをおぼえる湯原は、孤独であったろう。そしてかすかな鳴き声、落花のまがい、はるけさなどからわれわれの受けるものは、清らかさ、優美さである。この優美さは萩と鹿との取り合わせにもよっている。二者を取り合わせることから生じるものは、古典的な調和美である。ここにも王朝和歌に近づいている末期万葉ふうが見られよう。

1552　夕月夜《ゆふづくよ》心もしのに白露の置くこの庭に蟋蟀《こほろぎ》鳴くも　湯原王《ゆはらのおほきみ》

「蟋蟀」は、いまのこおろぎとおなじ。平安時代以降、江戸時代までは、こおろぎを「きりぎりす」と雅語で呼び、「こほろぎ」は、生活的なことばであった。万葉にはきりぎりすは出てこない。「夕月夜」は夕方の月のことも、また月の出ている夜のこともいうが、ここは夕月そのものを指す。夕月は淡く、細い上弦の月である。「心もしのに」は、柿本人麻呂の「淡海《あふみ》の海夕波千鳥《うみゆふなみち》汝《どりな》が鳴けば情《こころ》もしのに古《いにしへ》思ほゆ」(266)を、十分意識していよう。また「心もしのに」は、夕月夜が「心もしの」なのか、「心もしのに」白露がおくのか、不分明だが、上と下をふたつながら受けて、上下を結ぶ役目をするものであろう。これはいわば「詩のことば」で、文法的な文脈からは、はみだすはたらきをしているものと思われる。

細い夕月、白露、こおろぎと、取り合わせるものは小さなものばかりである。題材が1550の歌と似て、なお小さく、可憐である。鹿の声はかすかであったが、こおろぎはじっと耳を傾けないときこえない。

湯原は「ぼんやりと照る月も、しとどにおく白露も、心をなえさせるようで、そこに澄んだ声で、こおろぎが鳴いている」と歌うわけで、先に引いた266の歌で人麻呂の見ているものが大きな湖だったのに対して、これは「この庭」という限定された空間である。人麻呂は心もしなえるように、「古」というはるかな無限の過去にさかのぼって思いを馳せたが、湯原は、ぼんやりはかなく照っている月と、一面におく白露のなかで、こおろぎの声に耳を傾けている。人麻呂は彼の歴史的・感覚的時間意識にひたり、湯原の心は内へ内へとむかう。彼は外向的、此は内向的で、湯原の心は内面にむかって、なえてゆく。千鳥は鳴きかうのに対し、こおろぎが鳴き澄む。虚空を飛ぶ鳥と地に鳴く虫、動と静と、いかにも白鳳の宮廷歌人らしい歌と、天平の孤影を背負った歌人の歌との相違がある。

湯原の作はけっして深刻ではなく、のびやかな気品さえ感じられる。これらの歌は、沈潜の果てに行きふれたような「はかなさ」にみちている。それは死を眼交《まなかい》に見た者の、寂寥の境だったのではあるまいか。

1564　秋づけば尾花が上に置く露の消《け》ぬべくも吾《わ》は思ほゆるかも

日置長枝娘子《へきのながえのをとめ》

作者についてはなにもわからない。巻四と巻八に、娘子と呼ばれる女性の歌が一群あり、この女性たちは、遊女ではないかといわれている。もちろん遊女といってもいまの娼婦《しょうふ》ではなく、教養があり、和歌を伝誦し、また代作もして宴席に興を添える女性で、「遊行女婦《うかれめ》」と万葉にあるところから察すると移動もしたらしい（一三一ページ）。いずれも歌の名手である。この歌も名歌として伝えられていたものであろう。大伴家持が唱和する歌をつくっている。

歌の意味は、「秋らしくなると、尾花（すすき）の末におく露が、たちまち消えるように、あなた恋しさに、私は消えてしまいそうに思われることよ」。恋のために死にそうだとはオーバーだが、類型のあるもので、よく似た歌が巻十「水田《こなた》に寄せたる」歌八首のなかにもある。その、

秋の田の穂《ほ》の上《へ》に置ける白露《しらつゆ》の消《け》ぬべくも吾《わ》は思ほゆるかも　（2246）

は、農村の風景である。稲作にかかわらぬ娘子は、稲穂を尾花に替えた。

唱和の歌としてつぎに載せる大伴家持の、

わが屋戸《やど》の一群萩《ひとむらはぎ》を思ふ児《こ》に見せずほとほと散らしつるかも　(1565)

は、古来いわれるように対応性がないので、折口信夫は「わが屋戸《やど》の草花《をばな》が上の白露を消《け》たずて玉に貫《ぬ》くものにもが」(1572)と入れ替わったのかという。炯眼《けいがん》である。しかし私は、現形どおりに考えたいと思う。盛りの萩を見せたいと願う心情、そして、それを空しく散らしてしまったという悔恨は、青春の甘美な感傷にみちていて、呼応している。ことに落花の気配を「ほとほと」というほどにふくみながら、なお咲きみちている状態は、鋭敏になった傷つきやすい恋の心が、そのなかに秘められているように思われる。それは恋に「消ぬべくも」思われる心と通うだろう。

これはまったく独詠の境地で詠まれている。そうした和歌の作者でもあるのが家持だったのではないか。先に述べたように、この和歌はまず単独の歌があり、あとに和歌を興じ添えるという事情によるものと考えられる。事情はほかの巫部麻蘇《かむなぎべのまそ》娘子《おとめ》の歌への和歌(1563)ともひとしい。

1615　大《おほ》の浦《うら》のその長浜に寄する波寛《ゆた》けく君を思ふこの頃

聖武天皇《しやうむてんわう》

遠江守《とおつとうみのかみ》となった桜井王《さくらいのおおきみ》が、その任地から献上した、

九月《ながつき》のその初雁《はつかり》の使《つかひ》にも思ふ心は聞え来《こ》ぬかも　（1614）

の歌に「報和《こた》へ」た歌である。

相手のいる国府（いまの静岡県磐田市）の臨む海岸の地名「大の浦」を詠み入れることは、相手を思いやるやさしい心をあらわしている。またよく礼儀にかなっていよう。聖武はそこに行ったことはない。知識によって歌っているのだが、たんに地名を用いたというにとどまらず、地名ののびやかなイメージに心情表現の一端を担わせている。その地にいる相手はもちろん実感がある。大・長・寛と大きい語を連ねたおおらかな歌である。「寛けし」は、「ゆったり」というほどの意味なので、のんびりと大きく、広々とした心を相手が自分にいだかせるという表現である。天皇が臣下を思うやさしい情としてふさわしい。

ふたりとも天武の曾孫で、世代をおなじくし、年齢もちかかったであろう。藤原氏の『家伝』(そのなかの武智麻呂《むちまろ》伝)に、王は神亀ごろ、聖武の側近にあって「風流の侍従」と呼ばれたとある。親しみあった過去をも反映した、いかにも天子ぶりの歌である。

1618 玉に貫《ぬ》き消《け》たず賜《たば》らむ秋萩の末《うれ》わわらはに置ける白露

湯原王《ゆはらのおほきみ》

「湯原王《ゆはらのおほきみ》の娘子《をとめ》に贈れる歌一首」と題にある。湯原王は志貴の皇子で春日王の弟に当たる。

「玉に貫いて消さずに私にいただきたい。秋萩の枝先がたわむほど一面においている白露を」。「わわら」は「をを(る)」と同じことばで、たわむほどにの意。「賜る」は、「たまはる」の縮約語。

まず白露を玉にたとえる。美しいイメージだが、玉はまた魂も意味している。虔《つつ》ましい美しさである。しかし白露を玉として糸に通し、消さないというのは、無理な注文で、虚の世界を詠んでいることがわかる。明らかにこれは遊びの精神によるものである。露への戯れとでもいうべきであろうか。さらに白露は貧しくおいているのではない。「秋萩の末わわらはに」という。豪華な豊かな風景である。枝の末の露は根元におく露よりずっと美しいし、末におくほど、枝はたわむであろう。

この歌は力強さはないが、末期万葉歌の到達した、繊細な、そして豊饒《ほうじょう》な美しさをもっている。

おなじように、手荒に折ればこぼれてしまう露をそのままに手にとりたいという歌は、ほかにもある。

白露を取らば消《け》ぬべしいざ子ども露に競《きほ》ひて萩《はぎ》の遊《あそび》せむ　(2173)

「萩の遊」とは、萩の枝を折って楽しむことであろう。いまは潮干狩、紅葉狩などがあるが、萩の遊びということばはもう残っていない。しかも「露に競ひて」とは、露のおく萩の姿をそのままに賞美することで、風雅な遊びである。「いざ子ども」は、官人仲間に呼びかけるときの常套《じょうとう》文句だから、ここも大宮人の優雅な遊びが想像される。それを恋の相手に向けて歌ったのが湯原王の一首であろう。

『万葉集』に萩の歌は多く、百四十首ほどもある。

1639 沫雪《あわゆき》のほどろほどろに降り敷《し》けば平城《なら》の京《みやこ》し思ほゆるかも

大伴宿禰旅人《おほとものすくねたびと》

「冬の日に雪を見て京《みやこ》を憶《おも》へる歌一首」という題詞がある。大宰府での作。「沫雪」は、水分をふくんだ水の泡のような雪。淡々しい雪ではない。その沫雪がほどろ(斑《はだれ》と同語で、まだらの意)ほどろに降りしくと、なぜ都が思われるのだろう。久しぶりに暖かい九州の地に、溶けやすい沫雪がぼたぼた降ると、その相違が望郷の念をかき立てるから、奈良の都が思われるのだなどと、合理的に理解しないほうがよい。旅人は、詩人的直感によって都の友人を思い出して歌っているのである。

旅人は情の人で、歌い方も理論的ではない。巻五巻頭の歌「世の中は空《むな》しきものと知る時しいよよますますかなしかりけり」(793)は、いままで教理として知っていた「世の中は空しきものだ」ということを、年若い妻の死によっていまあらためて、体感的に理解したのである。悲しみは理屈でなく、情念に属する。そのとき、ますます悲哀の情が増大する。

二首ともに「ほどろほどろ」「いよよますます」と畳語が共通する。わずか三十一文字のなかにくりかえすと中身は薄くなるが、畳語にはことばのリズムでつくりだされる情感がある。これらの風景は感傷的で、じかに感覚的に連想が故郷に飛んでいるが、彼には故郷を偲ぶ歌が多い。かつてなじんだ風土に心惹かれ、つねに忘れがたくそれを心に残しているのである。

旅人は感傷的で、激しく怒ることも笑うことも、愛し憎むこともなかったのではないかと思う。また旅人は一時、大伴氏の氏上《うじのかみ》であったが、そうした長者の風格がある。「やすみししわご大君《おほきみ》の食国《をすくに》は倭《やまと》も此処《ここ》も同《おや》じとそ思ふ」（９５６）は、大宰少弐《しように》石川足人《たりひと》の故郷が恋しくないかという質問（９５５）への返歌であるが、長官としての誇りをもって歌っていて、やせ我慢のものとは思われない。

都を懐かしむ「隼人《はやひと》の湍門《せと》の磐《いはほ》も年魚《あゆ》走《はし》る吉野の滝《たぎ》になほ及《し》かずけり」（９６０）や「雲に飛ぶ薬はむよは都見ばいやしき吾《あ》が身また変若《を》ちぬべし」（８４８）などを見ると矛盾しているように見えるが、そうではない。両方に共通するものは国土を大君の「食《を》す国」とする考えで、ここに旅人の心のあり方のひとつが見える。悠然として、迎合することなく、小才を弄《ろう》さない。しかしこれは藤原氏には通じない。だから蹴《け》落とされ、左遷されることになるのだが、それに対してもなお旅人は悠然としていた。

あらためていえば「ほどろほどろ」が旅人の心を素直にさせているのではないか。大雪がどさりと降るとか、激しく降るとかというのではない。それが長官としての心の緊張をゆるめ、人間旅人にもどらせる。

どこかに夢があって郷愁を誘い、人間の原郷へ連れもどす。そんな歌である。

1658　わが背子《せこ》と二人見ませば幾許《いくばく》かこの降る雪の嬉しからまし

光明皇后《くわうみやうくわうごう》

藤皇后《とうこうごう》（光明皇后）が聖武天皇にたてまつった御歌一首。冬の相聞のなかにある。のちに光明皇后となる安宿媛《あすかべひめ》が首皇子《おびとのみこ》（聖武）の妃となったのは、十六歳のときだという。そして崩御までの四十四年間を聖武とともにあり、聖武は皇后の崩御後四年目に崩じた。仏教への帰依も、佐保川のほとりにある墓も、いつも聖武とともにある。后の父は藤

原不比等、母は県犬養三千代《あがたのいぬかいのみちよ》。藤原氏は天平元年（七二九）、皇親派の左大臣長屋王を殺すことで、この立后を実現させた。

この歌は「慕わしいわが背子と二人で見るのだったら、どれほどかこの降雪もうれしいでしょう」と雪をよろこんでいる。この気持の根底には、かつての天武と藤原夫人《ぶにん》との贈答歌、

わが里に大雪降れり大原の古《ふ》りにし里に落《ふ》らまくは後《のち》　（一〇三）　天武天皇《てんむてんわう》

わが岡の霊《おかみ》に言ひて落《ふ》らしめし雪の摧《くだ》けし其処《そこ》に散りけむ　（一〇四）　藤原夫人《ふぢはらのぶにん》

が意識されていただろう。それを思い出して聖武に贈った。伝統を踏まえたゆかしい歌である。

このばあい、天皇は執政機関である外廷に、皇后は生活圏である内廷にいたと思われる。しかも当時の情況として、個人的な贈歌ではなく、集団のなかのものと考えられるから、この歌も天皇だけにむけての歌ではない。個人の歌なら、「わが君」とか「大君」とかいうであろう。「わが背子」といっているのは、集団から集団に贈った歌だからではなかっ

たか。後宮の女性集団がいる宮殿で、だれかが目ざとく雪の降ってくるのを見つけた。たちまちにぎやかな歓声が後宮をつつんだことであろう。皇后は、女房たちのだれかれが外廷の官人のだれかれに歌を贈りたがっていることを踏まえ、集団の軽やかな心おどりを代表して、皇后の立場で天皇に贈ったのではないだろうか。

そのばあい、皇后は形式作者で、実作者はべつかもしれない。そこに「わが背子」という表現が必然となったとも考えられる。この歌の詠まれた様子は平安時代の後宮周辺とひとしいといってよいだろう。定子や彰子のまわりに清少納言や紫式部がいたように、光明子の下にも、石川邑婆《おおば》とか薩妙観《さつみようかん》らがおり、坂上郎女も命婦《みようぶ》として出仕していたのではないかと思われる。

1661　ひさかたの月夜《つくよ》を清《きよ》み梅の花心開けてわが思《も》へる君

紀少鹿女郎《きのをしかのいらつめ》

紀少鹿女郎は、「鹿人大夫《かひとのまへつきみ》の女《むすめ》、名を小《を》鹿《しか》といへり。安《あ》貴王《きのおほきみ》の妻なり」と643の注に

ある。作者の父鹿人は、1549の歌の題詞に、典鋳正《てんちゆうのかみ》（典鋳司の長官。正六位相当の官）とある。典鋳司は、金、銀、銅、鉄の鋳造、塗師、瑠璃《るり》・玉造りおよび工人たちの名籍などをつかさどる。安貴王は、志貴皇子の孫で、市原王の父。少鹿女郎の643〜645の歌は、「怨恨《うらみ》」の歌とある。怨恨をテーマとした歌は坂上郎女にもあり（619・620）、新しい試みをもった歌人であった。

歌意は「遠いかなたの月夜が清らかなので、夜開く梅の花のように心もはればれと私がお慕いするあなたよ」。梅の花は、月見草や夜来香のように、夜開くことはあるまい。それをこういうのは、たいへん文学的な表現だと思われる。たんなる写生ではない。月が照り、清らかな気高い花が開くという構図を心のなかで創造した、繊細で感覚的な作歌である。

清らかな月光とは、透明で純一、曖昧《あいまい》さや濁りのないものだ。それがはればれと疑念のない、すがすがしい心に重なる。これは貴重な心の状態で、「君」への思慕にふさわしい。敬愛といった、畏敬をすこしふくんだ思慕であろう。

月光のなかに開く香り高い梅の花が、そのまま君を思慕する心と重なるとする、すぐれた歌である。

時代的にも万葉後期の洗練さを見せ、『古今集』に入れてもよい。巻八の歌は、こういう傾向をもつものが多いが、のみならず私は月明りのなかの梅というと、すぐ藤原定家の『明月記』を思い出す。その年少のころ、すでに後年の才気を十分にうかがわせるような書きぶりで（のちの補筆とする説もあるが）、彼は馥郁《ふくいく》とした梅の香りに誘われる月夜を描写する。『古今集』的というより、さらにそれを飛び越えて『新古今集』にすらちかいものを感じさせるようである。

巻九

『万葉集』の分類というと雑歌・相聞・挽歌ということになっているが、じつは『万葉集』二十巻のうち、この巻だけが雑歌・相聞・挽歌の三分類をもっている。しかし整然と編集されているのではない。古集、柿本人麻呂の歌集、高橋虫麻呂の歌集、笠金村の歌集そして田辺福麻呂の歌集をほとんど編集することなく、未整理のまま連ねた趣をもち、資料性の強い巻である。巻頭を雄略天皇の歌でかざるのは巻一にひとしい意識であり、ここでは人麻呂の歌集の歌も、後代の伝誦歌をとりこむ以前の、純粋なものということができる。

伝説歌人といわれる高橋虫麻呂は、ことにその歌の大半をこの巻に収めていて、憂愁にみちた幻想の歌を享受させてくれる。田辺福麻呂の歌集の歌も、巻六についで多くここにとられている。

天平期の歌人は、宮廷を離れ、長屋王や橘諸兄《もろえ》、藤原宇合《うまかい》や石上乙麻呂《いそのかみのおとまろ》など政治権力者の庇護のもとにある家々のサロンに属して作歌したと思われ、和歌は晴れの場で歌われるものから、褻《け》の場でのものへと移っていった。和歌に代わって、公の場では漢詩文が重んじられることになる。こうした時代の移り変わりにともなって、和歌の内容そのものも変質していったはずで、歌の名手として個人の名にかけた歌集が編まれることにもなったのであろう。ことに虫麻呂の資質は、この時代ふうな褻の歌にふさわしかったということができる。

長歌二十二首、短歌百二十五首、旋頭歌一首、合計百四十八首で、ほかに異伝が三首ある。

1668 白崎《しらさき》は幸《さき》く在《あ》り待て大船《おほふね》に真《ま》楫繁貫《かぢしじぬ》きまたかへり見む

作者未詳

題詞によれば、大宝元年（七〇一）冬十月、先帝持統と今上文武が紀伊に行幸した。その折に従駕した官人の歌、十三首のなかにある。作者はわからない。持統はこの年の秋九月にも紀伊に行幸しているが、このたびは文武も同行し、海路も用いた大がかりなもので

あったらしい。白崎のあたりを通過する折、この一首が船上で詠まれたものと思われる。

「白崎」は、和歌山県由良《ゆら》の崎の先端に当たり、石灰岩からなる。その白さは、私が望んだときも海の紺青《こんじょう》に映じて美しかった。紀伊への行幸は牟婁《むろ》の温泉へ行くのだから、海上から見る初冬の白崎の景は、紅葉しつくしたあとの緑が深く沈んで白い岩石にきわだち、海の紺碧《こんぺき》に映えて鮮明な景であっただろう。それに感嘆した官人は親しみをこめて呼びかける。「白崎よ幸く待っていよ。大船の両舷に真梶《まかじ》を一面に通して船足も早くやってきてまた見よう」と。「幸く」は、「変わりなく、つつがなく」の意、「楫」は船の舷側の凹みにとりつけたが、「真」は左右揃っている立派なものにいう。（一七〇―一七一ページ地図参照）

「白崎」「幸く」というサ音のくりかえしも快い。この類型は、人麻呂の「ささなみの志賀の辛崎《からさき》幸《さき》くあれど大宮人《びと》の船待ちかねつ」（30）にもあり、作者はこの歌を意識していよう。しかし辛崎は近江朝の人びと曾遊《そうゆう》の地で、歴史が背景にあるが、この歌はたまたま見かけた美景である。それだけに感動は純粋といえる。

また「またかへり見む」にも類型があった。有間皇子の「磐代《いはしろ》の浜松が枝《え》を引き結び真《ま》幸《さき》くあらばまた還り見む」（141）や、「み吉野の秋津《あきづ》の川の万代《よろづよ》に絶ゆることなくまた還《かへ》り見む」（911）のように。当時は見ることが祝福を意味したから、讃辞として慣用されたのである。しかし柿本人麻呂や笠金村が聖地吉野にこの句を用いたのに、この歌はなんのいわれもない白崎に用いている。このようにたんに美景だけを根拠にして、聖地と同列に扱っているのは、そこにすぐれた個別的発見があったからだと思われる。

しかも「大船に真楫繁貫き」と、大、真、繁、と三つも強調を重ねて表現した、白崎にむかっての心おどりがリズミカルな調べに乗って、結句に収斂《しゅうれん》されている。

1740　春の日の　霞《かす》める時に　墨吉《すみのえ》の　岸に出でゐて　釣船《つりふね》の　とをらふ見れば
古《いにしへ》の　事そ思《おも》ほゆる　水江《みづのえ》の　浦島の子が　堅魚《かつを》釣り　鯛《たひ》釣り矜《ほこ》り　七日《なぬか》
まで　家にも来《こ》ずて　海界《うなさか》を　過ぎて漕ぎ行くに　海若《わたつみ》の　神の女《をとめ》に　たま
さかに　い漕ぎ向ひ　相誂《あひあとら》ひ　こと成りしかば　かき結び　常世《とこよ》に至り　海《わた》
若《つみ》の　神の宮の　内の重《へ》の　妙《たへ》なる殿に　携《たづさ》はり　二人《ふたり》入り居《ゐ》て　老《おい》もせず
死にもせずして　永き世に　ありけるものを　世の中の　愚人《おろかひと》の　吾妹子《わぎもこ》に
告《つ》げて語らく　須臾《しましく》は　家に帰りて　父母に　事も告《の》らひ　明日《あす》のごと　わ
れは来《き》なむと　言ひければ　妹がいへらく　常世辺《とこよへ》に　また帰り来《き》て　今の

ごと　逢はむとならば　この篋《くしげ》　開くなゆめと　そこらくに　堅《かた》めし言《こと》を
墨吉《すみのえ》に　還り来《きた》りて　家見れど　家も見かねて　里見れど　里も見かねて
恠《あや》しみと　そこに思はく　家ゆ出でて　三歳《みとせ》の間《ほど》に　垣も無く　家滅《う》せめや
と　この箱を　開きて見てば　もとの如《ごと》　家はあらむと　玉篋《たまくしげ》　少し開くに
白雲《しらくも》の　箱より出でて　常世辺《とこよへ》に　棚引《たなび》きぬれば　立ち走り　叫《さけ》び袖振り
反側《こいまろ》び　足ずりしつつ　たちまちに　情《こころ》消《け》失《う》せぬ　若かりし　膚《はだ》も皺《しわ》みぬ
黒かりし　髪も白《しら》けぬ　ゆなゆなは　気《いき》さへ絶えて　後《のち》つひに　命死にける
水江《みづのえ》の　浦島の子が　家地《いへどころ》見ゆ

反歌

1741　常世辺《とこよへ》に住むべきものを剣刀《つるぎたち》己《な》が心から鈍《おそ》やこの君

高橋連虫麻呂《たかはしのむらじむしまろ》の歌集《かしふ》

「水江《みづのえ》の浦島《うらしま》の子《こ》を詠める一首并せて短歌」と題された一首である。

「春の日が霞んでいるときに、墨吉の岸に出かけて釣船が波に見え隠れするのを見ていると、昔のことが思われてくる。水江の浦島の子が堅魚を釣り、鯛を釣り心勇んで七日のあいだも、家に帰ってこず、海の境も通り過ぎて舟を漕いでゆくと海神の娘に思いがけず漕ぎあい、求婚してことが成就したので、契りかわして常世《とこよ》にいたり、海神の宮のなかの幾重にも囲まれた立派な宮殿に手を携えてふたりで入り、年をとることも死ぬこともなく、永遠に生きることになった。ところが俗世の愚かな人間である浦島が、娘に告げていうには『しばらく家に帰って父母に事情を告げ、明日にでも帰ってこよう』。そこで妻は『常世にまた帰ってきていまのようにいっしょにいようと思うならこの篋をけっして開けないでください』といった。強く約束したことばだったが、墨吉に帰ってきて、家を見ても、家は見あたらず、里を見ても里も見られなかったので不思議がり、そこで考えることに家を出てから、たった三年のあいだに垣根もなく家もなくなるなど、どうしてあろうと、玉篋をすこし開くと白雲が立ちのぼり常世のほうへなびいていった。浦島は驚いて立ち上がり、走りまわり大声で叫び袖を振り、ころげまわり、足ずりをしたが、たちまちに人心地を失ってしまった。浦島の若々しかった肌も皺がより、黒い髪も白くなった。息さえ絶えてしまって最後にはついに命もおわってしまった。その水江の浦島の子の家のあったところが目に浮かんでくる」。

「墨吉」は大阪市の住吉で、作者虫麻呂はいまここにいる。浦島伝説は、日本各地にあるが、古代の文献では逸文『丹後風土記』でも『日本書紀』の雄略二十二年七月条でも、丹後国となっている。だのにこの歌で墨吉としたことについては諸説があるが、いま作者の坐っている住吉の話として創作したという、沢瀉久孝《おもだかひさたか》説がよい。

古代人は、海の無限のかなたにひとつの境界線を認め、そこを通過することで非現実の別空間の世界に入ると考えた。この別空間が永遠の世界である「常世」だが、そこは伝統的な考えでは生命の根元の世界＝根の国のことで、人間は、そこからかりの生命を得てこの世に生まれる。それゆえにこの世はかりのもので、死んでまた根の国に帰る。これをくりかえすというように考えられていた。

しかし時代が進むにつれ、生きて永遠であることが望ましく、永遠の生命をもつ世界＝ユートピアを望むようになる。そこに中国の神仙思想が輸入され、根の堅洲国に重ねられて変化を生じた。虫麻呂は、この理想郷を想像しているのである。万葉の知識人に影響をあたえた『遊仙窟《ゆうせんくつ》』を読むと、理想郷での喜びは、美女と結婚すること、山海の珍味を食べることのふたつだが、虫麻呂の認める理想は、結婚と不老不死である。

浦島はなりゆきで他界に来てしまったので、両親になにも知らせていない。その事情を告げようとするのは孝の心による。孝は儒教の根本倫理のはずだが、虫麻呂はこれを愚かなことだとする。「愚かな人間」といったところに作者の激しい反逆宣言があろう。

篋から立ちのぼった白雲は息をしめす。呼吸することが生きていることだから、その息（生）を篋に閉じこめてもっていれば、常世の人間でいられるが、開けて、常世の息（生）

を喪失してしまえば、現世の人間となって現世の時間のなかでしか暮らせない。ここの三年は、人間界の三百年に当たる。

「立ち走り　叫び袖振り　反側び　足ずりしつつ」という描写は、具体的で、動作が連続している。太田善麿氏は、動詞が二重、三重に連続させられた熟語は所作事をともなうものだろうという。浦島の所作事があっただろうとは、武田祐吉氏も古くからいっている。この足ずりののち、浦島は「……たちまちに　情消失せぬ」、意識を失うが、このところの死にいたる描写もこまかい。呼吸が止まり、脈が止まり、そのあと死にいたるのである。

次に反歌。

「常世の国に住むはずであったものを、ほかでもない、剣刀―そなたの心によって空しくなってしまった。愚かなことよ、この君は」。「君」は尊称だから、「背な」とか「背子」とかいわずに「この君」といったのには、シニカルな響きがある。なぜならこの歌のテーマは「鈍《おそ》」であり、「君」は「愚人《おろかひと》」だといわれるからである。虫麻呂は伝説を歌って、人間の愚を訴えたが、伝説を歌った理由は登場人物をいかに見るかによって、ひとつの批評を下そうとしたからである。

この「鈍」というのは、たんに浦島にむけられているというよりも、自嘲のものではあるまいか。非現実を志向するということは、逆にいえば現実を信ずることの空しさに気づくことである。この現実への過信の愚かさ。それを浦島伝説を借りて訴えたかった。所詮、人間は愚かなもの、それこそが人間なのだと思うとき、虫麻呂のまなざしは、暖かく人間全体にそそがれる。そこに虫麻呂の、人間性豊かなユニークな文学が生まれた。

1742 級照《しなて》る　片足羽川《かたしはがは》の　さ丹塗《にぬり》の　大橋の上ゆ　紅《くれなゐ》の　赤裳《あかも》裾《すそ》引き　山藍《あゐ》もち
摺《す》れる衣《きぬ》着て　ただ独り　い渡らす児《こ》は　若草の　夫《つま》かあるらむ　橿《かし》の実の
独りか寝《ぬ》らむ　問はまくの　欲《ほ》しき我妹《わぎも》が　家の知らなく

反歌

1743 大橋の頭《つめ》に家あらばうらがなしく独り行く児に宿《やど》貸さましを
高橋連虫麻呂《たかはしのむらじむしまろ》の歌集《かしふ》

橋をかける技術は、当時の日本人にはなく、朝鮮系の渡来者によってもたらされた。河内《かわち》は朝鮮からの渡来者が多く住んでいたところなので、その進歩した技術によってかけられた大橋を、大和人は驚異をもって眺めたことだろう。しかも華やかな丹塗りである。

「丹塗りの橋上をいまひとりの乙女が渡ってゆく。裾引く紅の裳をはき、藍色の上衣をまとって」。華麗でエキゾチックな色彩である。橋下を流れる片足羽川は、真昼の陽光をぎらぎら反射している。「い渡らす児は、若草の夫のある婦人か、どんぐりのように独り寝の処女《おとめ》かききたいな。どんな家柄の娘さんか知らないことよ」。

丹塗りの大橋を離れたところから眺めて描く真夏の昼の幻想詩である。橋上にはじつはだれもいない。もっと極端にいえば橋そのものも空想で、虫麻呂はなにも見ずに歌っているのかもしれない。この歌の題詞「河内《かふち》の大橋を独《ひと》り去《ゆ》く娘子《をとめ》を見たる歌」の「見たる歌」は、虫麻呂に特徴的なもので、もうひとつの書き方「詠める歌」とほぼひとしく、この歌もまた題詠と解される。

いま虫麻呂は橋上の女性に限りなく心惹かれている。彼は昂然とわが道を往く型《タイプ》でなく、やさしく弱々しく人なつこい人柄であろう。

反歌に移ろう。「頭」の語が用いられた背後には、つめの遊びのことを考えなければならない。つめの遊びとは、橋のまわりに集まって歌垣をするもの。そのことが背後にあって、「宿貸さましを」と歌っているのである。長歌で独身だったらよいのにと願う気持は、反歌では、もうどちらでもよく、ただ共寝したい、ということになる。どこか卑しさがあると思われそうだが、人生の挫折があってゆきついた人の、人間性溢れる歌と評価したい。

虫麻呂は1740の浦島の歌でも、儒教倫理にとらわれた生き方を「愚かである」という。世上一般の倫理には興醒めしている、虚無に沈んだまなざしは、虫麻呂が、かつては人一倍世の倫理に励んだためであるにちがいない。そのまなざしで丹塗りの大橋を見ていて、こう歌うところにしみじみとした人間の真実がある。

ひとつの想像をすると、彼は東国の生まれ、秀才のきこえ高く、按察使《あんさつし》・常陸守《ひたちのかみ》として東下してきた藤原宇合に見出され、その配下に加えられたのではあるまいか。しかし官途の現実は厳しく、東国の逸材は依然として卑官であったらしい。右に述べた挫折はこれに由来しよう。

1757 草枕《くさまくら》 旅の憂《うれ》へを 慰《なぐさ》もる 事もありやと 筑波嶺《つくはね》に 登りて見れば 尾花《をばな》ちる 師付《しづく》の田居《たゐ》に 雁《かり》がねも 寒く来《き》鳴きぬ 新治《にひばり》の 鳥羽《とば》の淡海《あふみ》も 秋風に 白波《しらなみ》立ちぬ 筑波嶺の よけくを見れば 長きけに 思ひ積み来《つこ》し 憂《うれ》へは息《や》みぬ

反歌

1758 筑波嶺《つくはね》の裾廻《すそみ》の田井に秋田刈る妹《いも》がり遣《や》らむ黄葉《もみち》手折《たを》らな
高橋《たかはしの》連《むらじ》虫麻呂《むしまろ》の歌集《かしふ》

片足羽川の歌には、しみじみとした人間の真実があるといった。しかし1738の珠名《たまな》の歌では、それを「戯《たはれ》」だという。人間はだれでも「戯」なる行為の愚かさを知っているが、しかもやめられない。そのことに人間の悲しさがある。これは自嘲の自画像にほかならない。そうなると虫麻呂を救う安心立命の境地はなく、憂いの霧のなかでの生涯をさまようことになる。それを集約的にあらわしたものがこの筑波山に登る歌である。

長歌は「草を枕の旅のつらさを慰められることがあろうかと、筑波嶺に登って見ると、すすきの穂が散る師付の田には、雁も寒々と来て鳴いていた。新しく開墾した鳥羽の湖も、秋風に白波が立っていた。筑波嶺のよい眺めを見ると、長い日々に物思いを重ねてきたつらさも癒《い》えたことだ」と歌い、反歌で「筑波嶺の裾まわりの田に秋の田を刈る、少女のもとにやるような黄葉を、手折りたい」という。

これは憂いの歌である。作者は旅の憂いを慰めるために山に登ったといい、事実、長歌の末で憂いは晴れたというが、一読、作者の憂いは全篇をおおっていて、いっこうに晴れてはいない。美しい歌であるが晴れていない。それは山頂から望んだ風景が寂寥にみちたものであることによって、読者にもたらされるものであろう。すすきがしきりに穂を散らし、雁の声が寒々と響く。肌寒さを感じさせる秋風が湖上に一面の白波を立てている。そんな光景を見て、心はずむ思いに駆られる者は、はたして何人いるだろうか。

したがってこのばあいの「憂へは息みぬ」とは、個人として心にいだかれてきた寂寥が天地自然のなかに包摂され、天地と一体化した生命のなかに、虫麻呂が安らぎを得たということだろう。

反歌では妹に黄葉を送りたいというが、前歌とおなじく筑波の麓に妹はおらず、黄葉を手折ることもなかったろう。にもかかわらずひとりの女性を登場させるのは、孤独を抱きかかえてくれた天地の、仮想としてのひとりの人間にすぎないのであろう。

夢見る詩人虫麻呂は、常に空想のなかに物語を思い描き、そのなかに現実をすりかえることによって、みたされぬ心を慰めようとした。非現実こそが現実に絶望した彼の憩《いこ》いの場であった。彼が多く伝説を歌ったのもそのためである。

1772　後《おく》れ居《ゐ》てわれはや恋ひむ稲見野《いなみの》の秋萩《あきはぎ》見つつ去《い》なむ子ゆゑに

阿倍大夫《あべのまへつきみ》

題詞によれば、大神大夫《おおみわのまえつきみ》が筑紫《つくし》の国へ赴任するのを送別する折、阿倍大夫がつくった歌である。大神大夫とは、三輪高市麻呂《たけちまろ》であろうといわれる。大宝二年（七〇二）に彼の長《なが》門守《とのかみ》任命の記録はあるが、筑紫守任命のそれはない。阿倍大夫は、異説もあるが、中納言阿倍広庭と思われる。高市麻呂より二歳年長である。

「稲見野に咲いている秋萩を見ながら旅立つあなたに残されてあとにとどまっている私は、あなたを恋しく思うだろうか」、思わずにはいられないという歌である。

「稲見野」は、播磨《はりま》の稲日野のことで、隠妻《なびづま》伝説もあり、都人に親しい地名だが、兵庫県の地名がなぜこの歌に出てくるのかが問題である。そこまで送っていって別れたからとか、そこを通って任地に赴くからとかと考えても無理である。そのうえ、「去なむ子ゆゑに」といっている。「子」とは男性の女性への呼びかけである。同行の妻をいったのだと苦しい説をする人もあるが、剛直な大神大夫への呼びかけとしてはまったくふさわしくない。

こんな混乱は当時の餞宴歌のあり方による。餞宴には多くの歌が歌われた。新作歌もあれば、伝誦歌もあったが、伝誦歌はよく人びとに知られた歌の人称や地名などを、その場に即して替えることが多かった。生活的、日常的で多くの人びとに好まれた懐かしい歌には、人びとの愛好による厚みがあり、歌はそのことに支えられて享受された。その歌は個性的な一回限りの歌ではない。

いま「稲見野の秋萩見つつ……」と歌っている人は、第一の作者ではない。享受者である。それなりに第三者にもわかるやさしい情感がある。はじめに歌った人は女性で、結句は「去なむ君ゆゑ」となっていたろう。それを男性がいうとき、「君」は「子」と替えられた。このように人称の替えられた歌が『万葉集』には多く、とくに集団歌に多い。そして最初に歌った人は遊女であろう。架空の状況を設定して作歌しうる人である。

万葉人はそれをつぎつぎと伝誦し、保管もする。その歌を任地播磨に行った男性が、聞き覚え、都へもち帰り都人に享受される。その景を知らない都人も秋萩の咲き乱れる美しい稲日野を思い描き、鄙の地名が都人に詩的体験をあたえる。都での餞宴に、広庭はこの美しい風景を心に描きながら一首を歌ったのである。

1776　絶等寸《たゆらき》の山の峯《を》の上《へ》の桜花咲かむ春べは君し思《しの》はむ

播磨娘子《はりまのをとめ》

この歌とつぎの歌とは、「石川大夫《まへつきみ》の任《まけ》を遷《うつ》さえて京《みやこ》に上りし時に、播磨娘子《はりまのをとめ》の贈れる歌二首」と題詞にある。

石川大夫は石川君子らしい。『続日本紀』霊亀元年（七一五）の条に、播磨国司に任命のことが出ている。その任がおわり、上京するときの歌であろう。中央の官人が都から任国に下り、任期をおえて帰国するときの別れの歌が、『万葉集』には類型的に存在するが、編纂者の文学的意識があって、とくにこの巻の相聞歌にはそれらが多くまとめて載せられている。

たとえば、「藤井連《ふぢゐのむらじ》の任を遷さえて京《みやこ》に上りし時に、娘子《をとめ》の贈れる歌」（1778）、「藤井連の和《こた》へたる歌」（1779）などである。もちろんこの巻以外にも「藤原宇合大夫《ふぢはらのうまかひのまへつきみ》の遷任《せんにん》して京《みやこ》に上《のぼ》りし時に、常陸娘子《ひたちのをとめ》の贈れる歌」（521）もあり、「上総国《かみつふさのくに》の朝集使《てうしふし》大掾《だいじよう》大原真人今城の、京《みやこ》に向かひし時に郡司《ぐんし》が妻女等《めら》の餞《うまのはなむけ》せる歌」（4440・4441）もある。

これらの題詞の書き方を見ると、その書き方までまったく類型的であることに気づく。習慣的な餞宴のなかで、類型的な歌がもてはやされたからであろう。歌の内容も「庭に立つ麻手《あさて》刈《か》り干《ほ》し布《ぬの》さらす東女《あづまをみな》を忘れたまふな」（521）、「足柄《あしがら》の八《や》重《へ》山越えていましなば誰《たれ》をか君と見つつ思《しの》はむ」（4440）、「立ちしなふ君が姿を忘れずは世の限りにや恋ひ渡りなむ」(4441)などと、別離の情が哀切に歌われているが、それが習慣であったとなると、それぞれの歌が個人的感情で贈られたとは思えなくなる。こうした歌をつくったのは、「娘子」といわれる、身分の低い、集団にまぎれてしまうような遊行女婦《うかれめ》たちだったからであろう。

ただ、そういう要請された歌でも、もちろん愛情のこもった秀歌がある。これもそのひとつである。歌意は「絶等寸の山の頂に桜花の咲くころはあなたをお偲びしましょう」。「絶等寸」は播磨国庁付近にあった山とも、都への途中の山ともいうし、この桜花の咲くころという表現にも、ふたつの解釈ができる。ひとつは常に桜花のときふたりはそこへ出かけたからというのと、またもうひとつは別れようとするいま、桜花が咲いているからという考えである。任命を春の除目《じもく》と考えると、別離は桜花のときとなるだろう。私はあとの解釈のほうが蓋然性《がいぜんせい》が高いと考える。

なお折々に述べているように、古代人には散りしきる落花に誘われて命を落とすという〈落花の紛《まが》ひ〉への恐れがあったから、不吉な気配を感じながら、満開の桜花を眼前にしてわかれを惜しんでいたであろう。そういうくまどりをもった華やぎも感じられる。

1777　君なくはなぞ身装餝《よそ》はむ匣《くしげ》なる黄楊《つげ》の小櫛《をくし》も取らむとも思はず

播磨娘子《はりまのをとめ》

「あなたがいらっしゃらなくてどうしてわが身を装いましょう。匣に入れて大切にしている黄楊の小櫛も手にとろうと思いません」。「匣」は容器の代表で、櫛以外のものを入れても匣といったのは、櫛がそれほど大事なものであったことをしめしている。神話のなかでも須佐之男命《すさのおのみこと》は、櫛名田姫《くしなだひめ》を櫛に替え、髪に挿して大蛇を退治する。また死んだ伊邪那美《いざなみ》に逢おうと黄泉国《よみのくに》へ行った伊邪那岐《いざなき》は、櫛の歯一本をとって火をともす。このように櫛は、幽界と明界との通行を可能とする奇《く》しきものであった。

高天原《たかまのはら》から天孫が降臨するところも、日向《ひゅうが》の高千穂《たかちほ》の「久士布流多気《くしふるたけ》」であり、東征の倭建《やまとたける》が走水《はしりみず》の海をわたるとき、入水した弟橘《おとたちばな》姫の櫛が七日後、海辺に流れ寄ったのを倭建はとって、御墓をつくって納めたという。櫛が魂代《たましろ》として流れてきたからである。

この歌でも播磨の娘子は、大事な人のためにとりわけ大事な黄楊の櫛で髪を梳《す》いた。しかし、いまはその櫛をとって装おうとも思わないというのは、嘆きの深さを語っている。ただ、それなら鄙の少女である播磨の娘子が、櫛をたくさんもっていて、そのなかから黄楊の小櫛を選んで使ったのかというと、かならずしもそうではない。平安時代の催馬楽《さいばら》「挿櫛《さしぐし》」でも、「挿櫛は　十まり七つ　ありしかど　たけくの掾《ぞう》の　朝にとり　夜《よう》さり取り取りしかば　挿櫛もなしや　さきむだちや」（一七一）というが、ほんとうは挿櫛など、一本ももっていないのではなかろうか。

民衆の歌はいつもこういう表現をとり、空想的・願望的な事実を歌う。「山城《やましろ》の久世《くせ》の若子《わくご》が欲《ほ》しといふわれ　あふさわにわれを欲《ほ》しといふ山城の久世」（２３６２）や「稲舂《つ》けば皹《かか》る吾《あ》が手を今夜《こよひ》もか殿の若子《わくご》が取りて嘆かむ」（３４５９）もそうである。久世の若子が私を妻にほしいといったり、若殿が稲つき女のひびわれた手をとって、かわいそうにと嘆いたりするということは集団の共通の願望で、願望と現実との落差の大きさから、ともに歌い笑うことでつらい労働（瓜つくりの、また稲つきの）にはずみがつくのである。民衆の歌のやさしい心根がこめられているといってよいだろう。

そう考えると、この歌が櫛もとらず、美しい着物も着ず、すべて身を装おうとはしないというのも、いささかの挨拶性と誇張をふくんだものといえよう。しかし、もちろんだからといって、歌の心根はすこしもそこなわれはしない。

また髪は、日本の恋歌の中心にある。「朝寝《い》髪われは梳《けづ》らじ愛《うつく》しき君が手枕《たまくら》触《ふ》れてしものを」（２５７８）は、「君」が手枕として触れた髪ゆえ、乱れていても梳るまいという歌。

万葉以後も黒髪の美の系譜を伝える歌が、のちのちまである。「黒髪の乱れもしらずうち臥《ふ》せばまづかきやりし人ぞ恋しき」（和泉式部）、「かきやりしその黒髪のすぢごとにうち臥す程は面影ぞたつ」（藤原定家）など、ともにかなり官能的である。
髪を梳く体験は愛の体験と結びつくことで、歌を艶《つや》やかにする。この歌は、上述のように遊行女婦の、個人的ではない歌だが、破局の予測される中央官人との愛の別れに、計算を越えたやさしい心根が歌いこまれている。

1790 秋萩《あきはぎ》を　妻問《つまど》ふ鹿《か》こそ　独子《ひとりご》に　子持てりといへ　鹿児《かこ》じもの　わが独子の
草枕　旅にし行けば　竹珠《たかだま》を　しじに貫《ぬ》き垂《た》り　斎瓮《いはひべ》に　木綿《ゆふ》取り垂《し》でて
斎《いは》ひつつ　わが思《も》ふ吾子《わがこ》　真幸《まさき》くありこそ

反歌

1791 旅人《たびびと》の宿《やど》りせむ野に霜降《しもふ》らばわが子羽ぐくめ天《あめ》の鶴群《たづむら》

遣唐使《けんとうし》の親母《はは》

天平五年（七三三）の第九次遣唐使のひとりとして、わが子を送る母が詠んだ歌。遣唐使派遣の折の歌は、『万葉集』に多く、山上憶良が大使に贈った「好夫好来歌《かうきよかうらい》」（894〜896）、笠金村が入唐使に贈った歌（1453〜1455）、遣唐使の妻が詠んだ作者未詳歌（4245〜4246）などがある。

「妻問ふ」は求婚すること。鹿は萩を妻とするという歌が何首かある。「鹿児じもの（鹿の子ではないが鹿の子のように）、わが独子の……」という発想には、母親としての生理的・肉体的感覚があり、まさに、宮廷歌人などではない母親のものと思われる。「竹珠」は竹を管に切った玉で、「しじに貫き垂り」は、それをすきまなくいっぱい糸に通し、たらすこと。そして祭器である「斎瓮」に「木綿」をとりかけてたらし、母が子の無事を祈って物忌《ものい》みをしている、という歌である。

反歌における「野」は平坦な「原」とちがい、山の傾斜地をいうから、この歌は険しさをもった風景をふくんでいる。このときの遣唐船は難波を四月三日に出港しているから、母親はもっと先の季節の、冬の中国の地に野営する折のわが子の身の上を思いやったことになる。霜のおく寒夜には「わが子を羽ぐくんでくれ」と、大陸に帰翔する鶴の群れに呼びかける。

「羽ぐくむ」は、羽のなかにつつむと解するのがよい。だから、この歌は、直接的につつむ状態を想像している、母性愛のシンボルのような歌である。『万葉集』には母性愛を歌った歌はめずらしい。『万葉集』に詠まれる母は、せいぜい恋の監視者として子の立場からネガティブに歌われるのがふつうなのである。

この子が無事に帰れたかどうかはしるされていない。その第一船は、翌六年十一月種子島《たねがしま》に漂着、第二船は二度目に帰航に成功して天平八年に帰国した。しかし第三船の一行は四人のみが六年後の天平十一年に帰国しただけで、第四船はついに姿を見せなかった。

1799 玉津島磯《たまつしまいそ》の浦廻《うらみ》の真砂《まなご》にもにほひて行かな妹《いも》が触《ふ》れけむ
柿本朝臣人麻呂《かきのもとのあそみひとまろ》の歌集《かしふ》

「紀伊国《きのくに》にして作れる歌四首」中の四首目の歌。挽歌のはじめにおかれた柿本人麻呂の歌集のものである。人麻呂の歌集には彼の作でない歌もふくまれているが、この四首は人麻呂自身の作だと思われる。

「浦廻《うらみ》」は「浦ま（浦末）」と訓む人もある。「玉津島」は和歌山市の一部。いまの奠供山《てんぐ》を中心とする島々、そこに持統の行幸があった。

歌の意味は、「玉つ島の磯の浦の真砂にも匂ってゆきたいことだ、いとしい妹が手を触れただろうから」。

この歌の中心は「にほひて行かな」にある。「にほふ」とは、良い香りがすることでなく、照り映える色の輝きをいう。古代人は、美しく輝くいろどりを見ていると、それがだんだん漂ってくるように思ったのではないだろうか。それでおなじことばを使ったのだと思う。たしかに真赤な色は、見ているとこちらに近づいてくるような感じがするではないか。ここの「にほふ」も砂に美しい輝きがあり、こちらに漂ってきて付着するという。それが「真砂にもにほふ」である。

もうひとつこの歌には、砂にいろどりがあるという前提がある。ふつう砂に色彩はない。だのに人麻呂はあるという。わが愛する女性が手を触れたからだと。すべての物は、こちらの心象によって意味が生ずるのであり、物体はその追憶においてのみ美しい輝きをおびてくる。妹が手を触れたことで、無生物の砂は動き漂って生命をおびてくるというのである。感情移入によって、砂が生命をもち輝きをおびるということを人麻呂は知っていた。

人麻呂は、思い入れの激しさで砂にまで生命をあたえたのである。

もちろん同時に、人麻呂はいかにこの砂が無生物であるかも知っている。それをしめすことばが「磯の真砂」である。ロマン的な暖色の風景ではない。反対の寒色の荒涼とした、人に刃向かう風景である。その風景は、砂に生命があると思う人麻呂の心を押しもどす。それになお抵抗して、砂に生命があると思う激しさ。彼の思い入れを裏切る殺伐な風景のなかで、あえて彼は生命を発見する。その激しさは、それなりに読む者にも響いてくるだろう。

なお「にほふ」については、このほかに二義的な意味もある。たとえば、「草枕《くさまくら》旅行く君と知らませば岸の埴生《はにふ》ににほはさましを」（69）は、遊女と思われる清江娘子《すみのえのおとめ》が高貴な長皇子に進《たてまつ》った挨拶の歌だが、ここの「にほふ」は、契りを結ぶことを意味している。1799の歌でも、「真砂にもにほひて」ということに、共寝したいという寓意が隠されていると思われる。

1807 鶏《とり》が鳴く　東《あづま》の国に　古《いにしへ》に　ありける事と　今までに　絶えず言ひ来《く》る　勝《かつ》
鹿《しか》の　真間の手児奈《てこな》が　麻衣《あさぎぬ》に　青衿《あをくびつ》着け　直《ひた》さ麻《を》を　裳《も》には織《お》り着《き》て　髪
だにも　掻《か》きは梳《けづ》らず　履《くつ》をだに　穿《は》かず行けども　錦綾《にしきあや》の　中につつめる

斎児《いはひご》も　妹《いも》に如《し》かめや　望月《もちづき》の　満《た》れる面《おも》わに　花の如《ごと》　笑《ゑ》みて立てれば
夏虫の　火に入《い》るが如　水門《みなとい》入りに　船漕ぐ如く　行きかぐれ　人のいふ時
いくばくも　生《い》けらじものを　何すとか　身をたな知りて　波の音《と》の　騒《さわ》ぐ
湊《みなと》の　奥津城《おくつき》に　妹が臥《こや》せる　遠《とほ》き代に　ありける事を　昨日《きのふ》しも　見けむ
が如《ごと》も　思ほゆるかも

反歌

1808 勝鹿の真間《まま》の井《ゐ》を見れば立ち平《なら》し水汲《く》ましけむ手児奈《てこな》し思《おも》ほゆ

高橋連虫麻呂《たかはしのむらじむしまろ》の歌集《かしふ》

「勝鹿《かづしか》の真間娘子《ままのをとめ》を詠める歌一首并せて短歌」と題詞がある。

「鶏が鳴き夜が明けそめる東国の地に、昔あったこととしていままで絶えることなくいい伝えてきた葛飾の真間の手児奈は、粗末な麻衣に青衿をつけ、麻だけで織った裳をつけ、髪さえも櫛でとかすことなく、履だって穿かずに歩くのだが、反対に錦綾のなかにつつまれて大切に守り育てられた子だって、手児奈におよびはしない。手児奈が満月のようにみちたりた顔で花のように笑って立つと、夏虫が火に飛びこむように、港に入るべく船を漕いでくるように、男どもは来たり集まって、求婚のことばをかけた。そのとき、人間などどれほども生きていないものを、手児奈はなんとしたことか。わが運命をすっかり知ってしまって、波の音の響く港の墓所に手児奈は眠ることとなった。遠い昔にあったということが、たった昨日見たように思われることだ」。

「勝鹿」＝葛飾は、東京都江戸川区、葛飾区にわたる江戸川流域東西の地。ここは千葉県市川市真間町に当たる。「真間」は崖の意で、古代はここまで入江であり、いま、手児奈堂のあるあたりは海中であった。「手児奈」は「手の児」、すなわち手仕事をする女性の意味で、「な」は美称である。国府に徴されて、機織りなどの仕事をする女性のなかに美女がいたという伝説があったのであろう。『万葉集』では、集団歌である東歌のなかにも、手児奈が歌われている。

葛飾《かづしか》の真間《まま》の手児奈《てこな》をまことかもわれに寄《よ》すとふ真間の手児奈を　（3384）
葛飾の真間の手児奈がありしばか真間の磯辺《おすひ》に波もとどろに　（3385）

この歌を虫麻呂は、エリート官僚の意識で詠んでいるのではない。虫麻呂のなかには、官と民があい通じる関係にあって、ここは民の立場にあって官を否定している。

古代では、女性は水を管理する役目をもっていた。そのため入水することが多かったようである。入水者の魂は鎮魂されるならわしがあった。集中、入水者への挽歌は多い。姫島の松原で死んだ嬢子《おとめ》、吉備津《きびつ》の采女《うねめ》、縵児《かずらこ》、また、菟原処女《うはらのおとめ》などの挽歌がある。

しかし、鎮魂されねばならなかった入水者の死を、虫麻呂はこの歌で「身をたな知りて」と批判することで、べつなものにしてしまった。「たな」とは、「まったく」という意味、「何すとか　身をたな知りて」に、虫麻呂の激しい批判と悲痛の情がこもっている。この表現の背後には、むしろ「たな知らぬ」生きざまを肯定する虫麻呂の感情がある。

真間の手児奈は、人間とはなにかを考え、わが身について思い、身のほどをわきまえて、ゆきついた孤独と寂寥からみずからの生命を断った。虫麻呂はそのあわれさを歌いはしたが、彼の心は鎮魂にだけあるのではなく、この分別のある生きざまへの批判にあり、むしろ分別をもたず凡愚《ぼんぐ》である生き方に賛成する。そして官と民とを対応させることで、民への親しみを述べることにもおよんでいった。

反歌は「勝鹿の真間の井戸を見ると、通ってきては水を汲んだろう手児奈が思われる」。水汲みは女性の労働で、いま、作者は眼前に水を汲む女性を見て手児奈を回想したのである。

なお「勝鹿の真間娘子の墓を過ぎし時に、山部宿禰《やまべのすくね》赤人《あかひと》の作れる歌一首并せて短歌」（431〜433）に描かれる手児奈は「……倭文《しつ》幡《はた》の　帯解《おびと》きかへて　伏屋《ふせや》立て　妻問《つまど》ひしけむ……」とあって、虫麻呂の描写とはたいへん違っている。もとより、それぞれの理解した伝説を歌ったのである。

巻十

巻十は『万葉集』全巻のなかで、もっとも新しい歌をもつ。収められた歌の時代は奈良時代の末から平安時代のはじめにおよぶかと思われ、繊細優雅でやさしい抒情の、平安朝好みの歌々が収められている。構成は巻八とおなじく四季に分類され、さらに雑歌と相聞とにわけられる。また小分類は、巻七とよく似て、はじめに柿本人麻呂の歌集や古歌集の歌をおき、同類のものをならべる。この編集スタイルは新しい分類方法で、巻十一、巻十二でもひとしい。四季分類は、『古今集』以下の勅撰集のパターンである。

平安時代に編集され、当時の人びとに愛誦された山部赤人の歌集に、巻十の歌がほとんどそのままとられていることは、この巻の新しさを証するものであろう。もっともそのゆえに赤人の歌集の信頼性を疑う説もあるが、逆に巻十は赤人の歌集であって、その名が欠け落ちたのではなかったかという推理も捨てがたい。

すでに何度か述べたように、現在の『万葉集』は、一部（巻一〜巻七）、二部（巻八〜巻十六）、三部（巻十七〜巻二十）の三ブロックをなしていて、別々に成立したと考えられるが、この二部は一部より公的性格が薄く、反対に古今の恋歌を集めた巻十一、巻十二、天智天皇系の志貴皇子の歌を冒頭におく格調高い巻八や、個人の歌集を集めた巻九などがあり、巻十はすぐれた新感覚の作者不明の巻である。赤人の歌集とすれば、ここにあることがたいへんふさわしい位置だと思われる。平安期の勅撰集にとられている万葉歌も、この巻のものが多い。

七夕《たなばた》という中国伝来の奈良朝の都人のあいだでもてはやされた行事の歌も、この巻の秋の雑歌に大歌群として収められている。

歌数は集中でもっとも多く、長歌三首、短歌五百三十二首、旋頭歌四首を数える。ほかに異伝が十四首ある。

1818 子らが名に懸《か》けの宜《よろ》しき朝妻《あさづま》の片山岸《かたやま》に霞たなびく

柿本朝臣人麻呂《かきのもとのあそみひとまろ》の歌集《かしふ》

朝妻山は葛城連峰東側の隆起で、この地に朝妻語部連《あさづまのかたりべのむらじ》がいたという文献もある。「片

山」は、片方が崖になっている地形。「岸」は当時は海にも山にも使い、切りたったところをいった。

「子ら」の「ら」は、複数でなく、愛《いと》しさをこめた接尾語で、この歌の「子ら」は恋人とか初々しい若い女性を指すのだろう。「子らが名に懸けの宜しき」とは、「朝妻」ということばを「あの子の名として口にすることがふさわしい」というのである。

「朝妻」の地名は、いま、作者の心をとらえた。通い婚の当時、男女は一夜をともにし、まもなく別れなければならない。物は別れにおいてもっとも美しいという。その別れの情感を背負った愛しい女性を連想する特別なイメージが、「朝妻」ということばのなかにあった。また朝はみちたりた、そのあとである。その充足感もある。万葉にはこんな歌もある。

暮《よひ》に逢ひて朝面無《あしたおもな》み隠《なばり》にか日長《けなが》き妹が廬《いほり》せりけむ　（六〇）

長皇子《ながのみこ》

愛をかわしたあとの朝の女のはじらい、そのゆえに面を隠しがちにすることを、地名の「隠」にかけたものだ。朝妻とはこれらのもろもろをふくんでいるから、わが愛する女を朝妻と呼ぶことは、男の最大の願望だったと思われる。平安時代にも「後朝《きぬぎぬ》」という特別のことばがあり、男性が「後朝の文」を別れてきた女性に贈るならわしであったことも、おなじ気持からであろう。

これらのゆえに、山の名は特別な情感をもつ詩的風景となる。そしてこの景は、霞がたなびいていなくてはならない。霞んでいることで、情と景とは一致するといえよう。巻十には霞、霧が多く歌われ、「おぼ」の語も多用される。斎藤茂吉はこの歌にもとづいて、「たくひれのかけのよろしき妹が名の豊旗雲《とよはたぐも》と誰《た》がいひそめし」（『赤光《しやつこう》』）をつくった。

1844　冬過ぎて春来《きた》るらし朝日《あさひ》さす春日《かすが》の山に霞たなびく　作者未詳

上二句は、有名な持統女帝の「春過ぎて夏来《きた》るらし白栲《しろたへ》の衣乾《ほ》したり天《あま》の香具山」（28）とよく似ている。こういう形式が、ひとつのパターンをなしていたのだと思われる。しかし歌われた風景はまったく対照的である。28の歌に、万緑のなかの白という鮮明な色彩の対照《コントラスト》があるのに、この歌はいかにも巻十にふさわしい歌で、霞んでぼんやりして

いる。

そもそも、この季節の推移を歌う表現は、和歌史上新しい感覚である。固定的にせよ、季節をとらえるのは万葉の初期ではめずらしいことで、例外は、額田王の春秋歌（16）である。これは春秋それぞれの美しさをあげ、秋のもつ恨めしさのゆえに秋がよいという、きわめて高度で複雑な歌である。季節をこのように強く意識したデリケートな歌が、近江朝にあることは、王自身が渡来者かその子孫で、漢籍の教養が深かったことによるのではないだろうか。七世紀後半の柿本人麻呂でも、季節観は未発達である。

ところが巻八になると、四季の分類まであり、季節の意識はほぼ確立したと見てよい。しかしこれらを移りゆくものとしてとらえるのは、もうひとつ、高度な意識である。だから、巻十のこの歌を平安遷都（七九四年）前後の歌とすれば、すでにこうした季節観があってもよいだろう。巻十には「春は萌《も》え夏は緑に紅《くれなゐ》の綵色《まだら》に見ゆる秋の山かも」（2177）という秋に春夏を思い出している歌もある。だから、すでにあげた持統女帝の歌も、純粋な季節観の推移を詠んだとすると、つくられた時代をずっと引き下げなければならない。

季節の移りゆきをとらえるのは、『古今集』の特色のひとつとなっている。春の部に紀貫之の「袖ひぢてむすびし水のこほれるを春立つけふの風やとくらん」がある。初二句は夏の思い出、水の凍るのは冬、そしていまは春。四季とその推移を詠みこんでいる。

掲出の1844は、この貫之の歌にちかづいている、新しい感覚の歌である。

1865 うちなびく春さり来《く》らし山の際《ま》の遠き木末《こぬれ》の咲き行く見れば

作者未詳

春の雑歌のうち「花を詠める」として分類される一首。巻八に似た歌がある。

うちなびく春来《きた》るらし山の際《ま》の遠き木末《こぬれ》の咲き行く見れば（1422）

作者は尾張連《おわりのむらじ》としるされるが「名闕《か》けたり」という注があり、名前も不十分に伝えられた一首である。それが巻十のこの歌になるとまったく作者名を落とし、小異も生じていることになる。

「うちなびく」はしばしば春の形容として用いられるもので、春がすべてのものを霞で包み、一面にもうろうとした印象をあたえることによっている。しかしこの歌のばあいは、「うちなびく」印象がもうひとつの原因からも生まれている。すなわち「山の際の遠き木末の咲き行く」様子がそれで、山のあたり一面に咲きひろがる桜の様子がまた、「うちなびく春」の印象をあたえるのである。

桜がしばしば霞と見まちがえられ、雲のように見られることは、いうまでもないだろう。今日のわれわれに親しい古謡にも桜を「霞か雲か」と歌うものがあるが、これは長い文学伝統をもち、深く生活感覚に根ざした表現であった。この歌は、そうした伝統を今日に伝える最初の段階のものであろう。おなじ巻十の一連のなかに、

見渡せば春日《かすが》の野辺《のへ》に霞《かすみ》立ち咲きにほへるは桜花かも（1872）

とあるのも同様のものである。

もちろん当面の歌は「遠い山のあたりの梢に花が咲きひろがってゆくのを見ると」とだけいっていて、何の花ともいっていないから、これを桜とすることに疑問をもつ向きがあるかもしれないが、万葉のなかで桜はしばしば名前をあげずに「咲く」とだけ歌われたり、たんに「花」とのみいわれたりしている。そもそも「サク・ラ」という名前そのものが花の特性を独占する基本の花であった（ラは接尾辞）。

よく、『万葉集』の花は梅で『古今集』以降は桜だといわれたりするが、これは名前だけを数えあげた数によっているのだから、まったく意味がない。万葉の昔以降今日まで、

日本人は桜とともに過ごしてきた。そのあり方を示すものが、むしろ当面の一首でもあろう。われわれはまず、遠い山ぎわをいろどる桜の花によって春の到来を知り、新しい暦をはじめたようである。

1966　風に散る花橘《はなたちばな》を袖《そで》に受けて君が御跡《みあと》と思《しの》ひつるかも

作者未詳

夏の雑歌、「花を詠める」のうちの一首。橘は外来の植物で、この時代にはめずらしかった。常世《とこよ》からもたらされた「時じくの　香《かく》の木《こ》の実《み》」(4111)とも伝えられて珍重された。都の貴族が庭樹とした様子が歌われていて、野生のものは歌に見えない。

面白いことに、万葉時代は階層別に庭木の種類がちがっていて、橘や梅はエリートのものとされていた。庶民のものは、萩・すすき・なでしこ・山吹・つつじ・藤などである。だからこの歌は、まずもって上流階級の匂いを感じさせる歌だったはずである。

第四句の原文は「為君御跡」、これは「君に着せんと」「君が御為と」「君が御跡と」など、訓み方が種々あるが、最後のものがいちばん自然であろう。

一首は男が訪れなくなったあとの女性の歌だから、『伊勢物語』の一首が連想されよう。「月やあらぬ春や昔の春ならぬわが身ひとつはもとの身にして」（月も春もまた自分の身ももとどおりなのに、女性の心だけが変わってしまった）と嘆く「昔男」も、「御跡を偲」んでいるわけである。

また似た発想の歌（『古今集』一三九）もあげられる。

さつきまつ花たちばなのかをかげば昔の人の袖のかぞする　　読人しらず

花橘の香を袖にしみこませていたかつての恋人が偲ばれるという。橘の香から昔の恋人を思い出す歌だから、いまの歌が橘から恋人を偲ぶのとまったくひとしい。香は『古今集』以降は多くなるが、『万葉集』にはあまりない。香をとおして過去を偲ぶという嗅覚による時間の連鎖は『万葉集』にはないのだが、一方『万葉集』の歌は、具体的な花びらを袖に受けるという風情によって、『古今集』の歌よりいっそう優雅だと思われる。

落花の風情には、もちろん逞しさはない。死につながってゆく不安がある。また風もそうである。風というものは、風そのもので存在を知ることができない。なにかの条件で、はじめて確かめられる、不安定なものである。

このように見てくると、昔の恋人といい、落花といい、また風といい、この歌には、いまたしかに存在するものは何もない。すべて漠々とした不確かさのなかで、失われた恋を、純白なやさしい橘の花弁から追想している一首である。

2013　天の川水陰草《かはみづかげぐさ》の秋風になびかふ見れば時は来《き》にけり

柿本朝臣人麻呂《かきのもとのあそみひとまろ》の歌集《かしふ》

七夕の一首。「天の川」は原文「天漢」とある。天の川は上空に南北に横たわるが、中国の川で南北に流れる漢水を天上に投影して「天漢」の文字を当てたといわれている。牽牛織女《けんぎゆうしよくじよ》の伝説も、漢水のほとりにおける恋物語が投影されたもの。古代中国では、川のほとりで春にみそぎをしたが、その聖なる行事がしだいに行楽を兼ねるようになり、漢水のほとりでのみそぎも男女の逢う機会となった。そこから幾多の愛の物語が生まれたのである。これが天上の物語に移されたとき、七月六日の深更より七日朝の物語となった。この伝説が、日本へいつ入ってきたのかは判然としないが、聖武朝には伝わっていて、山上憶良の七夕歌が十二首（1518～1529）ある。そのほかに『万葉集』では、この巻の秋雑歌に「七夕《なぬかのよ》」として九十八首（1996～2093）の大歌群があり、そのうち2033までの三十八首が柿本人麻呂の歌集にある。そして2033の歌に「庚辰《かうしん》の年に作れり」という左注があり、この庚辰の年を六八〇年とすれば天武九年、七四〇年とすれば聖武朝の天平十二年となる。どちらをとるかによって、七夕伝説の伝来を考えるうえに大きな差が出てくる。

また、折口信夫は『日本書紀』神代巻の一書や『古事記』の歌謡を根拠として、七夕伝説は、もともと日本にあったと説いた。

私は、七夕伝説が日本に入ってきたのが二回あるのではないかと考える。その第一回は、機織りの技術をもった渡来者が応神朝にたくさん渡来したときで、その人びとが職業に関係のある伝説をも、もってきたのだと思う。それが七世紀の人麻呂のころには、土着のものとまがうように語り伝えられていたのではないだろうか。これが定着して記紀神話や人麻呂の歌集にとどめられた。

二回目は、聖武朝である。唐では大々的に宮中行事として七夕が行われていた。「乞巧《きつこう》奠《てん》」と呼ばれるこの祭りを憶良一行以後の遣唐使が祖国に伝え、それが聖武朝に花開いた、と私は考えている。

この歌は人麻呂自身のものかどうか判断できかねるが、歌の素地が繊細流麗である点は人麻呂より後代の官人を想像させるところである。「水陰草」の「水陰」は、山陰の連想から生まれたことばか。水陰は水のほとりで、陽のあたらないところであろう。この造語には漢語の影響があるかもしれない。光の明滅のなかで、水辺にそよぐ草のイメージがあって美しい。それが秋風にいっせいになびくというのである。

秋をなにで知るかは、昔から詩歌が問題としてきたが、風によって知るというのも多い。『古今集』の「あききぬとめにはさやかに見えねども風のおとにぞおどろかれぬる」(藤原敏行)はもっとも有名なものであろう。

原文「天漢　水陰草　金風　靡見者　時来之」の「金風《あきかぜ》」という文字づかいも美しい。木火土金水の五行を当てると、秋は金で、色では秋を白であらわす。この歌の原文は十三字しかないが、これは漢文的表記法である。

伝説そのままを具体的内容に即して詠んでいる七夕歌が多いなかで、この歌は風景だけを詠んでいて、しかも結句「時は来にけり」(七夕の夜は来た)と、その心おどりをも表現している。叙景的にも美しい秀歌である。

2096　真葛原《まくず》なびく秋風吹くごとに阿太《あだ》の大野の萩の花散る

作者未詳

「真」は美称。美しい葛が一面に生えている原に吹く秋風がある。作者は、そのたびに葛の葉がひらひらとひるがえるという。「なびく」によって、この真葛原が広々とした原野であることがしめされる。

「阿太」は吉野川ぞいの地名だが、神話には九州の地名として登場する。古く隼人《はやと》の一族が吉野川流域に移住してきたことがあって、そこにこの地名がつけられたのではないか。「野」はいうまでもなく、山の傾斜地のことである。

葛は紅紫の花も美しいが、大きな葉がひるがえるのも美しい。それが作者の眼をとらえている。一面に葛の咲く原をわたってくる秋風は、ほの白い葛の葉裏をなびかせては吹いてくる。するとおなじその風に、阿太の大野の萩の花が、はらはらとこぼれ落ちる。上は巨視的な遠景。下は微視的な近景。ふたつを「ごとに」でつないで、風が続継的・反復的であることを思わせるところが見事である。

おなじく巻十につぎのような歌がある。

秋風は疾《と》くとく吹き来《こ》萩の花散らまく惜しみ競《きほ》ひ立つ見む　（2108）

秋風が吹くと萩の花が散る。にもかかわらず吹いてこいというのは不思議な話だが、風にあらがって萩の花がきおい立つ、その様子が見たいからだという。風に身をもまれながら、なお花を散らすまいとする花の様子を描写しているあたり、じつに感覚が新鮮でこまやかである。まるで現代詩のようだが、こんなことを歌った現代詩人を私は知らない。

きわめて微細なこの萩の花の享受は、いま、阿太の大野の萩の落花を問題とする歌の気持を雄弁に説明してくれているだろう。「阿太の大野の萩の花散る」とは、このようにきおい立つ落花を作者が見ているのであり、その風はいましも真葛をひるがえして吹き寄せてきた風であった。すでに真葛も風にあらがっていた。いま、萩もあらがう。

これは大野に秋を迎えた植物たちの生命のあり方を知らせてくれる。きおい立ちながらやがて花期を終え、冬に入ってゆく山野の植物どもである。

2128　秋風に大和《やまと》へ越ゆる雁《かり》がねはいや遠さかる雲隠《くもがく》りつつ

作者未詳

おなじく秋の雑歌のうちで、「雁を詠める」という分類の中にある。万葉では、大和の名は常に望郷の情とセットになっていて、志貴皇子の「葦辺《あしへ》行く鴨の羽《は》がひに霜降りて寒き夕へは大和し思ほゆ」（64）、麻田陽春《あさだのやす》が旅人の帰京を送る歌「大和《やまと》へに君が立つ日の近づけば野に立つ鹿《しか》も響《とよ》みてそ鳴く」（570）などがある。ここでも秋風に吹かれながら、雁は故郷大和へ飛んでゆくのである。

雁を故郷へ結びつけて考える背景には、昔匈奴《きょうど》に囚われた漢の蘇武が雁の足に手紙を結び、漢帝に届けたという雁信の故事が踏まえられている。その点では知識をもとにした表現だが、一方允恭《いんぎょう》記にも、「天とぶ鳥も使そ田鶴《たづ》が音《ね》の聞えむ時は吾が名問はさね」という、伊予の湯に流されるときの軽太子の歌が載せられている。これは古来雁にかぎらず、鳥が二者をつなぐものと考えられていたことをしめす。

古く日本では、鳥は霊魂を運ぶものと思われていた。山上憶良の追和歌「天翔《あまがけ》りあり通《がよ》ひつつ見らめども人こそ知らね松は知るらむ」（145）は、天空に飛翔する有間皇子の霊魂に呼びかけている歌であった。この点から考えると、作者は山を越えてゆく鳥にわが魂をゆだねたのだと思われる。

その雁は秋風のなかを飛び翔りつつ遠ざかる。風に立ちむかって飛ぶ雄々しい雁の翼のたわみが感じられるようである。「いや遠さかる」は、ますます遠ざかる意。「つつ」は、動作の継続で、結句に「つつ」が来ると時間の継続が感じられる。雲隠れた果てに、さらにさらに飛びつづけてゆく雁の姿を想像させるようである。おそらく、こう歌った旅人である作者は、故郷と自分とを結ぶ雁の果てに故郷を望見していたであろうし、反面、その雁も視野から消えたあとの旅愁を、雁ゆえにいっそう感じていたであろう。しかも考えてみると、秋の雁は北から南へと飛び渡っていたはずである。だからいま作者のいる旅路は北国とおぼしい。越路にあったとすれば、すでに十分冷やかな秋風が吹いている。空も重い鈍色《にびいろ》であろう。暗い大空を飛ぶ雁を、鉛色のかなたに見送っていたのである。

2173　白露を取らば消《け》ぬべしいざ子ども露に競《きほ》ひて萩《はぎ》の遊《あそび》せむ

作者未詳

これも秋の雑歌、「露を詠める」のうちの一首である。

「白露を手にとったら消えてしまうにちがいない」。「け」は「消え」のつまったもの。「ぬべし」はすでにふれたように（二四〇ページ）、かならず消えるにちがいないと考えられるばあいの表現。「いざ子ども」は同僚に対しての呼びかけである。

「露に競ひて」は、「露が消えるのと先を争って」という解釈もあるが、「消えそうな露をも消さずにそのままにして」という解釈をとりたい。

「萩の遊」は、萩を賞美し、楽しむこと。これもすでにふれたが（二三四ページ）、いまは使われない、美しいことばである。遊びをあらわすことばに、花見・雪見・月見という一群と、桜狩・紅葉狩・潮干狩などという一群があるが、「……の遊」は、一段と優美ではあるまいか。ことばとしていえば「見る」のはほめることであり、「狩る」とはそれを手に入れることであろう。これに対して「あそび」は、生活のなかのゆとりとかふくらみをいうようである。現実的な価値より、精神的なものであろう。対して「狩」、「見」は、現実的である。「萩の遊」には、現実的に得るものがない風雅へと廷臣たちを誘いこむものがある。

「白露と秋の萩とは恋ひ乱れ《みだ》別《わ》くこと難《かた》きわが情《こころ》かも」（2171）は、いわば露萩争いの歌である。春秋争いなど、二者の優劣を争う風雅は天智朝にすでにあり、その先蹤《せんしょう》は中国にある。

一方、当面の2173番の歌は白露と萩の美しさを、ふたつながら賞美しようとしている。第四句「露に競ひて」は、露の美しさも同時に楽しみながら、萩の遊びをしようというのだから、それは曲芸にちかい。露を散らさず、露の美しさも萩の美しさもともにそのまま折って賞美することになる。もしうまく折りとっても、挿頭《かざし》にすることなどはできない。挿頭は本来呪的で実用上のものだが、いまそれを離れ、非実用の世界で美しさだけを楽しむというのは、時代の進んだ風流である。梅や桜、柳を挿頭にしたり、髪にかざったりするのは、呪術の歴史を背負いながらも賞美することだったが、これはそうした宗教的・呪的なものすらたいへん稀薄にしている。

2334 沫雪《あわゆき》は千重《ちへ》に降り敷け恋《こひ》しくの日《け》長きわれは見つつ偲《しの》はむ

柿本朝臣人麻呂《かきのもとのあそみひとまろ》の歌集《かしふ》

冬の相聞の冒頭に二首掲げられた人麻呂の歌集のうちの一首。

第一首の「降る雪の空に消《け》ぬべく恋ふれども逢《あ》ふよしを無《な》み月そ経《へ》にける」（2333）は、恋に消えそうな心を雪にたとえる歌で、空中に消えてゆく雪のあてどなさに恋をかいま見ている歌だが、第二首のこれはむしろ反対の恋心が雪に託されている。

この歌は有名な歌としてのちのちまで口誦されたらしく、天平勝宝八年（七五六）、大伴池主《いけぬし》宅の歌宴において大原今城《おおはらのいまき》が「初雪は千重《ちへ》に降りしけ恋しくの多かるわれは見つつ偲《しの》はむ」（4475）と口誦《こうしよう》している。この歌宴は十一月二十三日に行われたので、その点から、「初雪」と替えたのだろうか。あるいは伝承の過程での変化かもしれない。

「沫雪」は、水分をふくんだ水の泡のような雪である。その雪に「降り敷け」と命令するのはなぜなのか。「長いあいだ恋いつづけてきた私は、沫雪を見て恋人を思慕したいから」という。とすると雪と恋人との関連がなければならないが、しかし恋人と雪との関連を物理的に考えるのは、当たらないだろう。詩とはそのような論理的なものでなく、もっと直覚的・心理的なものである。

万葉歌では霧とか雲が生身の人間とイコールにとり扱われているばあいがある。それは雲などが呼吸《いき》の代わりだと考えられていたからだが、この歌はそういう呪的な考え方ともまたべつのものである。もっと詩的なもので、あえていえば、沫雪がすなわち恋のかたちなのだといったらよいだろうか。それはたとえば悲しみに沈み、また苦悩に引き裂かれるといった類の恋ではなく、恋の歓びである。いったいに万葉の雪は、「貧窮問答」(892)の雪を例外として、美しい雪が詠まれている。

あしひきの山道《ぢ》も知らず白橿《しらかし》の枝《えだ》もとををに雪の降れれば　(2315)

おなじ人麻呂の歌集の歌で、人麻呂らしいおおらかさももっているが、しかし一面に山道を埋め、白橿の枝にも降りつもる雪は美しい。しかしこれはやはり叙景の歌である。当面の歌が降りしきる雪の象《かたち》そのものに恋の歓喜を見つけているのとはちがう。しかも「降り敷け」と命ずることによって仮想される豊《ほう》饒《じょう》な雪は、山に対してなびけといったときの人麻呂とおなじような、たしかな現実感をもっている。

2342　夢《いめ》の如君を相見て天霧《あまぎ》らし降り来《く》る雪の消《け》ぬべく思ほゆ

作者未詳

おなじく冬の相聞の一首。「雪に寄せたる」のうちである。巻十の歌の新しいことはくりかえし述べたが、この歌も『古今集』の歌のような味わいがある。下句はみなにもてはやされたと見え、上句だけを替えたものが二首前にならんでいる。

一目《ひとめ》見し人に恋ふらく天霧《あまぎ》らし降《ふ》り来《く》る雪の消《け》ぬべく思ほゆ　（2340）

意味は平明で、「夢のようにあなたとお逢いして、霧となって空いっぱいに降ってくる雪が消えてしまうように、私自身消えそうに、あなたのことが思われます」という。

恋の歌に「消ぬべく思ほゆ」とか「消ぬがにもとな」とかいう句は、類型的に登場し、一般的・集団的なレベルの表現である。しかしこの歌は、その結句へもってくるまでの表現に、凡庸《ぼんよう》でないものがある。「天霧らし」雪が降る具体的イメージは、沫雪の歌より感じが暗い。雪におおわれて曇り空が一面にひろがる風景は限りなく救済がない。不気味な暗い思いさえある。しかし、そのあてどなさは「夢の如君を相見」た経験とよく響きあっている。「天霧らし降り来る」雪につつまれる体験を、夢的体験と呼んでもよいだろうか。

また、夢のようなはかない出逢いであったから、「消ぬべく思ほゆ」という。「相」はたがいに動作のおよぶことだが、「君と」でなく、「君を」と、作者を主体としていっているのだから、動作は一方的である。そのとおり「相見る」はすでに半ば慣用され、たんなる

「見る」とさほど変わらなくなっているが、しかし「見る」はたんに眼で見るだけではなく、契りかわすことも意味することを考えれば、この「相見て」は契りを結んだことを意味していると思われる。その契りが、夢のように漠々たるものだったというのである。『伊勢物語』（六十九段）には、

君やこし我や行きけむおもほえず夢か現《うつつ》かねてかさめてか

という歌があり、その本歌といわれるものが『万葉集』にある。

現《うつつ》にか妹《いも》が来ませる夢《いめ》にかもわれか惑《まど》へる恋の繁きに　（2917）

「夢の如君を相見て」とは、これらの歌のような心境をいうのであろうか。「君」というところに敬意があり、それが夢のようだという表現に結びつくかもしれない。右の伊勢の歌が斎宮と昔男との恋の語らいであったことは、周知のとおりである。

巻十一

この巻が収めるものはすべて作者未詳の恋歌である。この一大歌群は、広い地域の人びとが覚え、長い年月のあいだ口ずさんできた歌であった。奈良時代おわりか平安時代はじめに歌が集められたと思われる、きわめて日常生活的な豊かな性格をもつ巻である。

その最初に、柿本人麻呂の歌集または古歌集の歌をおき（これを「古」とする）、次に新しい当代の歌（「今」とする）をおく二本立ての編集で、目録ではこれを「古今相聞往来《さうもんわうらい》の歌」としている。相聞も往来も歌のやりとりのことで、「相聞往来」でひとつの成句をなす。そして巻十二とあわせて「上・下」としているが、古今歌の割合は、十一では古歌が多く、十二では今歌が多い。巻十一では古歌百六十六首、今歌三百二十四首の合計四百九十首ある。

これらの歌群には、芸術的表現を意図した歌より、日常的・大衆的な歌が多く、「笑い」の歌もある。たとえば「うつくしとわが思《も》ふ妹《いも》は早も死なぬか　生《い》けりともわれに寄るべしと人の言はなくに」（2355）、「玉垂《たまだれ》の小簾《をす》の隙《すけき》に入《い》り通《かよ》ひ来《こ》ね　たらちねの母が問《と》はさば風と中《まを》さむ」(2364)などの歌は、内容が笑いをふくんでいる。また「梓弓引きみ弛《ゆる》べみ来《こ》ずは来《こ》ず来《こ》ば来《こ》そを何《な》ど来《こ》ずは来《こ》ばそを」(2640)は、意識的に「来《こ》」をくりかえす。「よき人のよしとよく見てよしと言ひし吉野よく見よよき人よく見つ」(27)とおなじ戯れの歌で、いっそう技巧的となり、屈折した感情を歌うものである。このような戯れや笑いは、民衆性とか、大衆性といえようか。民衆のささやかな願い、生《なま》な人間の煩悩《ぼんのう》にみちた感情からの、生活的発想である。

こういう巻をもつことによって、『万葉集』は重みのある確かな歌集になった。のみならず民衆性は『万葉集』の中心的・根幹的性格ですらある。たとえばのちの『新古今集』の歌などは、とぎすまされた鋭い神経のとらえた歌だが、万葉はそれとまったく対照的である。万葉の本質を形づくるもののひとつがこの巻である。

2351　新室《にひむろ》の壁草《かべくさ》刈りに坐《いま》し給はね　草の如《ごと》寄り合ふ少女《をとめ》は君がまにまに

柿本朝臣人麻呂《かきのもとのあそみひとまろ》の歌集《かしふ》

巻十一巻頭の旋頭歌《せどうか》である。「新室」は新しい建物。ふきおろし屋根の掘立小屋式のものだが、ここは新婚の夫婦が入る、祝福すべき建物である。

「壁草」は壁とする草のことで、当時壁といっても草を並べたものであった。この草刈り場もそのひとつとして、古代では、どこでも入会地《いりあいち》――村の共同作業場になっている特定の地域があった。ここへ労働に行くと、男女が顔をあわすことができる。水汲み場もおなじである。この歌では、村の女性がそこへ行こうと、男性に呼びかける。「草のようになびきあう少女は、あなたのお心のままになりますよ」と。「草のように」という比喩は、「壁草刈りに」をそのまま受けた表現である。

民衆の歌が旋頭歌にはじまり、その上句が風景を述べ、ついでその風景を比喩として下句の心情につなげる構造であることを、私はくりかえし述べてきた。このばあいもその手法が生きていて、草刈り場の矚目《しょくもく》の景としての草の姿が、そのまま男になびき寄る女のやさしい姿であり、その様子をもって男の心を誘うのである。

これは次の２３５２の歌とともに歌われた祝婚歌のひとつで、次の「室寿《むろほ》ぎ歌」に先立つ作業を歌ったものである。

新室を踏《ふ》み静《しづ》む子が手玉《ただま》鳴《な》らすも　玉の如《ごと》照《て》らせる君を内にと申《まを》せ　（２３５２）

新室に宿る霊魂を踏みしずめる少女は、手や足に玉をつけて踊る。手や足をひるがえすたびに、玉はほのかに輝き、かすかな玉ゆらの音を立てたであろう。「君」はこの日の新郎。『内に』と申しなさい」とあるのは、祝婚に集まっている女性群が、いましも鎮魂のすんだ新室で愛をかわすべく、新室の入口にいる花聟にむかって「さあお入りなさい」と申し上げよといっていることばである。

このばあいも「手玉鳴らすも」といい、その玉を受けて「玉の如照らせる君」という表現が導きだされている。新室に宿るものも魂、神に仕える女たちが手にまいているものも玉、そして新郎も玉のように輝く存在である。

明るく楽しい村落共同体の生活が、具体的に描かれていて絵のようである。これが巻十一を支える人間連帯で、近代の個人主義的な人間のあり方とはちがう、祭式を軸とした、おおらかな古代的連帯である。

2357　朝戸《あさと》出《で》の君が足結《あゆひ》を濡らす露原　はやく起き出でつつわれも裳《も》裾《すそ》濡らさな

柿本朝臣人麻呂《かきのもとのあそみひとまろ》の歌集《かしふ》

早朝地平の白みそめるころ、出で立つ夫を見送る妻の歌である。たいへん優雅で平安朝的な感じすらあろう。

「足結」は膝の下で袴《はかま》を紐《ひも》で結ぶことらしい。記紀を見ると、盛装をしたときの服装として出てくる。踊りや、武装などに結んだようで、活動上必要だったと思われるが、労働上の必要がなくとも、盛装の特別な意味をこめて結ぶのであろう。『日本書紀』(雄略前紀)には、戦いに出る夫の足結を妻が泣きながらする話がある。おそらく足結は、当時の人びとには、たいへん大事な、霊魂を結びとめる意義があったのだろう。衣服の裾や袖を縛ると、霊魂がなかから外へ出られないと考え、またそのことで自分を相手につなぎとめようとしたのである。恋人の紐を結ぶことや、草や松の枝などを結ぶこととひとしい、結びの思想によるものであろう。

しかし、こうした呪的な行いは、挿頭《かざし》などのように、のちにはしばしば装飾となる。この歌の足結も、もう一種のおしゃれだったのではあるまいか。もちろんそのばあいだって歌い手の女性が結んだものである。暁闇《ぎょうあん》の露原を踏んで、いま、夫はわがもとから出で立とうとしている。露は、ほかならない自分が結んだ足結を濡らす。その露に私も裳《も》の裾を濡らしたい、と女性が願うのは、具体的にはしかるべきところまで送ってゆくことを意味していようが、もっと本質的には経験をともにしたいという願望である。

有名な大津皇子《おおつのみこ》と石川郎女《いしかわのいらつめ》の相聞歌とおなじである。大津が郎女に「あしひきの山のしづくに妹待つとわが立ち濡れし山のしづくに」（107）という歌を贈ると、郎女が「吾《あ》を待つと君が濡れけむあしひきの山のしづくに成らましものを」（108）と返歌する。このばあいはいささか戯れの趣があり、機知を弄《ろう》している感があるが、発想の根底はひとしい。

裳の裾を濡らすという歌は、『万葉集』に多い。「赤裳の裾」とも歌われているのは、女官のつけた裳が赤かったからである。もちろん、当時の赤は、赤土《はに》などの摺り染めだから、今日の赤ほど鮮明ではないが、濡れるといっそう鮮やかとなり、男性の心をときめかすものとなった。巻七の旋頭歌には、

住吉の出見《いでみ》の浜の柴な刈りそね　未通女等《をとめら》が赤裳《あかも》の裾の濡れてゆく見む　（1274）

というのがある。男性の想像した、エロティックな光景であろう。

2368　たらちねの母が手放《はな》れかくばかりすべなき事はいまだ為《せ》なくに

「正《ただ》に心緒《おもひ》を述べたる」とある歌群冒頭の一首。

「すべなきこと」とは、方法がないこと。このようなことはまだしたことがないので、どうしたらよいかわからない、という。恋愛の歌では、少女は多くは、母の監視をわずらわしく思っているが、かといってこの歌のように、いざ母から離れると、のびのびしているかというと、反対に、心細く不安になって母親にたよろうとする。その間の微妙な少女心理が、この歌にはよく語られていよう。そんな母親像に対して、「足《たら》（充足した）乳《ち》ね（接尾語）」という修飾が、よく効いている。

よくも悪くも母親は大きな存在で、娘は時としてはたよったり、時としてはうるさがったりする。たとえばおなじこの巻には、つぎのようなほほえましい歌がある。

玉垂《たまだれ》の小簾《をす》の隙《すけき》に入《い》り通《かよ》ひ来《こ》ね　たらちねの母が問《と》はさば風と申《まを》さむ　（2364）

「美しい玉をたらしている簾《すだれ》のすきまから入っていらっしゃい。一緒に寝ている母さんが、いまの音は何なのときいたら、風でしょといいましょう」。だから音を立てても平気よという、母への反抗を試みた逞《たくま》しい女性の歌――もちろんこれも集団的に歌った誘い歌だが、こんな反逆をしていてもいったん母から離れると、たよるべき安らぎの場から離れ、自分の心をいうのが精いっぱいという心細さになる。「かくばかり」には、せっぱつまったものさえ感じられよう。

なお、「すべなし」は、こんな甘えに、母と娘との千古変わらない関係がある。多く挽歌に使われ、死に出会ったときの途方にくれた気持をあらわす。「為なくに」も、逆接の詠嘆で、無力感が「に」になっている。不安でたまらない初々《ういうい》しい恋心を歌った秀歌である。

2445 淡海《あふみ》の海沈《うみしづ》く白玉知らずして恋《こひ》せしよりは今こそ益《まさ》れ

柿本朝臣人麻呂《かきのもとのあそみひとまろ》の歌集《かしふ》

「淡海の海」は、琵琶湖のこと。「白玉」は、ふつうは真珠。ただ、ここはふつうの貝であろう。それを文学上の表現として、白玉と呼んだ。真珠が海底に人知れず深く沈んでいるように、人に知られずにあることを表現するのに、よく白玉が用いられる。

また、白玉はその「シラ」という音をつぎにつづけて「知らず」といった。白玉のように、知らずして——契りを結ぶことなく恋をしていたときも苦しかった。しかしいまは、なおいっそう恋しく思うという気持を歌った一首である。そのとき、白玉は、恋心の象徴となる。真珠、またふつうの貝にしても、その輝きはほのかさにみちた、うるおいのある光である。このほのかな輝きが恋心の象徴であった。

この歌は男女どちらが歌ってもかまわないだろう。「白玉」は、ふつう女性の比喩に使われ、つづく二首、

白玉《しらたま》を纏《ま》きて持ちたり今よりはわが玉にせむしれる時だに　(2446)

白玉を手に纏きしより忘れじと思ほゆらくになにか終《をは》らむ　(2447)

のばあいもおなじである。ただ山上憶良の「古日《ふるひ》に恋ひたる歌」(904〜906)の、「白玉のわが子」は男の子の比喩で、ひじょうに特殊な例である。このときは、幼な子の可愛さを白玉にたとえるのがふさわしかったからであろう。

そこでこの歌の歌意——「知らずして恋せし」より、親しく契りかわしたあとのほうが恋の苦しさが大きいというのは、有名な歌でいえば、『百人一首』の「あひ見ての後の心にくらぶれば昔はものを思はざりけり」とひとしい感情を歌ったもので、契りによっていっそう深まる恋心の苦しみをいい当てたものである。これはしかも例外的な歌ではない。

なかなかに見ざりしよりは相見ては恋《こほ》しき心まして思ほゆ（2392）
相《あひ》見ては恋慰むと人は言へど見て後《のち》にそも恋ひまさりける（2567）

しかも後者のばあい「相見ては」（契りかわしたら）恋心がやむというのは、あくまでも無責任な一般論であって、恋の深さに一般論が通じないことはいうまでもない。

2578　朝寝髪《い》われは梳《けづ》らじ愛《うつく》しき君が手枕《たまくらふ》触れてしものを　作者未詳

第三句の原文は「愛」で、これは「うるはし」とも読むが「うつくし」がふさわしい。それぞれ、訓み方によって、内容がちがってきて、「うるはし」は端麗な整った美しさ、それに対して可愛いという感情がこもっているのが「うつくし」である。その語源は「いつくしむ」とひとしい。『枕草子』でも「うつくしきもの　瓜《うり》にかきたるちごの顔」とある。

大野晋氏は、「うるはし」と「うつくし」は、用いられる人間関係が違うという。それによれば、自分より身分高い人との恋や禁じられた恋に「うるはし」が用いられる。巻十五の中臣宅守《なかとみのやかもり》と茅上娘子《ちがみのおとめ》の恋は宅守を流罪《るざい》にした恋であったが、「うるはしと吾《あ》が思ふ妹《いも》を山川を中《なか》に隔《へな》りて安けくもなし」（３７５５）、「うるはしと思《おも》ひし思《おも》はば下紐《したびも》に結《ゆ》ひ着《つ》け持ちて止《や》まず思《しの》はせ」（３７６６）と歌われている。また、同母兄妹の軽太子《かるのみこ》と軽大郎女《かるのおおいらつめ》の禁じられた恋にあって、太子は「うるはしと　さ寝しさ寝てば　刈薦《かりこも》の　乱れば乱れ　さ寝しさ寝てば」（允恭記）と歌った。

「寝《い》」は寝ること。朝寝《あさね》が「朝寝《い》」。だから「朝寝髪」は寝乱れ髪である。通い婚時代の朝は、男女の別れの時であった。「朝妻」ということば（二七〇―二七一ページ）もあって、情緒的な特別の情感が朝寝髪にあった。

この歌の作者は、髪をけずるまいという。なぜなら、いとしい人が枕とした手が触れた髪だから、と。「手枕」は、たがいに手をさしかわして枕とすることで、『古事記』の沼河《ぬなかわ》比売《ひめ》も「……沫雪の　若やる胸を　そだたき　たたきまながり　真《ま》玉手《たまで》　玉手さし枕《ま》き……」と歌っている。この歌は「君」と呼んでいるから、作者の女性には少しあらたまった気持がある。つつましやかな気持を大事に心にいだいている、純真な少女を思わせる。

髪はのちの時代にも恋の中心として歌い継がれる。和泉式部の「黒髪の乱れもしらずうち臥《ふ》せばまづかきやりし人ぞ恋しき」（『後拾遺集』）や、定家の「かきやりしその黒髪のすぢごとにうち臥す程は面影ぞたつ」（『新古今集』）などはその代表的な名歌であろう。しかし、これらは官能的な濃艶な歌で、一途《いちず》さが怨念《おんねん》のように歌われていて、万葉的ではない。万葉のこの歌は、一途な少女の切情があって、感傷的でさえある。

2642　燈《ともしび》の影にかがよふうつせみの妹《いも》が笑《ゑ》まひし面影に見ゆ　作者未詳

「物に寄せて思《おもひ》を陳《の》べたる」の一首。この時代の灯は紙燭《しそく》で、高坏《たかつき》ふうの台の上に皿を載せ、油を入れ灯心をひたしてともすものである。民衆の生活にあろうはずはない。その点、この歌は貴族階層の都人のものと考えられる。

「影にかがよふ」は、光のなかに「笑まひ」が輝くこと。作者が見ているのは非現実の面影だが、それを現実の「笑まひ」といっていて、ふたつのものの区分があまりはっきりしない。じつは古代人の認識では、光も陰も「かげ」、投影も「かげ」である。だから影法師は第二の実在で、昔の人は影を大事にした。おなじ考えは世界各地にあり、死人に自分の影が重なると自分も死ぬと考えたり、自分の影を人に踏まれることをいやがったりしたことが報告されている（河合隼雄『影の現象学』）。この歌にしても、作者にとって、妹は光の明滅のなかに輝いている現実の存在である。

「うつせみ」は「うつしみ（「み」は甲類）」がもとのかたちで、「うつそみ」ともいわれる。その語義は、「現し身（「み」は乙類）」と考えることがこの時代の仮名づかいからむつかしいので、私は「現し見（見は体験のこと）」ではないかと考える。

「ゑまひ」は「笑む」の継続反復。笑いつづける女性の顔が面影に見えるというのだが、現実にはいないのに、にこやかな妹がきわめて現実的に見えてくるのが古代人であった。東歌《あずまうた》の「吾《あ》が面《おも》の忘れむ時《しだ》は国はふり嶺《ね》に立つ雲を見つつ思《しの》はせ」（3515）も、実際に見ているものは雲だが、思い出す妹の面影は確実に雲とだぶっている。われわれにとっては非現実のものでも、現実的たしかさをもっているのが当時のあり方であった。

　この歌が「うつせみ」といっていることから、妹がいま死んでいるにもかかわらず「うつせみ」として見えると解釈し、挽歌と考えることもできるが、ここの分類は「寄物陳思」で、物（灯火）に寄せて離れている恋人を思う相聞のものだし、そう限定しなくてもよいだろう。

この歌は油絵ふうな、濃厚な図柄の歌である。牧歌的な、たとえば白い雲の流れる野面《のづら》の恋といったものではなく、風雅な世界を背景にした、奈良朝文化の円熟の翳《かげ》りがあるような歌である。万葉のなかで灯火の歌は、

あぶら火の光に見ゆるわが縵《かづら》さ百合《ゆり》の花の笑《ゑ》まはしきかも　（4086）
大伴宿禰家持《おほとものすくねやかもち》

燈火《ともしび》の光に見ゆるさ百合《ゆり》花後《ばなゆり》も逢はむと思ひそめてき　（4087）
内蔵伊美吉縄麻呂《くらのいみきなはまろ》

があり、この、素朴な万葉調といった理解からははみだしてしまうような都会性も、万葉のひとつの側面である。

2651　難波《なには》人葦火《ひとあしひ》焚《た》く屋の煤《す》してあれど己《おの》が妻こそ常《つね》めづらしき
作者未詳

おなじく「物に寄せて思を陳べたる」の一首。末句の原文「常」は「とこ」とも訓めるが「つね」がよい。「とこ」は永久の意だが、「つね」は不変の意である。「難波人」とは、難波に住む人で、普通名詞的に用いられているのは、都人、「江戸っ子」などのように、ある概念が付加されて使われていることをあらわす。すなわち湿った葦火を焚くと、家中すすけてしまうが、そういう葦火を焚くような賤《いや》しい人びとという意味が、ことばにこめられている。『万葉集』のなかには、ほかに「難波田舎」(312)ということばもある。

その「難波人が、葦火を焚く家のようにすすけていても、わが妻こそはいつも変わらず可愛いことよ」という。「愛《め》づらしき」は「愛すべき」で、この作者は、すすけた家にむしろ親しみと安らぎを感じている。ちょうど、

家《いは》ろには葦火《あしふ》焚《た》けども住み好《よ》けを筑紫に到りて恋《こふ》しけもはも　(4419)

と歌った物部真根《もののべのまね》と同じである。

「己が妻こそ常めづらしき」という強調表現には、わが妻は愛らしくないという前提がある。

住吉《すみのえ》の小集楽《をづめ》に出でて現《うつつ》にも己妻《おのづま》すらを鏡と見つも　(3808)

は、左注によれば橋のたもとの歌垣で、おのが妻の美しさを再発見したのだというが、ここでも「すら」といっているのとよく似ている。「すら」というからには本来、妻が「鏡と見」られない不美人だという諧謔《かいぎやく》がある。

しかし、ここにこそ妻のよさがある。

紅《くれなゐ》は移ろふものそ橡《つるはみ》の馴《な》れにし衣《きぬ》になほ及《し》かめやも　(4109)

大伴家持も、遊女に迷っている尾張少咋《おわりのおくい》にこういっている。また東歌、

苗代《なはしろ》の子水葱《こなぎ》が花を衣《きぬ》に摺《す》り褻《な》るるまにまに何《あぜ》か愛《かな》しけ　(3576)

も、着古してよれよれになり身体になじんできた衣のように馴れた妻がわけもなく可愛いという歌で、すすけた妻が「めづらし」いのとまったくおなじである。そういう点、常民のたしかな生活に深く根ざした歌だということができよう。

2657　神名火《かむなび》に神籬《ひもろき》立てて斎《いは》へども人の心は守《まも》り敢《あ》へぬもの

作者未詳

「神名火」（神南備などとも書く）の語源はすでに述べたように（九〇ページ）、「神のほとり」で、各地にある神の降臨するところ。そこには神聖な垣根＝ひもろぎを立てる。「いはふ」は、大事にする。「いはふ」に「忌」を当てたものも、ほかにある。「忌」は、けがれを遠ざけることだから、外物を恐れてそれから大事に守ることが「いはふ」であろう。その「いはふ」ことになぞらえて、恋人の心を自分ひとりのものとしつづけることができない思いを述べた歌。「神に額《ぬか》づくように大事にしても人の心は守ることができないものだなあ」と。

本来、守ることは「もる」とだけいった。そして目で見るのが「目守《まも》る」であった。それほどに大事なものが目だったし、目で見ているだけで十分守ることができた。その目への信仰が失われたときに、「目守る」は「守る」になる。

歌い手は男女どちらでもよい。万葉歌の常として、いつでもどこでも、だれにでも歌われた多回性の歌である。そのようにこの歌が愛された理由は、愛人と神とを取り合わせた面白さにある。大げさにいって落胆が大きいことをしめすところにユーモアがあった。どうも一読この「作者」をエリートだとか聡明な官僚とかと想像する人はいないだろう。

「作者」は、民衆的な愛すべき人間で、適当に愚かな人物でもあった。しかも本人は大まじめにいうふりをするところがよかった。

「味酒《うまさけ》を三輪《みわ》の祝《はふり》がいはふ杉手触《てふ》れし罪《つみ》か君に逢ひがたき」(712)というのは丹波大女娘子《たにわのおおめのおとめ》の歌で、神聖な杉に手を触れてしまったから恋人に逢えないという。ここには神への恐れがあり、恋人と神を一緒にするつもりはない。ところがいまの歌はもっと人間的に愚かで素朴である。

この素朴さをつきつめると、もっと捨てばちな民衆歌となる。おなじこの巻の旋頭歌、

うつくしとわが思《も》ふ妹《いも》は早も死なぬか　生《い》けりともわれに寄るべしと人の言はなくに
(2355)

「いとしいと思うあの子は早く死なないかなあ。生きていたって、あの子が私になびくとは人がいわないことだのに」。神籬を立てて守りにくいと嘆くどころか、そんな女なら死んでしまえ──。男性集団を楽しませ、愛唱された旋頭歌である。この歌にしても現実の男性は、愛する女にむかってこんなにいう勇気がない。弱気な現実の男に代わって空想上の逞しいおのれがこういい、条件がおなじ男性集団にもてはやされた歌であった。

2674　朽網山《くたみやま》夕居《ゐ》る雲の薄れ行かばわれは恋ひむな君が目を欲《ほ》り

作者未詳

「朽網山」は大分県直入郡《なおいり》の九重山《くじゅうさん》（久住山）、九州の最高峰で、中央にもきこえていたらしい。高いことで人びとの尊崇を集め、周辺の人びとが霊山として詠む歌がおのずから多かったであろう。いったいに、民謡ふうな作者未詳歌は、ばらばらの地域でつくられるのではなく、集約的につくられていることが多い。関東では、足柄《あしがら》とか筑波《つくば》周辺の歌が、まとまってつくられている。朽網山の歌もそのひとつだったのではないか。

また集団歌の固有名詞は、しばしば入れ替わる。甲の土地で歌われたものが、乙の土地でも歌われるとき、甲は乙に替えられる。人間の感情は普遍的なものだから、個別的な地名などさえ替えればどこででも歌われるはずである。彼らはそれぞれの生活圏の中心的な景物に替えて、ほかの歌を応用しつつ歌を享受した。だから逆にその入れ替わるものが、集団の中心的な関心の対象でもあった。いまの朽網山をほかの山に替えても歌の主旨は変わらないだろう。

「夕方朽網山にわだかまり坐っている雲が薄れ消えていったなら、私は恋しく思うだろうよ。君の目が恋しくて」。「な」は詠嘆。「目を欲る」は逢いたいことだが、しかし、ただ「逢いたい」というのでは、表現しきれない思いがある。万葉には「目に恋ふ」というい方もある。これらは相手を目によって認めようとするもので、それによって「目交《まぐはひ》」が成立する。「目交」とは目と目を合わすことで、これは結婚に先立つ重要な儀式であった。これほどに、見ることは物を認識するきわめて大事な行為で、万葉では「見る」がたいそう強調されている。観念的でなく具体的な形としての存在を見るのである。このばあいの「君が目を欲り」も、そうした大事な出逢いを欲したものである。

「夕居る雲の薄れ行かば」と「われは恋ひむな」とのかかわりあいは二通りある。ひとつは、たそがれて夕闇が濃くなってゆくにつれ、慕情が高まってゆくという連関。もうひとつ根底には、雲がその人の形だという連関がある。雲と生命との結びつきは、古代の歌の常道である。この歌の根底には、雲への古代的信仰があった。

古代人は雲の変化に敏感であった。出雲は雲が美しいところだと、かの地に住む人は誇らしげにいう。「八雲立つ出雲」という「八雲」は、たくさんの雲というより、種々の雲の意味であろう。朽網山周辺の民衆は、日夜その山を仰ぎ見てはそこにかかる朝の雲、夕べの雲、また夏の雲、冬の雲を知りつくしていた。そこで歌われた、このような生活的集団歌に、古代人が底辺にもつ土俗的信仰を、考慮しないわけにはゆかない。

ただ、この歌には、そればかりでなく、人間の心を切なくする、夕方のもつ抒情が歌いこまれている。旅の歌で、「しなが鳥猪名野《ゐなの》を来《く》れば有間山夕霧《ありまやまゆふぎり》立ちぬ宿《やどり》は無くて」（1140）など、万葉人は夕べの孤独をよく歌ったが、この歌は、旅のなかで体験したのとおなじような、哀愁がある。それは近代詩——たとえば三好達治の「乳母車」にも通ずるような、夕べの哀愁である。

2734　潮満《しほみ》てば水沫《みなわ》に浮ぶ細砂《まなご》にもわれはなれるか恋ひは死なずて　作者未詳

「物に寄せて思を陳べたる」の一首。「波に寄せた恋」といったものだが、とくに波のなかの砂を詠んだこまかい観察による独特なものである。満ち潮が寄せる波打ちぎわは、波が豊かにたゆたいながらゆれるたびに底の砂をまきこみ、砂は漂いながら沈んでゆく。間断なくくりかえされるそれをじっと見ているうえでの表現である。たんに引き潮や満ち潮を歌うのでなく、克明な観察である。微視的とでもいおうか。

「まなご」は砂のことで、『万葉集』にたくさん歌われることばだが、じつは「まなご」には「愛子《まなご》」の意味もある。上代人は複数の意味を、それぞれ無視できなかったらしい。だからこれは、砂の漂いのなかに、はかなく恋にゆれ浮かぶわが投影を見ている、女性の立場の歌である。

しかし、「細砂にもわれはなれるか」の語調には、自己を客観視するゆとりが感じられまいか。それが、第三者としてのよそよそしさを感じさせ、やはり集団歌としてつくられたものだと思われる。

上句の微細な描写や気のきいた比喩は近代詩にも通ずるものがあろう。たとえば島崎藤村の「千曲川旅情のうた」(『落梅集』)の一節には、「河波のいさよふ見れば　砂まじり水巻き帰る」ということばがある。藤村の見ていたものも「水沫に浮かぶ細砂」だったのだから、万葉の民衆が見ていたものと、これはひとしい。おそらく藤村が『万葉集』を知っていて真似たのではないだろう。千年を隔てた詩心の一致といえようか。しかし万葉といっても、これはやはり末期万葉のものである。『古今集』の恋歌にも通い、砂に寄せた恋としてつくられた痕跡を見せているように思われる。

ただ、「恋ひは死なずて」(恋に死にもしないで)という恋と死の取り合わせはまったく類型的表現で、巻十一、巻十二にたくさんある。恋は死の歌群だと皮肉ってもいいほどである。つまりここにも集団的無名歌の特色があり、下句の一般的・類型的な恋心を貫通させ、その比喩としての景物を次々ととり替えつつ、歌は変化してゆくのである。

巻十二

この巻も作者を伝えない歌だけの巻で、巻十一と同じく最初に柿本人麻呂の歌集の歌があり、次いで当世の歌がある。目録は前者を「古」として、後者を「今」として「古今相聞往来の歌の類《たぐひ》の下」といい、巻十一と上下の対になっている。

しかし、両巻のあり方はかなりちがう。第一に、この巻の人麻呂の歌集は巻初の「正《ただ》に心緒《おもひ》を述べたる」に十首、「物に寄せて思《おもひ》を陳《の》べたる」に十三首、「羇旅《たび》に思を発《おこ》せる」に四首、計二十七首あるだけだのに、当世の歌は三百五十三首もある。巻十一では「古」の歌が百六十六首、「今」の歌が三百二十四首だから、性質がちがうだろう。また、このなかの「羇旅に思を発せる」はここだけにしかない。

第二に、短歌以前の、集団によって歌われた旋頭歌は一首もない。第三に、譬喩《ひゆ》歌もなく、「正に心緒を述べたる」と「物に寄せて思を陳べたる」を二大分類としていて、相聞と雑歌との巻十のような分類にしだいにちかづいている。

第四に、旅の歌の起こりは、人麻呂時代あたりで、『古今集』以降、新しい部立《ぶたて》として大きい位置をしめるようになったが、この巻には九十四首もある。旅の歌の次に「別れを悲しびたる歌」が三十一首あるが、これは旅の歌のなかからとくに別れに際しての歌をとり出して分類しなおしたもので、ここでも『古今集』の「悲別歌」に近い性格を見せている。また問答歌が3101〜3126と3211〜3220とに二回出てくるのは、後者が旅に属するものだからで、要するに3127以下がすべて旅の歌、それがさらに三部に分かれているというかたちで、以前のものとはべつの、独立したグループの歌が加わったものと考えられる。「羇旅に思を発せる」の最初に四首、人麻呂の歌集の歌がおかれているのも、そのためである。

沢瀉久孝《おもだかひさたか》氏以来、作者未詳歌は万葉前期のものとされ、この巻の成立も早い時代に考える人が多いが、以上のような特徴から、私はかなり新しい時代のものと考えている。

2841　わが背子《せこ》が朝明《あさけ》の姿よく見ずて今日の間《あひだ》を恋ひ暮すかも

柿本朝臣人麻呂《かきのもとのあそみひとまろ》の歌集《かしふ》

巻十二の巻頭歌、「正《ただ》に心緒《おもひ》を述べたる」の一首である。人麻呂が採集した民衆歌であろう。「朝明に自分のところから出てゆく夫の姿を、悲しみのあまり見ておかず、今日一日中恋いつづけて暮らしたことであった」。

「夜明け」がふつうで、朝が明けて朝となると考えるとおかしい感じもするが、「朝明」は、「朝という明ける時間」という表現のつまったものである。

この当時、夫婦同居形態は少ない。地域差もあるが、同居は、多く身分が高い階層のことで、妻を夫が訪れるかたちが一般のものだった。このばあいも庶民の女である。若い妻は、朝の別れの悲しみに耐えかねて、まともに夫の姿を見ることができなかったらしい。前にあった「足結《あゆひ》を濡らす露原」(2357)と詠んだ女性よりもっと悲しんでいる、初々しい女性である。しかし別れてのちは、もっとよく見ておけばよかったと悔い、泣きの涙で一日を暮らす。

だからこの歌は夕刻のものである。「暮す」は、一日を過ごし夕方を迎えることだが、いまのばあいは文字どおり一日の時間を暗くする時間の経過を語る、抽象的でなく実感をもっていることばである。恋の苦しさをこんなに背負うものなら、もっとよく見ておけばよかったものをといまは悔いても、しかしこの女は、翌日もまたまったくおなじことをくりかえすのであろう。これが、ごくあたりまえの愚かな人間の日常である。またそれゆえにこそわれわれに共感を与えるのだといえよう。

この巻十二にはのちに「今」に属する歌のなかに、

物思ふと寝《い》ねず起きたる朝明《あさけ》には侘《わ》びて鳴くなり庭つ鳥さへ　(3094)

朝烏《あさからす》早くな鳴きそわが背子《せこ》が朝明《あさけ》の姿見れば悲しも　(3095)

という歌がならんでいる。とくに後者はいまの歌とおなじ気持を歌ったもので、「よく見ずて」別れるあいだの心理を語っている。そしてこのように朝明の別れの悲しみが恋のひとつの焦点として意識されていることをしめしている。巻十二がこんな恋への関心をもっていることは、十分注意してよいだろう。

2860　八釣川《やつりがは》水底《みなそこ》絶えず行く水の続《つ》ぎてそ恋ふるこの年頃《としころ》を

柿本朝臣人麻呂《かきのもとのあそみひとまろ》の歌集《かしふ》

「物に寄せて思《おもひ》を陳《の》べたる」の一首。左注に「或る本の歌に曰はく、水尾《みを》も絶えせず」とある。異伝の「水尾」は、水の流れる道筋のこと。この表現は本歌より洗練されたいい方で新しい歌風である。

三句までの景物を比喩として「続ぎてそ恋ふるこの年頃を」という心情を述べることは、いうまでもなく「物に寄せて思を陳べたる」の常套《じようとう》手段で、そもそもの和歌の方法であったが、のちには逆にどのように景物をもってくるかで、おなじ主旨に対するさまざまなバリエーションができた。歌の前半が序詞と呼ばれるのにふさわしいようになり、序詞をどのように使うかが、歌の価値を決める「決め手」になったのが『古今集』の時代である。東歌が、景物のよさによって輝いているのはまだ発生期のかたちをしめしているからだが、いまのこの歌になると、すでに心情を主旨として景を擬する『古今集』的な表現になっている。

その景は、この歌においてきわめてすぐれている。異伝より本歌のほうが、清らかな水のたっぷりたたえられているイメージが強く、また人を恋する心が、人目につきやすい表面にはあらわれず、水底のような心底にあることをいっている。清らかな水、豊かな水量、底深くある思い、自分の恋を象徴するものをみな背負いこんだ比喩の景である。

『万葉集』で水流の絶えることがないことを歌うものは、

み吉野の秋津《あきづ》の川の万代《よろづよ》に絶ゆることなくまた還《かへ》り見む　（911）

笠朝臣金村《かさのあそみかなむら》

巻向《まきむく》の痛足《あなし》の川ゆ往《ゆ》く水の絶ゆること無くまたかへり見む　（1100）

柿本朝臣人麻呂《かきのもとのあそみひとまろ》の歌集《かしふ》

のごとく永遠の象徴として、讃美すべき対象にむかって歌われている。この喜びの形象はいまの恋の歌にも応用され、恋は喜びに溢れたごとき印象を与える。

しかし考えてみれば恋は苦しいものなのだから、「続ぎてそ恋ふる」とはかならずしも明るいイメージではない。だからそれと第三句までの景とは異質で、ちょっと結びつかない思いもするが、もうこの歌の恋は、それほど深刻なものではなくなっているのであろう。いささか観念的で、恋なるものを詠んでいる気味がある。作者は清らかな八釣川の水流を自分の恋の象徴として歌いたかったのであろう。読むわれわれも、この恋を八釣川の風景の美しさで味わうことができる。

「八釣川」は、桜井市高家に発し、八（矢）釣山の裾を流れて、香久山《かぐ》の西、耳成山《みみなし》の東をめぐって寺川に入る小流である。

2917　現《うつつ》にか妹《いも》が来ませる夢《いめ》にかもわれか惑《まと》へる恋の繁きに

作者未詳

断続的に、しかも倒置のいい方で歌われた歌で、いかにも「現」か「夢」かと迷う歌にふさわしい。「実際に愛《いと》しい妹がやってきたのだろうか。いや夢に私が迷ったのか。あまりの恋の激しさに」。

『伊勢物語』には、有名な伊勢斎宮をめぐる段がある（六十九段）。狩の使いとして下向した昔男と斎宮とのあいだに恋が芽生えて、心まどいの果てに斎宮は昔男の部屋を訪ねる。月明りの夜のできごとののちに斎宮は昔男に歌を贈ったという。

君やこし我や行きけむおもほえず夢か現《うつつ》かねてかさめてか

「あなたが来たのか私が行ったのか、わからない。夢なのか現実なのか、寝ているあいだのことだったのか、目ざめてのことだったのか」という一首で、いまの万葉歌とあまりにも似ている。『伊勢物語』は、全体がつぶやきのような物語だから、この歌はいかにも『伊勢物語』的な歌とでもいえようか。たよりない、漠々とした恋の心が両歌に共通している。おそらくこの万葉歌が伊勢の歌のもとになっているであろう。「なんと繁き恋よ」という気持もある。それが結論的詠嘆にもなっている。がやはり「か」という疑いを連発していて、夢とも現とも区別しがたい心まどいが歌の中心である。心まどいが巧みに表現された一首である。

当時は男性のもとに女性が来るのは異例だから、『伊勢物語』のような話もできてきたのだが、しからば万葉とてもおなじである。「来ませる」と敬語を使っているところ、なにか物語を感じさせるが、実際は夢に妹を見たにすぎないのだろう。それを初三句のように詠んだのは、願望であり、まさに「迷ひ」である。柿本人麻呂の歌集の歌、

現《うつつ》には直《ただ》には逢はね夢《いめ》にだに逢ふと見えこそわが恋ふらくに　(2850)

は、この願望を歌った直接的な歌である。当面の歌はこんな明快さをもっていない。もっと複雑に現と夢との交錯を扱ったもので、幻覚的な恋の一面を微妙に感じさせる一首である。

もう一首、似た歌が巻十一にある。

夢《いめ》にだに何かも見えぬ見ゆれどもわれかも迷《まと》ふ恋の繁きに　(2595)

とくに下二句がほとんど同じだから類歌といってよいだろう。しかしこれは説明的で、いまの歌にははるかにおよばない気がする。

2961 うつせみの常《つね》の言葉と思へども継《つ》ぎてし聞けば心はまとふ

作者未詳

これも「正《ただ》に心緒《おもひ》を述べたる」の一首。女の歌である。

初・二句は、男が女にいつもかけてくることばのこと。「これは通俗のことばだと思うのだけれど、何回も何回もくりかえし聞くと、私の堅く守っている心は迷ってしまう」。

女にありきたりな決まり文句しかいえない男はエリートではない。そのへんにごろごろいるごく平凡な男だろう。そしてそんな男が口説こうとしている女なのだから、女だっておなじ仲間の、ごくありふれた庶民の女である。そんな常凡の男女の恋がいま話題になっている。

しかし女には夢がある。すばらしい男性と出逢い、素敵なことばをかけてくれて夢見ごこちに玉の輿《こし》に乗る――そんな潜在願望は万葉でもよく歌われるところで、山城《やましろ》の久世《くせ》の若子《わくご》が求婚してきたことを空想した女の集団歌（2362）がある。ところがそれは願望にすぎない。現実にはつまらない求愛のことばをかける男にしか恵まれないのである。

女はそんな男を小馬鹿にしている。鼻であしらっているのだが、しかしふと気づくといつかすこしずつ心惹《ひ》かれている自分を発見して驚く。いかにもありきたりの文句しかいわないのだから、本気で愛してくれているのか、ちょっとちょっかいを出しているのにすぎないのか、わかったものではないと思っていたのに、こうくりかえしいわれると、この男はたいした男ではないと思いながら、やはりすこしずつ心が傾いていって、もしかしたら、すこし馬鹿なだけで、根は善良な男なのではないかと思い、結婚には、こんな愚直な誠実さが必要なのだとさえ、思いはじめたりする。

この歌はこうした恋心の微妙な変化を問題にしたもので、ゆうに一篇の短篇小説だって構想できそうな内容を感じさせる。漱石ふうにいえば「情に棹《さお》させば流される」という世俗の心理である。俗に「ほだされる」という心であろう。そこに人間らしいやさしさと愚かしさがあり、強く共感を人びとに与えるのである。

3034　吾妹子《わぎもこ》に恋ひすべ無かり胸を熱《あつ》み朝戸開《あ》くれば見ゆる霧かも

作者未詳

「物に寄せて思《おもひ》を陳《の》べたる」歌の一首、寄せた物は霧である。

「吾妹子がいとしくていとしくて方法がないと思うと、胸が熱くなってくるので、朝戸を開けると、見える霧よ」。

男性の歌だが、「吾妹子」を隠して読むと女性の歌としか思えない歌で、男女の性が接近し、均質化しつつあった、万葉末期の特色をもっている。すなわちこの男性は、一晩中妹を恋しがっていたといい、胸を熱くして戸を開けたと語り、そこに霧を見たと歌う。いかにも、王朝女性的な様子であろう。「人はゆき霧は間垣に立ちどまりさも中空に眺めつるかな」という和泉式部の歌を思い出す人も多いはずである。

戸を開けるのは一挙に苦しさを払おうとする心理で、期待をこめての動作である。しかし、霧が一面に立ちこめて、失望のうちに、霧のような世界に閉じこめられてしまうことになる。

霧と霞は、気象学的には違うが、万葉ではほとんど共通して使われている。ただ霧は、やや状況の悪いばあいに使われる。

山上憶良の歌う「大野山《おほのやま》霧立ち渡るわが嘆く息嘯《おきそ》の風に霧立ちわたる」（799）も、嘆きのものだった。おなじく巻五で大伴旅人が「夕の岫《くき》に霧結び、鳥は縠《うすもの》に封《こ》めらえて林に迷《まと》ふ」と梅花の序を書いたのも、おなじ霧のとらえ方である。これはすでに中国で「五里霧中」の語があるように、霧が人間を迷わせるものとして用いられていたのを踏襲したものであった。霧の状態から「おぼぼし」へつづけるばあいもあり、おおむね「朧」の字を当てている。嘆きの状態としての愁いや、そんなおぼぼしき「憂情」をあらわすものが霧である。しかしこれを霞でいうことはけっしてない。

この歌の「胸を熱み」には、観念性がない。きわめて肉体的で官能的ですらあろう。いささかエロティックで、『遊仙窟《ゆうせんくつ》』の世界がこれにちかい。ここにも退廃的な趣があった天平時代の風潮が反映していよう。そしてまたこんな肉体性のなかで自己閉鎖的な悩みにつつまれているのは、平安朝的でもある。

3085　朝影にわが身はなりぬ玉かぎるほのかに見えて去《い》にし子ゆゑに

作者未詳

これも「物に寄せて思《おもひ》を陳《の》べたる」の一首。この歌の原文は「朝影尓　吾身者成奴　玉蜻　髣髴所見而　往之兒故尓」だが、巻十一にもおなじ歌があって、「朝影　吾身成　玉垣入　風所見　去子故」(2394)と、原文の文字づかいがちがうだけである。巻十一では、柿本人麻呂の歌集、すなわち「古」の歌のなかにあり、巻十二では同歌集以外の「今」の歌のなかにある。ひとつの歌を、巻十一では古歌とし、巻十二では今歌としているのは、この歌が人びとに愛誦され、伝承されているうちに、当代の歌として扱われるようになったことをしめしている。なお巻十一では「正述心緒」(感情をそのまま述べる)のなかにとり、巻十二では「寄物陳思」(物に仮託して感情を述べる)のなかにとっている。

歌意は「私は朝の影法師のようにやせてしまった。玉が輝くように、ちらりと姿を見せただけで去《い》ってしまった子のために」。

朝夕の影法師は細く長いが、同時に存在も稀薄である。それは、下句の「玉かぎるほのか」とよく響きあっている。玉の輝きは、現代の宝石のように、研磨されたきらきらしい輝きではなく、真珠のようにほのかなものである。いまの女性のあり方も、ほのかに瞬時のものであった。それゆえに、男性は影のようにやせ、稀薄な存在となってしまった。たびたび述べたことだが、古代人は光を遮断《しやだん》して映る影を、第二の実体と考え、しばしば現《うつ》し身《み》と交代するものと考えた。したがって朝影になったとは、第二の実体となり、それもまた稀薄になったということになる。むしろこの理解のほうが中心で、「やせた」というのは現代的な説明にすぎないであろう。とすると、この歌は、「玉かぎる」こそが重要で、玉に寄せる歌として「寄物陳思」に入れる認定のほうが、正しいと思う（巻十一の分類のほうが正しいという意見もあるのだが）。

ほのかで、全体が夢のような世界である。恋でやせるというのは、『万葉集』にも「一重の帯が三重になった」と歌われ、この源は『遊仙窟』にある。しかし、いまの歌はそんな現実的な歌ではない。また『日本霊異記《にほんりよういき》』にも「恋は皆我が上《へ》に落ちぬたまかぎるはろかに見えて去にし子ゆゑに」という似た歌がとられている。しかしこの歌の上下はいささか木に竹をついだ感があって、成熟した一首ではない。上下句が自由に離れて伝承されてきたことがわかるが、いまの万葉歌における上下の出会いは見事で、この組み合わせによって一首が完成されたといえよう。

全体が夢のようだといったが、「恋ふ」とは、そもそもそこにいない人を求める激しい感情で、当然強さをもっている。万葉の恋は、そのようなものだのに、その激しさもふくんで、しかもなお全体を夢のように仕立てあげた一首である。

3097 左檜《さひ》の隈《くま》檜の隈川に馬駐《とど》め馬に水飲《か》へわれ外《よそ》に見む

作者未詳

これも「物に寄せて思《おも》を陳《の》べたる」の一首。「檜の隈川」は飛鳥西南の檜隈地方を流れる。頭に囃《はや》し詞《ことば》的な修飾をつづけて場所をしめし、音調を整えている。「さ」は聖なるものを尊んだ表現である。謡い物として、人びとに歌い継がれ、大歌所に管理されて、

ささのくまひのくま川に駒とめてしばし水かへかげをだにみん（巻二十・一〇八〇）

と『古今集』にも収められた。

作者は女性。直接恋人に逢いたいが、人目がうるさい。そこで「せめて檜隈川で馬を止め、馬に水を与えてほしい。そのあいだだけでも遠くから見よう」ということになる。

歌った場は種々考えられる。『古事記』の軽太子伝承にとり入れられた軽の歌謡のように、遊女集団が伝誦したものが知られているから、同様な通りすがりの男性への呼びかけ歌か。軽伝承の歌はお隣りの軽の地に行われた伝誦歌だから、当の檜隈に同様の呼びかけ歌があってよいだろう。あるいは朝戸出の恋人の姿を、すこしでも長く見ていたいという引きとめ歌か。これも「恋ひ恋ひて逢《あ》ひたるものを月しあれば夜《よ》は隠《こも》るらむしましはあり待て」(667)のように例が多い。

このようにいろいろと考えられるということは、さまざまな側面からの享受が可能なほど、この歌の底流にある心根が、多くの人びとの共感を呼ぶことを意味する。ふくみもつ世界も広く、それゆえに謡い物的表現にもなっているのである。先の歌ほど漠々としていないし、弱々しさもない。公約数的な歌ともいえるが、それなりに共感を呼ぶ範囲も広い。

これと似た歌に、君と呼ばれる貴公子に向かって「垣越《かきご》しに犬呼びこして鳥狩《とがり》する君青山のしげき山辺《やまへ》に馬息《やす》め君」(1289)と呼びかける旋頭歌がある。作者は犬飼部の女性であろう。その犬を連れて「君」は鳥狩する。その姿を見たいから山辺で馬を休めてくれというのである。

しかし両歌とも、個人がその恋愛体験を歌ったのではない。祭りのときや水汲み、草刈りなどの労働のときに歌われた集団歌である。だから「われ外に見む」の「われ」は、集団の一人一人の我である。

恋人も各自が勝手に想像して、架空の世界のなかで民衆の歌い伝えた好ましい歌であった。

3101 紫《むらさき》は灰指《さ》すものそ海石榴市《つばいち》の八十《やそ》の衢《ちまた》に逢へる児《こ》や誰《たれ》
3102 たらちねの母が呼ぶ名を申《まを》さめど路《みち》行く人を誰と知りてか
作者未詳

「問答《もんだふ》の歌」として分類された十三組の、最初にある一組、海石榴市の歌垣での問答歌である。

「紫色は灰汁《あく》を加えるものよ。灰にする椿の、海石榴市の八十衢で逢ったあなたはどなたですか」。

この歌では、上の句と下の句とのつづきぐあいが問題となる。従来は、紫に灰汁を加え発色させるのに、椿の灰を最上とするので、その椿の植えてある海石榴市で出逢った女性に求婚すると解した。しかし「灰指す」から椿を案出し、その海石榴市というのは、いかにももってまわった解釈でわざとらしい。のみならず、この歌は「灰指すものそ」と、断言して切れてしまう。ではこの表現をとるのはなぜか。

それは、美しい紫色は、灰をさすことで、より美しくなる。それとおなじように女性は男性によってほんとうに美しくなるものだという寓意を述べたかったからである。そういったうえで、「逢へる児や誰」と名（家柄や呼び名）をきいて、求婚しているのである。

紫は、当時最高の色で、官位の服色としても、三位以上の官人の色である。だから紫にたとえるのは、相手の女性への最大の世辞である。

相手を紫と比喩しているのに対して、一方自分を灰だというのはひとつのユーモアである。歌垣の場にふさわしい戯れであろう。そして唱者は、自分は灰だといいながら、心中では、あんなに美しい紫が、こんなにきたない灰を必要とする、そのことで逆にもっとも価値あるものだということを面白がっているのである。

「海石榴市」は、奈良県桜井市、三輪山麓の金屋《かなや》のあたりにあった。地名の由来は、市に椿が植えてあったからである。当時の市は常設のものでなく、折にふれて開かれる。海石榴市は格式をもった市でなく、四通八達の地に人びとが集まり、いつとはなしに成立したものだったらしい。金屋は北に山辺《やまのべ》道、東は伊勢道・泊瀬《はつせ》道、西は大坂越えの道、西南へは磐余《いわれ》道などの道が集まり、まさに「八十の衢」（たくさんの道の出会うところ）をなしていた。そのうえ泊瀬川ぞいで、難波から水路の便もあった。もうひとつ古代の有名な市として軽の市があったが、これは曾我川ぞいであり、この水路を開いたのは、蘇我《そが》氏の力によるだろう。蘇我氏は、百済《くだら》より渡来した豪族で、外来の文化・技術をもたらした一族だが、海石榴市も軽の市のような性格をもち、外来の文化も海石榴市をとおしてひろがっていったであろう。そこで外来系の染色によるこの歌が歌われたのではなかろうか。

答歌は、「お母さんのことばには、言霊《ことだま》がこもっている。その名を申し上げてもよいのですけど、道で行きずりのあなたの名前も知らないで、母の呼ぶ大事な名をどうして申し上げられましょう」という。歌にこめられているのは、きくほうこそ先に名のりなさいよといった気持で、男性に負けていない返歌である。

もちろん特定の二者のあいだで一回限り歌われたのでなく、寓意の面白さに興じてくりかえされた流行歌である。海石榴市の歌はほかにもある（2951）。

3150 霞立つ春の長日《ながひ》を奥処《おくか》なく知らぬ山道《やまぢ》を恋ひつつか来《こ》む

作者未詳

「羇旅《たび》に思《おもひ》を発《おこ》せる」の一首。おなじように山道を越える歌が、

玉くしろ纏《ま》き寝《ね》し妹を月も経《へ》ず置きてや越えむこの山の岬《さき》（3148）

梓弓末《あづさゆみすゑ》は知らねど愛《うるは》しみ君に副《たぐ》ひて山道《やまぢ》越え来《き》ぬ（3149）

などとある。いまの歌もこれらの歌と事情はおなじで、旅に出た男が故郷の妹にむかって、こう嘆いたのだろう。男は官人、官命による旅か。あるいは村の住人で、徭役《ようえき》によって国許を離れた帰途か。「霞立ちこめる春の永日、遠い山路をあの子に恋いつづけながら来るのだろうか」。

この歌の末句は、「行かむ」といわず、「来む」といっている。来ると行くとのちがいは、自分をどこにおくかで決まるから、ここは恋人のいるところを基準にして、「あの子のところへ来るのだろうか」というのである。すでに心が恋人のもとへ飛び、そこを中心とするのは、やはりひとつの思いやりである。

春の一日、通いなれた道ではなく、果てもなく知らぬ道をずっと歩きつづける長さを、「霞立つ春の長日」ということばで暗示している。そしてまた、ぼんやりと霞立ちこめた

春の風景が、とりとめのない恋の心象風景のように歌われている。

この春の風景は「霞立つ　長き春日の　暮れにける　わづきも知らず……」(5)という軍　王《いくさのおおきみ》の長歌の冒頭と、たいへんよく似ている。同様にいつ暮れるとも知れない長い長い春の一日が、いまの歌の「春の長日」でもあった。ともに恋心と、霞立つ春の景とを巧みに重ねあわせていよう。そしてまた一首、「……たらちしや　母が手離《はな》れ　常《つね》知らぬ国の奥処《おくか》を　百重山《ももへやま》　越えて過ぎ行き……」(886)という山上憶良の長歌とも似ている。これは九州の少年がはるばると上京する途中病死したときに、少年を哀悼した長歌で、幾重の山を越える旅路のはるけさを、おなじようなことばで表現している。

いまの一首はまるで、これら5の歌と886の歌とを綴りあわせたような一首ではないか。5の歌のようなとりとめのない恋心と、886の歌のごとき果てしらぬ旅路の思いと、その両方をこもごも響かせている羇旅《きりよ》歌だということができよう。

3204　玉葛《たまかづら》さきく行かさね山菅《やますげ》の思ひ乱れて恋ひつつ待たむ　作者未詳

「別れを悲しびたる歌」の一首。すでに述べたように(三一五ページ)、これは旅の歌の一部をなすものだが、ここでは羇旅歌とは逆に、見送る側の別れを悲しむ歌である。

旅立つ者に残されるといえば、それはおおむね女性であろう。別れを悲しむ女はやがて待つ女になる。そんな立場をとくにとりあげて、同類の歌を探し求めてとりまとめるという意識が、ここに注目されよう。かえりみれば、それは中国で「閨怨《けいえん》」と呼ばれる一群の詩とひとしいもので、この分類には閨怨詩への配慮があるといえようか。閨怨とは戦場へ夫を送ったあとで孤閨を守る女の詩で、六朝・初唐のころに多くの詩がつくられた。もちろん男性がその立場を仮構してつくることも多い。

そしてまた、待つ女の立場を文学的に享受するのは和歌においても古い時代からのもので、万葉でもっとも早い時代の作者、磐姫皇后《いわのひめのおおきさき》の歌(85〜90)がすでにそれである。これが分類目にまで増大したものが、いまの「別れを悲しびたる」であろう。

「美しいつる草がどんどん先へ伸びて、幸草《さきくさ》のように枝分かれしても、先でまた出会うように、幸《さき》くいらしてください。私は、山菅の根が乱れているように、思い乱れて、あなたを恋いつづけ、お帰りをお待ちしましょう」。

この歌は、相手を「玉葛」に、自分を「山菅」にたとえているところが面白い。とくに

「玉」という美称を冠し、それを「さきく」へつづける。一方の自分は素朴な山菅で、対比的な比喩のとり方である。

ここで「山菅」は乱れる状態の比喩として歌われているが、ふつう、山菅は根の長いことをとりあげ、やまずにつづくことの比喩に用いられることが多い（2862・3053・3055・3066など）。そのなかで、当歌と「山菅《やますげ》の乱れ恋ひのみ為《せ》しめつつ逢はぬ妹かも年は経《へ》につつ」（2474）の二首だけが、乱れを歌っていて、独特である。山菅の群立する葉々の乱れに注目したものである。「愛《かな》し妹《いも》を何処《いづち》行かめと山菅《やますげ》の背向《そがひ》に寝《ね》しく今し悔《くや》しも」（3577）は挽歌。これも背中をむけてばらばらに寝た寝方を、山菅の姿によって具象化している。

巻十三

巻十三は、長歌を主とした巻で、独立した短歌は一首もなく、すべて長歌に付随している。また旋頭歌を反歌とする長歌が一組（3232・3233）あり、集中唯一の例である。長歌には反歌のないもの、あっても緊密さのとぼしいものもある。それは本来別々な長歌と短歌とが結びつけられてしまったからで、長歌は反歌のないものが本来のかたちであったのに、やがて、長歌と反歌とで一組になるという考えができ、べつな反歌を結びつけてセットにしたのである。

反歌は、歌いおさめとして、長歌のおわりの旋律をもう一節くりかえし歌うという音楽的要求によって必要であった。ところが、やがて歌が書きとめられる時期になると、長歌は叙事を、反歌は抒情をあらわすようになる。そして奈良時代になると、もっぱら形式的要求から反歌をともなうようになった。

また、この巻には、飛鳥から奈良時代まで、宮中の楽府《がふ》で歌われた、古い時代からの伝統的な歌がふくまれている。古代の歌は固定的でない。歌は人びとに歌い継がれ、その常として、古い要素が落とされたり、新しく一部を付け加えられたりして変化しつつ口誦された。巻十三の歌はすべて、そうした歴史を長く経ていると思われる。

宮中の歌は、宮廷歌人によって楽府に管理された。だから3225・3240の一部は、柿本人麻呂の131にそのまま使われている。この巻十三の歌は泊瀬《はつせ》の歌で、泊瀬の歌は、万葉の古層をなす歌であった。反対に、人麻呂の歌集の歌だと前書のあるものもある。そのひとつ3253は、大枠だけを手本のようにつくったものであろう。

また、この巻の問答歌は、巻十一、巻十二のそれのように単純でなく、3309のように、一首中に問答をふくむものや、長・反歌何首かの組み合わせのなかに問答をなすもの（3310〜3313・3314〜3317）など種々である。これも民間の演劇的な歌謡が宮廷に管理され、何びとかによって、語られたり、演じられたりしたのではあるまいか。

なお、この巻の分類には、相聞歌とはべつに、譬喩歌の部があって、長歌一首が入っている。全体で長歌六十六首、短歌六十首、旋頭歌一首からなる。

3221　冬ごもり　春さり来《く》れば　朝《あした》には　白露置き　夕《ゆふへ》には　霞たなびく　風の吹

く　木末《こぬれ》が下《した》に　鶯《うぐひす》鳴くも

作者未詳

「冬ごもり」(冬が終わりになって)は、春を導くことば。「さり」「く」は移動をあらわす。早春、朝には露が葉末におき、夕暮れには霞がたなびく。朝と夕べで対句をつくり、露と霞は小と大の対比になっている。こまかい神経による歌である。

露も霞もともにはかなく、平安朝的な美意識のものであろう。したがってもとのかたちはともかく、この現形ができあがったのは、あまり古い時代ではあるまい。

微風がそよぐと、梢のやや下の茂みに、鶯の声がする。「風の吹く木末」と木末をゆらせなければならぬ美意識によって、優雅さは助長されよう。春の微風・木末・鶯の声と、繊細さによって調子の統一がとられているといえる。しかしまだ大伴家持のそれまではゆかず、景物の取り合わせもばらばらである。それが平安朝になると、梅に鶯というように決まってくる。単独の景物が詠まれ、景物を取り合わせる古典主義的な調和美にまではいたっていないが、簡潔ななかに美しさのいっぱいつまっている歌《ことほ》である。

奈良朝の宮廷で、春の到来を喜ぶ賀宴、さらにはもっと広く寿ぎの宴にかなり広く歌われた歌ではあるまいか。巻八巻頭の、志貴皇子《しきのみこ》の「懽《よろこび》の御歌《みうた》」(1418)にも見あう賀の歌で、喜びを風景におき替えた歌である点もひとしい。風景のすべてが快い。耳にも肌にも眼にも。この歌を歌いながら、賀宴に集《つど》う人びとを思い描くと、奈良朝が身近に親しく思われてくる。

それは例の額田王《ぬかたのおおきみ》の春秋争いの歌（16）と比較してもただちに了解できるだろう。王は「冬ごもり　春さり来《く》れば」と同様に歌い出しながら、「鳴かなかった鳥も鳴く。咲かなかった花も咲く」とだけいい、初期万葉としては驚くべき新しさをしめしながら、当歌とくらべると、大まかで、概念的である。それに対してしめすこの歌のやさしさが奈良朝の特色である。

3222　三諸《みもろ》は　人の守《も》る山　本辺《もとへ》は　馬酔木《あしび》花咲き　末辺《すゑへ》は　椿花咲く　うらぐはし　山そ　泣く児守《も》る山

作者未詳

末句が五・三・七音なのは、いわゆる五三七止めで、古格である。古くから伝誦され継

いだ歌であろう。「三諸」は、神の「御降り《みも》」のこと。神南備とひとしい、神の降臨するあたりである（一九七ページ）。大和の神南備には、雷丘《いかずちのおか》・三輪・葛城《かつらぎ》・雲梯《うなで》・龍田などがあり、この歌の三諸は、三輪であろう。「守る」は、「もる」に「ま（＝眼）」のついたもの。

「本辺」は裾のあたり、「末辺」は頂のほう。本と末とに咲く花を分けて詠んでいる。私はかつて二上山頂の大津皇子のお墓付近で、そのゆかりのあしびを探したが見当たらなかった。反対に、群生している奈良公園は湿っぽいところである。ここでいう「本辺」に当たろうか。一方、椿は山の上部にも咲いていて、「あしひきの山つばき咲く八峯《やつを》越え鹿待《しし》つ君の斎《いは》ひ嬬《つま》かも」（1262）という歌がある。万葉時代の椿は、いまの山茶花《さざんか》だという説もある。しかしこれは冬の花である。また中国でいう「椿《ちん》」は、日本の椿とはちがい、それと万葉の椿はおなじだともいうが、今日いう椿と考えてよかろう。

山椿は物陰にひっそりと赤い花をつける。鄙《ひな》びた懐かしい植物である。そんな花が咲く、神の降臨する山は、古代人にとって尊敬と親愛のこもる山であった。「うらぐはし　山ぞ泣く児守る山」と詠む結句に、山への彼らのそうした感情は、残りなくあらわれている。まるで泣きじゃくる子をなだめ子守りするように大切にする山というのは、ほとんど神としての山という畏怖を失っていて、山をまるごと生活のなかにかかえこんでしまったような印象を受ける。
これは山ぼめの歌で、本来は三輪山のものだったろうか。それが他の三諸山についても歌われひろがって、やがて宮中楽府に伝えられたのであろう。山ぼめの歌として折にふれて歌われたと思われるのは、冒頭と末尾とがおなじ表現をとっていてリズミカルであることからも察せられよう。「人の守る山」「泣く児守る山」のあいだに叙景をはさみ、総括して「うらぐはし　山ぞ」と山をくりかえすかたちである。

3223　霹靂《かむとけ》の　光れる空の　九月《ながつき》の　時雨《しぐれ》の降れば　雁《かり》がねも　いまだ来鳴《きな》かず
神南備《かむなび》の　清《きよ》き御田屋《みたや》の　垣内田《かきつた》の　池の堤の　百足《ももた》らず　斎槻《いつき》が枝に　瑞《みづ》
枝《え》さす　秋の赤葉《もみちば》　巻き持てる　小鈴《こすず》もゆらに　手弱女《たわやめ》に　われはあれども
引きよぢて　峯《みね》もとををに　ふさ手折《たを》り　吾《われ》は持ちて行《ゆ》く　君が挿頭《かざし》に

反歌

3224　独りのみ見れば恋しみ神名火《かむなび》の山の黄葉《もみちば》手折《たを》りけり君

作者未詳

「鳴神の光る空に九月の時雨が降ると、雁もまだ来て鳴かないが、神南備の清らかな御田屋の垣内の田の、池の堤に生える百に足りない聖なる槻の枝の、みずみずしく色づいた秋の紅葉を、手にまいた小鈴をゆらゆらとならしてたおやかな少女である私は、枝を峰のたわみさながらに引きよじって、枝ごと手折って、もってゆきます。君の挿頭《かざし》として」。

「霹靂」は、「なるかみ」とも訓むが、ここでは「かむとけ」をとりたい。「かむとけ」とは、落雷の轟音《ごうおん》のことで、なるかみとともに音を主としたいい方。「いなづま」は、光を主としたいい方。第二句の原文は「日香天」とあり、これを「日香《ひかを》る（太陽が匂うように輝く）空」と訓む意見もあるが、「かむとけ」と結びつかないので、「ひかれるそら」と訓む説に従う。

「霹靂の　光れる空の　九月の　時雨の」の「の」は、同格の「の」。「しぐる」は本来固まる意で、晩秋から初冬にかけて、降ったりやんだりかたまって降る冷雨をいう。「雁がね」は、もとは雁の声だが、それが雁そのものとなった。空高く鳴きながら飛ぶ雁を、声でとらえたことばである。

「神南備」は、神の降臨するところ、ここは雷丘。「御田屋」は、神の田を守るための建物。その田に水を引くべく池があり、堤があったのであろう。「垣内田」は垣内の田。「斎槻」は神聖な槻で、槻は欅《けやき》のこと。

この歌は三つの描写からなっていて、「いまだ来鳴かず」までは、空のこと、「秋の赤葉」までは、地上の風景だが、以下「巻き持てる」から、自分のことを述べる。

鈴を手足につけるのは、多く神に仕える女性で、たとえば「足玉《あしだま》も手珠《ただま》もゆらに織《お》る機《はた》を君が御衣《みけし》に縫《ぬ》ひ堪《あ》へむかも」(2065)と歌われている。いまも同類の女性であろう。神南備の御田屋にいて神に仕える聖処女が、たくさんの紅葉を手にもって、君と呼ばれる人を寿ぐために、挿頭《かざ》しつつもってゆくのである。挿頭は生命力を付着させる霊力があると考えられた。新築の家が、鈴をつけた少女の舞いによって寿がれるという2352の旋頭歌(二九三ページ)とおなじ状況が、この歌の背景にあったのではあるまいか。

この歌も一回性の歌でなく、折にふれ何回も歌われたものであろう。晩秋の叙景が美しく、儀式歌らしくおごそかな冷気もある。

反歌は、長歌と立場を替えて詠んでいる。これは恋歌で、長歌の寿ぎの気持とずれているのは、あとでべつな反歌をつけたからであろう。しかし神事歌から離れた恋の立場から反歌が詠まれたとき、反歌は有効な立体的効果を発揮したということもできる。

3229 斎串《いくし》立《た》て神酒《みわ》坐《す》ゑ奉《まつ》る神主部《かむぬし》の髻華《うず》の玉蔭《たまかげ》見れば羨《とも》しも

作者未詳

「葦原の　瑞穂《みづほ》の国に　手向《たむけ》すと」と歌い出される長歌3227の第二反歌である。長歌には「新夜《あらたよ》の　さきく通はむ　事計《ことはかり》　夢《いめ》に見せこそ」とあり、祝婚歌である。二首の反歌のうち、3228は長歌とよく内容が結びついているが、これはあまり結びつかない。後注にも「ある書にはこの短歌を載せていない」とある。同時にべつな立場で歌われたか、あとで結びついたかであろう。しかし、美しい歌である。

「斎（五十）串」の「い」は、「い槻」の「い」と同じ。聖なる串を、たくさん地上に挿して祭る。串そのものが神体であることもあるが、ここは神祭りの道具としての串である。「みわ」は、御酒《みき》の古語。酒を飲むと、不思議な精神状態、すなわち「アソ」（ぼんやりした）なる状態になるので、神と人間との交流を可能にする陶酔と恍惚をつくりだすものとして、人びとは酒を供えた。また音楽を奏してもアソになるので、これを神前に奏した。琴や鼓笛などの楽器は「あそぶ」もので、あそぶはアソなる状態になることであった。「神主部」は、「いはひべ」「はふりべ」とも訓めるが、ここでは「かむぬし」がよい。「髻《う》華《ず》」は、髻《もとどり》に結んだ装飾である。天宇受売命《あめのうずめのみこと》は、架空の女性であるが、神祭りの特有の髻華をしていたことによる名であろう。『古事記』の倭建《やまとたける》の歌に、命無事な者は故郷の熊かしの葉を髻華に挿せというものがある。この神主部は「玉蘰」、すなわち立派な日陰の葛《かずら》(つる草)を髪飾りとしている。

その神主部を見ると羨《うらや》ましい。「羨し」は、とぼしいこともいうが、ここは心惹かれる状態で、こめられた気持は、「藤原の大宮仕へ生《あ》れつぐや処女《をとめ》がともは羨《とも》しきろかも」(53)とおなじであろう。53の歌は、長歌「藤原宮の御井《みゐ》の歌」の反歌で、「藤原宮の中心の井を管理する女性たちは、そこに仕えるために、次々と生まれてくる。ともしいことだ」という気持である。その女性に人間の血を超えた神聖さ、人力を超えた運命を感じていると思われる。これは一般人の気持で、神に仕える人間だけがもつことのできる、犯しがたい荘厳な美しさへの憧れである。

3247　沼名川《ぬなかは》の　底なる玉　求めて　得し玉かも　拾《ひり》ひて　得し玉かも　惜《あたら》しき
君が　老《お》ゆらく惜《を》しも

作者未詳

『古事記』で、八千矛神《やちほこ》が求婚にゆく越の沼河比売《ぬなかわひめ》は、沼河のほとりに住んでいたらしい。沼河とは、新潟県の小滝川ではないかといわれている。万葉にこの歌があり、いま、小滝川・布川（姫川支流）で翡翠《ひすい》の原石や玉造り跡が発見されているからである。もしかすると、八千矛の神話は翡翠の玉を大和朝廷が手に入れる寓話だったかもしれない。そんな、大和と越との神話的世界の尊さも背負いこんで、いっそう玉は美しい。「ひりふ」は、「ひろふ」より古いかたちで万葉には、両方ある。

「はるかな越の沼名川の底にあった玉よ。求め探して手に入れた玉よ。拾って得た玉よ。玉のように尊く大切なあなたの年をとることが、惜しゅうございます」という頌寿歌である。翡翠は貴重な宝だから、大切な気持の比喩である。

野遊びなどで、若者が老人をからかい、老人がいい返す歌がある。たとえば、1884と、それに対する1885などがそうだが、そういう歌と、この歌はまったく性質が逆である。そしてこの歌は、妻から夫への寿歌《ほぎうた》ではなく、広く族長への寿歌として歌われただろう。それにしては簡略だが、これは骨組みだけの一種の台本のような歌ではなかっただろうか。その時々の情況にあわせて、付け加え、自由に肉づけされるといった類の歌である。

これと同様の寿歌で増減を感じさせるものがほかにもある。「天橋《あまはし》も　長くもがも　高山も　高くもがも　月読《つくよみ》の　持《も》てる変若水《をちみつ》　い取り来て　君に奉《まつ》りて　変若《をち》しめむはも」（3245）である。この歌の上四句を省くと、「月読の」以下は短歌になる。これは短歌形式のものがあって、その頭に願望がふたつついているかたちである。

このように種々な付け加えや、削除をして、くりかえし歌われたであろう。玉のくりかえしも、もっとあってもよいし、逆に一回でもよい。また、囃《はや》し詞や、くりかえしが、たくさんこのなかに入っていたろうと思われる。「ぬな川の　ぬな川の　はれ　底なる玉や……」といった、催馬楽《さいばら》に見られるようなかたちである。歌も生き生きと流動的なら、歌っている人びとも生き生きと活発だった時代の、生命への寿歌がいまの一首である。

3248　磯城島《しきしま》の　日本《やまと》の国に　人多《さは》に　満ちてあれども　藤波の　思ひ纏《まつ》はり　若草の　思ひつきにし　君が目に　恋ひや明《あ》かさむ　長きこの夜を

反歌

3249　磯城島《しきしま》の日本《やまと》の国に人二人《ふたり》ありとし思《も》はば何か嘆かむ

「磯城」は本来地名で、大和の磯城郡を指す。「島」は区域。「やまと」は山門《やまと》（狭くなっているところ）の意とも山処《やまと》（山々に囲繞《いじょう》されたところ）の意ともいわれる。もと山辺郡に大和村（現在の天理市のあたり）というものもあった。

「人多に　満ちてあれども」と多数を上にいって、つぎにひとつに絞る歌い方は、「大和《やまと》には　群山《むらやま》あれど　とりよろふ　天《あま》の香具山《かぐやま》……」（2）とおなじで、伝統的な表現である。これは国ぼめの形式といわれるが、広くなにごとをもほめる形式として用いられた。崗本《おかもと》天皇の作と伝える「神代《かみよ》より　生《あ》れ継《つ》ぎ来《く》れば　人多《さは》に　国には満《み》ちて　あぢ群《むら》の　去来《かよひ》は行けど　わが恋ふる　君にしあらねば　昼《ひる》は日の暮るるまで……」（485）は表現もよく似ていて、人ぼめ歌といったかたちである。

この歌の「藤波の　思ひ纏はり」（なよなよとまつわりつく）と、「若草の　思ひつきにし」（みずみずしく眼につく）の表現は、すぐれて美しい比喩である。それに加えて、習慣的表現にしても、逢いたいと思うことを、「君が目に恋ひ」というのがまたよい。ひたむきに相手の眼を見つめるさまが、清潔な生き生きした歌にしている。

反歌のほうは、誤解されやすい歌としても有名だが、「『君』と呼ぶべき恋人が二人いるなら、どうして嘆こうか」という歌である。現代歌謡曲ふうに「あなたと二人いるなら平気」といったものではない。「ありとし思はば」は仮定で、思うのはあなただけということ。

全体として長歌が大げさな歌い出しをしていたりして、稚拙さを感じさせる。やはりこれも古い歌で、相聞歌として宮中に伝えられ、楽器の伴奏によって伶人《れいじん》たちが歌った寿歌であろう。結婚する男女をほめてもよい、一座の長を称えてもよい。祝婚歌なら3227と同じである。

『日本書紀』にことばの不自由な建王《たけるのみこ》が夭折《ようせつ》した折、祖母斉明女帝が悲嘆にくれて悲しみの歌を口ずさみ、「この歌を伝へて、世に忘らしむること勿《なか》れ」と、伶人秦大蔵造《はだのおおくらのみやつこ》万里《ろ》に命じたとある。このように宮中伶人は、種々の歌を暗誦し、これを折にふれ人びとに供したのである。

3266　春されば　花咲きををり　秋づけば　丹《に》の穂《ほ》にもみつ　味酒《うまさけ》を　神名火山《かむなびやま》の
帯にせる　明日香《あすか》の川の　速《はや》き瀬に　生《お》ふる玉藻の　うち靡《なび》き　情《こころ》は寄りて

朝露の　消《け》なば消《け》ぬべく　恋しくも　しるくも逢へる　隠妻《こもりづま》かも

反歌

3267　明日香川瀬瀬《せぜ》の珠藻のうち靡き情《こころ》は妹《いも》に寄りにけるかも

作者未詳

相聞の分類のなかにあるが、そのことがわかるのは、歌の後半になってからである。歌は、まず「春になると花がたわむほどに咲き、秋づくと木々が眼にも鮮やかに紅葉する」という。ふたつの季節は個性的でなく、春秋の図柄としての季節描写である。

次に「味酒」（立派な酒）を嚙《か》むの「嚙む」と、「神名火山」とをかける。古い時代は酒は口のなかでかんで発酵させたのである。

明日香の「神名火山」は、雷丘。神名火山はかならずまわりを川が帯のようにとりまくが、雷丘では明日香川がとりまいている。明日香川の流れは激しく早く、そのため清らかに澄んで、美しい藻のなびくのがよく見えた。

さてそこでうちなびく藻から主題となり、愛の歌となる。神名火山をほめ、明日香川の早き瀬をほめて、相聞の本旨につづけてゆくこの歌い方は、記紀歌謡がしばしば主題と離れたところから発想され、歌い出されるのとおなじで、儀式歌の伝統的形式であった。これを土橋寛氏は即境性といわれる。いまの歌は古い詞章の即境性を加味し、それなりの重みをもって、恋の歌へと流れこんでゆくのである。

「わが慕情は玉藻（美しい藻）が清い瀬にうちなびくように恋人によりそい、朝露のように消えてしまうなら消えてしまいそうに、いとしい」。死ぬほど恋しいということばは、恋の極限をしめすことばとして使われ、後期万葉に圧倒的に多い。上（三三八ページ）に述べたようなこの巻の伝承上の性格から、こうした新しい表現が融合しているのであろう。

「その甲斐《かい》あって逢うことのできた隠し妻よ」。「隠妻」は、人に知らせない妻。当時は別居の妻問婚だが、それが公認であれば隠し妻ではない。

反歌は「明日香川の清らかな瀬に玉藻がなびいているように心がうちなびき、妻に寄ったことだ」。明日香川の玉藻は、一般的に人びとの眼にふれる景色で、それを慕情の比喩とすることは、民衆歌・集団歌の基本的な形である。

この短歌も、長歌とはべつにつくられていたものが、組み合わされたと考えられるが、うまく結びついているのは偶然ではない。明日香の神名火に寄せる思慕は、明日香の人びとが共通にもつものであり、玉藻に寄せる慕情は、より多くの人びとの共感するものであったから、ふたつを結びつけてもよく調和したのである。

藻のなびきが思慕の姿であるのは、中国の『詩経』に先蹤《せんしょう》がある。といっても『詩経』

を真似たのではなく、ともに民謡を集めたからそうなったのであろう。「藻」は、普遍的に承認された、恋の形象ではなかったかと思う。

3270 さし焼《や》かむ　小屋《をや》の醜屋《しこや》に　かき棄《う》てむ　破薦《やれこも》を敷きて　うち折らむ　醜《しこ》の醜手《しこて》を　さし交《か》へて　寝《ぬ》らむ君ゆゑ　あかねさす　昼はしみらに　ぬばたまの夜《よる》はすがらに　この床《とこ》の　ひしと鳴るまで　嘆きつるかも

反歌

3271 わが情《こころ》焼くもわれなり愛《は》しきやし君に恋ふるもわが心から

作者未詳

「焼き払ってしまいたいみすぼらしい家のなかに、棄ててしまいたい破れ薦を敷いて、へし折ってしまいたい醜い手をかわしあって徒《あだ》し女と寝ているであろうあなたのために、私は茜《あかね》色の昼は一日中、ぬばたまの夜は一晩中この床がぎしぎしとなるまで嘆いたことだ」。ことばだけで悪態をついてもなにもできず、苦しみは内攻して、ごろごろ床をきしませて輾転《てんてん》するしかない女性の歌である。

反歌は「私が嫉妬で心をやくのも愛する君に恋いこがれるのも、ほかならないわが心からである」。思わず「愛しきやし」というのは嘆息に似ている。

自分から苦しんでいるとわかれば、それなら思いきればよいのにと他人は思うが、当事者はそうはゆかない。そこまで行ってしまった心理を考えると、長歌のはじめのような威勢のよさは消えてしまう。そしてわめきたいときにはわめき、しょんぼりするとしょんぼりしてしまう、正直で愚かな、一生懸命に生きた民衆の体臭のようなものが伝わってくる。『万葉集』に惹かれるのは、このような人間の生活者としての心が歌われていて、それが生きている自分の姿を照らしてくれるように思われるからである。「みんな私が悪いのよ」というのはどこかで聞いた台詞《せりふ》だが、思い上がりがなくて魅力がある。人間の文学だといえよう。

これも宮中に管理された歌だが、するとテーマは「嫉妬」となる。それを語る物語のなかで歌われたものだろう。嫉妬する女性の代名詞のような磐媛《いわのひめ》皇后とは、岩のように固いという抽象名詞である。それほどにタイプとしてさえひとつの女の生き方が見られていたことをしめす。当歌はそうした物語の一部を構成する歌であろう。

この口をきわめて恋人を罵《ののし》る長歌の前半は、力量ある作詞者の手になるものであろう。このままであれば、磐媛のように爽快であろうのに、しかし後半のような袋小路に入りこんでしまうのは、すでに古代も翳りをおびてしまった時代の作といえる。古い主題をとりながら、結論的には新しい時代の人間感情のなかで歌われた一首である。

3314　つぎねふ　山城道《やましろぢ》を　他夫《ひとづま》の　馬より行くに　己夫《おのづま》し　歩《かち》より行けば　見るごとに　哭《ね》のみし泣かゆ　そこ思《も》ふに　心し痛し　たらちねの　母が形見《かたみ》とわが持《も》てる　真澄鏡《まそみかがみ》に　蜻蛉領巾《あきづひれ》　負《お》ひ並《な》め持ちて　馬買へ　わが背《せ》

作者未詳

反歌

3315　泉川渡瀬《わたりぜ》深みわが背子《せこ》が旅行き衣《ころも》濡れにけるかも

「つぎねふ」は「山城」を修飾する。原文「次嶺経」により、次々につづいている山々を経るとする説もあるが、「つぎね（花筏《はないかだ》）生《ふ》」とする説をとる。

「つぎねふ山の背面に咲く山城道を、他《よそ》の夫が馬に乗ってゆくのに、私の夫は歩いてゆく。

見るたびにひどく泣けてしまう。それを思うと心が痛い。たらちねの母の形見として、私のもっている真澄鏡と蜻蛉領巾を揃えて、背中にかついで市へ行き、馬を買いなさい。わが夫よ」。「真澄鏡」はよく磨いてあってきれいに映る鏡。「蜻蛉領巾」は、絹の薄い高級なひれであろう。もとは呪具だが、ここは装飾用である。

当時、馬は一頭で、米五石から九石に相当した。鏡も領巾も高価だが、馬は買えない。買えないとわかっていても、大切な形見の品をもっていってという心根が、大事だろう。ユーモラスな、自嘲の歌だとは思えない。大げさに「負ひ並め持ちて」といっているのも、精いっぱいの背のびである。妻の夫への愛情が美しい。

反歌は「泉川（いまの木津川）の渡り瀬が深いので、わが夫の旅行き衣は濡れてしまったよ。馬で渡るなら濡れないのに」。

旅衣が濡れるとは、旅愁をあらわす習慣的な表現だった。衣を干すのが女性の役目だったらしいから、旅にあって、その人がいないことに、旅のわびしさがあった。

旅にある夫は、「焱《あぶ》り干す人もあれや家人《いへびと》の春雨すらを間使《まつかひ》にする」（1698）——「濡れた衣を乾かす人もないのに、妻の思慕が間使い（恋人とのあいだの使い）となって雨となり、私を濡らす」と歌い、一方家の妻も「朝霧《あさぎり》に濡《ぬ》れにし衣《ころも》干《ほ》さずして独《ひと》りか君が山《やま》道越ゆらむ」（1666）のように想像する。これらによれば、いまの歌で衣が濡れると歌うとも、家における妹の思慕の情と濃厚に関係があろう。
さらにこの反歌とは別に「或る本の反歌に曰はく」として二首の反歌がある。

真澄鏡《まそかがみ》持てれどわれは験《しるし》なし君が歩行《かち》よりなづみ行く見れば　(3316)
馬買はば妹歩行《いもかち》ならむよしゑやし石は履《ふ》むとも吾《あ》は二人《ふたり》行かむ　(3317)

妻は夫に、鏡を自分がもっていても甲斐のないことを歌い、夫は、そうしたら私は乗っても妻は歩かねばならないから、石を踏んでつらくとも二人で歩いてゆこうと答える。たがいに相手を思いやるやさしさが感じられる。山城道に歌われていた民衆歌だったであろう。

3331　隠口《こもりく》の　長谷《はつせ》の山　青幡《あをはた》の　忍坂《おさか》の山は　走出《はしりで》の　宜《よろ》しき山の　出立《いでたち》の　妙《くは》しき山ぞ　あたらしき　山の　荒れまく惜しも
作者未詳

挽歌のうち。3330〜3332まで「右三首」として一連をなすなかの第二首。第一首は、はじめに泊瀬川の鵜飼《うか》いを述べ、鮎をとろうとして投げた矢のように、遠ざかってしまった妻に逢いがたいことを嘆いた長歌である。第三首はのちに掲げる。

当歌は、雄略紀六年に載せられている歌謡「隠り国の　泊瀬の山は　出で立ちの　宜しき山　走《わし》り出の　宜しき山の　隠り国の　泊瀬の山は　あやにうら麗《ぐは》し　あやにうら麗し」と酷似しているが、万葉歌は忍坂の山を同時に詠みこみ、かつ末句がちがう。雄略紀の歌謡は、「あやにうら麗し」と結ぶことによって国ぼめの歌となるが、万葉歌は「荒れまく惜しも」といって、荒れるべき事情の存在したことを物語り、そこに挽歌の性格をもたせている。

「山に包まれた、隠《こも》り国たる長谷の、青幡のような忍坂の山は、走り出る形がよい山で、聳《そび》え立つ形も美しい山よ。大切な山が荒れてゆくことは残念だ」。「忍坂山」は、桜井市忍坂の東北方にある山で、三輪あたりから見ると姿がよい。荒れるというのは、心理的なもので、死者をかかえることで山が荒廃すると感じている。そこでいつまでも荒れないでほしいという歌である。

古代の葬送においては、挽歌は三首の構成をもち、内一首は国ぼめ（山ぼめ）歌が必要とされていたようで、景行記の倭建命の死を語る段にも、「倭《やまと》は　国《くに》のまほろば　畳《たたな》づく

青垣《あをがき》　山籠《やまごも》れる　倭《やまと》し　麗《うるは》し」とある。

このことは、死者を包摂した大地を讃美し、その威霊をふるわしめるために、必要とされたらしい。その荒廃を嘆くことは、国ぼめと表裏の関係にある。

この三首の葬歌の第一首は、死した女人を「麗《くは》し妹」と呼ぶ。泊瀬川の鵜に、「鮎を食はしめ　麗し妹に」とつづける。また衣や玉と対比して死を嘆く。こうして死者を鮎や衣・玉とならべたあと、それに対して第二首が山を歌い、「走出の」「出立の」という擬人的表現をもつ。すなわち、「宜し」く「妙しき」ものは、死者なのであった。しかし山は人ではない。人は衣や玉ですらなかった。そこに人は花のごとくに移ろうものだとする第三首が呼び起こされてくる。

高山と　海こそは　山ながら　かくも現《うつ》しく　海ながら　然真《しかまさ》ならめ　人は花物《はなもの》そ
うつせみの世人《よひと》（3332）

「高山と海とこそは、山そのままにこのように現実であり、海そのままにこのように真実である。だのに人間ははかなく移ろう花のごときものよ。現実の世界の人間は」。

この歌は山や海をそれぞれのものとして、現実の真実のものととらえようとしたものである。だから以上二首のような比喩とか擬人とかといった手段をいっさい放棄して、現実をそのままに見、冷厳にこの世のありさまを眺めようとしている。この実存的な認識のなかで、人間が「花物」にすぎないという結論がしめされるから、これはむしろきっぱりとした安らぎすら感じさせよう。嘆きなどという代物ではない。

こうして、これら三首は、第一首が川を、第二首が山を叙し、第一首目の死別直後の悲しみが、第二首目の埋葬を経て、第三首目の人は花物でしかないという諦念にいたるまでの、心理的経過をも構成している。私は古代人のこの認識の深さに驚かされる。しかも『万葉集』はこれらをさりげなく未詳歌として示すのである。

巻十四

いわゆる東歌《あずまうた》、東国で歌われた短歌ばかり約二百三十首を集めた巻である。国名のわかるもの、勘国歌《かんこくか》を国別に配して前半におき、不明なもの、未勘国歌《みかんこくか》を後半におき、おのおのを雑歌・相聞・譬喩歌などに分けている。しかしこの分類は、東国の事情に明るくない人また後代の人が行ったらしく、国別・郡別より小さい単位の地名を、彼は知らない。勘国歌の最初には、「東歌」とだけあって、優雅な都ぶりの五首がある。おそらく宮廷の大歌所に、一種の風俗歌として入っていたものを、巻頭においたのであろう。『古今集』でも、巻二十に大歌所御歌として、東歌が収められている。

東歌には、集団の歌が多く、個人の抒情の歌は少ない。巻のなかには韓衣《からころも》など高級な素材が詠みこまれているので、個人的な歌だと誤解する面もあるが、民衆の歌が常に願望的であることを考えると、これらは貴族歌であることの証拠にはならない。集団の場、とくに労働の場で歌われた歌は、口誦性、輪唱性もある。そしてなによりも健康な笑いを誘う歌々である。また歌い方もそもそもの和歌の表現形式、自然の景物に添えて心情を述べる形式を多くの歌がどこかに残していて、この自然と生命との一体感の、とくに美しいのが東歌である。

勘国歌相聞の配列を見ると、遠江《とおつおうみ》・駿河《するが》・伊豆《いず》・相模《さがむ》・武蔵《むざし》・上総《かみつふさ》・下総《しもつふさ》・常陸《ひたち》となっている。これは東海道の国々。東山道の国々は、信濃《しなの》・上野《かみつけ》・下野《しもつけ》・陸奥《みちのく》となる。武蔵は、東海道と東山道のまんなかにあり、宝亀二年（七七一）以後、東海道に編入された。東歌の武蔵が東海道にあることは、この巻がこれ以後に編纂されたからであると山田孝雄氏は主張したが、武田祐吉氏は、宝亀以前にも東海道と東山道とに属していたが、宝亀二年に一方をやめたにすぎないと反論している。

未勘国相聞歌は、衣・武器・植物・雲・動物などの題材ごとに配列しようと試みた形跡がある。蒐集者《しゆうしゆう》、編集者、方法、時代なども正確にはわからない。蒐集者のひとりに大原今城《おおはらのいまき》を擬する説があり、最終編纂者は大伴家持であろうといわれているが、すべて推測である。

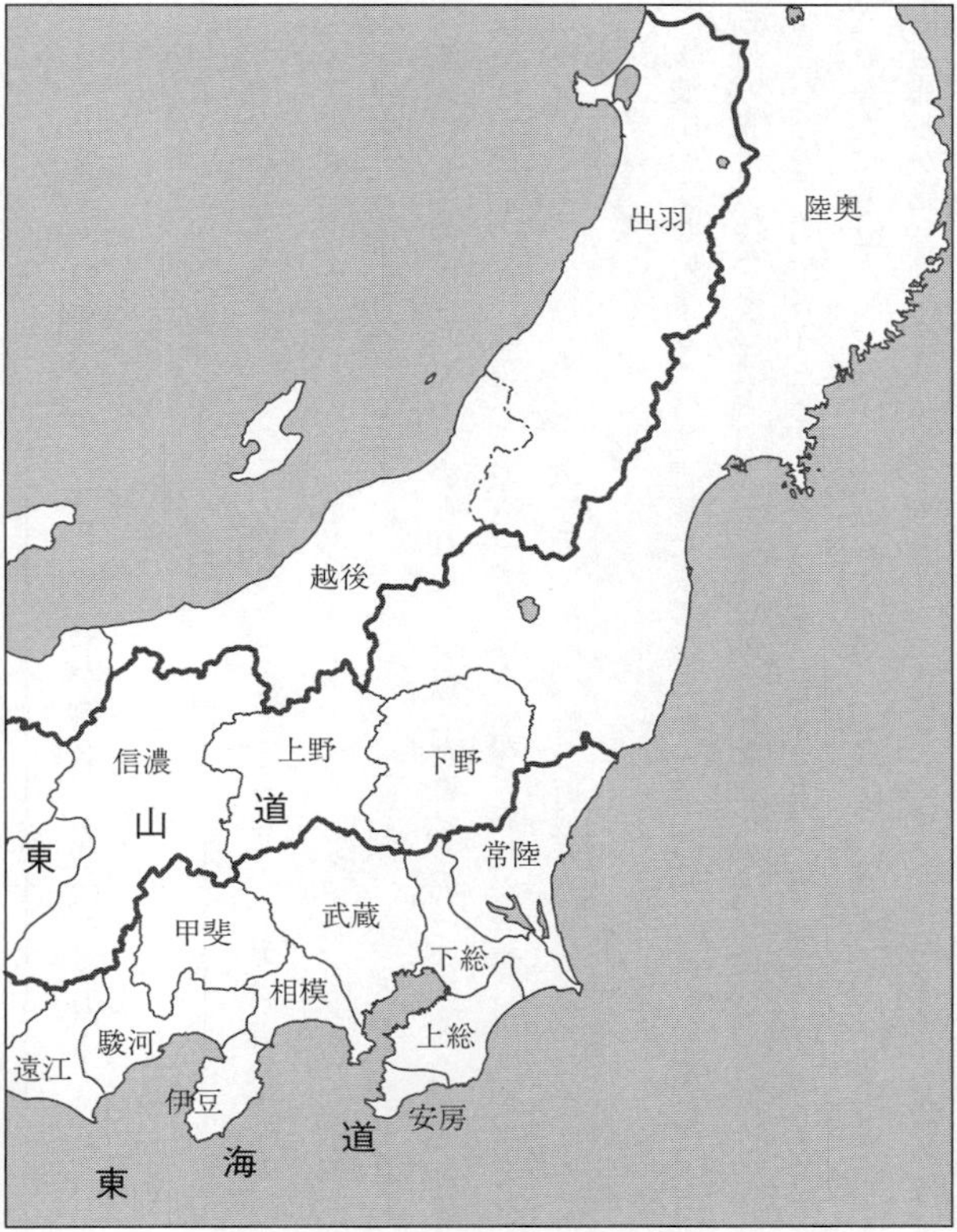

出羽
陸奥
越後
信濃
上野
下野
東
山
道
常陸
武蔵
甲斐
下総
相模
上総
駿河
遠江
伊豆
安房
東
海
道

3350　筑波嶺《つくはね》の新桑繭《にひぐはまよ》の衣《きぬ》はあれど君が御衣《みけし》しあやに着欲《きほ》しも

作者未詳

常陸の歌。筑波嶺の歌は常陸の歌のほとんどを占める。どうも東歌は国内の全体から満遍なく集められたのではなく、国府中心に集められているようである。常陸の国府は、筑波山の東、いまの石岡市であった。

「筑波嶺」は神山としてあがめられた。男嶽と女嶽とをもつ、二上山だからである。聖山筑波山では、古来、歌垣《うたがき》（「かがい」ともいう）が行われた。春、村人が集まり、野遊びや国見をする春の予祝行事で、歌を歌いあい、性を解放する日であったが、この歌もその折のものと考えておかしくない。

筑波山の新しい桑を食べて育った蚕の糸で織った布は、最高級のものである。養蚕の技術は、古く大陸から伝えられ、当時布を朝廷に献上するために行われたから、民衆は労働するだけで、絹を着ることはなく、麻衣か藤衣を用いた。それらは布目も粗く、「荒栲《あらたへ》の布衣《ぬのきぬ》をだに着せかてに斯《か》くや嘆かむ為《せ》むすべを無み」（901）、「荒栲《あらたへ》の藤江《ふぢえ》の浦に鱸《すずき》釣る白水郎《あま》とか見らむ旅行《ゆ》くわれを」（252）などと歌われている。絹への憧れは、「あり衣《きぬ》のさゑさゑしづみ家の妹に物言《い》はず来《き》にて思ひ苦《ぐる》しも」（3481）と、しなやかな擬声音すらともなって柿本人麻呂の歌集に詠まれている。

そのように「新桑繭の衣はすばらしいが、私はあなたのお召しになった荒栲のお着物こそが着たい」という一首である。

当時、恋人はたがいに衣を交換して、愛を誓ったから、これは求愛の歌だと考えられる。上等な絹の着物より、粗末な着物を選ぶところに、確かな民衆の感覚があり、貧しいけれども愛情に生きる民衆の発想がある。

ただ、よりいっそう大事なことは、これが集団の歌だということである。ひとりの特定の女性から特定の男性へ、心の真実をこめて歌ったなどという一回限りの歌ではない。集団の歌は、どこかに笑いをひそませている。この歌も、取り合わせの隔たりの激しさに笑いがある。その落差を越えて、あなたの愛がほしいといってのけたところに面白みがあった。そしてこういってほしいのはほかならぬ男なのだから、むしろ男にもてはやされ、歌われた一首だったろう。

歌垣の歌には、やっつけ歌、ちょっかい歌、からかい歌などがある。いずれも笑いに中心があるのだが、その底にひそませている願望は、みながもったものだろうし、それを笑いに包みながらいってのけるところに、民衆の歌の確かさがあった。

3366 ま愛《かな》しみさ寝《ね》に吾《わ》は行く鎌倉の美奈《みな》の瀬川《せがは》に潮《しほ》満つなむか

作者未詳

「美奈の瀬川」は、鎌倉市深沢から由比ヶ浜にそそぐ稲瀬川のこと。この川の名は「宮の瀬川」という意味だろうか。

接頭語の「ま」は真の意。愛は悲しいが、接頭語がつくと、可愛さのいっそう深い気持が感じられる。「ま愛しみさ寝に吾は行く」とは、急に慕情がこみあげてきて、じっとしていられない男の気持をしめしていよう。とくに潮がみちていると知っていても、決然と共寝に行くというのは、突如として自分をおそってきた慕情の激しさに、自分でもとまどっているのである。「満つなむか」というところに、男の無邪気なとまどいがあるようである。

そもそも恋愛の情とはこのように唐突なものかもしれない。『万葉集』には、「ゆくりなく今も見が欲《ほ》し秋萩《あきはぎ》のしなひにあらむ妹《いも》が姿を」（2284）というのがあるところで、東歌のなかに気がかりな歌がある。

うち日さつ宮の瀬川の貌花《かほばな》の恋ひてか寝《ぬ》らむ昨夜《きそ》も今夜《こよひ》も　（３５０５）

「宮の瀬川」というのは、先の歌でいう「美奈の瀬川」ではないだろうか。この歌、「日の光も輝く宮の瀬川のほとりの貌花のように、あの子は私を恋い慕いつつ寝ているだろうか。昨日の夜も今夜も」。「うち」は接頭語。「日」は陽光で、「さつ」はさすの訛《なまり》。「貌花」には諸説あるが、昼顔としたい。

するとと先の歌で突如として共寝に行きたいと思った理由がよくわかる。自分を恋して寝ているだろうかと想像し、しかも二日つづけて訪れることのできなかった今夜なのである。いつの段階かで、二首はともどもに享受されていたのではあるまいか。

それにしても夜閉じる昼顔の花を、恋心をいだきながら眠る少女に見立てたのは、詩的で、甘美である。先の歌の慕情と通いあうものがあるが、しかしそれをあまり深刻に考えてはいけない。集団に歌われたうえでは、男の突然の慕情も滑稽なら、昼顔の女も諧謔のゆえかもしれない。つまり宮のほとりの瀬川から考えると、女は宮仕えしていて、男性を恋したくても、立場上できないことを揶揄《やゆ》しているともとれる。同様の歌は『古事記』にもあり、三毳《みかも》山の歌（３４２４）とよく似ている。これも男性の身勝手な妄想で、そのダミ声も響いてくるようだが、これもまた民謡の世界である。

3402 日の暮《ぐれ》に碓氷《うすひ》の山を越ゆる日は背《せ》なのが袖もさやに振らしつ

作者未詳

この歌以下二十二首が上野国（群馬県）の相聞往来の歌として載せられている。「日の暮」は、太陽の光が薄らぐ碓氷と続く修飾辞と考える説もあるが、日没の時間を直接指すものと考える。日没時は逢魔《おうま》が時ともいわれ、魂の動く刻《とき》であると恐れられた。その「夕暮れに碓氷峠を夫が越える日は、夫が袖をはっきりとお振りになるのが、私にはわかりました」。「背なの」は、夫の愛称で、「な」「の」ともに接尾語。「振らし」は、敬語。「背なの」と親しく呼びながら、親愛のことばを使っている。

当時の旅といえば、徭役《ようえき》のための上京か、全国をまわる芸能集団の者か、行商人などであろう。それらの人びとが旅を重ねて、いよいよ峠を越える日と考えられる。峠を越えると他国である。国境には峠の神がいた。その峠で夫は最後の訣別に袖を振った。

東歌は、農村共同体の歌だから、おなじレベルの人びとの集団と考えがちだが、案外そうではないらしい。階級差をあらわす「君」という語が、意外に多く使われている。敬語も、親愛の情の表現から敬愛、尊敬へと変化している。

しかしこの歌の「振らし」は、また別な畏敬であろう。袖を振るのが、呪的な招魂《しようこん》の行為だったからである。男は、妹の名も呼んだかもしれない。身を慎しむべき逢魔が時だのに。峠の神の恐しさは、「足柄《あしがら》の御《み》坂《さか》畏《かしこ》み雲夜《くもりよ》の吾《あ》が下延《したば》へを言出《こちで》つるかも」（３３７１）とも歌われているのに。

麓で見送っている女性は夫が袖を振ったというが、これは実際に見ているのでなく、心で知覚しているのである。同様な歌には、埼玉県の防人《さきもり》、上丁《かみつよぼろ》藤原部《ふじわらべの》等《と》母《も》麻呂《まろ》と妻物部刀自《もののべのとじ》売《め》の歌がある。「足柄《あしがら》の御坂《みさか》に立《た》して袖振らば家《いは》なる妹は清《さや》に見もかも」（４４２３）、「色深《いろぶか》く背《せ》なが衣《ころも》は染《そ》めましを御坂《みさか》たばらばま清《さや》かに見む」（４４２４）。これらも心で「見」ている歌である。

同じ袖振りは、東国だけのことではなく、石見《いわみ》国から妻に別れて上京するときに柿本人麻呂も詠んでいる。当時の人はそんなとき、魂が呼ばれ抜けてゆくような感じをもったようである。それを「見る」といった。

時は夕暮れ。あやしい霊魂の行きかう刻、しかも「さやに」振ったという。「さや」は耳目に顕著なことで、快適な情景をしめす反面、不安や不吉もしめすから、「さやに振らしつ」の顕著さの内容は、けっしてやさしくやわらかな知覚ではない。不思議な力を荒々しく知るのである。荒々しい魂の呼応があって、残された女性には一種の錯乱状態のような、居心地の悪さがあったろう。

3403　吾《あ》が恋はまさかもかなし草枕多胡《たご》の入野《いりの》の奥《おく》もかなしも　作者未詳

「まさか」は、眼前、現在のこと。また真実をもいう。「おく」は奥で、場所的にも時間的にも先。行末、未来のこと。「まさか」と「奥」は、対応して使われ、

伊香保ろの岨《そひ》の榛原《はりはら》ねもころに奥《おく》をな兼ねそ現在《まさか》しよかば　（3410）

も同じである。

「多胡」は、群馬県吉井町を中心にした一帯、有名な多胡碑があるように古くから人びとの生活の中心地で、この歌が残されている理由もわかる。そのあたりは「入野」、つまり山裾がおりていて野が入りこんだ地形になっている。入野は奥が深い。「草枕」は、「多胡」のたにかかるが、奥深い入野へ旅をする思いもあったろうか。

この歌は本来この地形を景として詠まれたものであろう。前半に「草枕多胡の入野の奥」と歌い、後半に奥もまさかもかなしい恋が歌われたと思われる。現在の一首はこの原初的なふたつの形式が一本化してしまっているが、原形が想像される。いや、現形もなおくりかえしの二本立てになっているから、適当に囃し詞を加えて、このまま歌われていたであろう。

しかし一首は「かなし」をくりかえすことによって、抒情性が哀切をきわめることとなった。「かなし」は、切なく胸を責める感情で、愛《かな》しとも悲しとも漢字で書けよう。愛《いと》しい感情は、いとおしく悲しみをともなうもので、愛しさの極限は悲しさにあるから、愛と悲は重なってくる。

「愛《かな》し」は東歌に特徴的なことばだが、とくに「あやに愛し」は、東歌以外にはほとんど使われていない。「愛し」を大伴家持が使っているが、これは東歌を愛し真似たものである。「わが恋は、現在も未来も悲しい」といっているだけだが、恋の本質をまことに的確に把握しえていよう。男女とも歌えるが、とくに女性にふさわしいであろう。胸をしめつける悲しみと不安が、初々しく歌われる。この土地の人びとは、身近の地形の応用の巧みさに、またもろもろの夾雑《きようざつ》物を払いのけた恋の本質のあわれさに、深い共感をおぼえたにちがいない。

3404 上野安蘇《かみつけのあそ》の真麻群《まそむら》かき抱き寝《むだぬ》れど飽かぬを何どか吾《あ》がせむ

作者未詳

安蘇は、いまの栃木県佐野市付近。下野と考えられるが、ここで「上野安蘇」というのは、上野と下野にまたがっていたのであろう。「上野の安蘇でとれた麻束を抱いて寝ているのだけれど、満足しない。私はどうしたらよいだろう」。

東歌は本来集団によって歌われたもので、原初的なかたちを残すものが多いが、この歌も前半の景と後半の情とが並列的に歌われている。

その景は、共通の労働体験を素材としている。麻を栽培し、繊維をとり、調布をつくるための不可欠の労働である。だからその共通体験を上三句に歌う歌は無数にくりかえしつくられただろう。それにべつな立場から下の句が種々に歌い継がれた。そのなかの一句は、ことのほか傑作として、みなに愛誦されるようになった。それがこの下句である。

丈にあまる麻を切り倒し、束ねては運ぶのであろう。まるで麻束を抱きかかえるようにして伐《き》り、抱きかかえては束ね、また運ぶ。それが上三句で、これに逞しく興じたのである。まるで女を抱くようだ、と。「かき抱き」は、上の句にも、下の句にもかかり、この歌の要《かなめ》となっている。

私はどうしたらよいのかというのは、実際は麻束をかかえて寝ていて、それを恋人と想像する架空の状態だからである。

それは「おれはどうしてもてないのだろう」というぼやきでもあって、集団への愉快な笑いの提供となる。

さらに、上の句全体を比喩として下の句を読めば、相手と共寝していても満足できないこととなる。このばあいは「かき抱き」によって、麻束から女への発想の転換があり、複雑で多面的な歌の世界をもつことになる。

万葉人の多くの恋愛とて、もちろん共寝を願っていただろうが、都の歌は「逢ふ」ということばでしか表現しない。ところが東歌では具体的に「寝《ぬ》」という。また、愛とはなにかという自問は、性の交わりののちに出発するであろう。もし愛が性交におわるのなら、愛はなにも人間を苦しめない。恋しあい、出逢いを欲するのは、愛の前段階であろう。その点、ほんとうに性愛を問題とするのは、これら東歌だけだといえよう。性を隠蔽《いんぺい》しては、愛は語れない。東国人は性を隠さなかったおかげで、愛を見ることができたのである。

東男は麻束を、そして女性を荒々しく激しく「かき抱く」。逞しい労働者の息づかいが感じられ、健康な生命力をもったほんとうのエロスの歌であり、求めてやまざる逞しい生命力の歌である。ゆきつくところも深刻な絶望ではなく、求める激しさを素直に表現し、エロスの真実をいい当てている。労働体験のなかで、期せずして人間の心の深みを表現しえた歌である。

3424　下野《しもつけ》三毳《みかも》の山の小楢《こなら》のすま妙《ぐは》し児ろは誰《た》が笥《け》か持たむ　作者未詳

上野国（群馬県）の歌二十二首に対し、下野国（栃木県）の歌は二首しかない。その一首。「三毳山」は、佐野市東方にあり、旧三鴨村はいま藤岡町に入る。「小楢」は楢の若木のことであろう。「のす」は「なす」の終止形が助詞として固定したもの。「ま妙し」は見た目に美しい。「児ろ」のろは愛称の接尾語で、「笥」は器、ここは食器のことである。

この歌も東歌に類型的な歌いぶりで、人びとの熟知した風物に託して、思いを述べている。その風景は、みずみずしい枝と葉をひろげる小楢の立ち並ぶ春の山で、人びとはそれを美しいと思ってきた。

その山、三毳山はカモ神信仰の山で、山そのものを神として祀った。この信仰は、いわゆる出雲系の人びとの信仰するもので、三毳山は神山ということになる。神山の小楢にたとえられるほど高貴で美しい女性は「だれの食事の給仕をするだろう」。これは「だれの妻になるだろう」ということである。

この歌も集団歌である。男性側から享受すれば、男性はみんなが関心をもっている、ちかづきがたい、とりすました美女をそれぞれに思い描き、射とめるのはだれかと想像する。おれではないかと思い、また、かもしれぬとも思う。

歌い手としては、女性も十分参加しうる。結婚前の女性は、痛いような陶酔感をもって、いったい私はだれの妻となるのかしらと考えるであろう。それは、

稲舂《つ》けば皹《かか》る吾《あ》が手を今夜《こよひ》もか殿の若子《わくご》が取りて嘆かむ　（３４５９）

の歌の享受の仕方とよく似ていよう。稲をつきながら歌うとき、殿の若子にひびわれた手をとられるのは、歌っている人一人一人である。歌い手が特定でなく、時と場合によっていろいろと変わり、不思議な出入りをもつのが、民衆歌である。

民衆歌は、種々な感情を包みこんで歌われるもので、それをひとつに決めることは正し

い詠み方ではない。集団歌は、多目的・普遍的、つまり何回もくりかえしいろいろな場で歌われるもので、時間も空間もひろがり、流動的で新鮮である。もちろん、それなりに歌は軽い。

さらに、この歌にはもうひとつの幅がある。三毳山の小楢のようにま妙しい女性とは、気高く立派な美女だから、つきつめると巫女《みこ》のような女性となろう。聖なる役割のために、男性を近づけられない伊勢神宮の斎宮や、京都賀茂神社の斎院のような女性である。すでに３３６６の歌でふれたような、神に奉仕する女性を考えると、「誰が笥か持たむ」はだれの笥ももたないという意味になる。そんな聖なるがゆえに非人間的な立場を人間の側から揶揄した歌は、記紀歌謡のなかにも見られる（雄略記の赤猪子《あかいこ》の歌９４、仁徳記の八田若郎女《わきいらつめ》の歌６４など）。

３４３９　鈴が音《ね》の早馬《はゆま》駅家《うまや》のつつみ井《ゐ》の水をたまへな妹が直手《ただて》よ

作者未詳

いわゆる未勘国の歌のなかの雑歌にある。どこの国の歌か、もう編者にわからなかったものである。内容が恋歌でありながら雑歌とあるのは、やはり題材が公的なものだからであろう。

「早馬」は、宮廷の火急の用や、官吏の移動、公用旅行者のために、諸道に駅を設けて、そこにおいた馬。公のものなので、駅鈴をつけた。その馬を飼っておくのが「駅家」で、宿食も供する。大宝令によれば、三十里ごとに一駅をおき、東海・東山道の駅家には、ふつう十頭の馬が用意された。水駅と陸駅とがあり、水駅も万葉では歌われている（2749）。

「つつみ井」は、まわりを板などで包んだ井で、井は泉とほとんどおなじ。すなわち人工が加えられ、管理されている泉である。水は生活の必需品なので、古代村落は井を中心に発生した。東国の歌では、1808・3546など、水汲みの場所が男女の出逢いの場である歌が、いくつかある。そこは恋を期待するところでもあったし、人びとが集まり、歌が歌いかわされて、文化が交流するところでもあった。

「水をたまへな（願望）妹が直手よ（手より直接に）」とは、実は水がほしいのは二義的で、中心は妹にある。井のほとりには、水を管理する特殊な女性がいたらしい。「藤原の大宮仕へ生《あ》れつぐや処女《をとめ》がともは羨《とも》しきろかも」（53）は、藤原の宮の中心をなす御井ゆえに、聖少女に管轄されていたのだったが、ここにもそのような女性がいて、その手から直接にもらいたいと望むのである。東歌では、ほかに「人皆の言《こと》は絶ゆとも埴科《はにしな》の石井の手児《てご》が言《こと》な絶えそね」(3398)がある。石に囲まれた井を管轄する手児(手を使って働く女性)は、男性の憧れだった。そのさざめきがきこえるような歌である。

この3439の歌にしても、埃《ほこり》にまみれた旅人や労働者の、人間連帯の暖かさが伝わるような歌だが、それにしても上の句が律動的で、美しい一幅の絵が思い描かれる。駅鈴の響き、ゆらめく手、したたり落ちる清らかな水、心許した女性――。もちろんこの歌も特定の個人の歌ではなく、みなの願望をめいめいが歌った一首であった。

3515　吾《あ》が面《おも》の忘れむ時《しだ》は国はふり嶺《ね》に立つ雲を見つつ思《しの》はせ

作者未詳

はるかな世界をつつみこんだ秀歌である。「私の顔を忘れるようなときは、国中に溢れて山々に湧きあがる雲を見ながら私を偲んでください」という。男性の旅立ちを送る女性の歌である。

この別れは一時的なものか、また何年ものものか。国許をいま旅立ってゆく男は宮廷護衛の兵である衛士《えじ》か、九州北辺の防備に当たった防人《さきもり》であろうか。しからば帰郷は遠い先である。あるいは徭役のために国庁に召されて公共の仕事につくのなら、さほど長い別れではない。

この遠近は歌の内容と密接に関係してこよう。別れていても、おなじ国のうちなら、ともに見ている風景であるが、異国だと、歌う人の想像する風景となる。前者には確かさがあり、後者には切なさがあるといえようか。

雲や霧、鳥は古代人にとっては生命のあらわれだったり、その中心の霊魂そのものだったりした。雲や霧は呼吸とおなじものだから、霊魂を運ぶものだといえば不十分なのであろう。ましてや雲が女性に似ているなどというのではない。

大野《おほの》山《やま》霧立ち渡るわが嘆く息嘯《おきそ》の風に霧立ちわたる　（799）

山上臣憶良《やまのうへのおみおくら》

梯立《はしたて》の倉椅山《くらはしやま》に立てる白雲　見まく欲《ほ》りわがするなへに立てる白雲　（1282）

作者未詳

などがその例であろう。

そしてまた、雲は離別している人と人とをつなぐものである。

愛《は》しけやし　吾家《わぎへ》の方よ　雲居立ち来も（景行記）　倭建命《やまとたけるのみこと》

これなども息（生）を終えようとする死者にむかって、故郷の人びとの生命であるところの雲がやってくるという一首で、死に際して雲が歌われる理由は、こんなところにも一因があった。

額田王が「三輪山をしかも隠すか雲だにも情《こころ》あらなむ隠さふべしや」（18）と歌ったのも、存外に生（息）としての雲を意識下においたもので、何物かに邪魔される三輪山の回復を歌ったとも考えられる。

それにしても、雲そのものは茫々《ぼうぼう》とあてどなく、哀切な感もある。雲のかなたに恋人や故郷を偲ぶ歌のあるゆえんだが、しかしこの3515の歌は、そんなあてどなさを知りながらなお雲を形見と思おうとするところに、かすかな寂寥《せきりよう》もあろう。もとより陰湿な寂しさではない。国中に溢れ立つ雲は明るく力にみちてはいる。しかしはるかなかなたの別離の世界を心にもつことによって、一首は哀切をも感じさせるようである。

3517　白雲の絶えにし妹《いも》を何《あぜ》せろと心に乗りて許多《ここば》かなしけ

作者未詳

「空にちぎれ飛ぶ白雲のように、仲が絶えてしまった妹だのに。どうしろというのか（忘れようとするのに）。いまも心をいっぱいに占めてしまってひどく恋しいことよ」。

自分との仲が絶えた状態を、「白雲」のようだと比喩する。人びとの見なれた親しい景に添えて情を詠むのが集団歌の原型だから、これは東歌が古い形を残している証拠である。東歌は歌の配列にも景を重んじていて、この3510〜3520のあたりは「雲」と分類された歌がならんでいる。

いったいに景は二句までのほうが古型で、多く三句までに述べるが、この歌は一句だけなので見逃しそうである。しかしこの縮小された景は、一首全体の心情を象徴している。白雲は次の句の「絶えにし」につづく。わだかまって動かない雲ではなく、ちぎれ飛んでいった雲。そのように絶えてしまった女性が心を占領してしまっている。

「心に乗りて」は、万葉特有のことばである（ほかに「心の緒《を》ろに乗りて」3466）。類語に「情《こころ》に染《そ》みて」（569）、「心に入りて」（2977）があるが、「染みて」「入りて」のほうが繊細で、「心に乗りて」の強さにはおよばない。また「染みて」「入りて」には、まだ作者の主体性が残されていようが、「乗りて」は心すべてが妹だという気持であろう。「許多」は、「ここだ」、「ここだく」とおなじで、たくさんの意味。「かなしけ」と連体形で止めているのは余情ある巧みな表現で、恋の終焉を感じさせる。ここで東歌が恋の終わりを文学上の主題としていることも注目されよう。

ところでこの歌は「白雲の絶えにし」というだけで、他のいっさいを語っていない。だからやけを起こして自嘲的な気持になっているとも、なお思慕を寄せ悲嘆にくれていると も、読み手の心によって自由にとればよいだろう。どちらと決める必要はなく、そのすべてを握っているものが、白い雲である。

よく似た歌がある。

小菅《こすげ》ろの浦吹く風の何《あ》ど為為《すす》か愛《かな》しけ児ろを思ひ過《すご》さむ（3564）

「小さい菅の生えている海岸を吹きわたってゆく風のように、どのようにしつづけてあの子を忘れられようか」。この歌は、去っていった女を忘れなければならない立場の男の歌ととれる。その感情を風に形象化しているのである。「浦」は「心」の寓意もあろうか。やわらかい葉を吹きつづける風に、「何ど為為か」と、とりとめのない現在の心境が暗示されている。その全体を象徴するものが風である。風のような恋、ちぎれ雲のような恋、これらはおわった恋、忘れねばならない恋を歌った歌々である。

かといって、もちろんこれらの歌は、個人感情を歌ったものではない。やはり集団歌で、集団の共通感情を歌っているのだから、あまり深刻に考えるべきではない。

3546 青柳《あをやぎ》の張《は》らろ川門《かはと》に汝《な》を待つと清水《せみど》は汲《く》まず立処《たちど》ならすも

作者未詳

「青々とした柳の新芽がふくらんでいる川門で清水は汲まずに、いつもあなたを待って立っています」。

「川門」は、川の狭くなっているところ、向こう岸への渡し場になっていて、人びとの往来するにぎやかなところである。「せみど」はしみずの訛。「ならす」は鳴らす、平らすなど、諸説あるが、習慣とする、慣らすがいちばん妥当であろう。立ち処とすることを習慣として、常にそこへやってきて立っているのである。

一首は、春、青柳の芽のふくらみとともに芽生えた若い恋を歌っている。川門には柳の生えているところが多く、そこがしばしば男女の出逢いの場所であったと想像される。渡し場へ来る男性、水汲みに来る女性の双方とも、なにかと目的をいって出かけるのだが、それは口実であった。

「青柳の張らろ川門」はみなに親しみのある生活的な場所であり、習慣的な労働の場所である。それをだれかが主題として提示し、集団の人びとを誘いこむ。するとだれかが「汝を待つと」と、情況を恋の歌に見立てて歌う。つぎはすぐつづかず、手拍子が入るかもしれない。「清水は汲まず」と、否定的につづけるだれかがいる。水汲みは女性の労働だから、そこで女性集団は歓声をあげるだろう。そして「立処ならすも」と、だれかがおちをつける。

後半のいい方が一方を否定し、その反対を肯定する口ぶりであるのは、歌われたもののかたちを残していよう。有名な東歌「筑波《つくは》嶺《ね》に雪かも降らる／否《いな》をかも／かなしき児ろが布乾《にのほ》さるかも」（3351）というのもそのひとつである。これらは表現のプロセスを楽しみながら歌われたものである。「清水は汲まず」は、女性集団にはわが意を得たもので痛快だったろうが、男性集団が願望的に歌ってもよい。相互に楽しく掛けあってもいい。

集団歌は、事実離れをしていることが特徴である。たとえば「韓衣《からころも》裾《すそ》のうち交《か》ひ逢はなへば寝《ね》なへの故《から》に言痛《ことた》かりつも」（3482、或る本）、この一首は恋人と逢えない比喩として、前で左右をあわせない韓衣の裾のようだという。しかし歌っている人びとは、その外来の衣を着ているのではない。韓衣は、願望としての着物である。「住吉《すみのえ》の波豆麻《はづま》の君が馬乗衣《うまのりごろも》　さひづらふ漢女《あやめ》をすゑて縫へる衣《ころも》ぞ」（1273）も同じである。「信濃道《しなのぢ》は今の墾道《はりみち》刈株《かりばね》に足踏ましなむ履《くつ》はけわが背《せ》」（3399）の「履」も非現実のもので、そもそも民衆ははだしである。だから歌っているのが信濃道で開削《かいさく》の労役に従事したはだしの人びとだとしたら、そこに刈株を残しておくと歌うのは、痛烈な「官」への願望的反抗ではないかと考えられる。

　そのうえ、集団歌は、笑いを誘うものである。この青柳の歌でも、水汲みの労働をなまけて恋人を待っているというところに笑いがあろう。さらにそのうえに、「水をし汲まで」とか「水をば汲まで」といってもすむものを、「清水」とわざわざ大げさにいうのは愛すべき反抗で、笑いを誘うものであった。

巻十五

前半には、新羅に遣わされた一行が、折にふれてつくった歌、誦詠《しょうえい》した古歌など百四十五首がならんでいる。目次に、巻頭の詞書よりもすこしくわしい事情の説明がある。そこに「天平八年丙子《へいし》の夏六月」とあるのは、出航した日であろう。『続日本紀《しょくにほんぎ》』には、二月に任命のことがあり、四月拝朝とある。帰ってきたのは、翌天平九年で、一月に若干の人が入京、大使が対馬《つしま》の地で死没したことを報告し、おくれて三月に、副使と若干の人が帰ってきた。

古来、唐への使者は、遭難することが多く、帰国を記す文献のなかで、全員無事に帰ってきたのは、十数回中一回きり。その養老元年出発の遣唐使について『続日本紀』は、「この度の使人畧《ほ》ぼ闕亡《けつぼう》なし」と記している。

しかし唐より近距離の新羅へ行って、こんなに帰国がばらばらであるのは、なんらかの政治的事情によるものと考えられる。大使死亡の原因についても二説がある。天平九年は、日本中に疫病が蔓延《まんえん》した年であったが、それは、この一行が日本にもちこんで、大使もこのために死亡したのではないかという説、もうひとつは、外交上の失敗を苦にして自殺したのではないかという説である。それほど、この一行の末路は悲惨であった。そのため、この歌群も、はじめは丁寧にならんでいるが、帰路の歌はほとんどない。

巻の後半には、中臣宅守《なかとみのやかもり》と茅上《ちがみの》(弟上とする説もある)娘子《おとめ》との贈答歌六十三首がならんでいる。これも目次に、本文の題詞よりすこしくわしい事情が見えるが、いつのことであるかは記述がない。ただ『続日本紀』によれば、天平十二年六月に大赦の行われたとき、「但《ただ》しつぎにあげる者はその限りではない」とあるなかに、宅守の名があるので、天平十一、二年のことらしいと推測される。

前半と後半のふたつの事件は、ちぐはぐで無関係なものがならんでいるようだが、ともに旅にかかわる惜別の歌々で、享受者側からは、当時の新聞の政治面と社会面のような趣があったであろう。

3580　君が行く海辺《うみべ》の宿に霧立たば吾《あ》が立ち嘆く息《いき》と知りませ　作者未詳

「あなたがこれから行かれる海辺の、夜の泊りに、霧が立ちのぼったら、私の嘆く息だとご承知ください」。

都にとどまる妻の歌。霧が嘆きの息だという発想は、当時一般的なもので、「生き」と「息」はおなじと考えられていた。すでに述べたとおり（三七九ページ）、山上憶良が「大《おほ》野《の》山《やま》霧立ち渡るわが嘆く息嘯《おきそ》の風に霧立ちわたる」（799）と詠んだのも、おなじ事情である。臨終の倭建命は「愛《は》しけやし　吾家《わぎへ》の方よ　雲居立ち来も」と歌い、自分と故郷とは雲によって媒介されていると信じて死んだ。東歌には、「吾《あ》が面《おも》の忘れむ時《しだ》は国はふり嶺《ね》に立つ雲を見つつ思《しの》はせ」（3515）とある。旋頭歌の「梯立《はしたて》の倉椅山《くらはしやま》に立てる白雲　見まく欲《ほ》りわがするなへに立てる白雲」（1282）は、恋人と逢いたいと思うわが心につれて、倉椅山に恋人の息のように白雲が立ちのぼってきたという歌である。

だから雲を霊魂の運搬者と考えるのさえ古代的ではない。古代では、雲そのものが霧とおなじ状態で、霧も雲もおなじに、息、生命そのものであった。それが古代の論理、人生観である。生きているとは呼吸《いき》することで、その変形が雲、霧であり、この歌では嘆きの息である。

夜霧が深々と湧き起こる感じと作者の嘆きの深さとは、よく一致していよう。夜、ひとりの旅人が、眠り浅く、かりの宿りをとっている。その海辺に夜霧が立ちこめる。霧は、哀愁の象徴のように暗く青い。はるか遠くを見つめる旅人の思いが、天地の果てまで見きわめるように厳しく、深く暗い、そういった風景が浮かんでくる。

なお、この歌に呼応する二首がある。

わが故に妹嘆《いもなげ》くらし風早《かざはや》の浦の沖辺《おきへ》に霧たなびけり　(3615)
沖つ風いたく吹きせば吾妹子《わぎもこ》が嘆《なげ》きの霧に飽《あ》かましものを　(3616)

ともに作者の名は伝えられていない。

3589　夕さればひぐらし来鳴《きな》く生駒山《いこまやま》越えてそ吾《あ》が来《く》る妹《いも》が目を欲《ほ》り

秦間満《はだのままろ》

作者の秦間満は、渡来族の者で下級役人であろう。「はしまろ」と訓む意見もあるが、孝徳朝に川原史満《まろ》、斉明朝に秦大蔵造万里《まろ》がおり、ともに渡来人で、これらとひとしく真麻呂の意であろう。後出する田麻呂と同一人かとの説もある。

ふつう、節刀を賜わって拝命すると、家へは帰れないものであるのに、「しましく私の家に還《かへ》りて思《おもひ》を陳《の》べたる」（3590の注）とある。なにか特別なことがあったのか。「ひぐらし」は「晩蟬」、「茅蜩」とも書く。この小動物は天平のこのころから、人間の心を切なくさせるものとして歌われていて、この歌群にもほかにひとつある。

今《いま》よりは秋づきぬらしあしひきの山松蔭《やままつかげ》にひぐらし鳴きぬ　（3655）

と、物思いに誘う鳴き声であった。それは現代でもおなじらしい。三好達治の詩に、「燕」と題する会話体の一篇がある。

夕暮の林から蜩が、あの鋭い唱歌で、かなかなかなかなと歌ふのをきいてゐると、私は自分の居る場所が解らなくなってなぜか泪《なみだ》が湧いてくる。

――それは毎年誰かの言ひ出すことだ。風もなかったのに私は昨夜柿の実の落ちる音を聞いた。

「夕されば」の「さる」は移動をいうことばで、去るものにも来るものにもいう。平城京から難波へ出るのに、草香の直越《ただごえ》がある。直越とは、近道をいう。これは生駒山を草香山に越える道で、近距離であるだけに急峻である。龍田越はすこし南を越え、また大坂越は二上山の北を越えるものであった。だから、このなかで生駒山を越えてきたというのは、苦労してやってきたという気持がこめられている。

こうして、この一首は、夕方、ひぐらし、山越の三つの取り合わせのなかで、妹に逢いたい思いを歌っている。静かな歌で、切ない慕情がひぐらしの鳴く夕暮れと一致した、よい歌である。

3623　山の端《は》に月かたぶけば漁《いざり》する海人《あま》の燈火《ともしび》沖になづさふ

作者未詳

題詞に「長門の浦より船出《ふなで》せし夜に、月の光を仰ぎ観《み》て作れる歌三首」とあり、その一首である。歌意は「山の端に月が落ちると漁師の漁火《いさりび》が沖の波間にちらちらと見える」。長門の浦は、広島県呉の南、倉橋島の海岸。「なづさふ」の「なづ」は「漬《な》づ」と同根で、仁徳記に、「枯野《からの》を　塩に焼き　其が余り　琴に作り　かき弾くや　由良《ゆら》の門《と》の　門《と》中《なか》の海石《いくり》に　触れ立つ　浸漬《なづ》の木の　さやさや」とある。暮れなずむ夕日、泥になずさうといってもおなじで、進行がためらわれるのである。倭建命が死んで、白鳥となって飛び去ってしまったのを、后や子どもたちが、泣く泣く追いかけて歌う歌にも、「腰なづむ」の語がある。「さふ」は、動詞「障《さ》ふ」と考えられている。したがっていまは漁火が波間に浮沈するさまをこう表現したもので、この擬人的表現がいかにも漁師の不安な船上での困難な仕事にふさわしく、一首をひきたてている。

近くでは豪華でにぎやかな火なるものも、沖遠いものは寂しい。波の上に浮きつ沈みつしながら明滅している沖の漁火を、暗く遠い海上に見ると、旅人は心細さがこみあげてき

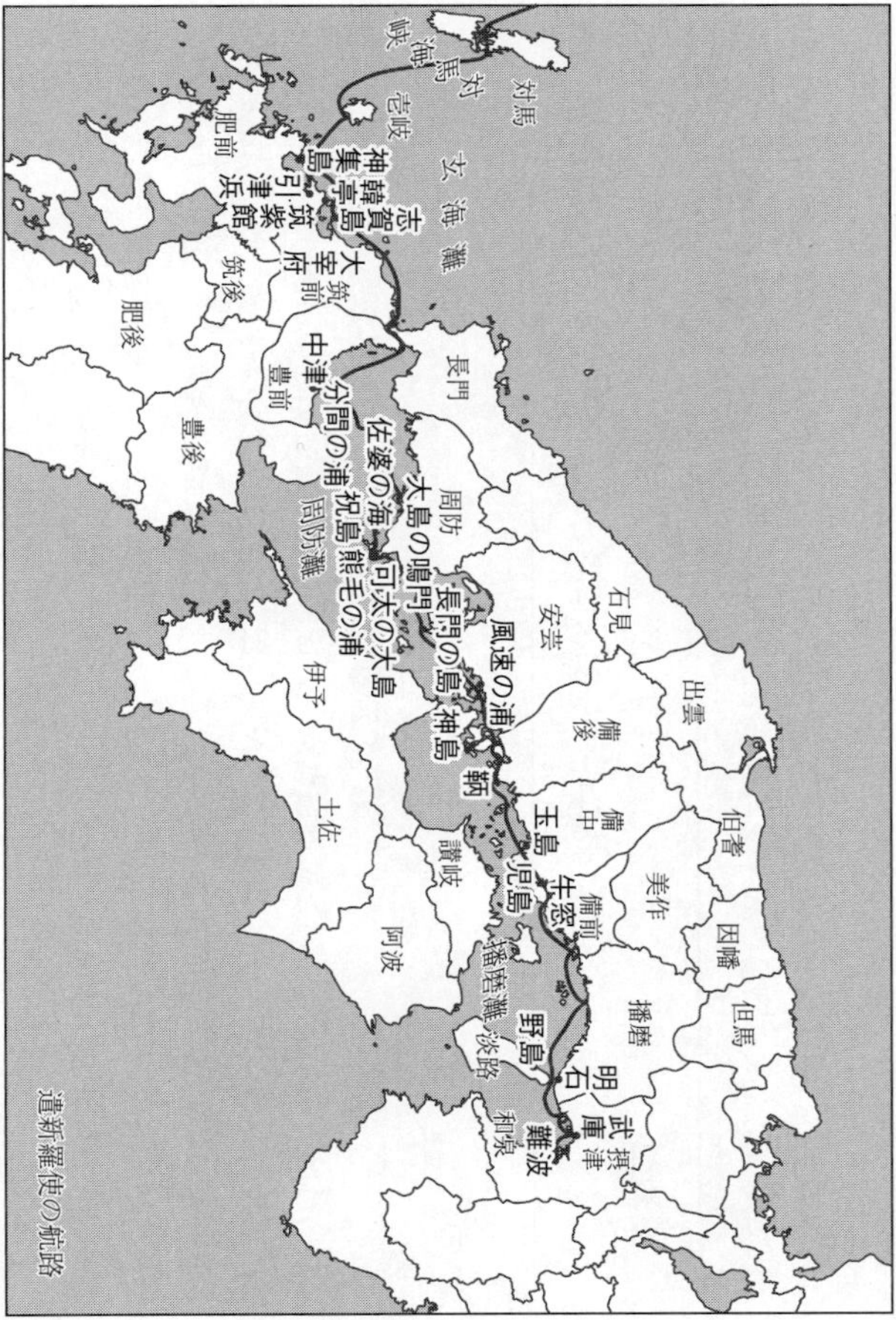
対馬
対馬海峡
壱岐
玄海灘
肥前
神集島
韓亭
引津
志賀
筑紫館
大宰府
筑前
筑後
肥後
豊前
中津
長門
豊後
分間の浦
佐婆の海
周防
祝島
周防灘
大島の鳴門
熊毛の浦
長門の島
可太の大島
安芸
石見
風速の浦
神島
伊予
出雲
備後
鞆
備中
玉島
土佐
讃岐
伯耆
美作
児島
牛窓
備前
因幡
阿波
播磨灘
播磨
但馬
野島
淡路
明石
武庫
和泉
摂津
難波

遣新羅使の航路

たであろう。しかも、月が山の端に隠れてしまったあとの闇に急に気づかされた趣を、「ば」という接続助詞が示している。ゆらめきたゆたう漁火は、異郷ならではの風景で、旅路の孤独感を倍加するものだったにちがいない。

おなじこの折の「ひさかたの月は照りたりいとまなく海人《あま》の漁《いざり》は燭《とも》し合へり見ゆ」(3672)は、これとおなじ題材の歌だが、月と火との関係はまったく異なる。この歌のほうがずっと深いであろう。月の喪失感のあとに、異郷の風景が浮かびあがることで、孤独感はいっそう強まるのである。二つながらでは弱い。

3640　都辺《みやこへ》に行かむ船もが刈薦《かりこも》の乱れて思ふ言告《ことつ》げやらむ　羽栗翔《はくりのかける》

上掲の長門の浦を出帆した一行は、麻里布《まりふ》の浦を経て、大島の鳴門を過ぎ、二夜経った。そして熊毛《くまけ》の浦に船泊りしたときにつくった歌が四首伝えられ、そのはじめの一首がこの歌である。

熊毛の浦は、山口県熊毛郡上関町《かみのせき》室津の湾。ほかに平生町《ひらお》小郡《おぐに》、または光市《ひかり》室積港などの説もある。歌意は「都の方へ行く船もあってほしい、刈りとった薦が乱れ乱れているように、千々にものを思う心を托して都に告げてやりたいものだ」。「刈薦」とは、生えているときは乱れないものが刈られ乱れることを、比喩に用いたものである。

ここまで航海してきて、港に碇泊している船を見ると都に帰る船はないものかと発想するのは平凡な歌のようにも思えるが、三・四句を味わうと、深刻な内容となる。刈薦のように乱れた思慕の念には、航海の恐れも重ねられていよう。このときの新羅への使いは困難であった。国交上の使命そのものへの不安や航路の安全への不安は、すでに出航のときからあって、人びとは故里への慕情ばかり歌っている。

そうした一般論のうえに、作者の境遇を重ねなければならない。じつは作者について、左注は「羽栗」としか記さないが、翔であろうといわれている。翔はのち、天平宝字三年（七五九）二月に、藤原清河《きよかわ》を迎える使いに録事として加わって、歴史に再登場する。翔の父は、養老元年に渡唐した阿倍仲麻呂《あべのなかまろ》の従者として、唐に赴いた羽栗吉麻呂《きちまろ》で、翔の母は唐の女性だった。

「迎清河使」の一行は、高麗からの使節が帰国するのと一緒に出航し、朝鮮へ行き、海岸ぞいに唐へ行く。しかし運悪く、唐は安禄山《あんろくざん》の乱の最中であった。使いは清河を連れて帰れず、天平宝字五年八月空しく帰国する。その年十一月の『続日本紀』には、大使高元度《こうげんど》以下の労をねぎらい、叙勲《じょくん》を行ったと伝え、その終わりに「その録事羽栗翔は河清が所《もと》に留《とど》まりて帰らず（其ノ録事羽栗翔者留リテ二河清ガ所ニ一而不レ帰ラ）」と記している。

なお、この話には後日譚がある。入唐僧円仁《えんにん》が山東省登州の開元寺に、開成五年＝承和七年（八四〇）に立ち寄ったとき、浄土を描いた壁画があり、剝落《はくらく》した壁面には願主八人の日本名があって、そのなかに録事正六位上羽豊（栗）翔の字が読めたと、円仁はその著『入唐求法巡礼行記《にっとうぐほうじゅんれいこうき》』に記している。

また、時代が下って、光仁朝に遣唐使が任命されたときの録事羽栗翼《つばさ》は、翔の弟で、『類聚国史《るいじゅうこくし》』によると、宝亀七年（七七六）臣姓を賜わり、翌八年準判官となって入唐している。

当歌を詠んだとき、翔は二十歳前後であろう。母国である唐の大地に続く新羅への船中で「刈薦の乱れて思ふ」と詠んだその思いに、血のなかにあった物思いを付け加えると、いっそうこの歌の情感が豊かになる。これらのことは、板橋倫行氏の名著『万葉集の詩と真実』にくわしい。

3705　竹敷《たかしき》の玉藻《たまも》靡《なび》かし漕《こ》ぎ出《で》なむ君が御船《みふね》を何時《いつ》とか待たむ

玉槻《たまつき》

「対馬《つしま》の娘子《をとめ》名は玉槻《たまつき》」とある。玉槻は遊女であろう。当時の遊女は娼婦《しょうふ》ではなく、教養の高い女性だった。彼女たちは本来神に奉仕する巫女だったらしいが、そもそもが神祭りの直会《なおらい》だった宴席に、ことばの奉仕者として参加し、歌を伝誦し、賓客への讃美、挨拶、祝福の歌をつくった。

巻四の701〜713は、大伴家持に送ったことで『万葉集』にとどめられた歌々で、作者は娘子と書かれているが、すでにふれたように（一三一ページ）、やはり都にいた遊女と思われる女性の作である。いずれもはかなく翳りある歌で、とくに安都扉娘子《あとのとびらのおとめ》の「み空行く月の光にただ一目《ひとめ》あひ見し人の夢《いめ》にし見ゆる」（710）は、家持の「振仰《ふりさ》けて若月《みかづき》見れば一目見し人の眉引《まよびき》思ほゆるかも」（994）と比較されるが、はるかに繊細で美しく、はかない悲しさに濡れている。

さて、当歌にもどると、対馬は、日本の最西端の船泊りの島、「竹敷」はそこの地名、浅茅《あさじ》湾に面したところである。「美しい藻をなびかせて漕ぎ出てゆくあなたの舟のお帰りをいつとして私は待ちましょう」。「何時」はいつだろうかと疑問を出しているのではなく、早く帰ってほしいという願望を、常にともなう。挨拶の歌であるが、さいはての地にいて、そこを通過する人との対人関係しかもちえない女性の、はかなさ、真実さが、叙景の美しさのなかにこめられている。

玉槻は先立ってもう一首、詠んでいる。「黄葉《もみちば》の散《ち》らふ山辺《やまへ》ゆ漕《こ》ぐ船のにほひに愛《め》でて出《い》でて来《き》にけり」(3704)は、使人一行への讃美を詠んだもの。「にほふ」は黄葉にいろどられた美しさに、大宮人の美しさをこめた巧みな表現である。「散らふ」は、散る動作の反復継続をあらわす助動詞「ふ」がついたもの。しきりに散るのである。

3716　天雲《あまくも》のたゆたひ来《く》れば九月《ながつき》の黄葉《もみち》の山もうつろひにけり

作者未詳

「天上の雲がたゆたいながらやってくるように、われわれの船団もたゆたいながらここまで来ると、もう九月で、全山紅葉した木々は落葉していることだなあ」。

「たゆたひ」は、おもむろに漂うとか、ゆらゆら動くとかといった状態をしめす。晩秋のしぐれがちな空の、雲のたゆたうおもむろな動作は、困難をきわめながら航海している一行の感慨と不思議に偶合していよう。

また空と地上の木々、風景の上下を取り合わせた叙景も注目されるが、このように自然を理解している点は、「霹靂《かむとけ》の　光れる空の　九月《ながつき》の　時雨《しぐれ》の降れば　雁《かり》がねも　いまだ来鳴《きな》かず」と「神南備《かむなび》の　清き御田屋《みたや》の　垣内田《かきつた》の　池の堤の　百足《ももた》らず　斎槻《いつき》が枝に瑞枝《みづえ》さす　秋の赤葉《もみちば》」（3223）との取り合わせとおなじである。

さらにたゆたうものは、旅人集団そのものでもある。彼らは、秋の深まるプロセスにともなって、船旅をしてきた。波の上にゆれる船旅は不安なものであった。天平二年（七三〇）大伴旅人が、大納言となって大宰府から都に帰るとき、「家にてもたゆたふ命波の上に思ひし居《を》れば（一《ある》は云《い》はく、浮きてしをれば）奥処《おくか》知らずも」（3896）と、海路を先発した従者のひとりが歌っているごとくである。

当歌では、この旅における生命のたゆたいが、たんなる比喩でなく、天上の雲のたゆたいさながらに思われるといいたかったのである。その不安は、眼前にうつろいつつある紅葉の山にむかっていることで、よりいっそう強められた。

これほどの秀歌をつくりながら、作者はわからない。名をとどめられない微官の人か。

この行旅詠をまとめた巻十五の編者でもある某氏か。行先の新羅での運命を予感しているような、生命のたゆたう不安が伝わってくる歌である。

3717　旅にても喪《も》無く早来《はやこ》と吾妹子《わぎもこ》が結《むす》びし紐は褻《な》れにけるかも　作者未詳

「出発に際していとしい妻が、つつがなく早く帰ってくださいと祈りをこめて結んだ紐は、よれよれになってしまった」。

「喪」はわざわい。山上憶良も老身重病の歌で、「事も無く　喪《も》も無《な》くあらむを」(897)と詠んでいる。「早来」とこの一行を送った歌は、すでに次のようなものが見える。

大船を荒海《あるみ》に出《いだ》しいます君障《つつ》むことなく早《はや》帰りませ　(3582)

家人《いへびと》は帰り早来《はやこ》と伊波比島《いはひしま》斎《い》ひ待つらむ旅行くわれを　(3636)

吾妹子《わぎもこ》は早《はや》も来《こ》ぬかと待つらむを沖にや住まむ家つかずして　(3645)

当時、恋人たちは別れるとき、たがいに相手の紐を結びあった。これは呪的な模擬の行為で、それがほどけることに不吉を感じたり、また強いて相手の慕情のあらわれと考えたりしたものである。

「結ぶ」の「むす」は、本来生まれることで、息子（生《む》す子《こ》）・娘（生《む》す女《め》）・苔生《む》す・高《たか》御産巣日神《みむすひのかみ》なども語源はおなじである。草を結び、松の枝を結ぶのも呪的な行為であった。よれよれになった紐を見つめるまなざしには、生活者の真情があろう。地味だが、重みある感情が伝わってくる。この歌群のなかでも、次の歌が旅の衣の歌である。

別れなばうら悲《がな》しけむ吾《あ》が衣下《ころもした》にを着《き》ませ直《ただ》に逢《あ》ふまでに　（3584）
吾妹子《わぎもこ》が下にも着よと贈りたる衣《ころも》の紐《ひも》を吾《あれ》解《と》かめやも　（3585）
わが旅は久《ひさ》しくあらしこの吾《あ》が着《け》る妹《いも》が衣《ころも》の垢《あか》づく見れば　（3667）
一人《ひとり》のみ着ぬる衣《ころも》の紐解《ひもと》かば誰《たれ》かも結《ゆ》はむ家遠《いへどほ》くして　（3715）

とくに第一首と第二首とは贈答で、衣を形見として贈ることが行われたことによっている。茅上娘子も宅守に衣を贈った。

彼らは、この歌を最後にして新羅へと船出した。しかしすでに述べたように（三八七ページ）、この外交は失敗し、帰途大使阿倍継麻呂《あべのつぐまろ》は対馬に没し、使人たちはばらばらに帰国する。この歌の暗い風景は、まさに暗示的である。

3724　君が行く道のながてを繰《く》り畳《たた》ね焼き亡《ほろ》ぼさむ天《あめ》の火もがも

狭野茅上娘子《さののちがみのをとめ》

ここから、中臣宅守と茅上娘子との贈答歌に入る。宅守がなぜ流罪《るざい》になったかについても諸説あるが、結論的には、蔵部女嬬《くらべのにょじゅ》とは伊勢斎宮寮に仕える女官で、宅守も神祇官であったからだと考える。世俗の境遇でない女性が、もっとも人間的な恋に目ざめたときの事件であろう。

宅守から茅上への歌は四十首、茅上からの歌は二十三首だが、世の評価は茅上のほうが高い。折口信夫説のように、ふたりの歌は実際の贈答でなく、第三者が創作したという説もある。私は、虚構説をとるにしてもまったく架空のものでなく、茅上作の歌に組み合わせて宅守の歌をつくっていったのであろうと考える。全体的にひとつの構成がありながら、宅守の歌は、類型的で、平明なことがらの伝達を主としている。『万葉集』にある「時の人」の歌が、有名な流罪事件の伝達のときあらわれ、いずれも類型的なのが暗示的なのである。

贈答歌は、ほぼ交互にあり、茅上四首、宅守四首、宅守十四首、茅上九首、宅守十三首、茅上八首、宅守二首、茅上二首、宅守七首とある。それぞれの歌群は、何日間かの生活報告を独語的に歌っていて、それらを贈る時点でまとめ、相手への対話的な歌を最後においたかたちである。

さて、掲出の一首は「あなたがたどってゆかれる長い道のりをくるくるとまきたたんで、焼きつくしてしまうような天の火があってほしい」。

「ながて」の「て」は、「行くて」とおなじで、道のこと。「ち」ともいう。「長ち」が「長て」と変わったものだろうか。「常知らぬ道の長手《ながて》をくれくれと如何《いか》にか行かむ糧《かりて》は無しに」（888、山上憶良）、「国遠き道の長手《ながて》をおほほしく今日や過ぎなむ言問《ことどひ》もなく」（884、麻田陽春《あさだのやす》）。

「天の火」は、中国の『春秋左氏伝』のなかに「……人火を火と曰ひ天火を災と曰ふ」とあり、これは雷などを意味している。ここもそれであろう。

人力を超えたものを願う、激しい歌といえる。そのうえに加えて着想の秀抜さもあって、この一首を人口に膾炙《かいしや》させたのであろう。但馬皇女《たじまのひめみこ》（天武天皇の皇女）が異母兄の穂積皇《ほづみのみ》子《こ》を慕う「後《おく》れ居て恋ひつつあらずは追ひ及《し》かむ道の阿廻《くまみ》に標結《しめゆ》へわが背《せ》」(115)、「人《ひと》言《ごと》を繁《しげ》み言痛《こちた》み己《おの》が世にいまだ渡らぬ朝川渡る」(116)は、激しい歌として有名であるが、この歌の激しさにはおよばない。誇張がすぎて空疎だという評もあるが、むしろ個性的な発想と解すべきだろう。

茅上はなかなか個性的な発想をするようである。たとえば「わが宿《やど》の松の葉見つつ吾《あれ》待たむ早《はや》帰りませ恋ひ死なぬとに」(3747)は、不安な思いで待つ茅上の深層心理が選びとったものが、つんつん尖った松の葉だったことをしめしている。「天地《あめつち》の底《そこ》ひのうらに吾《あ》が如く君に恋ふらむ人は実《さね》あらじ」(3750)は、「天地の底ひのうら」という特異な表現が注目されるが、天地宇宙の極限まで視野をひろげ、そのなかにわが身をおく発想が彼女の特質をなすものであった。天地に想像の翼を伸ばす。そういう彼女にとって、天の火が道を焼くという着想は、ごく自然だったと思える。

3730　恐《かしこ》みと告《の》らずありしをみ越路《こしぢ》の手向《たむけ》に立ちて妹が名告《の》りつ

中臣朝臣宅守《なかとみのあそみやかもり》

上道《みちだち》（出発）のときの、四首最後の歌。四首は、時間の経過と道順によっており、第一首は流罪を聞いた直後の歌、第二首は、まだ奈良の大路にあり、第三首は途中の道をたどっているときの歌である。

当時の人びとは、言霊を信じ、名前にはその人の魂がこめられていると考えた。また旅に出ると、無事を祈って道の神に幣《ぬさ》を手向けた。道の神は境界をなす峠にいると考えられたから、「手向」は多く峠で行われた。行政的にはのちに関所が設けられる必然性と同質のものである。そうした場所に立って名を呼ぶことは、手向の神の祟《たた》りによって、その人を危険にさらすことになるから、人びとは妹の名を呼ぶことを忌んだのである。

宅守は、おそらく奈良から佐保を通り、歌姫越をして山城へ入り、木津川ぞいに北上して宇治へ出て、逢坂関を越え、琵琶湖西岸を経て、湖北へ出、愛発《あらち》関まで来たのであろう。ここまで手向はいくつかあったが、愛発の手向を越えると、いよいよ異郷に入るので、ついに妹の名を呼んでしまったのである。「越」は山のむこう側に越えたところで、恐れかしこむべき世界であった。そのゆえに「み越路」と尊んで呼んだ。「み吉野」などとおなじ考え方である。いま、宅守はその異郷への境目にいるのである。

手向の神は、恐れられていた。

相模嶺《さがむね》の小峰《をみね》見かくし忘れ来《く》る妹が名呼びて吾《あ》を哭《ね》し泣くな　（3362）
足柄《あしがら》の御《み》坂畏《さかかしこ》み曇夜《くもりよ》の吾《あ》が下延《したば》へを言出《こちで》つるかも　（3371）

ほか、手向の歌は多い。それらと同想の、類型的な歌である。もっとも、類型性は第三者の創作かと疑わせる理由ともなる。しかし、近代では個性的な歌がよいとされるが、古代の集団社会では、普遍的な歌こそ、多くの共感を呼ぶ価値ある歌であった。

3758　さす竹《だけ》の大宮人《おほみやびと》は今もかも人なぶりのみ好みたるらむ（一《ある》は云はく、今さへや）
中臣朝臣宅守《なかとみのあそみやかもり》

流刑地、越前の味真野《あじまの》から、宅守が都にいる茅上娘子に送った十三首中のものである。味真野は福井県の武生市東南にある。

異伝がついていることは、この歌が伝えられているあいだに変わったことをしめしている。異伝は、柿本人麻呂などに多く、巻十五にもそれが見られるが、本歌のグループと異伝のグループとがあり、巻十五ができたときに、異伝のグループのなかから書き加えられたと考えられる。異伝があるのは、それほどこの歌が人びとに愛され好まれたからである。

「さす竹の」は、竹が根をさしひろげる堅固さを「大宮」に連ねていう表現で「大宮」の美称。竹は逞しい生命力のあるものとして、雄略記にも「纏向《まきむく》の　日代《ひしろ》の宮は　朝日の日照《ひで》る宮　夕日《ゆふひ》の　日がける宮　竹の根の　根垂《ねだ》る宮　木《こ》の根の　根蔓《ねば》ふ宮……」と讃美されている。「今もかも」は、いまでも。「さす竹の大宮仕えの人たちは、いまでも相変わらず人なぶりばかりが好きだろうか」。

宅守の越前配流についてはすでに述べたが（四〇二ページ）、政治的陰謀など、諸説があるにしても、私は恋愛事件によると考える。ふたりのうち娘子は都にいられるのに、流された宅守だけが、つらい思いをしていると一応考えられるが、それはまちがいであろう。そもそも赴任地の人びとには多かれすくなかれ流離の感慨があろう。宅守は、事件の圏外にいるわけにはいかないにしても、その共通感のなかにいることができる。また役人はひと握りで、地方の大半の人は関心すらないかもしれない。また周囲にはのびやかな自然があって、そこに宅守はいる。

一方茅上は、なんの咎《とが》めもないにしても、内では同僚の冷たい眼があり、外に出れば都人の好奇の眼がある。針のむしろにいるような茅上の日常のほうが、よほど刑は重いといえる。

この歌で、宅守はそれを思いやっているのである。深い人間心理を知った人の、やさしい真情がしみているではないか。「大宮人は」といっているのが痛烈に響く。都会の、さらに宮仕えの人びとは、組織のなかでしか生活しえない。娘子は他人を離れて生活できなかったはずである。また世間の人間は無責任で、それほどの罪悪感なくうわさしているのだが、その無責任が娘子を悩ませる。まさに「人なぶり」である。好奇心に囲まれている、遠隔の恋人を案ずる気持は、耐えがたいものがあろう。

巻十六

巻初には、「有由緒《ゆゑある》并雑歌《ならびにざふか》」とあり、目次には「并」がないので、この訓みとその意味するところについては諸説があるが、私は「歌をとりまく因縁をもった、雑に属する歌」と解したい。伝説のなかの歌や、即興の機智に富んだ歌、戯れの歌、各地の民謡、歴史家が政治批判の歌とする乞食者《ほかいびと》の歌、呪文らしい怕《おそろ》しき物の歌とまことにバラエティーに富んでいる。こうした雑の歌は、繊細ではないが、逞しく生きることを証《あか》しとするような歌であり、この巻全体を象徴するものは、「愚の歌」である。

「愚」とは人間的ということであり、真実の人間味溢れる世界のものである。児部女王《こべのおおきみ》（伝不詳）の「美麗《くは》しもの何所《いづく》飽《あ》かじを尺度《さかと》らが角《つの》のふくれにしぐひあひにけむ」（3821）の後注には、「彼《そ》の愚なるを嗤咲《わら》へり」とある。この歌の意味は、「尺度某は美女ゆえ、結婚相手はどんな男性でも選べたろうに、下賤で角のふくれたような醜男を選んだ」というものだから、愚と笑われた尺度娘子は人間的真実を選びとったのだろう。3878の歌の、海に落とした斧《おの》を浮いてくるかと見ている男の愚かぶりも、考え方ではわれわれがやっていることである。

愚かゆえに、人間は暖かく、いじらしく、連帯も結びあえるのであろう。そんな愚をまっすぐに見すえてこの一巻を編した編者は、文学性豊かな眼をもっていたというべきである。それなりにこの巻では、人間味溢れたものが秀歌となっている。

歌数は長歌八首、短歌九十二首、旋頭歌三首、そして仏足石歌《ぶっそくせきか》一首で、合計百四首。ほかに異伝が二首ある。

3805　ぬばたまの黒髪濡《ぬ》れて沫雪《あわゆき》の降るにや来《き》ます幾許《ここだ》恋ふれば

作者未詳

この巻の最初のほうにならべられた恋の歌群中のもの。題があり後注がある。こうした歌が標題にいう「由縁《ゆゑ》ある」歌である。

注はこの歌をめぐる物語を伝えているが、それによると、新婚早々、夫に任地へ発たれた娘子は、悲傷のあまり、病床に臥した。年を経て任をおえて帰った夫は、娘子の容姿のやつれに驚き、歌をつくる。これは、それに答えた歌だとある。しかし前歌との組み合わせは緊密ではない。物語のなかでごくゆるやかに一対とされたものであったろう。

この「歌物語」は、『伊勢物語』や『大和物語』をさかのぼらせたかたちである。もっと純粋なかたちになると、ほとんどを歌で伝える「歌語り」となり、多少のナレーションが入るだけのかたちとなる。歌物語を語る人間は第三者で、創作的要素も入る。このあたりの歌は、恋愛小説特集を読むようだが、なかでもこの歌は純度が高い。

万葉人は黒のイメージを、烏羽玉《うばたま》の黒さに寄せて考えた。「ぬばたま」は、具体的なイメージを濃厚にもった、巧みな連合表現である。そのぬば玉の黒髪は、白い沫雪に濡れたという。白と黒との対照があるが、屋内に臥す娘子が、戸外の雪に濡れるはずはない。別に沫雪は白髪の意味をもつから、待ちつづける一夜の時間の経過のほかに、何年も経って白髪になることも寓意として重ねられている。

沫雪は水分の多い雪で、降るそばから消えて髪を濡らす。恋の歌で「濡れる」というと涙で濡れることがふつうだから、その印象も加わっていよう。黒髪も恋の歌に多く詠まれ、「……ぬばたまの　黒髪敷きて　人の寝《ぬ》る　味眠《うまい》は寝《ね》ず　(て／に)　……」(3274・3329)のごとく、共寝のイメージを背負いこんで使われている。「朝寝《い》髪われは梳《けづ》らじ愛《うつく》しき君が手枕《たまくら》触《ふ》れてしものを」(2578)もおなじである。

全体の歌意は「沫雪が降るときに訪ねてくださるのだろうか。私がこんなにも恋しているのだから。あの降りしきる沫雪のようにしげく訪れてほしい」。こうした気持は、結婚しても同居できない当時の人びとの切望だが、それを雪に託する。「沫雪《あわゆき》は千重《ちへ》に降り敷《し》け恋《こひ》しくの日《け》長きわれは見つつ偲《しの》はむ」（２３３４）のように、彼らは美しい雪に千重に降りしきれと呼びかけた。雪を見て恋人を偲ぼうとするのである。

「幾許」は、はなはだ。「恋ふれば」の「ば」というのは、信じている前提がある表現で、恋する行為と来る行為とが、密接に結びついていなくてはならない。激しく恋すれば、しげく訪れるはずだと、古代人は考えていた。魂の働きを重視し、魂合い（魂が肉体から抜けて相会うこと、袖振りもそれを願って行った）を念じた時代の歌である。

3840　寺寺《てらでら》の女餓鬼《めがき》申《まを》さく大神《おほみわ》の男餓鬼《をがき》賜《たば》りてその種子《たね》播《ま》かむ

池田朝臣《いけだのあそみ》

3841　仏《ほとけ》造《つく》る真朱《まそほ》足らずは水たまる池田の朝臣《あそ》が鼻の上《うへ》を掘れ

大神朝臣奥守《おほみわのあそみおきもり》

前者は「池田朝臣の、大神朝臣奥守を嗤《わら》へる歌一首〔池田朝臣の名は忘失せり〕」と、後者は「大神朝臣奥守の、報《こた》へ嗤《わら》へる歌一首」と、題詞がある。池田朝臣が真枚《まひら》のことなら、彼が『続日本紀』に登場するのは宝字八年（七六四）から延暦八年（七八九）までで、答える奥守も、宝字八年以後である。一方この贈答歌を、大仏鋳造の折とする説があるが、それなら天平十五年（七四三）以後、勝宝四年（七五二）の開眼までのあいだとなる。やはり大仏以外の仏造りと考えたほうがよいだろう。

まず「申さく」「賜りて」という敬語の使い方は、ばか丁寧で、からかいがこもっている。「男餓鬼」は大神朝臣を指すが、餓鬼は、餓鬼道にあって業《ごう》としての飢渇に苦しみ、やせているものである。餓鬼道は六道《りくどう》（地獄・餓鬼・畜生《ちくしょう》・修羅《しゅら》・人間・天上）のひとつで、人間がこの六道のあいだを、生まれ変わり、死に変わって、つぎつぎと経めぐるのだという、六道輪廻《りんね》の思想が信じられていた。餓鬼の彫刻は寺々にあったらしく、笠女郎《かさのいらつめ》も歌っている（608）。末句の原文は「其子将播」。「子」は種子《たね》のことで、子どものことを種子といっているところに皮肉がある。また「播」は、ほどこす、ちらす、まくの意。産みちらすという意味をこめているのである。三句以下は会話。凄絶なものが寄りあってきてささやく。「続々子を産もう」と。それは一種の地獄絵である。

瘦身《そうしん》を表現するのには種々あったろうが、この歌は餓鬼に見立てているわけで、この見立ては仏教に対するからかいである。宗教的権威を無視し、揶揄していることになる。権威を相手とした逞しい批判精神があり、諷刺のきいた、社会戯評の趣が感じられる。

3841の答える歌にも、あんなに方々で寺が造られては真朱が足りないはずだという批判がこもっている。「真」は美称で、「そほ」は赤土。伽藍《がらん》や仏像に塗ったものである。天平時代には、国分寺・国分尼寺などの官寺や、中央氏族の氏寺のほかに、地方豪族もおのおの氏寺を建てた。そのことは『日本霊異記』にも『風土記』にも見える。

池田朝臣は赤鼻で、おそらく大酒飲みであったろう。『源氏物語』の末摘花《すえつむはな》や、芥川龍之介の『鼻』の僧のように、赤鼻はいつもからかいの材料となった。巻十六が収める嗤笑《ししよう》歌《か》（あざけり笑う歌）は、「或《ある》は云はく」として、以下3847の歌まで三組あるが、どれも身体的欠陥をからかう、低俗な笑いだけのもので、この二首のもつ宗教や官への反骨精神はない。もちろん、その代わりに、この巻全体の体質といえる、人間なるがゆえの愚かさを、たがいにいたわりあう、集団の暖かさはある。

もしこの赤鼻を酒やけのものだとすれば、『続日本紀』には酒宴を禁ずる命令が二度も出されている。これは近ごろ酒宴に集まっては聖化をそしり、わけもなく酔って争うことがあるからだという。どうころんでも、高級官僚にはなれない下級官人にとって、酒だけが唯一の慰めであった。愚の歌々は、そんな彼らの鬱憤《うっぷん》ばらしのような、褻《け》の世界の詠嘆である。しかも一人一人が、ばらばらに愚なのでなく、衆の愚である。連帯のなかでないと生まれない笑いが、前提になっていて、それなりに暖かく、胸襟《きょうきん》を開きあえる人間関係のなかで、彼らは痩《や》せや赤鼻を笑ったのである。

3852　鯨魚《いさな》取り海や死《し》にする山や死《し》にする　死ぬれこそ海は潮干《しほひ》て山は枯《か》れすれ

作者未詳

「世間《よのなか》の無常を厭《いと》へる歌二首」という歌につづけて載せられた、二首の歌のひとつである。無常の二首とは、「生死《いきしに》の二つの海を厭《いと》はしみ潮干《しほひ》の山をしのひつるかも」（3849）（生とか死とかということが苦しくいとわしいので、極楽浄土を私はあこがれることよ）と、「世間《よのなか》の繁《しげ》き仮廬《かりほ》に住み住みて至らむ国のたづき知らずも」（3850）（世の中のいろいろなわずらわしさのなかに長く住んできたので、浄土にはどのようにして逃れて行ったらよいか方法を知らないことだ）の二首で、飛鳥河原寺の仏堂にある、倭琴《やまとこと》の面《おもて》に記されていた歌だという。

次いで、3852の歌と一緒に載せられたもうひとつの一首は、「心をし無何有《むかう》の郷《さと》に置きてあらば藐姑射《はこや》の山を見まく近けむ」（3851）（人間の煩悩《ぼんのう》を解脱《げだつ》した世界に心をおいたならば、人間は彼岸《ひがん》を近く見ることができるだろう）である。「藐姑射の山」や「無何有の郷」は『荘子』のことばだが、神仙思想を仏教に応用した歌で、厭離穢土《おんりえど》・欣求浄土《ごんぐじょうど》の歌である。

さて、これらにつづく当歌は、問いと答えをもつ旋頭歌で、「（問い）鯨をとる海は死ぬだろうか、山は死ぬだろうか。（答え）死ぬからこそ海は潮が引いて山は枯れるのだ」という一首である。本来、書かれたのでなく、歌われたことは歌体からもわかり、僧が説教したときの歌と思われる。後世の和讃・法文歌あるいはキリスト教の讃美歌のようなものであろう。

ところでこれと対照的な歌がある。「高山と　海こそは　山ながら　かくも現《うつ》しく　海ながら　然真《しかまさ》ならめ　人は花物《はなもの》そ　うつせみの世《よ》人《ひと》」（3332）。「高い山と海こそは、山そのままにかくも現実である。海そのままにかくも真実である。だのに人間は花のごときもの。うつせみの世の人間よ」という内容で、山や海の存在の本性そのものを「現し」「真なり」ととらえ、また「ながら」（そのまま）という。「かくも」とか「然」とか表現される内容は、潮干も枯山も悠然と呑みこんで、なお、そこにある現実そのものをいう。この認識の前に、人間は「花物」でしかないといった、深い哲学的内容を簡潔に表現した歌である。

これに対して、3852の歌は、永久と思われる山や海にだって死があるものを、なぜひとり人間だけが死をまぬがれようかと力強く断言することで、人間の運命とする死を納得させようとした。海や山もうつろうとすれば、もはや人間が永遠のものとしてたよるべきものはなにもない。

一首前の3851は、心を空の世界においたら彼岸に行けるのだという、願望を歌ったのだったが、この3852は願望をすら否定し、人間も自然もすべて死をまぬがれられないという。そしてこの自然の永遠の否定を知ることによって、人間の生を絶望から救おうとする。「無何有の郷」に心をおくことのできない世界にまで、万葉人の無常観は思いおよんでいたようである。このほかの無常の歌には443・793・1459などがある。

3858　この頃《ころ》のわが恋力《こひちから》記《しる》し集《つ》め功《くう》に申《まを》さば五位《ごゐ》の冠《かがふり》

作者未詳

「近ごろの私の恋に尽くす力を書き集めて、功績として奏上したら、さしずめ五位の冠を賜わるであろう」という戯れの歌である。この歌は男性の歌で、答える次の歌、

　この頃のわが恋力給《たば》らずは京兆《みさとづかさ》に出でて訴《うるた》へむ　（3859）

は女性の歌であろう。

「功に申さば」という敬語表現は、前述の3840の歌の「女餓鬼申さく」とおなじ感覚のもの、「恋力」はつぎの歌にも使われ、集のなかではこの二首しかない。

政治に関係のない恋を「五位の冠」に相当するという表現が、また諷刺的である。奈良時代の官人は、全部で三十階級にわけられているが、五位の最下位、従五位下は上から十四番目になる。庶民は、その五位までででも、なかなか到達できなかった。官人には制度上、昇進してゆく規定はあったが、出世には家柄がついてまわった。五位以上の高級官僚は位に応じて俸給を受け、布や綿を与えられ、朝廷から資人《しじん》（付け人）も派遣されたが、下級官人には、与えられるものといえば、ボーナスに当たる年二回の季禄《きろく》だけであった。

その五位を、天平の朝廷は財政の逼迫《ひっぱく》に苦しみ、財物を寄付した地方豪族などにあたえた。官位の安売りである。そして、一方、一途にまじめにつとめていれば何十年間のうちには高級官僚入りができるかというと、五位以上になるばあいはべつに考えるという項目

がついていた。この歌には、そんな官人世界の「五位の冠」への羨望と絶望がある。ともに官への批判もある。

うだつの上がらない連中の白けた居直りのような風景で、さしずめ今日でいえば、縄のれんをくぐって、安酒を飲むような人びとが思われる。二首目の「京兆」に訴え出ようというのも、奉行所に駆けこむような江戸町人の風情である。その京兆を問題にする感覚も、女性の生活圏を反映していよう。民衆の哀感が伝わってくる歌々である。

3870　**紫の粉滷《こがた》の海に潜《かづ》く鳥珠潜《たまかづ》き出《で》ばわが玉にせむ**

志賀《しが》の白水郎《あま》の歌《うた》

この歌の前後は、3860〜3869の筑前志賀の白水郎の歌、3876の豊前の白水郎の歌、3877の豊後の白水郎の歌と、海人《あま》の歌がならんでいる。いずれも漁民の歌謡である。

紫が濃い色に染まるので「紫」の「こ」(濃—粉)とつづき、「粉滷の海」につづける。「粉滷の海」というのは、所在不明だが、子難の海(3166)のことか。「紫」は当時高貴で、かつ海外の匂いを感じさせる色であった。だから「粉滷」の美しい装飾となる。

つぎに漁師の生活に親しい景のなかから、生活にかかわり深い鳥をとりあげた。歌は、三句の「潜く鳥」で切れる。すでに述べたように、民衆に歌われた歌は、みなの親しい景を素材としてまず歌い出される。それを情によって判断する。景はあまり変わらないから何回も登場するが、判断はつぎつぎと付け加えられる。そのばあい、情は景に密着していてはおもしろくない。すこし離れていて発想に転換のあるのがよかった。たとえば、「多《た》麻《ま》川に曝《さら》す手作《てづく》り」(3373)は、見なれている景、「さらさらに何《なに》そこの児《こ》のここだ愛《かな》しき」が情で、恋する心として景を判断するのである。

この歌は、もぐった鳥が珠をくわえてきたら私のものにしようと、珠に着目したことで、みなに喜ばれた。珠は貴重なもので、「わが欲《ほ》りし野島《のしま》は見せつ底深き阿胡根《あごね》の浦の珠《たま》ぞ拾《ひり》はぬ」(12)と、中皇命《なかつすめらみこと》も歌っている。それほど得がたく、みながほしい珠を、もしとってきたら、おれがもらってしまおうとは、ちゃっかりしているが、そここそがみなの喝采を浴びたゆえんである。なぜならそれがみなの気持を代弁しているからだ。「稲春《つ》けば皸《かか》る吾《あ》が手を今夜《こよひ》もか殿の若子《わくご》が取りて嘆かむ」(3459)の手がみなの手であるように。

もちろん珠は女性のこと、男性が、女性を自分のものにしようということで、水鳥の景を恋の趣に判断したところが上出来だった。しかもだれでも思いつきそうな発想だから、古い歌であろう。似た歌が、催馬楽の「紀の国」、

紀の国の　白《しら》らの浜に　ま白らの浜に　下りゐる鷗　はれ　その珠持て来
風しも吹けば　余波《なごり》しも立てれば　水底霧《き》りて　はれ　その珠見えず

である。催馬楽のほうに、優美さが加わっているのに対して、万葉歌は体験のなかで歌われ、それほど洗練されてはいないが、基本の発想は同じである。

3872　わが門《かど》の榎《え》の実もり喫《は》む百千鳥《ももちどり》千鳥は来《く》れど君ぞ来《き》まさぬ

作者未詳

この歌も、眼にふれる親しい景を提示し、これをもとにしておのおの情をつけて、下句が歌われた民謡のひとつである。
「百千鳥」は、たくさんの鳥。「百千鳥千鳥は来れど」と千鳥をくりかえす。先の催馬楽

も「白らの浜に　ま白らの浜に」とくりかえしていた。歌いものとしてのリズムである。「たくさんの鳥は来るが、あの方はいらっしゃらない」とは、待つ女の歌。しかし、しめっぽさはないだろう。万葉の女性は健康であった。

この歌の特色は、「千鳥は来れど」と逆接になっているところにあろう。おなじ巻の「大野《おほの》路《ぢ》は繁道《しげぢ》森道《もりみち》繁くとも君し通はば道は広けむ」（3881）も心情のなかに逆接がある。このように、景に対し情が逆であるものが、古形だと私は考える。逆のものには、ひとつの状況の変更があるからである。状況の逆転によって面白みが加わるだろう。反対に景と情がイコールのばあいは、見立てのものといえよう。これは滑稽さをもたない点で、民謡というより、より深化したものと思われる。

もうひとつ、この歌にはきわだった特色がある。つまり榎に小鳥はたくさん来るにもかかわらず、ひとりの君は来ないという、その落差を歌う点である。鳥と人間とを同列に考えればたくさんいるのに、それを無視してひとりの「君」に執着するというかたちである。これは多から一をとりあげる、万葉のほめ歌の形式である。「神代《かみよ》より　生《あ》れ継《つ》ぎ来《く》れば　人多《さは》に　国には満《み》ちて　あぢ群《むら》の　去来《かよひ》は行けど　わが恋ふる　君にしあらねば」（485）は、あじ鴨が群がって飛んでゆくが、私の恋しく思うあなたではないからという、かたちがひとしい。鳥と君が同列にならんでいるのも、当歌とおなじである。

3873　わが門に千鳥数鳴《しばな》く起きよ起きよわが一夜夫《ひとよづま》人に知らゆな

作者未詳

「わが家の門に、暁の鳥がたくさん鳴く。私の一夜夫よ、起きてください。明るくなって人に知られないように」という一首。人に関係が知られることを気づかう心の恐れは女性のものであろう。

「おきよおきよ」「ひとよづまひとに」と、同音をくりかえしている。オキヨオキヨは、本来鳥の鳴き声であろう。「オキヨオキヨ」と鳴く、そのように「起きよ起きよ」と、鳥の音からべつな内容に転換するもので、音に敏感な、口誦性豊かな歌である。

鳥の鳴き声は、人間に先立つ言語の所有者の、もっとも代表的な動物と考えられていた。万葉時代、鳥の声がことばとしてきかれていたことは、そのことと深く関係しているだろう。来もしないのに、コロク（児ろ来《く》）と鳴く鳥は、あわて鳥と歌われ（3521）、坂上《さかのうえの》郎女《いらつめ》は「暇《いとま》無み来《こ》ざりし君に霍公鳥《ほととぎす》われかく恋ふと行きて告げこそ」（1498）と歌う。カクコフという鳴き声を「かく恋ふ」と解するのである。だから「尋常《よのつね》に聞くは苦しき呼《よぶ》子《こ》鳥《どり》声なつかしき時にはなりぬ」（1447）とも歌う。苦しいのは「かく恋ふ」ときかれるからである。

たんに鳴き声にすぎないものから「起きよ起きよ」ということばを連想し、さらにそれを人に知られたくない一夜夫の情況に発展させていった着想のすばらしさは、民謡の豊かさを証明してあまりがある。しかも男性が来ると、暗いうちに帰ってもらわなければこまるという心配は、やさしい女性の心根である。これを女性の歌とするのは、原文「一夜妻」から無理だという意見もあるが、男歌とすれば歌意を得ない。

「つま」は、男女ともに相手のことであった。倭大后《やまとのおおきさき》は夫天智が愛した鳥に呼びかけて、「……若草の　夫《つま》の　思ふ鳥立つ」（153）と歌う。この原文も「嬬《つま》」で、夫の天智を指しているから、文字づかいは決め手にはならない。

元来、「一夜づま」は神に供える犠牲《いけにえ》としての女性で、やがて巫女となる女を指すことが多い。『常陸風土記』の「をとめ松原」のように、野遊びとか、祭礼のあとなどを背景にしているかもしれないが、ここは逆の、訪れてくる男（あるいは男神）に対する呼びかけと考えておきたい。

3878　梯立《はしたて》の　熊来《くまき》のやらに　新羅斧《しらきをの》　落《おと》し入れ　わし　懸けて懸けて　な泣かし
そね　浮き出《い》づるやと　見む　わし

能登国《のとのくに》の歌《うた》

左注に「右の歌一首は、伝へて云はく『或《ある》は愚人《おろかひと》あり。斧《をの》を海底に墜《おと》して、鉄《くろがね》の沈《しづ》みて水に浮ぶ理《ことわり》なきを解《さと》らず。聊《いささ》かにこの歌を作りて、口吟《くちずさ》みて喩《さと》すことを為しき』といへり」とある。

この前後、3860〜3884の歌は、各地の民謡を集めたものである。そのなかの当歌は、「能登国の歌三首」と題されたうちの第一首で、熊来地方の民謡である。

能登半島は、万葉時代には船材とするに足るほどの巨木が繁茂していたようである。この地にあって大伴家持も、「鳥総《とぶさ》立て船木《ふなぎ》伐《き》るといふ能登の島山　今日見れば木立《こだち》繁しも幾代《いくよ》神《かむ》びそ」(4026)と歌っている、その木伐《きこり》を職業とする集団の歌であった。

「梯立」は、古代の倉が高床で梯子《はしご》をかける、その「くら」と音が似ていることから、「くま」にかかる。「熊来」は、いまの石川県鹿島郡中島町。熊来《くまき》は高麗来《こまき》で、渡来人の多く住んでいたところ。したがって「新羅斧」というのも、新羅の技法による日本製の斧と考えるより、新羅船来の貴重な斧と考えたほうがよい。その高価な斧を「ヤラ」(沼地)に落としてしまった。そこに物を落としたら、けっしてもどってこないことも、地元の人間なら知っている。そのヤラに新羅斧を落としたという設定が、巧まぬ民謡の知恵である。「わし」は、囃し詞で、こういうことばが入るのだから、確実に歌われていた歌である。「懸けて」は「心にかけて」ととり、「な泣かしそね」へとつづいて「けっしてけっしてお泣きなさるな」と解する。「泣かし」という丁寧な表現は、小馬鹿にしているようだが、ともに愚であることの連帯感から来た、暖かい慰めのことばである。「浮き出づや」といわず「浮き出づるや」というのは、方言的表現であろうか。

左注の、「伝へて云はく」の「喩す」とは、たいへんお高くとまっている内容で、暖かい民謡とは不調和だから、あわせて読むと正体不明の感がある。だからこういうことなのだろう。そもそも鉄が浮かぶはずのないことは、みな知っている。しかし落とすことはある。おなじ経験を、樵夫《きこり》は何度もしてきた。叱られても、注意しても、とりかえしのつかぬ失敗＝愚をしてしまうのが、人間であろう。人間みな凡人たる群衆である。この歌は、そんな凡愚の群衆が歌う自戒・自嘲ととるのが正しいであろう。愚かな人間同士が歌う、その連帯意識は、ほのぼのと暖かい。それが民謡の真情である。

この歌の構成も、ことがらと情との二本立てで、民衆歌のできあがり方にかなっている。

斧を落としたという、しばしば経験する失敗が主題である。それをどう展開させるか、思いがけない発想があると歌が生きることはしばしば説いたところである。

しかし「泣くなよ、浮いてくるかどうか待とうよ」とは、奇抜すぎるだろうか。もし奇抜すぎると思うなら、そう感ずるのは、読者が虐《しいた》げられていないから、泣いていないからである。この歌を歌っている民衆は、鉄に対して浮かんできてほしいと願望するほど、絶望的な現実にいるのである。願望だけが民衆歌の慰めであった。

おたがいに、泣かないでいようじゃないかと、泣くような苛酷な労働にしたがっていても、民衆は笑っている。はたして無事に帰ってこられるかどうかわからない防人に出てゆくときも、涙をこらえて「松の木の並んでいるのが家人が送ってくれているようだ」（4375）と笑いにまぎらすのが民衆歌であった（五一九ページ）。笑いと涙はコインの両面である。

3879　梯立《はしたて》の　熊来《くまき》酒屋《さかや》に　真罵《まぬ》らる奴《やつこ》　わし　誘《さす》ひ立て　率《ゐ》て来《き》なましを　真罵《まぬ》らる奴《やつこ》　わし

能登国《のとのくに》の歌《うた》

「梯立の熊来の酒屋でどなられている奴隷よ。誘い出して連れてきたいのにどなられている奴よ」という一首。前掲の歌と一連のものである。

酒造りの杜氏《とうじ》は、現代は特殊技能者だが、当時は奴隷である賤民がした。奴を連れ出したいと歌っているのは、その酒造りをしている奴自身で、第三者が誘ってくれる状態を空想したものである。集団の共通の願望を、一緒に歌うことで慰めあっている。先の樵夫の労働歌もおなじであった。

これら民謡がやがて貴族の手にゆだねられたとき、貴族はこの願望を教訓的に理解して、左注をつけた。しかも、ストレートにさとしているのではなく、小馬鹿にする恰好でさとすのだと理解した。しかし民衆には、具体的な生活の知恵はあっても、観念的教訓などはない。

愚か人が、この巻には二度出てくる。当歌と児部女王《こべのおおきみ》の嗤歌（笑いの歌）とだが、すでに述べたように（四〇九ページ）、「美麗《くは》しもの何所飽《いづくあ》かじを尺度《さかと》らが角《つの》のふくれにしぐひあひにけむ」（3821）は、価値観の相違があって、「女王」の論理からは「愚」であるものが「娘子《をとめ》」の論理によれば「賢」であった。

この論理を、巻十六の編者が知らないはずはないと私は思う。だから、注を、そのまま信じて載せたのではあるまい。編者はそれを百も承知で、この一連を載せたのである。そこに「嗤歌」の実体がある。すると「嗤歌」と銘うつこと自体が逆説であろう。笑えない笑いが残る。

3888　奥《おき》つ国領《うしは》く君が塗屋《ぬりや》形《かた》黄《に》塗《ぬり》の屋《や》形《かた》神が門《と》渡る

作者未詳

巻末にある「怕《おそろ》しき物《もの》の歌三首」中の第二首。物《もの》とは霊《もの》で、いずれも畏怖すべき霊を詠んだ三首であろう。

第一首は天上の景で、「天《あめ》なるや神楽良《ささら》の小野《をの》に茅草《ちがや》刈り草《かや》刈りばかに鶉《うづら》を立つも」

(3887)とある。「鶉を立つも」は、「鶉を飛び立たせる」。鶉は人気のない草むらなどに住み、突然飛び立つという。第三首は読み解けない句もあるが、「人魂《ひとだま》のさ青《を》なる君がただ独り逢へりし雨夜《あまよ》の葉非左し思ほゆ」(3889)と人魂を歌うものである。

これらにはさまれた当歌は、海上の景。「沖遠い世界を支配する君の乗る塗屋形の船は黄色で、いま神の海峡を渡ってゆく」という一首。

「奥つ国」は、沖遠い世界。この異界には黄塗りの屋形船に乗った神がいたと考えられていたのであろう。「神が門」も、その異界の畏怖にみちた、激浪の海峡を指したものと思われる。

当時、黄という色名はなく、集中「黄」の文字はこれ一例。黄色は当時広く「に」と呼ばれた色のひとつで、赤も「に」であった。したがって「に塗り」といえば、色の幅が広いが、わざわざ「黄」という文字を使っているのによると、今日の黄色が塗られていたと思われる。官船が赤い丹《に》によって塗られていたのに対して、神秘な感をいだいたものであろう。屋形船というのも、仲哀記にいう「喪船《もふね》」を連想させる。

古代人がこう歌うのは、一種の呪文のように、これを歌ってわざわいから逃れようとしたからである。おそらく、それを唱える職業集団があったと思われる。

室町時代の小歌の集に『閑吟集《かんぎんしゅう》』というものがあるが、このなかにも呪文のような歌がある。逆さ歌で、「きづかさやよせさにしざひもお」（189、思ひ差しに差せよや盃）、「むらあやでこもひよこたま」（273、再今宵《また》も来でやあらむ）は、こう逆に書いて貼っておくと効果があると考えられたらしい。物を後手《うしろで》に渡すとか、逆手を打つとかおなじ呪《まじな》いのものである。

巻十七

巻十七は、大伴家持が越中に在任したうちの天平十八～二十年（七四六～七四八）の歌を主として、そのはじめに、天平二年（七三〇）父大伴旅人および大伴一族が大宰府から都へ帰任するときの歌、さらに天平十～十六年（七三八～七四四）間の大伴氏にかんする歌三十二首がおかれている。これは越中における歌に、赴任前のものを補ったかたちだが、『万葉集』全体のなかに、天平十七年（七四五）の歌が一首もないことをもって、天平十七年が『万葉集』巻十六までの祖形の編纂された年であろうと、古くから考えられてきた。

しかし、しばしば述べるように、『万葉集』は一応編纂されても、何度か増補・追補されている。したがって巻十六までの歌が、すべて天平十六年以前の歌ではない。七、十、十一、十二、十四という年代のわからない作者未詳の巻々には、天平十八年以後の歌もふくまれると考えられる。

巻十七の歌には、宴席における集団歌、長い題詞をともなう長歌、漢詩などがあり、巻五と似通った趣をもつ。旅人と山上憶良の関係を偲ばせる、家持と大伴池主《いけぬし》との頻繁な贈答歌もあり、そこでは有名な「山柿の門」「山柿の歌泉」(3969・3973の序)の語が使われている。「柿」は柿本人麻呂だが、「山」が憶良か山部赤人のいずれか、あるいは両人を指すのかなど、諸説が定まらない。赤人が穏当だろうが、「山柿」で赤人を指すとも考えられる。

越中における家持の五年は、都への思慕の情と、異土への新鮮な興味との、交錯する心情のうちにあったと思われる。そのなかで巻十七の家持は、良き歌友を得て、着任早々の愛弟の死を痛み、はじめての北国の冬の病にもうちかって、二十年春の出挙《すいこ》巡行に出で立つ。若き国守の心おどりの伝わるような歌々でこの巻はおわっている。

歌数は長歌十四首、短歌百二十七首、旋頭歌一首で、ほかに異伝が三首ある。

3895 玉はやす武庫《むこ》の渡《わたり》に天《あま》づたふ日の暮れゆけば家をしぞ思ふ

大伴宿禰旅人《おほとものすくねたびと》の傔従《けんじゆう》

天平二年(七三〇)、旅人が大宰帥《だざいのそち》から大納言(大宰帥兼任)となって都へ帰るとき、従者は海路をとって帰京した。その折に、おのおのが別れを悲しみ、思いを述べてつくった歌が十首、巻十七の巻頭に載せられている。これはそのうちの一首。

「玉を輝かせる武庫の渡りに天空を渡る日が落ちてゆくと、夕暮れの寂寥に家を恋することよ」という歌である。「輝く」ということばは、そのもの自身が光り輝く意だが、「はやす」は、「映ゆ」の他動形で「映えさせる」意。ほのかに間接性をもったものである。丸い玉の輝きは、現代の宝石のように多面を研磨した光沢ではなく、玉をほのかに輝かせるものが「玉はやす」である。なぜ「武庫」につづくのかはわからない。あるいは武庫の地に玉造りの集団がいたのであろうか。

「武庫」は、大阪湾西北、兵庫県のいまの西宮市のあたり。「渡」は渡し場のことで、そこに、天空を伝わって太陽が暮れてゆくという。するとあたりはほのかに玉映やす夕映えとなって、懐かしい家郷のことが思われてならないのであろう。だから「玉はやす」は武庫の実景でもあった。この太陽は、休みなく物思いをしつつ船旅をしている自分と、果てのない時間の経過を共有しているといえよう。「家」は建物を意味するのではなく、生活を主体としたことばである。「暮るれば」といわず、「暮れゆけば」といった気持には、長い時間の旅による、けだるいような憂愁が感じられるが、そのうらぶれた魂にむかって、必然的に選ばれたことばが「玉＝魂はやす」でもあった。霊魂をも、映えあらしめようと願うのである。

時は陰暦十一月、厳冬の黄昏《たそがれ》である。古代人における黄昏は、うす暗いだけでなく、正体がもうろうとする魔の時刻だった。そんな時刻の旅愁の霧に包まれたなかでの「魂映やす」願望である。夏の夕焼けの情景ではない。

3896 家にてもたゆたふ命波の上に思ひし居《を》れば奥処《おくか》知らずも(一《ある》は云《い》はく、浮きてしをれば)

大伴宿禰旅人《おほとものすくねたびと》の傔従《けんじゆう》

前掲の3895の歌同様、旅人帰京の折の従者のひとりの作。これはかなり長い船旅の苦難を味わったあとの歌であろう。そしてまだまだ長途が果てしない感情もにじみ出ている。

古代人は、生命と霊魂をべつのものと考え、魂は肉体からたやすく抜けだし、またもどると考えた。魂によっていのちは支配され、つねに動揺した。しばしば「いのち」を修飾する「玉きはる」ということばの意味は「霊魂のきわまる生命《いのち》」ということで、霊魂のきわまりが、命のきわまりだと考える生命観を示唆している。その生命はつねに危険にさらされている。たとえば妹の名を呼ぶと、妹の生命が危険にさらされると考えた。というのは、呼ぶことで魂が呼びだされるからである。

このように生命は家にいても動揺し、たゆたうのである。それがいまは、波のうえにいる。そしてなお物思いに沈んでいる。古代の生命観と、波のうえにいる現在の状況と、しかも物思いの状態と、不安定な条件が三つながらそろっている。だから生命は、漂ってしまいそうに不安である。「奥処」は、奥の場所、果てしれぬ遠くのどこかである。また物思いの果てなさ。加えて生命の不安と、果てしないもろもろをふくんだ奥深い生命の不安を、作者は船旅の動揺のなかに詩的に直観したのであろう。

政治的に考えても、一族にとって、このときの帰京はかならずしも心楽しいだけのものではなかった。すでに前年長屋王《ながやのおおきみ》が倒されるという事件があり、大伴氏としては将来を託しうる最大の中心人物を失っていた。旅人が大納言に任命された（この年十一月一日）のは、多治比池守《たじひのいけもり》が九月八日に亡くなった欠を補うものだったが、前年まで旅人が中納言として肩をならべていた藤原武智麻呂は、長屋王事件の直後一足先に大納言に昇進している。『公卿補任』という書物では、「旅人を超ゆ」とわざわざ注記しているほどに、次席の中納言が先に大納言になったのである。

そのうえ、『万葉集』にくりかえし歌われているように、旅人はともなってきた妻を大宰府で失い、傷心の一人旅をしつつ帰途についているのである。こうした主人《あるじ》の心情は、起居をともにする従者たちに敏感に反映したであろう。「思ひし居れば」の一部をなすものがそれであったにちがいない。だから異伝（「一は云はく」）が記されていることは、既存の伝誦歌の「浮きてしをれば」を、この折「思ひし居れば」と改めたという事情によるかもしれない。

3921　杜若《かきつはた》衣《きぬ》に摺《す》りつけ大夫《ますらを》の着《き》襲《そ》ひ狩《かり》する月は来《き》にけり

大伴宿禰家持《おほとものすくねやかもち》

題詞に「十六年の四月五日に、独り平城《なら》の旧《ふる》き宅《いへ》に居りて作れる歌六首」とある最終歌。天平十六年は西暦七四四年。六首は心理的変化のある連作なので、全部をならべておこう。「橘のにほへる香かもほととぎす鳴く夜《よ》の雨に移ろひぬらむ」（3916）は、ホトトギスの鳴く夜の雨によって、橘の花の香の凋落を感じている一首。

「ほととぎす夜《よ》声なつかし網《あみ》ささば花は過ぐとも離《か》れずか鳴かむ」（３９１７）は網をさしたら、懐かしいホトトギスの声がとどめられようか、花は散っても、とおなじ変化をホトトギスに感じながら、なおこれをとどめたいと願う。

しかしこれが疑問だったのに対して、つぎは「橘のにほへる園《その》にほととぎす鳴くと人告《つ》ぐ網ささましを」（３９１８）。橘が薫《かお》る庭にホトトギスが鳴いていると人が告げる。網をさしたいものだ、と積極的にとどめたいと願う。

「青丹よし奈良の都は古《ふ》りぬれど本《もと》ほととぎす鳴かずあらなくに」（３９１９）。「古りぬれど」と逆接的にいって、心理的に凋落をくいとめようとする。「本ほととぎす」は、昔ながらの懐かしいホトトギスで、これまた推移に対抗するものとして点出されている。

「鶉《うづら》鳴き古《ふる》しと人は思へれど花橘のにほふこの屋戸《やど》」（３９２０）。「鶉の鳴くここは、古いところと人はいうが、花橘の匂うこのわが家は変わりなく懐かしい」と前歌の奈良の都の古さを受けながら、その変化、凋落を否定している。鶉が古いところに鳴くといわれることは、以後和歌の伝統となった。

さて、それらを受けて当歌が詠まれた。「杜若」は、花菖蒲《はなしょうぶ》とはちがい、花が小さく、種類も単一で素朴な花である。その花弁を古代人は布に摺りつけて染めた。「着襲ふ」は、重ね着をすること（「競ふ」という説もある）。「着襲ひ狩する月」とは五月。

家持は、天智七年（六六八）の盛大な薬狩のことを回想していたであろう。この折には、美しく着かざった人びとのなかに、あの額田王もいて、有名な大海人《おおあま》との贈答歌もあった（三六ページ）。文雅の伝統を負った五月、額田も含まれる五月、その五月が来ようとしている。

しかし天平十六年は十二年以来奈良を離れて恭仁、紫香楽《しがらき》と遷都つづきの時であり、さらに閏《うるう》正月には安積皇子《あさかのみこ》が死んだ年であった。とうていこうした行事はありえないと知っている。そのうえで家持は薬狩の月が来たと歌った。そのうえに、このきらびやかな薬狩が、中国起源のものであることも見落とせない。願望の行事は華麗をきわめているのである。

巻十九冒頭には後述のように（四八四ページ）、三月一日の暮れから三日朝までの連作があり、このとき家持は理由なき鬱情《うつじょう》に閉ざされ、寝もやらず二日間を坐して、鴫《しぎ》・雁・千鳥・雉《きぎし》などの小鳥の声にきき入っている。そして明け方のまどろみのなかに、射水川《いみずがわ》をさかのぼる船歌をきき、心をとりなおそうとする。そして今日（三日）は上巳《じょうし》の節供で、曲《きょく》水《すい》の宴が開かれる日だと心を励ます。「今日《けふ》のためと思ひて標《し》めしあしひきの峰《を》の上《へ》の桜《さくら》かく咲きにけり」（4151）と。いまの家持はこのときの作歌心理と酷似していると私は思う。

3921では「大夫の」といっていて、「男《をのこ》」とか、「雅び男《みやを》」とか呼ばない。「大夫」は、朝廷に仕える勇敢なもののふのことだから、そう呼びかけることによって、沈みこもうとする心を鼓舞《こぶ》しているととれる。

先の三月の一連でも「奥山《おくやま》の八峰《やつを》の椿《つばき》つばらかに今日《けふ》は暮《くら》さね大夫《ますらを》のとも」(4152)と、「大夫」といっている。そして次に「漢人《からひと》も筏《いかだ》浮べて遊ぶとふ今日そわが背子《せこ》花縵《はなかづら》せよ」(4153)と歌って、豪華華麗でエキゾティックな風景を思い描いている。ともに家持の心理状況を重ねると、よりよくわかる連作である。

3923　天《あめ》の下すでに覆《おほ》ひて降る雪の光を見れば貴くもあるか　紀朝臣清人《きのあそみきよひと》

天平十八年正月、大雪が降り、元正太上天皇《おおきすめらみこと》の御在所《みましところ》である中宮の西院の雪かきをした。そのあとで肆宴《とよのあかり》をしたときの歌で、五首ある内の二番目の賀歌。

賀歌は、眼にふれた景に、いかに巧みに祝いの内容を詠みこむかに、優劣がかかっている。一連の第一首「降る雪の白髪《しろかみ》までに大君に仕へまつれば貴くもあるか」(3922)は、降雪という眼にふれる景を、白髪にたとえ、その年齢までお仕えできる幸せを歌って、寿《ことほ》ぎへと景を収斂し、つぎへ伝える。格調高い賀歌であるが、最初の挨拶歌としての性格上やや形式的である。

一連の最後は大伴家持の歌だが、「大宮の内にも外《と》にも光《ひか》るまで降れる白雪見れど飽かぬかも」(3926)と歌いおさめる。結句の「見れど飽かぬかも」は、寿ぎのことばとして伝統があり、それなりに風格もある。が、寿ぎが間接的で、景に重みがかかっている欠点も感じられる。

これらに比べて、清人のこの歌は、景と情とのウェートのかかり方もほどよく、第一首の「貴くもあるか」をそのまま受け継ぎ、「すでに天下をくまなくおおってしまった雪の光を見ると、なんと貴いことだろう」とだけいい、その雪の光に託して主上の尊さと威光を称えたものである。

上から読んでくると第三句の雪は実景となるが、下だけを読むと「大君の光を見れば」と読める。「雪の」の「の」に比喩のはたらきをもたせて、言外の大君に巧みに転換させたものである。単純に「大君の」などと、観念的な表現はしていない。「降る雪の」というと、単純に明らかにイメージができる。

雪によって讃美するということは、柿本人麻呂の「やすみしし　わご大王《おほきみ》　高輝《たかて》らす日の皇子《みこ》」（261）などにもあり（七九ページ）、伝統として抵抗なく受容されたと思われる。

雪から大君に転換して雪景が大君の讃美となりうるのは、雪が瑞祥《ずいしょう》だからである。雪は豊饒《ほうじょう》の先ぶれと考えられており、現に、この一連でも二首あとで葛井諸会《ふじいのもろあい》が「新《あらた》しき年のはじめに豊《とよ》の年しるすとならし雪の降れるは」（3925）と歌っている。この一首は、いまの清人らの歌を受け継ぎ、雪のなかに豊饒を寿ぐ気持を敏感にかぎとることによって歌われたものである。

3940　万代《よろづよ》と心は解けてわが背子《せこ》が摘《つ》みし手見つつ忍《しの》びかねつも

平群女郎《へぐりのいらつめ》

作者の平群女郎は、伝未詳。第一句の原文は「万代尓《に》」とある写本もあるが、元暦校本により「等《と》」をとる。

女郎は、都で大伴家持と恋愛関係にあり、家持が越中に赴任したのち、十二首の歌を贈ってきた。「時々に便《たより》の使に寄せて来贈《おこ》せたり。一度に送らえしにはあらず」と3942のあとの注にある。したがって十二首は一回的な感情を歌ったものではない。このありさまからは巻十五後半の、中臣宅守と茅上娘子の贈答歌が、すぐ連想されるだろう。宅守と茅上娘子は、越前と都とに隔てられたが、これも越中と都とである。ふたりの脳裡には宅守と茅上娘子の贈答歌が十分意識されていたものと思われる。

一首の意は「いつまでも変わらないようにとたがいに思い、心は許しあって、あなたがとった手を見ながら、いま、私は耐えがたい思いにある」。

「つむ」は、若菜を摘むなどとおなじことばだが、「手をつむ」とはなにかという議論がある。沢瀉久孝氏は、賀茂真淵《かものまぶち》の『万葉考』以来の諸書の説明を引用されたあとで、「心は解けて」に続く動作としての「つむ」は、やはり静かにつまむことと解すべきで、そこに万葉の心があると書いておられる。「万代と」はオーバーであるが、末永い時間を願望する気持を表現するものだろう。この設定と静かにつまむ動作とはよくあっている。

この歌は一連十二首のなかで、もっとも心情のよく出た歌だと思われる。離れて耐えがたい思いにあるいま、過去の手をとりあった風景が、女郎の心に鮮やかによみがえっているのである。

なお次の「鶯《うぐひす》のなく崖《くら》谷に打ちはめて焼けは死ぬとも君をし待たむ」（3941）は、茅上娘子の「君が行く道のながてを繰《く》り畳《たた》ね焼き亡《ほろ》ぼさむ天《あめ》の火もがも」（3724）を、また「松の花花数《はなかず》にしもわが背子が思へらなくにもとな咲きつつ」（3942）は、茅上娘子の「わが宿《やど》の松の葉見つつ吾《あれ》待たむ早《はや》帰りませ恋ひ死なぬとに」（3747）や、宅守の「塵泥《ちりひぢ》の数《かず》にもあらぬわれ故《ゆゑ》に思ひわぶらむ妹《いも》が悲しさ」（3727）を意識した作である。

3957 天離《あまざか》る　鄙治《ひなをさ》めにと　大君《おほきみ》の　任《まけ》のまにまに　出でて来《こ》し　吾《われ》を送ると　青《あを》丹《に》よし　奈良山過ぎて　泉川　清き川原《かはら》に　馬とどめ　別れし時に　真幸《まさき》くて　吾《あれ》帰り来《こ》む　平《たひら》けく　斎《いは》ひて待てと　語らひて　来《こ》し日の極《きは》み　玉桙《たまほこ》の　道をた遠《どほ》み　山川の　隔《へな》りてあれば　恋しけく　日《け》長きものを　見まく欲り　思ふ間《あひだ》に　玉梓《たまづさ》の　使の来《け》れば　嬉しみと　吾《あ》が待ち問ふに　逆言《およづれ》の　狂言《たはこと》とかも　愛《は》しきよし　汝弟《なおと》の命《みこと》　何しかも　時しはあらむを　はだ薄《すすき》　穂《ほ》に出《づ》る秋の　萩の花　にほへる屋戸《やど》を（言ふこころは、この人、人となり花草花樹を好愛《め》でて、多く寝院《しんゐん》の庭に植う。故《ゆゑ》に花薫《にほ》へる庭といへり）　朝庭に　出で立ちなら

し　夕庭に　踏み平《たひら》げず　佐保の内の　里を行き過ぎ　あしひきの　山の木《こ》末《ぬれ》に　白雲に　立ちたなびくと　吾《あれ》に告げつる（佐保山に火葬せり。故《ゆゑ》に、佐保の内の里を行き過ぎといへり）

3958　真幸《まさき》くと言ひてしものを白雲に立ちたなびくと聞けば悲しも

3959　かからむとかねて知りせば越《こし》の海の荒磯《ありそ》の波も見せましものを

大伴宿禰家持《おほとものすくねやかもち》

天平十八年、家持は越中に赴任中弟大伴書持《ふみもち》の死の報せをきいた。九月二十五日、その死を悲しんだものがこの作である。題詞に「長逝《ちやうせい》せる弟《おと》を哀傷《かなし》びたる歌」とある。この巻の3909〜3913には奈良の書持と、久邇《くに》京の家持との贈答歌が収められている。

3957の初句は、家持長歌の常套句だが、動かしがたい条件としてしめされたものである。そのことがなければ弟と別れることもなかったのにという気持がこめられている。

以下越への道行を語り、別離の悲しみが遠く隔たった山川のゆえだと歌うが、やがて死の報せをきいた、という。このあたりは柿本人麻呂の軽の妻の挽歌を真似たものだが、注目される表現は、使いが来たので「嬉しみと　吾が待ち問ふに」というところである。じつはそれが死の報せだったという落差が読者をうつだろう。

つぎに死者は草木を愛する心やさしい青年だったという。これが死の悲しみを倍加させていることはいうまでもない。そしてここでも「はだ薄」以下、草花の美しい家で草花をめでるようでいながら、突如として叙述が「踏み平げず」と「ず」一語によって逆転し、死を語ることになる。

そして「佐保の内の　里を行き過ぎ」は、佐保山に火葬したことだと末尾の注で説明するとおりだが、このように死んだとあからさまに表現しないのが当時の習慣である。「山の木末に　白雲に　立ちたなびくと」の「白雲」も、火葬の煙で、死を暗示している。いったいに長歌に反歌が二首つくとき、第一首は長歌全体をいいなおしたかたちになり、第二首は自由な構想の歌とするのがふつうだが、いまのばあいもこの類型によっている。

その第一反歌の3958が、しかし長歌のなかからわざわざ送ってきてくれた泉川のほとりの別れに焦点を当て、それを裏切って白煙となったという歌い方をするのは、巧みな要約であろう。

これに対して第二反歌の3959の初・二句からは、額田王の天智大殯《おおあらき》のときの挽歌、「かからむの懐《おもひ》知りせば大御《おほみ》船《ふね》泊《は》てし泊《とま》りに標結《しめゆ》はましを」(151)をすぐ思い出すだろう。死は突如としてやってくる。その嘆きは、人おのおの悔いをともなっている。額田は標をゆっておくべきだったと悔い、山上憶良は、「悔《くや》しかもかく知らませばあをによし国内《くぬち》ことごと見せましものを」(797)と詠んだ。家持の当歌は後半これを真似たものである。憶良のこの歌は、大伴旅人の妻の死を悼んだ「日本挽歌」(794)に添えた、反歌五首中のものである。「あをによし」が「国内」にかかる例がないので、これは奈良のことだとする説もあるが、やはり九州ととりたい。それほどにほめる気持から、「あをによし」をつけたのである。これとおなじ気持が家持にもあったろう。「すばらしい越の海を見せたかった」と歌った。

鄙である越中は、家持につらく悲しい都への思慕と、新鮮な異土への興味との相反するふたつの心情を与えた。この反歌もそのふたつの心情からつむぎ出されたもので、都にいて弟の死をみとれなかった思いと、異土としての越を見せられなかった思いとがある。

3963 世間《よのなか》は数なきものか春花の散りの乱《まが》ひに死ぬべき思へば

大伴宿禰家持《おほとものすくねやかもち》

「世の中」は、仏教でいう「世間無常」、「世間虚仮《こけ》」などの「世間」の訳語である。「数《すう》」

という概念も、仏教では存在のことをいう。だからこの一首も仏教的に統一して考えると、世の中は確かな存在のないもの、空しいものだと考えていたことになる。これは下句ともよく照応しているが、しかし「数なき」を数えるに足りない意に解することもできる。このほうが自然ではあろう。中臣宅守が、「塵泥《ちりひぢ》の数《かず》にもあらぬわれ故《ゆゑ》に思ひわぶらむ妹《いも》が悲しさ」（３７２７）と歌う「数にもあらぬ」は、そうしたことばづかいである。

いずれにせよこの一首は「世の中ははかないものだ。春の落花のまぎれによって死ぬにちがいないと思うと」という一首である。天平十九年二月二十一日作の長歌（３９６２）に添えられた反歌二首の第一反歌。突然悪い病気にかかり、ほとんど死にそうになってつくった歌だと題詞にある。天離《あまざか》る鄙に赴任したうえで弟の死の報せを受け、また北国の雪に閉ざされての大病が瀕死《ひんし》のものであった。

このとき家持は、落花の「まがひ」のなかにわが命を見つめていた。「まがひ」とは、ふたつ以上のものが交錯して実体がまぎれ、認識が錯誤する状態である。古くから日本人はそんな錯乱が命を落とすと考えてきた。幻覚のような、視覚上の乱れのなかに死の気配を見ていたのである。「物部《もののふ》の八十《やそ》少女《をとめ》らが汲《く》みまがふ寺井《てらゐ》の上《うへ》の堅香子《かたかご》の花」（４１４３）の「まがふ」はよほど平和なものだが、それにしても一人一人の個性が模様のようになって、一面の華麗な群像となる状態を想像しなければならない。

落花に誘われるように、ふっと人間は命を失ってしまうかもしれないという古代人の考えは、さらに積極的に不明の死を落花の季節に仮託することになった。柿本人麻呂の死や、小野小町の死などを、三月十八日とする伝承が生まれたのは、彼らが散りの「まがひ」に死んだと信じたからである。だから一方で落花のころに疫病がはやるという信仰も生じ、厄除《やくよ》けの「鎮花祭《はなしずめのまつり》」が行われたりもした。

この「春花」がなんの花かは明記されていないが、いうまでもなく、「咲く」という名をもち、いっせいに開花してたちまちに散る桜がもっともふさわしい。巻十六（3786～3787）に歌われる桜児《さくらこ》の運命は、桜の精のシンボルのようにはかない。散りやまぬ桜吹雪に、人を誘《いざな》う魔力があると考えたのが、われわれ日本人であった。

4000　天離《あまざか》る　鄙《ひな》に名懸《か》かす　越《こし》の中《なか》　国内《くぬち》ことごと　山はしも　繁《しじ》にあれども　川はしも　多《さは》に行《ゆ》けども　皇神《すめかみ》の　領《うしは》きいます　新川《にひかは》の　その立山《たちやま》に　常夏《とこなつ》に　雪降りしきて　帯《お》ばせる　片貝川《かたかひがは》の　清き瀬に　朝夕《よひ》ごとに　立つ霧の　思ひ過ぎめや　あり通《がよ》ひ　いや年のはに　外《よそ》のみも　振り放《さ》け見つつ　万代《よろづよ》

の　語《かた》らひ草《ぐさ》と　いまだ見ぬ　人にも告げむ　音のみも　名のみも聞きて
羨《とも》しぶるがね

4001　立山《たちやま》に降り置ける雪を常夏《とこなつ》に見れども飽かず神《かむ》からならし

4002　片貝《かたかひ》の川の瀬清く行く水の絶ゆることなくあり通《がよ》ひ見む

大伴宿禰家持《おほとものすくねやかもち》

いわゆる「立山《たちやま》の賦《ふ》」である。賦とは、中国漢代以後にさかんだった文体で、『楚辞《そじ》』にはじまる。壮麗な修飾を多く施した長篇の韻文で、序がつくことも、問答形式のこともある。古来日本人に賦の名手はいないといわれるほど、むつかしいとされる形式である。家持は長歌を名づけるにこの賦をもってした。和して大伴池主もつくっているが、賦と称したのはこのふたりだけである。中国趣味からしゃれて名づけたというより、積極的な新しい詩歌の試みだと評価したい。

長歌の大意は「空のかなたの鄙の地に、名を響かせておいでの立山。越の国には、国中にたくさんの山があるのに、川だって多く流れてはいるのに、皇神が支配なさる新川郡の立山には夏のあいだにも雪が絶えず降り敷いて、帯となさる片貝川の清らかな瀬には、朝も夜も霧が立つ。その霧のようにどうして忘れ去ることがあろうか。毎年毎年通いつづけ

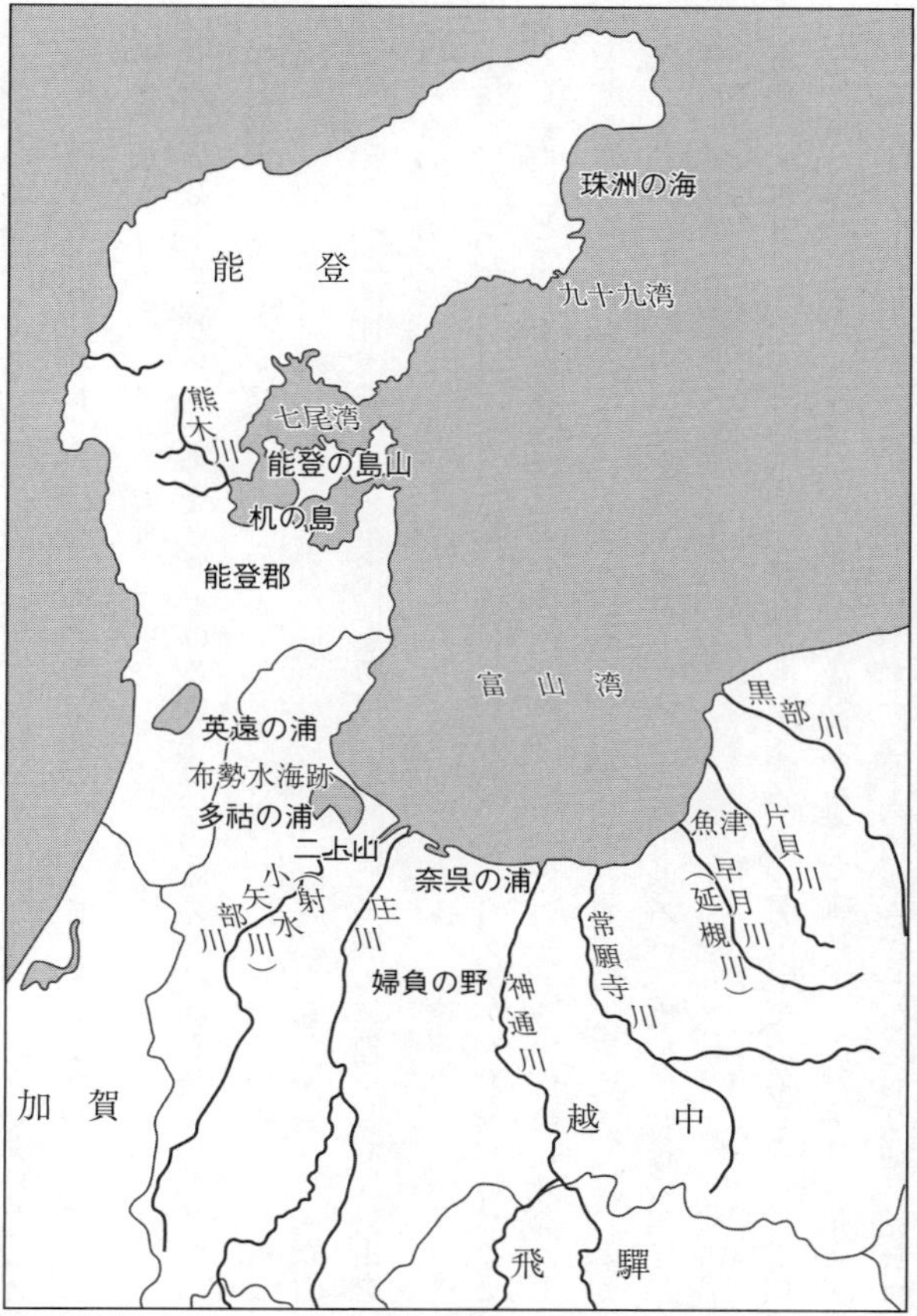

珠洲の海
能　登
九十九湾
熊木川
七尾湾
能登の島山
机の島
能登郡
富　山　湾
黒部川
英遠の浦
布勢水海跡
多祜の浦
二上山
魚津
片貝川
小矢部川
射水川（小矢部川）
庄川
奈呉の浦
早月川（延槻川）
常願寺川
婦負の野
神通川
加　賀
越　中
飛　驒

てよそから遠く見ながら『万代の語らい草』としてゆこう。まだこの立山を見たことのない人にも語り継ごう。うわさだけ立山の名前を聞いて、羨ましく人びとが思っているだろうから」という。

冒頭の多数のなかからひとつをとり上げる表現は、当時の伝統的な賛美の形式である。すでに香具山などについて、それを述べた（二四ページ）。

「片貝川」は、立山連峰北部より発し、魚津三日市の中間で富山湾にそそぐ。「立山」を神南備山とすると、神南備川が必須条件なので、距離的に多少の無理をして片貝川を結びつけたものである。

末尾、「万代の語らひ草」といい、「人にも告げむ」というのは、事物をつぎつぎと語り伝えてゆくことで、これは宮廷歌人の役割であり、家持はいま、その伝統に連なってゆこうとする意志を表現したことになる。白鳳《はくほう》の天皇親政時代を盛時と考え、そこにわが身の出発点を見出して、その伝統を継承しようとする意識であろう。家持の一種のアイデンティティーがこれであった。

短歌に入ろう。4001は「立山に降り積もった雪を夏中見ていても飽きない。神山の名にそむかないことよ」。4002は「片貝川の清らかな瀬を流れゆく水のように絶えず通ってきては見よう、立山を」。「見れども飽かず」とか「絶ゆることなくあり通ひ見む」とかは、柿本人麻呂の歌の継承である。そしてまた山そのものを対象として、多角的に描写するものは、山部赤人や高橋虫麻呂の歌にある。しかしこのふたりの歌には「望める歌」とか、「詠める歌」とかと題がついていて、ひとつの風景として詠んでいるのに対し、家持は積極的に賦と名づけ、詠物詩の手法で、山を対象として克明に描写したことだった。

4016　婦負《めひ》の野《の》の薄《すすき》押し靡《な》べ降る雪に宿《やど》借る今日し悲しく思ほゆ

高市連黒人《たけちのむらじくろひと》

作者の黒人は、柿本人麻呂とおなじ第二期の宮廷歌人である。その故人の歌がここにあるのは、大伴家持が天平十九年冬、三国真人五百国《みくにのまひといおくに》からきいて書きとどめたからだった。三国氏は、越前三国の豪族である。家持は都への往復の途中で三国を通り、この歌をきいたのであろうか。あるいは五百国が越中のなにかの役について越中の国府につとめていたのであろうか。地名からはその可能性が大きい。伝誦者の五百国は、伝未詳である。

婦負郡は、富山県婦負《ねい》郡。古代の辞書（『和名抄《わみようしよう》』）には、「婦負・禰比《ねひ》」とある。「野」

は傾斜のある原で、いまの小杉町から呉服山にいたる平地とされる。黒人は方々を旅したが、その折婦負まで来たのだろう。琵琶湖畔までは来ていることが他の歌（273〜275）から知られるが、愛発《あらち》関を越えた形跡はほかにはない。

しかし、黒人が越路をたどったことは文学的に大いにありうる。むしろそう想定するほうが黒人にふさわしいとさえいえる。つまり彼の孤独で冷えびえとした抒情は北国の風土に親和するもので、北国的体質のなかから歌い出されたものが黒人の歌だったと考えられるのである。

先に琵琶湖畔の歌として言及したものは、巻三に、「羈旅《たび》の歌八首」（270〜277）として載せるもののうちだが、その一首、「何処《いづく》にかわれは宿《やど》らむ高島《たかしま》の勝野《かちの》の原《はら》にこの日暮《く》れなば」（275）にしても、おなじような野宿が想像される。場所は遠く離れているが、感情はまったく同一といってよいだろう。両首ともどもに歌う日没が黒人にはふさわしい。日暮れは、だんだん視野が閉ざされてゆく時間である。それはいつも自分から去りゆくものを歌った黒人に、もっとも親しい時刻だっただろう。こんな旅愁の詩人として黒人は柿本人麻呂を遠く抜いていよう。『万葉集』に残る十九首は、ことごとく旅路の歌である。

人麻呂がさまざまな歌体によって多彩な作歌活動をしているのに対して、黒人は短歌だけを即興的に、日常的な宮廷において詠んだ。一、二、三の数字を詠みこんだ276は喝采を博した即興戯歌である。この点から考えると、黒人はおどけた格調の低い歌人のように思われるが、おどけもまた孤独な悲しみをきわめたものではないか。

いま、婦負の野に、雪はなお降り積もる。「押し靡べ」といわれているすすきはもちろん冬枯れのもので、ほうけた穂先と褐色の茎を鋭く伸ばしていたものである。一面はこの枯れ色の世界であり、それを厚くおおって降る北国の雪である。低くたれこめた雪空からいつ果てるともなく降りつづく雪なのであろう。

雪が万葉のなかで、ほとんどよろこばしいものとして歌われていることも、いま思い出さなければならない。そのいささかローマン的な傾向をよそに、まぎれようのない現実として、冷徹な眼を雪原のなかにむけているのである。

4024　立山《たちやま》の雪し消《く》らしも延槻《はひつき》の川の渡瀬《わたりぜ》鐙《あぶみ》浸《つ》かすも

大伴宿禰家持《おほとものすくねやかもち》

4029の歌の左注によれば、天平二十年（七四八）正月二十九日から、家持が春の出挙《すいこ》のために管内を巡行したときの作である。この折には、秀歌が多く生まれた。この歌は「新川郡《にひかはのこほり》の延槻川《はひつきがは》を渡りし時に作れる歌一首」という題詞をもつ。「延槻川」は、いまの早月川である。「立山」に源を発する延槻川はいち早く、山々の谷間に訪れる春を感じて、その雪どけ水を日本海へ流す。このためいつもより水量を増す。ふだんなら濡れることもない渡瀬だのに、水が鐙に達することをもって、家持は春を感じたのである。「くらし」は「来らし」と解く説があるが、雪が来るでは意味をなさないだろう。

　家持は水量を増した延槻川に立って、みずから雪解《げ》水だと判断しただろうか。それとも、先導の部下のごときがいて、自然現象の変化を家持に告げたろうか。いずれにせよほほえましい一場の風景が浮かんでくるが、歌の味わいからいうと、家持は馬を乗り入れてみて、思いのほかの豊かさに驚いたのではなかったろうか。ひたひたと鐙をひたす水に足もとの危うささえ感じながら、しかし、それが早くも告げられている春の到来だと知っている。馬の腹までひたす水は身も切るような冷たさであったろうが、凛然《りんぜん》とした冷気が気持を引きしめる。十分に家持の若さも感じさせる一首である。

「浸かす」は足をひたらせるという他動詞だから、足を濡れるにまかせている趣がある。それは春の訪れをよろこんでいるからであろう。

私はこの歌を『万葉集』中屈指の秀歌だと思うが、そう感じる理由は、冷気のなかにこもる春の到来というだけにとどまらない。初・二句の山のなかへの想像と三句以下の川の描写によって越中の全風景が手中に収められた、このスケールの大きさにもある。白皚々《がいがい》たる立山連峰と激流をなして日本海にそそぐ延槻川とがつくる北国の光景が美しい。

もうひとつ、家持はこの自然のなかに身体ごとひたっている。体感をとおして自然を知るという万葉ふうな自然観が、ほとんど肉体的な感動をさえ、われわれ読者にあたえてくれるのである。新鮮な歌だ。

巻十八

いわゆる「家持歌日記」の二番目の巻である。この時期、巻十七の筆録者大伴池主に代わって、久米広縄《くめのひろなわ》が後任の掾《じよう》として着任しており、この巻の筆録者となったと思われる。池主は隣国越前の掾となっているが、大伴家持との交遊はつづき、この巻でも名残りの波のように時折登場する（4073〜4079）。戯れの歌も贈っている（4128〜4133）。

巻十八は、時間的に巻十七の巻末につづき、巻頭には天平二十年三月二十三日、左大臣橘諸兄の使者田辺福麻呂《さきまろ》を迎えての宴席の歌がある。巻末は天平勝宝二年二月十八日、田地検察のために礪波郡《となみのこおり》に出向いた家持が、その地の主帳《しゆちよう》（書記の官人）多治比部北里《たじひべのきたさと》の家に宿ったときの歌で、家持越中在任中の、足かけ三年間の歌が集められている。

天平勝宝年間といえば、都で聖武天皇が熱心に大仏建立を進めていたころであり、そのために必要な金が陸奥国から献上され、よって年号も感宝、また勝宝と改められたほどであった。このときに聖武は感激のままに長大な詔《みことのり》を下し、そのなかで大伴家の忠節を称えるということがあった。越中でこれを拝した家持が有名な大伴の言立て、「海行かば

水浸《みづ》く屍《かばね》　山行かば　草生《む》す屍《かばね》」をまじえて長歌をつくったのが、この巻に収める「陸奥《みちのく》国《のくに》より金《くがね》を出《いだ》せる詔書を賀《ほ》ける歌」（4094〜4097）である。

これらを含めて巻十八は長歌十首、短歌九十七首、計百七首のほか、異伝を七首もつ。

なお、この巻には、何箇所かにわたって、仮名づかいの乱れがあり、しかもそれがまとまってある。これは虫食いとか、水濡れなどによる破損の箇所を、平安時代の人が書きなおしたからだといわれている。そのほか注に脱落が明記されていたり、注にいう歌数が実際には不足していたり、年月の疑問などもある。これらもおなじ理由によるものと思われる。

4044　浜辺《はまへ》よりわがうち行かば海辺《うみへ》より迎へも来《こ》ぬか海人《あま》の釣舟

大伴宿禰家持《おほとものすくねやかもち》

「二十五日に、布勢《ふせ》の水海《みづうみ》に往き、道中に馬の上にして口号《うた》へる二首」のうち、第一首。なんでもない歌のようだが、くりかえして誦すると味わいがある。作者は、遠来の客人《まろうど》田辺福麻呂を迎えて、一昨日は自分の館に歓迎の歌宴を開き、昨日は、今日の遊覧を約しての歌を詠みあった。そして、いま、いよいよ布勢の水海にむかっている。布勢の水海は、当時の国府（いまの高岡市）の西側にひろがる、海つづきの湖である。国府近郊の名勝地として都からの来客があると、まず案内するところであり、客がなくとも折にふれての訪れは鄙の心を慰めたところだった。

田辺福麻呂は巻初の詞書によると、左大臣家の使者として来越した、造酒司《さけのつかさ》の令史《さかん》である。彼は、万葉末期のすぐれた歌人で、諸兄の命で数々の公的な歌を詠んでいる。家持は、左大臣橘諸兄と親しかった。文学と政治情勢は、あるばあいにはまったく無関係ではありえない。新興藤原氏に対して、復権を願う旧豪族大伴氏にとって、諸兄は皇親政治の中心となるべき人物であり、その使者来越の目的も、『万葉集』成立に結びつけて考える説がある。当時、都でも『万葉集』編纂が進み、さらに越中でも家持が歌を集めていたという考えである。

いま、懐かしい都の香をもたらした客人を案内して、家持の心は軽やかにはずんでいる。その心はずみに呼応して、海辺よりわれら一行を迎えるべく釣舟が来ないかと願ってしまう。まるでそれが予定されたものであるかのように。「海辺」は「浜辺」の対応語として、意識して使われた。

ゆられて馬上にあると、歓喜は海上への幻想を生んで、この「馬上口号」の歌となった。ただ「馬上口号」はめずらしいい方で、「馬上口吟」がふつうである。

この折の布勢の遊覧の歌は八首だが、後注に「十五首」とあるのは脱落したのであろう。

この折の歌の「垂姫《たるひめ》の」の「の」を、4047では甲類の「野」、4048では乙類の「能」で書いている。しかし奈良時代には、甲類で書くことはない。このことも発音上の区別が失われた、平安時代の補筆であることを証明していると考えられる。

4054　ほととぎすこよ鳴き渡れ燈火《ともしび》を月夜《つくよ》に擬《なぞ》へその影も見む

大伴宿禰家持《おほとものすくねやかもち》

布勢遊覧の翌日（天平二十年三月二十六日）、久米広縄の館で福麻呂を馳走した宴会の歌四首のうちのもの。ホトトギスは前日布勢遊覧のときから話題になっており、まず久米広縄が「めづらしき君が来《き》まさば鳴けと言ひし山《やま》ほととぎす何か来鳴《きな》かぬ」（4050）と、福麻呂をもてなすためのホトトギスが鳴かないことを怨《うら》んだのにはじまって、この日の四首は、ここまで三首がホトトギスの鳴かないことを歌っている。

有名な家持の台詞「霍公鳥《ほととぎす》は、立夏《りつか》の日に来鳴くこと必定《ひつぢやう》す」（３９８４左注）、「二十四日は、立夏の四月の節《せつ》に応《あた》れり。これに因《よ》りて二十三日の暮《ゆふへ》に、忽《たちま》ちに霍公鳥の暁《あかとき》に鳴かむ声を思ひて作れる歌」（４１７１題詞）らによると、前者は三月二十九日、後者は三月二十三日で、このときもまさにホトトギスが飛来すべきときであったことがわかる。そのためにホトトギスを待ちのぞんでいるのである。だから、このホトトギスへの期待は、なかば季節感への期待だといえる。

ところで前日の広縄は珍客をもてなすのになぜ来ないかといい（４０５０）、当日もこれほど木立がしげくなったのにどうして鳴かないかといい（４０５３）、前日は家持もホトトギスが鳴いたらこんなに恋しがりはしないといい（４０５１）、当日は当の福麻呂も、今日鳴かないで明日山越えのときにきいたってしかたないという（４０５２）。

しかし、これに対して４０５４の家持はさすがにちがう。

「月夜」は、本来、月の夜のことだが、ここは月そのものを指す。その月明りのなかで、声だけでなく、ホトトギスの姿（影）も見ようというのである。鳴き声さえききがたいのに、さらに姿も見たいとは大きすぎる期待である。しかも夜声を欲し、さらに、「灯火を月夜になそえて」と歌っている。灯火は部屋のなかにある油火だから、いかに明るくしても、戸外を飛ぶホトトギスが見えるわけはない。その無理を知っていてあえていうのは、遊び、風流《みやび》の精神である。

皎々《こうこう》と輝くばかりにともされた灯火は戸外、庭上にも連ねともされたろうか。すると豪華な宴席が想像されるが、それとてたんなる明るさにすぎないだろう。しかし「月夜に擬へ」とされた灯火は月輪を思い起こさせ、それを背景として飛ぶホトトギスを想起させる。これはあまりにも見事な人工の舞台である。宴席歌として高く評価したい。

4060　月待ちて家には行かむわが挿《さ》せるあから橘影《たちばなかげ》に見えつつ

粟田女王《あはたのおほきみ》

題詞に「粟田女王の歌一首」とあり、左注に「右の件《くだり》の歌は、左大臣橘卿の宅に在《いま》して肆宴《とよのあかり》きこしめしし時の御歌なり。幷《あは》せて奉《たてまつ》れる歌」とある。この巻のはじめに、都からの橘諸兄の使者田辺福麻呂を迎えて宴席を設け、歌を詠みあい、また古歌を誦しているが、その古歌のひとつ。4056の題詞に、「太上皇《おほきすめらみこと》（元正天皇）の難波《なには》の宮に御在《いへ》しし時の歌七首」とあり、その五番目の歌である。

4057の左注によれば、元正女帝は舟で淀川をさかのぼり、諸兄邸にいたった。ちょうど、賜姓にちなむ橘が、たわわに実っていた。

「橘《たちばな》のとをの橘八《や》つ代《よ》にも我《あれ》は忘れじこの橘を」（4058）は、元正の寿ぎの挨拶歌。ついで「橘の下照《したで》る庭に殿《との》建てて酒《さか》みづきいますわが大君かも」（4059）と、高市皇子の娘の河内女王《かわちのおおきみ》が歌う。これらを受けて、この粟田女王の歌がある。

「月の出を待って家にはまいりましょう。私の髪に挿して挿頭《かざし》にした明るい色の橘の実が、月光のなかに映えて見えます」という一首である。

橘を挿頭にするのは、宴会の雅びで、巻五の梅花の宴にたくさん出てくる。本来は感染呪術の行為であり、寿ぎを祝うものだったが、しだいに装飾的になり、風流な遊びとなった。この宴席でテーマとして詠まれていた橘を、宴席にふさわしい祝福に発展させた。

月光のなかにあから橘を誘うとは、先の家持の雪月花の歌とおなじ映発の美である。「家には行かむ」は、宴席の華やぎを惜しみ、家までもち帰ろうという気持。『伊勢物語』の「あかなくにまだきも月のかくるるか山の端逃げて入れずもあらなむ」（八十二段）の気持に通じよう。祝福をこめて発展させ、別れを惜しむ気持から、讃美をこめるのである。

このときは天平十六年二月～十一月で、元正は難波京に、聖武は紫香楽《しがらき》宮にいる。

内舎人《うどねり》大伴家持もしたがっていたが、それをいま四年後に越中の国守として家持はきいたのだった。

4065　朝びらき入江漕《こ》ぐなる梶《かぢ》の音《おと》のつばらつばらに吾家《わぎへ》し思《おも》ほゆ　山上臣《やまのうへのおみ》

題詞によれば「射《い》水《みづ》郡の駅館《うまや》の屋《や》の柱に題著《しる》せる（落書きした）歌」とある。落書きは、書かざるをえない内面的な欲求があって、効果などまったく期待せずに書いてしまうものであろう。平城宮跡から出土する土器などの落書きもおなじである。そう考えると一首の心根が深く思われる。

「つばらつばら」は、委曲を尽くすことで、「つくづく」とか「しみじみ」とおなじ意味だが、語感がちがって、しみわたるような味わいがある。「つばらつばらに吾家し思ほゆ」が、この歌の中心的叙情、「朝港を出て、入江を漕いでいるらしい舟の梶の音がしきりにきこえるように、故郷のわが家のあれこれがしきりにこまかに思われてならない」という一首である。

大伴家持の「朝床《あさどこ》に聞けば遥《はる》けし射《い》水川《みづかは》朝漕《こ》ぎしつつ歌ふ船人《ふなびと》」（4150）のように、官人らしい作者は、旅の朝のぼんやりした目ざめに、梶の音をきいて故郷を想像しているのであろう。おのずから、早朝から生業にいそしんでいる民衆との対比が思われる。たとえば『源氏物語』でも、光源氏が夕顔の家に泊った明け方に隣りの家々の生活の物音がきこえ、唐臼《からうす》の音が雷のごとくきこえるとある。

梶の音は、きく作者をして、ものうさ、けだるさを感じさせたと解してよいだろう。そこはかとない旅情がかき立てられ、旅愁はひとしおとなろう。梶の音は、たえまないときに使われるのがふつうで、「間無し」（2746・3173）などをともなうことが多いのに、「つばらつばら」と替えているところに、この歌のよさがある。また畳語は、思い入れが深くなる。心から故郷を思いやり、柱に書きつけざるをえなかったのであろう。

作者をただ「山上臣の作」とだけ伝え、はっきりしないのも、落書きであることも、茫漠たる内容にふさわしい。山上臣とは山上一族の人ということ。山上姓はすくなく、奈良時代では山上憶良一族しかいない。山上臣はふつう憶良を指すが、彼はここに来たことはない。彼の子か孫に陰陽寮に仕えた山上船主があり、家持の子とともに流されている。おそらく憶良の歌をだれかが柱に書きつけたのであろう。

4086 あぶら火の光に見ゆるわが蘰《かづら》さ百合《ゆり》の花の笑《ゑ》まはしきかも
大伴宿禰家持《おほとものすくねやかもち》

4087 燈火《ともしび》の光に見ゆるさ百合《ゆり》花《ばな》後《ゆり》も逢はむと思ひそめてき
内蔵伊美吉縄麻呂《くらのいみきなはまろ》

4088 さ百合《ゆり》花《ばな》後《ゆり》も逢はむと思へこそ今のまさかもうるはしみすれ
大伴宿禰家持《おほとものすくねやかもち》

一連の宴席の歌である。題詞によると、天平感宝（のちに勝宝と改称）元年（七四九）五月に、東大寺の寺田を開くための使者として僧の平栄《へいえい》が来越し、五日に国守家持の家で饗宴がはられた。家持はこのとき酒を平栄に贈っているが、ついで九日、今度は少目《しょうさかん》（四等官の次官）である秦伊美吉石竹《はだのいみきいわたけ》の家で飲宴《うたげ》が行われた。この主人、秦石竹は風流の人だったらしく、客をもてなす趣向として、百合の花蘰をつくって、豆器《ずき》（物をのせる器）にのせて贈った。花蘰とは、花や枝を輪につくって髪にかざるもので、ここでは百合の花を用いたのだった。百合は「ゆり」が「後《ゆり》」という音を重ねられるところから、また後に逢おうという気持をこめたものである。また百合は「さ百合」といわれるように、神聖な植物でもあった。

これに対して、客は答礼として、百合の花を題材とした歌を詠んだ。それが掲出の三首である。歌中で百合の花を詠みこんだ句が四句目、三句目、初句と、しだいにくりあがっていて面白い。

第一首は一見蘰のことを歌っているようだが、油火の灯火に照らされた蘰のなかの百合の花が美しく咲いているように、よろこばしいことだと、客の平栄をほめた一首である。宴席を代表する立場の人間として客に贈った挨拶の歌であろう。挨拶でありながらそれを感じさせず、一首として詩的に独立しているというあり方は、のちの松尾芭蕉の句などにしばしば見られる、すばらしい伝統詩のつくり方である。その詩という点についていえば、灯火のなかに映える花蘰に注目した点が新味を感じさせる。すでにあげた夜のホトトギスも灯火と取り合わせられており（四六一ページ）、家持は燭火の独特の美を発見した歌人であった。

これに対し、縄麻呂は家持の歌をおうむ返しにくりかえしたうえで下句の「また逢いたい」という主題に結びつけた。「さ百合花―ゆり（後）」という一般類型のものだということができるだろう。

ところが、また家持が４０８８を添えた。ここで「右の一首は、大伴宿禰家持、和《こた》へ」とあるように、縄麻呂のものに唱和したものだから、単純にもう一首詠んだのではない。それなりに、もうひと理屈こねた趣で、また逢おうと思うからこそ、この宴会を大切にしたい、という。ひねくれていえば、あとで逢えさえすればいまはどうでもよいということになりかねないのだから、そこを配慮したということになろう。しかし、これは屁理屈《へりくつ》ではあるまい。現実を楽しむということこそ遊びの精神なのだから。

この発言でふたたび現在の楽しさに話題がもどり、さ百合の花はまた笑まわしいことになる。この円環の連続の妙味に宴席歌の醍醐味《だいごみ》があるが、じつはこんな連続性こそ旋頭歌からはじまり後世の連句にいたる、わが国の詩歌の基本的な集団性であった。そうした意味で注目される宴席歌が、『万葉集』ではこのあたりからあとの部分に多くなってくる。

4094 葦原《あしはら》の　瑞穂《みづほ》の国を　天降《あまくだ》り　領《し》らしめしける　皇御祖《すめろき》の　神の命《みこと》の　御代重《かさ》ね　天《ひ》の日嗣《つぎ》と　領《し》らし来《く》る　君の御代御代　敷《し》きませる　四方《よも》の国には山川を　広み厚《あつ》みと奉《たてまつ》る　御調宝《みつきたから》は　数へ得ず　尽《つく》しもかねつ　然《しか》れどもわご大君の　諸人《もろひと》を　誘《いざな》ひ給ひ　善き事を　始め給ひて　黄金《くがね》かも　たしけ

くあらむと　思ほして　下悩《した》ますに　鶏《とり》が鳴く　東《あづま》の国の　陸奥《みちのく》の　小田《をだ》なる山に　黄金《くがね》ありと　申し給へれ　御心《みこころ》を　明《あき》らめ給ひ　天地《あめつち》の　神相珍《あひうづ》なひ　皇御祖《すめろき》の　御霊《みたま》助けて　遠《とほ》き代に　かかりし事を　朕《わ》が御代《みよ》に　顕《あら》はしてあれば　食国《をすくに》は　栄えむものと　神《かむ》ながら　思ほしめして　物部《もののふ》の　八十《やそ》伴《とも》の緒《を》を　服従《まつろへ》の　向けのまにまに　老人《おいひと》も　女童児《をみなわらは》も　其《し》が願ふ　心足《だら》ひに　撫で給ひ　治め給へば　此《ここ》をしも　あやに貴《たふと》み　嬉《うれ》しけく　いよよ思ひて　大伴の　遠つ神祖《かむおや》の　その名をば　大来目主《おほくめぬし》と　負《お》ひ持ちて　仕へし官《つかさ》海行かば　水《み》浸《づ》く屍《かばね》　山行かば　草生《む》す屍《かばね》　大君の　辺《へ》にこそ死なめ　顧《かへり》みはせじと言立《ことだ》て　大夫《ますらを》の　清きその名を　古《いにしへ》よ　今の現《をつつ》に　流さへる　祖《おや》の子等《こども》そ　大伴と　佐伯《さへき》の氏《うぢ》は　人の祖《おや》の　立つる言立《ことだ》て　人の子は　祖《おや》の名絶たず　大君に　奉仕《まつろ》ふものと　言ひ継げる　言《こと》の官《つかさ》そ　梓弓《あづさゆみ》　手に取り持ちて　剣《つるぎ》大刀　腰に取り佩《は》き　朝守り　夕《ゆふ》の守りに　大君の　御門《みかど》の守《まも》りわれをおきて　人はあらじと　いや立《た》て　思ひし増《まさ》る　大君の　御言《みこと》の幸《さき》の（一《ある》は云はく、を）聞けば貴《たふと》み（一は云はく、貴くしあれば）

反歌三首

4095 大夫《ますらを》の心思《おも》はゆ大君の御言《みこと》の幸《さき》を（一は云はく、の）聞けば貴《たふと》み（一は云はく、

貴くしあれば）

4096　大伴の遠《とほ》つ神祖《かむおや》の奥津城《おくつき》はしるく標《しめ》立て人の知るべく

4097　天皇《すめろき》の御代栄《さか》えむと東《あづま》なる陸奥《みちのく》山に黄金《くがね》花咲く

大伴宿禰家持《おほとものすくねやかもち》

この「陸奥国《みちのくのくに》より金《くがね》を出《いだ》せる詔書を賀《ほ》ける歌一首幷せて短歌」は、五月十二日越中国守の館でつくったとある。『万葉集』中、三番目に長い歌である。

天平二十一年（勝宝元年、七四九）、聖武天皇は東大寺盧遮那仏《るしやなぶつ》に塗る黄金がほしいと念願していた。政治的に困難な時代を苦悩しつつ生きぬくのに、聖武は救いを仏に求めたのである。

生まれ変わってでもつくりつづけようという、聖武の強烈な大仏造顕の悲願を軸とし、官僚体制に組みこまれた、協力僧行基《ぎようき》の民衆動員、来世を念願する風潮からの朝野の知識による協力などによって、巨大な仏は、三年にわたる八回もの鋳直《い》しを経て、ようやく完成に近づいていた。しかし二月二日、行基遷化《せんげ》し、また動員への怨嗟《えんさ》の声が高まってきた。

その折も折、国内から黄金が発見されたという報告があった。『続日本紀』には、「二月廿二丁巳、陸奥《ノ》国《ヨリ》始《メテ》貢《ス》㆓黄金《ヲ》㆒。於《テ》㆑是《ニ》奉《テ》㆑幣《ヲ》以《テ》告《グ》㆓畿内七道《ノ》諸社《ニ》㆒」とある。聖武は歓喜し、四月甲午朔《こうごのつきたち》、東大寺に行幸。造営中の大仏に報告し、つづいて長い宣命《せんみよう》を下した。そのなかでとくに、大伴・佐伯両氏の祖先のはたらきについて述べる。多くの人びとに授位もあって、家持は従五位下から上に、陸奥国司、百済王《くだらのこにきし》敬福《きようふく》は、従五位から従三位になった。十四日には、年号を天平感宝元年とあらためる。

当時、新勢力として台頭しつつあった藤原氏に対して、大伴氏は皇親派に属し、安積皇《あさかのみ》子《こ》に未来を託していたのに、皇子は天平十六年突然死んでしまった。家持の悲嘆が思われる。そして十八年（七四六）六月、家持は越中の守となった。これは左遷ではなく、むしろはれがましい処遇であって、橘氏政権の布石のひとつとして行われたとする説もある。しかし都を遠く離れた北国にあって、彼の心は沈みがちであっただろう。

黄金が発見されたのはその折であった。このとき越中の家持には、宣命も授位も、正式の使者によって報ぜられたであろう。

4094の歌に入ろう。まず冒頭の「葦原」と「瑞穂」との二語には、矛盾がある。葦の生い繁った水辺の未開地と、すでにみずみずしい稲穂の実る耕作地とでは、ことばの基盤がちがう。つまり、「葦原中国《ノツ》」とは、高天原《たかまのはら》から見た原初の国であるが、天孫降臨では、豊饒を予祝された「豊葦原瑞穂国」へと呪的に転化したのである。

もっとも、『万葉集』では、習慣的な修飾辞として使われているようである。

「御代重ね　天の日嗣と　領らし来る」は、代々天の日を継承するものとして統治なさったの意味。当時の天皇についての考え方は、各個の肉体がなくなっても、天皇霊は去らずに永久に受け継がれるというものであった。

「善き事」とは、仏教でいう「作善作悪《さぜんさあく》」の作善をいう。ここは盧遮那仏造営のことを指す。「黄金かも　たしけくあらむと　思ほして　下悩ますに」は、「黄金もたしかにあるだろうとお心を悩まされ」の意。

「鶏が鳴く」は、「東の国」の修飾辞。この連続のさせ方に諸説あり、東国のことばはわかりにくく、鳥のさえずりのようだからという説もあるが、鶏が鳴くと、東のほうから夜が明けるから、という解釈の美しいイメージをとりたい。「御心を　明らめ給ひ」は、「はればれとおはらしになって」。「遠き代に　かかりし事を」は、文武の大宝元年、対馬より金を貢し、また元明の和銅元年に武蔵国《むざしのくに》より銅を献じたことなどを指す。

「海行かば　水浸く屍　山行かば　草生す屍　大君の　辺にこそ死なめ　顧みは　せじ」は、大伴氏が伝えてきた言立てだというのだが、ここにおける、海と山の対比は、古拙で伝統的な詞ではなくむしろ新しい。壮絶な死のイメージを思い描くもので、鮮烈な近代詩の一部のようである。大伴氏を一定地方に勢力をもつ豪族のように考えるむきもあるが、大伴の名は「偉大な従者」の意だから、天皇家が王権を獲得したときの先導者であるというにすぎない。古代政権は、三輪、河内、継体王朝と何回か替わったが、五世紀の河内王朝のころに、大伴氏は勢力をもっていたと思われる。しかしこのことばは七、八世紀のころのもので、五世紀より語り継いできたとは考えられない。家持周辺でつくられたものではないだろうか。

そもそも大伴氏はこのように武門だというが、歌にも深くかかわっているのは、どういうわけか。古くさかのぼると、昔の戦はことばの戦であって、征服することを「言向け」といった。だから歌やことばに巧みな人間が、戦にも長じていたことになる。それで古代の武門はことばの家柄（「言の官」）でもあって、大伴氏はそれを世襲したと考えればよいであろう。当時は律令体制が固まりつつある時代だが、まだ家々の世襲は強く残っていたのである。

長歌のあと、三首の反歌がある。4095の結句は、長歌の結句のくりかえしで、典型的な反歌である。「天皇の御言の幸《さきわ》いをきくと尊くて、勇者としての心が思い出され、心がふるいたつ」という一首。この「大夫の心」こそ家持の時代にはすでに失われ、そのゆえに家持が祈念した理想だった。しかし同時に、これは明らかに古風なもので、そこに家持の悲劇もあった。

4096は大伴の遠い祖代の墓標をはっきりと立てよ、という一首。祖先の栄光を誇示する気持を歌ったものである。具体的には、いまの東大寺の寺域内に大伴氏の墓はあったらしい。伴寺の地がそこだったのであろう。しかしここでいう「奥津城」はもっと抽象的なものである。一族の精神的指標とでもいったものであろうか。

最後の反歌は有名なものだが、「黄金花咲く」に工夫があって面白い。一見なんでもない比喩のようだが、こうした修辞はやはり漢籍的なものであろう。

4102　白玉を包みて遣《や》らば菖蒲草《あやめぐさ》花橘に合《あ》へも貫《ぬ》くがね

大伴宿禰家持《おほとものすくねやかもち》

大伴家持が「京《みやこ》の家に贈らむが為に、真珠《しらたま》を願《ほり》せる歌一首并せて短歌」と題詞がある長歌、4101の反歌四首中の第一首。ちなみに長歌を引用しておこう。

珠洲《すす》の海人《あま》の　沖つ御神《みかみ》に　い渡りて　潜《かづ》き採《と》るといふ　鰒珠《あはびたま》　五百箇《いほち》もがも　はしきよし　妻の命《みこと》の　衣手《ころもで》の　別れし時よ　ぬばたまの　夜床片《よどこかた》さり　朝寝髪《あさねがみ》　掻《か》きも

梳《けづ》らず　出でて来《こ》し　月日数《よ》みつつ　嘆くらむ　心慰《なぐさ》に　ほととぎす　来鳴く五月《さつき》の
菖蒲草《あやめぐさ》　花橘に　貫《ぬ》き交《まじ》へ　蘰《かづら》にせよと　包みて遣《や》らむ　（4101）

4102の歌の意味は「真珠を苞《つと》（土産）として包んでやったならば、あやめ草や花橘と一緒にまぜて緒に通してほしい」というもの。

一緒に通すのは、蘰《かずら》や薬玉《くすだま》にするためである。端午《たんご》の節供には、長命を願って、沈香《ちんこう》などの香薬を入れた袋に、五色の糸を貫きたらし、菖蒲《しょうぶ》・蓬《よもぎ》などの香り高い花でかざった薬玉を、柱や軒に吊り下げるのが当時の習慣だった。その歌が、巻八に何首かある。

霍公鳥《ほととぎす》いたくな鳴きそ汝《な》が声を五月《さつき》の玉にあへ貫《ぬ》くまでに　（1465）
わが屋前《やど》の花橘の何時《いつ》しかも珠に貫《ぬ》くべくその実《み》なりなむ　（1478）

などである。

しかし当歌では、白玉をつつんでやるのは、花橘も菖蒲も一緒に貫きまじえてほしいからだといっている。この発想は、巻八の諸歌にはない。そこにこの歌が趣向をこらしたものであることがわかる。しかも長歌のなかでは「五百箇もの真珠を」ということばどおりにとると、連ねるとたいへん豪華で、長い蘰となり、幾重にもまけるものとなろう。

山国の都の人にとっては、真珠はたいへんめずらしい、海神の所有するものであった。「海神《わたつみ》の持てる白玉見まく欲《ほ》り千遍《ちたび》そ告《の》りし潜《かづき》する海人《あま》」(1302)という歌もある。このように尊いからこそ、真珠を都の妻にやりたいと願うのである。

真珠は輝きがほんのりかすかで、煙っているようなのが、よい。「玉かぎる」という万葉語は、玉がこもるようにほのかな輝きをもつものであることをいうものである。そして玉は丸い。古来丸いものも尊重された。丸いものは玉であり、大事な魂と考えられた。また、白玉は万葉では、女性の比喩として歌われている。「白玉《しらたま》の　人のその名を　なかなかに　辞《こと》を下延《したは》へ」(1792、田辺福麻呂)のごとくであり、いかにも女性的な真珠の美しさも、これを都の妻に贈りたいという気持をいだかせた理由であろう。

4109　紅《くれなゐ》は移ろふものそ橡《つるはみ》の馴《な》れにし衣《きぬ》になほ及《し》かめやも

大伴宿禰家持《おほとものすくねやかもち》

4106の長歌の、反歌三首中の最後のものである。「史生尾張少咋《ししやうをはりのをくひ》に教へ喩《さと》せる歌一首

幷せて短歌」と題詞があり、長い序がある。

家持の部下少咋は、任地の遊女左夫流《さぶる》をたいへん愛するようになった。そこで家持は長官としての立場から、七出《しちしゅつ》（離婚の条件となる七つの欠陥）の例や三不去《さんふきょ》（七出に該当しても離婚不可の三つの場合）、また両妻《りょうさい》の例（重婚禁止の法律）などをあげ、旧妻を捨てる迷いを悔い改めさせようと長短歌をつくった。

その反歌である当歌は、華やかな紅色が華やかではあってもうつろいやすく、一方どんぐりの実の笠を煎《せん》じた液で染める橡染めはなかなか色がさめない。しかし地味である。それらを比べるとやはり「着なれた橡染めの衣には、やはりおよぶことがあろうか」と歌う。「紅」は遊女、「橡」は妻の比喩である。紅は美しいが、橡は美しいとはいえない。

まして当時の衣服令の服色規定では、橡染めの着物を着るのは奴婢《ぬひ》であった。妻をその橡にたとえるとは、失礼だといわれかねないが、こうした比喩は、当時、ある程度慣用的な表現であった。たとえば「難波《なには》人《ひと》葦火《あしひ》焚《た》く屋の煤《す》してあれど己《おの》が妻こそ常《つね》めづらしき」（2651）（すすけていてもわが妻はいつも変わらず可愛い）、あるいは、「苗代《なはしろ》の子水葱《こなぎ》が花を衣《きぬ》に摺《す》り褻《な》るるまにまに何《あぜ》か愛《かな》しけ」（3576）（衣がなえるように馴れるに従って妻がなぜかいとしい）と歌われるごとくである。いずれも当歌とおなじく、変わらないものをよしとしている。めだたないものが、たしかなものだという生活者の発想である。

大伴氏の衰運を一身に引き受けるとき、家持は人間とはなにか、真実とはなにか、変わらないものはなにかと悩んだことであろう。その苦悩を、繊細な心に映して歌ったから、この歌はたんなる教訓ではない、文学的作品となった。

二日後、少咋の奈良の先妻が突然越中に来て、大騒ぎとなったらしい。そのとき、また家持は歌をつくった。いささか大げさに、コミカルに。

左夫流児《さぶるこ》が斎《いっ》きし殿に鈴掛けぬ駅馬《はゆま》下《くだ》れり里もとどろに　（4110）

と。できすぎていて虚構めくが、やはり事実だったのであろう。

4134　雪の上に照れる月夜《つくよ》に梅の花折りて贈らむ愛《は》しき児《こ》もがも
大伴宿禰家持《おほとものすくねやかもち》

題詞に「宴席に雪、月、梅《うめ》の花《はな》を詠める歌一首」とあり、「右の一首は、十二月、大伴宿禰家持の作」と左注がある。この歌の前は、大伴池主との手紙の贈答のかたちになっていて、年月がきちんと書いてあるのに、この歌は「十二月」とだけしか書いていない。つぎの歌にはそれすらないが、またそのつぎ4136以下は、年月日のある歌になっている。日付がはっきりとしているもののあいだにあって、これだけが判然としないのだが、これはなにを意味するのだろうか。

まず編集に先立って、一応月日順にメモされたものがあり、それをベースにして巻十八が編纂されたが、さらに別資料から若干が挿入されたと考えられる。つまり主資料が、つくったときを軸として伝えられているのに対し、これは題材に関心があって伝えられていた歌であった。それはつぎの4135もひとしく、これは琴への関心だったのではないか。

この歌は、明らかに雪月花の取り合わせに興じたもので、偶然に三者が存在したのではない。

じつはこの三者を詠みこんだ漢詩が『白氏文集《はくしもんじゆう》』にあり、平安朝にもてはやされたことはあまねく人の知るところであろう。以後雪月花は日本文学の根幹の美の概念となって今日におよんでいる。だからこの淵源は『白氏文集』にあると考えられているのだが、それは誤解であって、すでに家持にこの一首があるのである。

この歌は明らかに構えた題詠で、雪上を照らす月に梅の花を取り合わせることをもって、美の極致と感じたのである。この構えた題詠の面白さは、成功し、人びとがもてはやしたらしい。のちに歌を収録するにあたって、左注に「十二月……作」という、漠然とした表記しかできなかったほどであった。

家持以前にも花と月の取り合わせはある。柿本人麻呂の日並皇子《ひなみし》への挽歌に、

……天の下　知らしめしせば　春花《はるはな》の　貴《たふと》からむと　望月《もちづき》の　満《たたは》しけむと……

（167）

とあって、春花の対句として満月をあげる。また高橋虫麻呂は真間娘子《ままのおとめ》を、

……望月《もちづき》の　満《た》れる面《おも》わに　花の如《ごと》　笑《ゑ》みて立てれば……（1807）

と比喩している。しかし家持は、これらをそのまま踏襲せず、雪を取り合わせた。秋の七草の元祖は山上憶良、雪月花は家持だったのである。

いま、月が雪のうえに照っている。その映発しあう美しさのなかに、梅が香っている。当時、梅は、外来のめずらしいハイカラな植物だった。それを詠んだ歌は、斬新だったはずである。しかしそれをいとしい女性に贈りたいと願うことは、雪月花の題に対して余分で、相聞的・類型的発想になっている。すなわち、男性官人が集まった宴席で、なにかを女性に贈りたいといったり、女性が男性に花を贈りたいというのとおなじで、これは万葉

歌の基本形のひとつである。この相聞性が加わっていることは、斬新な題材にとって余分ではあるにしても、和歌文脈のなかに中国ふうな題材が導入され、定着した姿だということができる。

巻十九

巻十七以後のいわゆる「家持歌日記」四巻のうち、この巻だけは大伴家持自身の筆録によると思われる。巻十九には百五十四首の長短歌があるが、その三分の二に当たる百三首が、家持の作である。のみならず「うらうらに照れる春日《はるひ》に雲雀《ひばり》あがり情悲《こころかな》しも独《ひと》りしおもへば」（4292）の巻末歌の左注には、「ただこの巻の中に作者の名《な》字を称《い》はず、ただ年月・所処・縁起のみを録《しる》せるは、皆大伴宿禰家持の裁作《つく》れる歌詞《うた》なり」とある。さらに原文は、他の三巻とちがい、漢字を表意文字（ふつう、われわれが使う漢字の使い方）として使うことが多いことも、家持筆録説の論拠となる。

また、この巻は、橘諸兄に献上されたらしい。現形のように巻十九がおわっているのは、諸兄が、『万葉集』の資料の提出を求めたのが、天平勝宝五年（七五三）であったからだと思われる。

『万葉集』の原形をなすものをつくろうという考えが諸兄にあり、その資料を家持に求めたのである。『万葉集』を諸兄がつくったという説は、『栄華物語』などにもあり、江戸時代の学僧契沖以後の研究は『万葉集』の編者として大伴家持を強く指示しているが、これは、全体のある段階での最終的編者として家持が加わったのにすぎない。

なお、すでにふれた歌数は、長歌が二十三首、短歌が百三十一首の計百五十四首で、ほかに異伝が四首ある。

4139　春の苑《その》紅《くれなゐ》にほふ桃の花下《した》照る道に出で立つ少女《をとめ》

大伴宿禰家持《おほとものすくねやかもち》

天平勝宝二年（七五〇）、陰暦三月一日（陽暦四月十五日）の夕、家持は越中の庭園に桃《もも》李《すもも》の花を見て歌二首をつくった。その第一首である。

この歌は「にほふ」で切るか、「桃の花」で切るかで論があるが、「にほふ」で切るべきである。すなわち、「紅にほふ」は桃の花だけの形容ではなく、春の花の第一印象であり、まず春の苑が紅におっているといっておいて、その印象を逐次以下で述べるのである。「桃の花」以下は幻想で、まずその全体を「紅にほふ」といった。こまかい事物を具体的にいうのでなく、全体の色調を、ひとこと「紅」によってイメージしたのである。「紅」は日本古来の染料ではない。海外から伝えられた染料によるもので、それなりに華やかに感じられたであろう。しかし華やかであるだけに、うつろいやすくもあった。

今日「匂《にお》う」と香りをいうことばは、本来「丹秀《にほ》ふ」で、赤色がめだつこと。古代では色についていったことばだという。しかし私は、色から香へ変わったのではなく、色と香の両方についていうことばだと思う。じっと見ていると、色には沈む色と、匂い漂ってくる色とがある。紅は匂い漂ってくる色なのである。家持の幻想のなかに、紅はたびたび登場する。4111の歌のように、黄ばんだ木の葉を見ても、紅にいろどられた幻想が浮かぶのである。いや、家持だけでなく、高橋虫麻呂もおなじように紅色の幻想をもった。夢見る景とは華やかなはずで、紅の風景が幻視されがちであったからだといったらよいだろうか。

春の苑は紅ににおう。しかし華麗な紅は、しだいに黄昏の薄墨色に溶解してゆく。その過程で家持の心が現実から離れ、幻想に誘《いざな》われた世界で、新たな像を創造する。「下照る道」は、光の世界である。そこに少女がふっとあらわれる。そのあらわれ方は「少女出で立つ」「少女歩き来」などというのではない。「出で立つ少女」とは絵画的・静止的表現である。これは現実にいない幻想のゆえに、経過を抜きに提示されたものである。

「をとめ」を原文で「𡢳嬬」と書いているのが、華麗な全体の風景によくあっていてよい。この少女は、ペルシアからシルク・ロードを通り、中国を経てわが国に渡ってきた「樹下美人図」を、家持が知っていて想い描いたものにちがいない。その女性としては、豊麗な天平ふうの女性がふさわしい。時は春の暮れ、花は桃。女性と桃との取り合わせは『詩経』以来の漢詩文の伝統である。

中国的教養に培われた国守が、ふくよかな天平の女性を幻視した華麗な歌だが、しかしその作者はぼんやり坐して、黄昏の空間を見つめている。幻想が華やかであるだけ、作者の孤独感はいっそう深いものがあろう。

なお李を詠んだもう一首は、「わが園《その》の李《すもも》の花か庭《には》に降《ふ》るはだれのいまだ残りたるかも」(4140)である。

そしてこのあと、家持はこの日の夜から翌二日は一日中、さらに三日の朝まで果てしない物思いに悩まされつづけたようである。つぎつぎと歌が詠まれる。まずこの日の夜「飛び翔《かけ》る鴫《しぎ》を見て作れる歌」は「春まけて物悲《がな》しきにさ夜更《よふ》けて羽振《はぶ》き鳴く鴫誰《しぎた》が田にか住む」(4141)。その夜を明かした二日は柳の枝を折りとって都を思った。「春の日に張《は》れる柳を取《と》り持《も》ちて見れば都《みやこ》の大路《おほぢ》思ほゆ」(4142)。この日、おなじく堅香子《かたかご》の花を折って歌ったのが、つぎの有名な一首である。

物部《もののふ》の八十《やそ》少女《をとめ》らが汲《く》みまがふ寺井《てらゐ》の上《うへ》の堅香子《かたかご》の花（4143）

「堅香子」は、ユリ科の多年生草本、かたくりのことである。「寺井」は、寺の境内にある、湧水・流水をせきとめ、汲めるようにしたところ。

これも題詞によると一本の堅香子の花を詠んだものだから、そこからひろがった想像の風景が上句のものだということになる。またしても描く幻想のスクリーンに、初々しい鄙のおとめらが、つぎつぎと入り乱れ、水を汲む。「物部」は、朝廷に仕える男。その多いことを、「物部の八十」といったのは、官人たちのみちあふれた都への憧れによるものであろう。「少女」につづけるのは独得の用法である。

しかしやがて華麗な幻想は帰京の念のゆえに消え、家持は帰る雁の鳴き声を耳にする。北国にも春がやってきたと思う。「燕《つばめく》来る時になりぬと雁がねは本郷《くに》思《しの》ひつつ雲隠《がく》り鳴く」（4144）、「春設《ま》けてかく帰るとも秋風に黄葉《もみち》の山を超《こ》え来《こ》ざらめや」（4145）。

渡り鳥の旅路の往還はみずからの姿でもあろう。その日が暮れると夜は深々としずまってゆく。「夜《よ》ぐたち（夜更け）に寝《ね》覚《さ》めて居《を》れば川瀬《かはせ》尋《と》め情《こころ》もしのに鳴く千鳥《ちとり》かも」（4146）、「夜《よ》ぐたちて鳴く川千鳥《かはちとり》うべしこそ昔《むかし》の人もしのひ来《き》にけれ」（4147）。前者「情もしのに」は「淡海《あふみ》の海夕波千鳥《うみゆふなみちどり》汝《な》が鳴けば情《こころ》もしのに古《いにしへ》 思ほゆ」（266）、後者夜更けの千鳥は「ぬばたまの夜《よ》の更《ふ》けぬれば久木《ひさき》生《お》ふる清き川原に千鳥しば鳴く」(925)の先達、伝えきくだけの柿本人麻呂・山部赤人のことがしきりに偲ばれていたと思われる。そして夜明け、鋭い雉の声をきく。「杉の野にさ躍《をど》る雉《きぎし》いちしろく音《ね》にしも哭《な》かむ隠妻《こもりづま》かも」(4148)、「あしひきの八峰《やつを》の雉《きぎし》鳴き響《とよ》む朝明《あさけ》の霞《かすみ》見ればかなしも」(4149)。この立ちこめる霞は、彼の憂愁のシンボルである。二夜つづけての不眠のあとの浅いまどろみの床に、はるかな射水《いみず》川を漕ぎくる船人の歌声がきこえてくる。

朝床《あさどこ》に聞けば遥《はる》けし射水川《いみづかは》朝漕《こ》ぎしつつ歌ふ船人《ふなびと》　(4150)

「射水川」は、富山県西礪波郡を流れ、越中国府のあった高岡市伏木町で富山湾にそそぐ。いま小矢部《おやべ》川という。この歌はのどかな牧歌調をもって見られる面もあるが、こう見てくると、けっして家持は安らかな朝を迎えているのではない。その不安のなかで、しかしいま現実にもどった生活者の歌は、家持を憂愁から救済する力をもっていただろう。一夜明けたこの日は上巳《じようし》の節会《せちえ》の日であった。

　この二夜を眠らせなかった物思いはなんであったかは、正体を明らかにしがたい。しかし、具体的に指摘できない、なんとなく心をなごませない悲しみが人間にはある。そういう憂いこそ人の心の深層に棲むもので、この巻の最後の三秀歌(4290〜4292)とも呼応していよう。

4199 藤波《ふぢなみ》の影なす海の底清み沈《しづ》く石《いし》をも珠《たま》とそわが見る

大伴宿禰家持《おほとものすくねやかもち》

4200 多祜《たこ》の浦の底《そこ》さへにほふ藤波を挿頭《かざ》して行かむ見ぬ人のため

内蔵忌寸縄麻呂《くらのいみきなはまろ》

4201 いささかに思ひて来《こ》しを多祜《たこ》の浦に咲ける藤見て一夜《ひとよ》経《へ》ぬべし

久米朝臣広縄《くめのあそみひろなは》

4202 藤波を仮廬《かりほ》に造り浦廻《うらみ》する人とは知らに海人《あま》とか見らむ

久米朝臣継麻呂《くめのあそみつぎまろ》

この四首は、「十二日に、布勢《ふせ》の水海《みづうみ》に遊覧し、多祜《たこ》の湾《うら》に船泊《ふなは》てして藤の花を望み見、各ゝ《おのがじし》懐《おもひ》を述べて作れる歌四首」と題詞がある。天平勝宝二年（七五〇）四月十二日に国庁の官人たちが遊んだ折である。「多祜の浦（湾）」は、いま陸地と化したが、昔の布勢の水海の東南部にあった。いま、氷見《ひみ》市宮田に上田子、下田子の小字名《あざな》が残っている。多祜神社の参道には、藤の巨木があり、古来多祜の藤波として歌枕となり、神社も藤浪神社ともいわれる。「船泊て」は、舟を碇泊させること。これらの四首は、守《かみ》・次官《すけ》・判官《じょう》と官位の順に詠まれている（継麻呂の官職は記されていない）。

第一首、

藤波《ふぢなみ》の影なす海の底清み沈《しづ》く石《いし》をも珠《たま》とそわが見る

の藤は、藤原氏を比喩していると、何人かの人がいうが、ここではかならずしもそこまで考える必要はあるまい。「藤波」は、たくさんの花房が風にゆれる状態から名づけられたものである。「影なす」の「なす」は、ほんとうはそうでないものがそのようである、ということ。このばあい、「影をうつす」というと、海と影は別物になるが、「影なす」といえば、本来別物である海を、家持は藤波にしてしまったのである。

藤波ではないのに、海底は清らかな水を透かして、いま藤波そのものだという。「影なす」という表現は、詩人のものである。このばあい、波は効果的であった。海底としての藤波は、海の波そのものとなろう。紫色の波のなかで「その底に沈んでいる石をも、尊い玉と私は見る」と歌う。藤色のゆらめきのなかで、石も玉のように美しく見えるのである。

第二首、

多祜《たこ》の浦の底《そこ》さへにほふ藤波を挿頭《かざ》して行かむ見ぬ人のため

は、介《すけ》（次官）内蔵忌寸縄麻呂の作。彼は、前年の五月少目《しょうさかん》秦石竹《はだのいわたけ》の邸の宴席で、風雅なもてなしを受け、百合の花を詠みこんだ巧みな挨拶歌を、家持と詠みかわしている（四六七ページ）。

そもそもこの四首を一括して扱おうとしたのは、ここに、宴席の流れが顕著だからである。とくに家持は越中から帰京して以後、ほとんど宴席歌しかつくらないといってもよいほどだが、ここでもすでに宴席歌はこのように見られる。『万葉集』の編者が歌を一首ごとに評価して一連の歌をばらばらにしなかったことは、幸いであった。

第二首は第一首の「藤波」・「底」を受け、「なす」を「にほふ」に替え、「さへ」を添えて、地上とともに海底までも美しく「にほふ」と受けた。

したがって、家持の歌では海と藤とは一体であったが、縄麻呂の歌ではべつになった。イメージの美しい重なりはなくなったが、おたがいに映発しあうこととなった。家持の歌では、意表をついて一体であったものが、別々になった代わりに、歌の流れは、新たなアイディアによって発展させられたのである。

「挿頭し」は、本来、感染呪術のもので装飾ではないが、ここはすでに原義を離れているであろう。縄麻呂はこれを参加していない人びとに見せてやろうという。いささか旅の歌に類型のある発想ではあるが、国庁の同僚とか家族とかを想像しているわけで、そのことにおいて、外への意識のひろがりを感じさせる。家持の視野は、海底の石に集中していたのだったが、そこに、視野の拡大をプラスした一首である。

いささかに思ひて来《こ》しを多祜《たこ》の浦に咲ける藤見て一夜《ひとよ》経《へ》ぬべし

第三首のこれは、判官久米広縄の歌。広縄は越前に転出した大伴池主の後任者で、『万葉集』の筆録も引き継ぎ、また池主とおなじように家持と歌を詠みかわした人物である。「ほんのちょっとと思って軽い気持で来たのに、あまり藤が美しいので、帰らずに一夜を過ごしてしまいそうだ」という一首。

前歌との関連が裏側にまわって「行かむ」、「経《ふ》」と反対になっている。流れの転換をはかったものであろう。漢詩でいう起・承・転・結の意識があったろうか。

この歌は一読、山部赤人の「春の野《の》にすみれ摘《つ》みにと来《こ》しわれそ野をなつかしみ一夜《ひとよ》寝にける」(1424)を思い出させるだろう。この歌に寓意を考える人があるが、それは不自然なとらえ方である。すでに述べたように(二二一―二二二ページ)、赤人はすみれが懐かしいといっているのではない。「野をなつかしみ」といっているのである。「野」は在野などというときの「野」と理解してもよいだろう。「朝《ちょう》」のなかで疲れた作者は、自然で本来的な「野」の世界を懐かしんでいる。野の出身者赤人は、性《しょう》にあわない朝にいての疲れを癒やし、いま、解放感をおぼえている。ここには、のちの業平に引き継がれ流れてゆく風狂の精神があろう。中国詩には、こうした官に倦《う》み、閑寂の境を求める遊覧詩のパターンが多い。

当歌も、これらの系譜のなかの一首である。官に倦んで、閑に遊ぶ気持があったであろう。「ぬべし」とは強い表現である。「いささかに思ひて来しを」、あまりに藤が美しいので、かならずや「泊ってしまえ」といった気持になってしまうという。「一夜経」という意外性が面白いではないか。集団の心おどり、風狂の心のはずみが感じられる一首である。

次に第四首。

藤波を仮廬《かりほ》に造り浦廻《うらみ》する人とは知らに海人《あま》とか見らむ

これは前歌の「一夜経」を「仮廬に造り」と受けた。もちろん庵を実際につくるのではない。藤波をかりの宿りとして寝るという風狂のしぐさである。「浦廻する」は、湾内を漕ぎまわること。「藤波を賞し、一夜を泊ろうと決めて、遊覧している官人とは知らず、人びとは漁師と見るだろう」という一首。

詠者は官名のない微官だが、柿本人麻呂歌の「荒栲《あらたへ》の藤江《ふぢえ》の浦に鱸《すずき》釣る白水郎《あま》とか見らむ旅行《ゆ》くわれを」（252）を知っていたと思われる。この人麻呂の歌は有名で、「一本に云はく」という異伝もあり、異伝があることは、その歌が多くの人に愛好された証拠である。事実、遣新羅使人がこの歌を伝承したことが巻十五から知られる。そこでは「白栲《しろたへ》の藤江の浦に漁《いざり》する海人《あま》とや見らむ旅行《ゆ》くわれを」（3607）とあり、異伝を添えている。

当時、農民は天皇の公民《おおみたから》に組み入れられていたが、海人はそれ以外の賤民と見られていた。支配体制が、完全には漁民にまでおよんでいなかったからにすぎないのだが、人麻呂は、旅のうらぶれを感じて、海人と見られることを迷惑がった。

しかし4202の歌では、むしろそのことに興じている。日常性からの脱出のゆえに、悦楽をおぼえているからである。心おどり、気持のはずみが、前歌よりさらに進んでいると見るべきであろう。風狂の徹底ぶりが、落ち着く内容となっていて、連句ふうにいうと、一群の挙句《あげく》としてふさわしい歌である。

なお『万葉集』はこのあとに四首の、おなじ折の歌を載せている。まず、

家《いへ》に行きて何を語らむあしひきの山霍公鳥《ほととぎす》一声《ひとこゑ》も鳴け　（4203）

は、久米広縄の「霍公鳥《ほととぎす》の喧《な》かぬを恨《うら》みたる歌一首」。これには後日、家持が長短歌（４２０７・４２０８）を贈り、それにまた広縄が和して長短歌（４２０９・４２１０）を贈っている。かつての池主と家持とのような優雅な贈答の後日詠があったことになる。つぎに、

わが背子《せこ》が捧《ささ》げて持《も》てるほほがしはあたかも似るか青き蓋《きぬがさ》（４２０４）

は、講師《こうじ》の僧恵行《ほうしえぎよう》の作。「攀《よ》ぢ折れる保宝葉《ほほがしは》を見たる歌二首」を恵行と家持が詠んだうちの第一首である。恵行は国師（各国に任命派遣された僧）、この折の主賓であろうか。

皇神祖《すめろき》の遠御代《とほみよ》御代はい布《し》き折り酒飲《き》みきといふそこのほほがしは（４２０５）

これは家持による「ほほがしは」の第二首。そして、

渋谷《しぶたに》を指《さ》して我が行《ゆ》くこの浜に月夜《つくよ》飽きてむ馬暫《しま》し停《と》め（４２０６）

は家持の最終歌。「還《かへ》りし時に浜の上に月の光を仰《あふ》ぎ見たる歌一首」とある。月は十三夜の月であろう。国庁をあげての、楽しい一日旅行であったことが想像される。

4226　この雪の消残《けのこ》る時にいざ行かな山橘《たちばな》の実の照るも見む

大伴宿禰家持《おほとものすくねやかもち》

「雪の日に作れる歌一首」と、題詞がある。天宝勝宝二年（七五〇）十二月の作。「この雪に消え残るときさあ行こう」とは、眼前に積雪のあることを語っている。しかしいまは十二月、眼前の雪は幾尺をも越えるものであろう。しかし、作者はその雪がすこしずつ減っていって、やがてまだら雪となって消え去る春を、心に思い描くのである。「いざ」は、誘うときにいう。「な」は希望。誘いの歌のかたちである。しかし「雪の日に作れる」という簡略な題を見ていると、私は家持がひとりでこれを口ずさんでいるのではないかと思ってしまう。「十二月に作れり」というだけの注も、宴席での作だということを明示しないのである。現実にはひとりでいて、心に浮かぶ非現実の友に呼びかけている一首ではあるまいか。

「山橘」は藪柑子《やぶこうじ》のことで、その赤い小粒の実は雪に映えて輝くとき、鮮烈で清らかであろう。また水分をふくんだ常緑の葉は艶やかであろう。この色彩感のみずみずしさがすばらしいし、しかもそれをあの小さな一点の赤い玉に見つめているところに、きっぱりとしたすがすがしさがある。

　雪が消え残るときに山橘の実が輝くのを見ようと微細な限定をしている点は、芸がこまかい。またこの「も」は、並列をしめすから、ほかにもなにかあることを暗示しているが、それはこの大雪が消え去ったあとに訪れる、もろもろの春のよろこばしい風物であろう。あれもこれもと、思うだに心おどる春の数々の景がある。そのなかにまじって、山橘と残雪との美しさも存在した。春にかける北国の詩人の夢である。

　親しい人びとを空想して、ともに見ようと呼びかける心やさしい家持は、後年おなじような情況で、おなじような歌を詠んだ。「消残《けのこ》りの雪にあへ照るあしひきの山橘《たちばな》を裹《つと》に摘《つ》み来《こ》な」（4471）がそれである。題詞によれば、「忽《たちま》ちに感憐《かなしび》を懐《むだ》きて」とある。おなじような感憐が、いまも家持の胸中にしまわれていたとおぼしい。

4236　天地《あめつち》の　神は無かれや　愛《うつく》しき　わが妻離《さか》る　光る神　鳴《なり》はた少女《をとめ》　携《たづさ》はり
共にあらむと　思ひしに　情違《こころたが》ひぬ　言はむすべ　為《せ》むすべ知らに　木綿襷《ゆふたすき》
肩に取り掛け　倭文幣《しつぬさ》を　手に取り持ちて　な離《さ》けそと　われは祈れど　枕

きて寝し　妹が手本《たもと》は　雲にたなびく

反歌一首

4237 現《うつつ》にと思ひてしかも夢《いめ》のみに手本枕《ま》き寝《ぬ》と見るはすべ無し

蒲生《かまふ》の伝誦歌《でんしょうか》

題詞に「死《みまか》りし妻《つま》を悲傷《かなし》びたる歌」とあり、「作者いまだ詳《つばひ》らかならず」とある。遊行《うか》女婦《れめ》蒲生《かもう》が伝誦したものである。

遊行女婦＝遊女は、伎芸を伝える教養高い女性集団で、宴席に侍し、歌をつくり、また古歌を誦した。この歌も宴席で披露され、記録されたものである。それが挽歌であることに驚かされるが、折として宴席もまた、しみじみとした哀感を欲したことであろう。当時の宴席なるものをどの程度今日的レベルで考えたらよいかむつかしい。つまり最初はかなり信仰的なもので、神祭りのあとの直会《なおらい》であったろうが、のちには文化的な香りの高い雅宴となったようである。また、そこで歌われる歌もはじまりの歌・おわりの歌など決められていたらしい。とくに儀礼的な宴会ではなおのことで、中国六朝の詩には折々に歌うべく定められた歌が残されている。同様、日本でも宴席の進行につれて、歌が要請される折々も決まっていたようである。

この折の宴席は、天平勝宝三年（七五一）正月三日、介《すけ》の内蔵忌寸縄麻呂の館で催された。まず主賓の守《かみ》大伴家持の4230の歌がある。4231の歌の題詞によれば、縄麻呂は雪で重なる岩山をつくり、造花のなでしこをあしらっておいた。それへの挨拶を、掾《じょう》の久米広縄と蒲生が詠んでいる（4231・4232）。やがて宴たけなわに深更となり、鶏が鳴くと、縄麻呂は引きとめ歌（4233）を詠み、家持が和して歌う（4234）。ついで県犬養命婦《あがたいぬかいのみょうぶ》の聖武への献上歌を、広縄が伝誦する（4235）。そこでこの場は回想の雰囲気となり、蒲生がこの4236の挽歌を誦詠した。

じつはこの歌の題詞とほとんどおなじものが481の歌にあり、その左注にも「高橋朝臣《あそみ》の作れる歌なり。名、字《あざな》いまだ審《つばひ》らかならず。ただ、奉膳《かしはで》の男子《をのこ》といへり」と、漠然たる追記がある。ともに伝誦歌で、類型的な亡妻悲傷の歌だということになろう。それなりに、普遍性と適合性のあったことがわかる。

解釈に入ろう。「愛《うつく》しき」は、「いつくし」の転訛《てんか》で、いとおしむ気持。「離る」は、死んだことを、遠まわしにあらわす。「木綿襷　肩に取り掛け　倭文幣を　手に取り持ちて」は、神祭りをするときの状態。「妹が手本は　雲にたなびく」は、「妹は雲に包まれて天涯に去っていった」。「雲となって」ではなく、雲のなかに袂がたなびいていると幻視しているのである。ここの表現には、飛躍があるが、十分に詩的で美しい。たなびくような袂は大きかったはずで、これは当時しゃれたものであった。

この歌には、一般的かつ公約数的な語句がたくさん使われているが、そのなかにあって、「光る神　鳴はた少女」「雲にたなびく」といった、個性的ですぐれた表現がある。ぽつぽつ切れる表現は、挽歌だからであり、伝承された古い歌だからである。挽歌は切れがちで、倭大后《やまとのおおきさき》の153の歌などは、そのゆえにいっそう哀切である。柿本人麻呂の挽歌が切れ目なくつづくのは、叙事的性格と、彼の天才的な力量による。伝承歌に骨格だけのような歌があるのは、おのおのの情況に応じて自由に肉づけされたからである。

反歌の4237の歌には、類歌（2880）、

現《うつつ》にも今も見てしか夢《いめ》のみに手本《たもと》纏《ま》き寝《ぬ》と見れば苦しも（或る本の歌の発句に云はく、吾妹子を）

がある。反歌は、もともとこの長歌についていたのではなく、反歌がいつもそうであるように、この反歌も単独の短歌として歌われ浮動していて、いつかこの長歌と結びついたのであろう。反歌は、反歌を歌わなければ、全体が完結しないと感じる人びとのならわしと、奏楽上の要請があってつけられるものであった。

2880の歌は相聞歌だが、愛は死をいっそう悲しくし、死は愛の心をいっそう激越にす

るだろう。挽歌と相聞歌とは、おなじ情況で詠まれるともいえる。

4241　春日野《かすがの》に斎《いつ》く三諸《みもろ》の梅の花栄《さか》えてあり待て還《かへ》り来《く》るまで

藤原朝臣清河《ふぢはらのあそみきよかは》

清河が入唐に際して春日の神を祈った折の歌である。ほぼ万葉期に重なる遣唐使は、舒明二年（六三〇）の犬上三田鍬《いぬがみのみたすき》以後、天平勝宝四年（七五二）の藤原清河までで十回ある。順次、第一次第二次……とすれば、清河を大使とするのは第十次。『続日本紀』によれば、勝宝三年二月遣唐使に授位あり、四月にその平安を祈って、伊勢神宮に幣帛《ぬさ》をたてまつった。翌四年三月、遣唐使は朝廷に参上し、閏三月には清河が節刀を授与されている。副使は大伴古麻呂・吉備真備《きびのまきび》で、ともに二年前の九月に任命されている。前回同様、四船が準備された。

当時の遣唐使は、春日の神を祀り、航路の平安を祈って出発した（『続日本紀』養老元年二月）。この歌は、光明皇后の餞歌「大船《おほふね》に真楫《まかぢ》繁貫《しじぬ》きこの吾子《あこ》を韓国《からくに》へ遣《や》る斎《いは》へ神たち」

（4240）（大船に梶をいっぱいとりつけ、このいとし子を唐へやります。守らせたまえ、神々よ）のつぎに載せる。いつ詠まれたかは判然としないが、三年のところに載っているから、二月授位のころではあるまいか。四月十六日のあとにしるされているが、都の事情が越中まで届くには、一ヵ月前後かかったようである。

歌意は「春日野に大事にしているみもり（神の降臨するところ、社）の神のほとりにけ高く咲く梅よ、いまのままに栄えつづけて待っていよ、ふたたび帰ってくるまで」。梅花が故国で匂っているだろうと、かの地で想う、そうした未来の自分を予測してつくった歌。別れに際し、花を強くとりあげる類型は、たとえば藤原宇合《うまかい》を送った高橋虫麻呂の歌（971）などにもあって、いずれも美しい。ここは、そもそも旅路の平安を祈って神を祭っているのだが、直接神に訴えかけずに、梅花の咲きほこるさまを歌い、それによって無事を祈っている。そのことが祈りという現実的目的を越えて、美しい詩を生みだすこととなった。

清河は藤原房前の第四子で、光明の甥《おい》、女帝孝謙の従兄弟になる。君子の風貌があり、篤く遇せられた。任を果たした遣唐使は、十一月、四船に乗り、唐土を離れたが、嵐にあって別々になる。清河と滞唐三十六年の阿倍仲麻呂の乗った第一船は、沖縄から安南《あんなん》（ベトナム）に漂流する。ふたりは長い苦難の末、ようやく長安にもどった。

一方、副使古麻呂と盲目の僧鑑真《がんじん》の乗った第二船の一行は、翌年正月に帰京。また、第四船の一行は、六月に都に入り、第三船の一行は十二月に屋久島《やくしま》に着き、翌正月に紀伊の牟漏《むろ》の崎に漂着した。

帰国を断念した清河と仲麻呂のふたりは、不思議な運命のなかで、支えあって生きていたのか、おなじ宝亀元年（七七〇）に相前後して死ぬ。河清《かせい》と中国ふうに改名した清河の死後には、ひとりの混血の女児喜娘《きじよう》が残された。喜娘は父の死後、宝亀八年（七七七）の遣唐使にともなわれて、日本にむかったが、またも嵐にあう。まっ二つに割れた船体にとりつき、何日も漂流したのち、九死に一生を得て日本の土を踏んだ。この孤児を暖かく迎えとったのは、清河らによって渡日した唐僧であったろう。

4290　春の野に霞たなびきうら悲しこの夕かげに　鶯《うぐひす》鳴くも

大伴宿禰家持《おほとものすくねやかもち》

「二十三日に、興に依りて作れる歌二首」の始めの一首。

天平勝宝五年（七五三）二月、家持三十三、四歳の作である。越中より帰京して、すでに二年が経っている。題詞に「興に依りて」とあるように、佐保の自宅にあって、みずからの感情のおもむくままにつくった歌である。そもそも、当時はなにかの機会に応じて詠歌するのがふつうで、このような「依興歌」は特殊なものであった。それほど当時の歌は挨拶性・儀礼性が重んぜられた。たとえば『万葉集』の巻頭の部分には、春菜摘みの折の歌（1）、国見歌（2）、そして狩猟の寿歌（3・4）がある。それに対し、家持のこれらの歌は、なんの制約もなくつくられた。このつくり方自体今日的である。世に「絶唱三首」といわれ、万葉のいたりえた最高作ともいわれる理由のひとつも、ここにあろう。

家持は春の野に霞がたなびいている、そのことにおいて心が悲しみに沈む、という。春愁といってもよいような悲しみである。人びとの悲しみを古来「春愁秋思」といったが、いま秋思はまれに漢詩などにあるだけで、日常には残らない。春愁だけが残っている。家持は、その春愁の歌人といわれる。

ふつうには生命の燃えさかる春は心も燃え立つはずなのに、家持は外界や他との連帯から離れ、「心ぐし」とか「おほほし」とかといった心情にあるのが常であった。それがこの「うら悲し」であろう。

外には春霞がたなびいて、うららかである。時刻は夕方。夕方の光のなかで鶯が枝うつりしながら鳴いている。そのたびに「夕かげ（光）」は、きらきらと反射する。鶯は明るくなごやかなはずなのに、家持の心は悲しみに沈む。
明るい周囲との逆接的構造は、この巻のはじめの三日にわたる物思いと、共通している。あたりが明るいのと対比的に心は暗いのは、いつもの家持の精神構造である。この「うら悲し」については従来種々の外因が詮索され、衰運にある大伴氏を思ってのものだなどともいわれるが、このばあい、記録に残されているような具体的な事件はなにも見当たらない。むしろ物理的になにもないからこそ、家持は自分自身得体の知れない憂鬱に落ちこんでゆくのである。

4291　わが屋戸《やど》のいささ群竹《むらたけ》吹く風の音のかそけきこの夕《ゆふへ》かも

大伴宿禰家持《おほとものすくねやかもち》

前作とおなじ日の作。「わが家にあるいささかの群竹を風が吹く。その音がかすかに響く夕暮れよ」という一首である。

作者は、いま群竹をよぎるかそけき音をきいている。風は実体のない、はかないものである。なにかに当たって、音を立てたり、物が動いたりすることではじめて存在がわかる。それほどに存在の稀薄なものが風で、そこに風を詠んだ歌のかそけさが生じる。そのうえ、そもそも小さい竹を「ささ」というのは、その音によるものである。そのいささかの群竹をよぎる風がかそかなのである。

家持はこの二首において、一首目に、霞と鶯を詠んだが、二首目には、風の音しか詠んでいない。この視覚から聴覚への移りゆきは、『枕草子』の冒頭を思い出す。「秋は夕暮。夕日のさして山のはいとちかうなりたるに、からすのねどころへ行くとて、みつよつ、ふたつみつなどとびいそぐさへあはれなり。まいて雁《かり》などのつらねたるが、いとちひさくみゆるはいとをかし」という、ここまでは眼で見た景色を作者は書いているのだが、「日入りはてて」と視覚を失うと「風の音むしのねなど、はたいふべきにあらず」と、先立つ視覚と聴覚の世界は、日暮れとともに聴覚だけの世界となる。

家持における時間の推移も、またこれとひとしかったと思われる。一首目にあった春野の大景は、しだいに小さくなり、二首目で、ついに姿を消し、風景は想像のなかにしか存在しなくなったといえよう。そこには、長い時間の推移がある。このあいだ中、家持はずっと物思いにふけって坐っていたのではあるまいか。家持という人は音に敏感な詩人だったと思われる。

春まけて物悲《がな》しきにさ夜更《よふ》けて羽振《はぶ》き鳴く鴫《しぎ》誰が田にか住む　（4141）

夜《よ》ぐたちに寝覚《ねさ》めて居《を》れば川瀬《かはせ》尋《と》め情《こころ》もしのに鳴く千鳥《ちとり》かも　（4146）

朝床《あさどこ》に聞けば遥《はる》けし射《い》水川《みづかは》朝漕《こ》ぎしつつ歌ふ船人《ふなびと》　（4150）

いずれも音だけをききとめて、その物を想像している歌である。音を鋭敏にききとめ、それからたやすく映像を組み立ててゆくことの得意な詩人が、家持だった。

4292　うらうらに照れる春日《はるひ》に雲雀《ひばり》あがり情悲《こころかな》しも独《ひと》りしおもへば

大伴宿禰家持《おほとものすくねやかもち》

先二作より二日後の作、「二十五日に作れる歌」と題詞にある。「うららかな春日が照り、雲雀がさえずりながら上がってゆく」という点、第一作の、霞のなかの鶯と情況がひとしい。「情悲しも」といっているのも、「うら悲し」に当たる。比較すると、暮色に鳴く鶯より高く翔《かけ》る雲雀のほうが、よりのどかで明るい。第三首のほうがより明るい風光を詠みながらおなじように情悲しい境地にあるのだから、逆接的心情は、より顕著である。のみならず「独りしおもへば」と末句が結ばれているのは重大で、第一作が「うら悲し」ともっぱら情緒に訴えているのに対し、こちらは思惟するのである。この相違は看過すべきではあるまい。

古来「絶唱三首」などといわれ、三首は一組として有名であるが、よく見ると三首目は第一・二首の緊密さに対して、前二首と断絶があり、改めて第一首をくりかえしたうえで思惟を語るのである。三首が一連の意識でつくられているのではない。二首プラス一首の構造である。

また4292の歌には、「依興(興に依りて)」の文字がないうえに、このくりかえさねばならなかったものはなにか。また新たに加わった、「独りしおもへば」とはなにか。

一応、この家持の「独り」は、人間なるがゆえにもつ孤独感、存在そのもののもつ空虚感が彼自身のなかにあったのだと考えられる。まさに万葉が到達した最高の抒情だと私もこれまで考えていた。

しかし最近は、このくりかえすものはなにかをべつに考えている。

「春の日はうららかに照り、雲雀がそのなかで鳴く。この心中の傷ましい思いは歌をつくるのでなければ払いがたい。そこでこの歌をつくり、もって欝屈した心を晴らそうとした」と左注を書く。そしてなお、「この巻のなかに作者の名字《ない》を称わず、ただ年月だけを書くのは、家持の作である」とも書き足す。この巻を家持が自身で書写したとすれば、まちがいなくこの左注も彼自身が書いたものだろう。すなわち、家持にはそれを書かなければならない必要性があった。それと同様な必要性があって、当歌をくりかえしたと考えなければならない。

ところが「昔《むかし》高野の女帝（孝謙）の御代、天平勝宝五年には、左大臣橘卿諸卿大夫等集《あつま》りて、万葉集を撰《えら》ばせ給」と、『栄華物語』（第一章）にある。それと当三歌の詠まれた時期は、ぴたり一致する。橘諸兄の呼びかけに応じて提出した資料が、巻十九で、そしてこの一首は、諸兄に提出する際に付け加えたものである。

とすれば、「独り」は、諸兄とともにいないために悲しいという挨拶ではなかろうか。日本文学における挨拶性は、他者との関連性が文学の根幹にあることをしめす。とくに近世の俳諧は、挨拶性を大事にし、松尾芭蕉は挨拶を重んじつつ、あの秀吟の数々をものした。家持が諸兄への挨拶を兼ねて一首を詠んだことは、なんら詩興をそこなうものではない。その人と離れていて悲しいとは、挨拶ということば以上の真実がこもっていよう。

巻二十

この巻の歌は巻十九を受けて天平勝宝五年（七五三）五月にはじまり、最後は有名な天平宝字三年（七五九）正月の雪の賀歌でおわる。いわゆる「家持歌日記」の最終の巻で、歌の配列は、日時を追い、防人《さきもり》歌群も「歌日記」のなかにとりこまれている。

この巻は大原今城《いまき》自身が筆録したと思われる資料をもとにしたらしい。そこで、宝字二年七月大伴家持が因幡《いなば》へ、そして宝字六年一月に、家持が都へ帰ると、宝字七年四月今城が上野の国司となって去る、といったすれちがいを重ねて、『万葉集』はおわらざるをえなかったのであろう。「秋風のすゑ吹き靡《なび》く萩の花ともに挿頭《かざ》さずあひか別れむ」（４５１５）と、家持は今城宅で惜別の情を歌っているが、そのつぎのつぶやくような歌、「新《あらた》しき年の始《はじめ》の初春《はつはる》の今日降る雪のいや重け吉《よ》事《ごと》」（４５１６）で『万葉集』はおわっている。

この巻の特色は、防人歌のあることで、秀歌もこのなかに多い。天平勝宝七年のもので、この折の召集は『万葉集』以外の文献には記されない。防人は天平初年に廃止されたことが知られるが、のちにまた復活されたのであろう。

防人歌は、巻十四に、防人歌と分類される五首と、防人歌と思われる三首（3427、3480〜3481）、および巻十三の宮廷伝誦歌のなかに、防人の妻の長・反歌（3344・3345）があるが、集団的に、国別に作者名もつけて残されているのは巻二十だけである。また、防人歌以外では、家持の「族《やから》に喩《さと》せる歌」「無常を悲しむ歌」「寿《いのち》を願ふ歌」（4465〜4470）が、一日のあいだで詠まれたことなど、種々話題になる作である。『万葉集』編纂の意識による拾遺的伝誦歌と、大伴氏一族の人びとの歌もめだつ。長歌六首、短歌二百十八首、合計二百二十四首のほか、異伝が一首ある。

4322　わが妻はいたく恋ひらし飲む水に影《かご》さへ見えて世に忘られず
若倭部身麻呂《わかやまとべのむまろ》

作者は遠江国麁玉郡《とおつおうみのくにあらたまのこおり》の防人、主帳《しゆちよう》の丁《よぼろ》である。主帳は書記役。丁は男の意味だが、本来は足のこと、健脚をもって仕えるので、こういった。書記の役をつとめるのだから、作者は比較的、知識層に属する者である。

対馬
壱岐
肥前
筑前
大宰府
筑後
肥後
薩摩
大隅
日向
豊前
豊後
長門
周防
石見
安芸
伊予
土佐
出雲
隠岐
備後
備中
伯耆
美作
讃岐
阿波
備前
因幡
播磨
淡路
難波
但馬
摂津
丹波
丹後
和泉
河内
大和
紀伊
山城
若狭
近江
伊賀
伊勢
志摩
越前
尾張
美濃
加賀
能登
三河
飛騨
越中
遠江
信濃
駿河
伊豆
甲斐
佐渡
相模
足柄峠
上野
武蔵
越後
安房
上総
下総
下野
常陸
出羽
陸奥

防人とは、国土の先を守る人の意である。律令制下、十七歳～六十五歳の成年男子に課せられた力役のひとつで、北九州において外敵の守備に当てられた。この制度は、『続日本紀』によれば、大化二年（六四六）の改新の詔のなかに、国司郡司とともにおいたとあるが、このとき実際にあったかどうかは疑わしい。確実には、白村江《はくすきのえ》の敗戦の翌天智三年（六六四）、「対馬、壱岐《いき》、筑紫《つくし》に防人と烽《とぶひ》をおき筑紫に水城《みづき》を築いた」（書紀）ときからであろう。

防人の制度はときどき変わったらしいが、正確な文献はすくない。『続日本紀』の天平二年（七三〇）に、「停ム二諸国ノ防人ヲ一」、また、おなじく天平九年に、「停メテ二筑紫ノ防人ヲ一帰シ二于本郷ニ一。差シテ二筑紫人ヲ一令ムレ戍ラ二壱伎対馬ヲ一」と、ふたつの記事がある。岸俊男氏は、「諸国の防人」とは、筑紫のほか、長門《ながと》・石見《いわみ》・出雲《いずも》・薩摩《さつま》などにもおかれた防人という意味で、防人には天平九年まで、ずっと東国の男たちが当てられていたという。その後『続日本紀』には、天平勝宝九年（天平宝字元年、七五七）に、ふたたび東国兵を廃して、西海道七国の兵千人を当てた記事がある。

なぜ東国兵を当てたかについては、東国は新しい開拓の地で、大和朝廷にとって直轄しやすかったからとか、伝統的に兵が強かったからとか、諸説がある。

防人たちは、国衙《こくが》に集まり、部領使《ことりづかい》に率いられて都へ上り、難波から船で筑紫に赴いた。

軍防令では、家人・奴婢または馬を帯同したい者があれば許せといっているし、実際に母をともなった例も『日本霊異記』に見えるが、これはごく限られた例であろう。防人軍団は、各国別に国造家出身の国造丁《くにのみやつこのよぼろ》のもとに、助丁《すけのよぼろ》（国造丁に次ぐ）・上丁《かみつよぼろ》（上級の丁）・主帳丁《かみのよぼろ》（庶務会計）がおり、十人を一火として各火長《かちょう》をおいた。

家より難波までの費用は自弁《じべん》で、任期は三年であったが、それは任地到着の日から数えられた。残された家族は働き手を失い、悲惨な貧窮者となる。「韓衣裾《からころむすそ》に取りつき泣く子らを置きてそ来《き》のや母《おも》なしにして」（４４０１）という、悲痛な歌もある。

その配列は、ほぼ階級順をとっていて、「畏《かしこ》きや命被《みことかがふ》り明日ゆりや草《かえ》がむた寝む妹《いむ》なしにして」（４３２１）、「今日《けふ》よりは顧《かへり》みなくて大君《おほきみ》の醜《しこ》の御《み》楯《たて》と出で立つわれは」（４３７３）と勇ましい覚悟を歌うのは、多く国造丁や助丁らによって歌われたいわば「長《おさ》の心」の歌で、一般防人歌とはひどく異質である。率いられてゆく防人は、ひたすら別離を歌った。「長」の者とて、集団から引き離されて「長の心」を自覚し、みずからに強いることでしか、故国との訣別に堪える方法がなかったのだろう。

防人歌は拙劣であるとして約半数が捨てられたが、ほかは、難波に赴いて防人の点検の任にあった兵部少輔《ひょうぶのしょう》大伴家持の心に強く響き、「歌日記」に書きとどめられて『万葉集』に残されることとなった。感激した家持も、「防人になりかわって」、三度、長短歌を詠んでいる。

防人歌には作者名が記されているが、防人とは本来、東歌をかたちづくったような農民集団に属する者である。名をしるされることは、ひとりの人間として存在していることだから、民衆として存在した者にとって、はたしてこれは幸せだったろうか。彼ら農民は、集団のなかにおいてこそ、はじめて生活が安定していたであろう。その安定集団から引き離された不安のなかに防人たちはいたのだった。

さて、掲出の歌、「恋ひらし」は「恋ふらし」、「影《かご》」は「かげ」の訛。古代人は、相手が自分のことを強く思っていると、自分の夢のなかにあらわれると信じた。だから「妻は私を恋しているらしい。だから夢のなかどころか水にまで妻の影が見えて、私は妻を忘れることができない」ということになる。

当時鏡は高価なもので、富裕者か、権力者しかもてなかった。鏡を売って馬を買うという歌（3314）があるほどだから、いかに鏡が高価だったかがわかる。一般人は水を鏡の代わりとした。いわゆる水鏡である。防人の妻も、わが顔を水に映して装ったであろう。だから、水は愛の記憶とたやすく結びついていた。男性は、実際にはなにも映っていない水面に、妻の姿を発見してしまうであろう。しかし水面はたやすくゆらぎ、妻の像はたちまちにくずれる。

このように不確かな曖昧《あいまい》なものに妻の姿をみつけようとするのは、夢に対する信仰に裏づけられている。現代人にとって夢などはとるに足りない不確かなものだが、古代人はこれを神聖視し、畏怖した。そのゆえに確かな映像が夢の姿であった。それはまた水のなかに妻の姿を認める体験にも連なってくるだろう。しかし、妻を幻想し、妻の慕情を実感することは、彼を勇気づけるとともに、不安にもしたろう。慕情と不安の交錯する心情のなかにいて、両者は循環したはずである。

作者はこの歌で「妻」といっていて「妹」とはいわない。「妻」は夫婦の連帯感のあることばだから、多少愛称の気持がある「妹」とはちがう。生活味を感じさえもするが、その生活についていえば、防人を出した一家は生活に苦しみ、妻が苦労した。そんな妻が水のなかから浮かびでてくるのである。

4344　忘らむて野行き山行き我来《われく》れどわが父母は忘れせのかも

商長首麻呂《あきのをさのおびとまろ》

作者は駿河国《するがのくに》の農民。駿河国の防人歌は郡名もしるされず、この防人は階級もしるされていない。

「忘らむ」の「忘る」は四段活用、「忘れせぬ」の「忘る」は下二段活用と、一首のなかでおなじ動詞がちがった活用をしているのは、意味がちがうからである。はじめのは忘れる、あとのは自然に忘れられるの意味である。

両親が、父・母の順序で出てくるのも珍しい。通い婚時代の子どもは、母のもとで育てられるので、母が中心となり、ならべるときは「母父」というのがふつうだった。やがて時代が進み、同居婚になって、中国の家長制をとり入れるようになると「父母」というようになった。その過渡期を反映して、万葉でも二通りあり、山上憶良の作品などでは「父母」が頻出する（800など）。この歌の作者もある程度インテリであろう。

したがって「野行き山行き我来れど」と詠むのも、当時かなりポピュラーに流布していた漢詩の、「行々重往々」（行き行き、重ねて往き往く。『文選』古詩）を背景にしていると推測することも許されよう。

この「野行き山行き」も単純なくりかえしだが、先にふれた「忘る」のくりかえしもある。これらのくりかえしが淡々とした味わいをつくりだしていて、果てしなくつづく旅路をわれわれに感じさせるようである。『延喜式《えんぎしき》』という書物によると遠江国から都までの日数は、上り十五日、下り八日とある。上りと下りとがちがうのは、上りが貢上物を運搬するためだから、防人のばあいにそのまま相当する日数ではないが、かりにこれを手がかりにしてみても、十五日間、くる日もくる日も山を越え野を越えてゆく旅である。そのなかで作者は父や母をしきりに忘れようとする。それが旅愁に克《か》ったたったひとつの方法だからである。しかし、もちろん忘れることはできない。忘れようとする、はるかなものとして、遠い風景のなかに父母がいる。思慕を打ち消し打ち消しつつ歩きつづける、防人の茫々とした旅程が偲ばれる秀歌である。

4375　松の木《け》の並《な》みたる見れば家人《いはびと》のわれを見送ると立たりしもころ

物部真島《もののべのましま》

下野国《しもつけのくに》の防人「火長《くわちやう》」とある。「松の木がならんでいるのを見ると、家人が私を見送るというので立っているようだ」という一首。「松の木《け》」（木《き》）・「家人《いは》」（家《いへ》）・「立たり」（立てり）はいずれも訛である。「もころ」は「ごとし」。

防人歌がどのような場でつくられたか、歌から想像すると国許における別れ、難波での乗船の折などが考えられる。後者、難波での乗船のときにそこまでの街道すじを回想したか、あるいは旅の途中松並木を見かけたときであろう。したがって発想の場は戸外、即興的なしゃれ、軽口の趣がある。一種の笑いの歌である。

いったいに日本文学は「もののあはれ」が基調で、笑いは少ないと考えられてはいまいか。わずかにあっても、それは身分の低い階層の生活表現のように思われ、笑いの文学は低い地位しかあたえられていない。深刻なほうが高尚だという誤解があるようである。しかし東歌などの集団歌は、その数少ない笑いの文学である。もちろんこの歌のばあい、大口をあけて哄笑《こうしょう》できないのは、裏側に貼りついた悲しみがあるからである。稚拙な冗談を口にしながら、彼らは松並木のあいだを率いられていった。

松の木を人間に見立てた例は、『常陸風土記』に歌垣の男女が松になったという説話があり、当時の人たちに無理のない見立てだったようである。また、松の木の「まつ」には、家人の「待つ」思いがこめられている。万葉人はこうした二重の意味をこめることの名人で、とくに民衆歌はこのふたつの意味の転換を生命としている。山上憶良の在唐歌も、「いざ子ども早く日本《やまと》へ大伴《おほとも》の御津《みつ》の浜松待ち恋ひぬらむ」(63)とあり、「松—待つ」の技巧を使っている。これも、餞別の宴会の歌のようだから、多分に民衆歌の口ぶりがある。

「家」ということばは、万葉で使われるときは、建物ではなく、住いを指す。「家人」とは、懐かしい故郷の匂いをこめた郷里の人びとのことである。松が人間のように見えたことによってそそられた望郷の思いのなかで、彼らはいろいろに肉体をもった。

故里《くに》を離れている状態を、万葉では「旅」といった。防人のばあい、それは集団からの離脱であった。離脱は、深い悲しみなのだが、しかしそれを慟哭《どうこく》のものとせず、稚拙な笑いとしているところに、防人歌のいい知れず深い悲しみを見ることができる。

4382 ふたほがみ悪《あ》しけ人なりあた病《ゆまひ》わがする時に防人《さきもり》にさす

大伴部広成《おほともべのひろなり》

おなじく下野国の防人。那須郡《なすのこおり》の上丁《かみつよぼろ》である。上丁は上級の兵隊をいう。大伴部は大伴氏の部民だから、そもそもは大伴氏の私有民で、血縁的には大伴氏と関係がないが、広成の名は民衆らしくなく、都ふうでハイカラである。

「ふたほがみ」は不明の語で、いろいろ解釈がある。ある説では、「布多」は下野の国府所在地で、いまの栃木市の一部に当たり、「ほ（秀）がみ（守）」は立派な国司だという。あるいは神の名とする。他の説では、『色葉《いろは》字類抄《じるいしょう》』に「小腹ホカミ」とあり、「小腹」は「下腹」を意味することから「二心ある人」の意味だとする。

「あたゆまひ」も、「ゆまひ」はやまいの訛だが、「あた」は「急」の意味で急病説、「熱《あつ》」で熱病説、さらには「あだ」（空しいこと）ととり、仮病《けびょう》説などがある。柳田国男によれば「急に」の意のアタダニという古語が、四国九州の方言として知られるから、急病説がよかろうか。

防人は、任期三年と定まっていても、守られたためしはない。交替もきちんと来ない。徴集されると、ほとんど一生帰ってこられない。残された家族の生活は悲惨なものとなる。そのうえ、都までの費用は工面しなければならない。それなのに「ふたほがみ」は、私を防人に指名してしまったのである。だから仮病と考えると、ユーモラスな歌となり、熱病・急病だとすれば、深刻な歌となる。

いずれにしろ、それを口にすることは、重大なことである。「霰降《あられふ》り鹿島《かしま》の神を祈りつつ皇御軍《すめらみくさ》にわれは来《き》にしを」（4370）という歌を、おなじ防人が詠み、大伴家持になると、「大夫《ますらを》の心思《おも》ほゆ大君の御言《みこと》の幸《さき》を聞けば貴《たふと》み」（4095）のように、天皇に積極的に忠誠を尽くす歌を詠んでいる。そのなかでこの歌を考えると、たてまえとしてはいわない内容である。

4373からの下野国の十一首を見ると、まず「今日《けふ》よりは顧《かへり》みなくて大君《おほきみ》の醜《しこ》の御楯《みたて》と出で立つわれは」(4373)と「長の心」の代表のような歌があり、ついで「天地《あめつち》の神を祈りて征矢《さつや》貫《ぬ》き筑紫の島をさして行《ゆ》くわれは」(4374)と無事を祈る巧みな歌があり、そして前掲の松並木に触発された望郷歌(4375)がつづく。あとの八首は別離を嘆く歌である。そのなかにこの4382がある。

たてまえとしての勇ましい歌の張りつめた緊張がゆるみ、反対の別離の歌によって悲しみがしみとおって、被害者としての連帯感が色濃く漂う情況のなかで、この歌は詠まれたことだろう。それも逞しい屈強な男だと、なおのこと、どっと哄笑さえ湧くだろう。すくなくとも表情では泣いていないのが、防人歌もふくめての東歌の特色といえる。もちろん彼らが悲しみのわからない人びとなのではない。どんなに深い悲しみにも泣き濡れず、ただ連帯の笑いと願望のなかで耐えたのが民衆であった。

4419　家《いは》ろには葦火《あしふ》焚《た》けども住み好《よ》けを筑《つ》紫に到りて恋《こふ》しけもはも

物部真根《もののべのまね》

武蔵国の防人、橘樹《たちばな》郡の上丁である。橘樹郡は、多摩川の南岸で、いま、川崎市と横浜市に編入されて郡名を失った。「家ろ」は、わが家のことで、「ろ」は親しみをこめた接尾語。「あしふ」は葦火《あしび》の訛である。湿った葦を焚くと、家中がすすけることをもって粗末な形容とした。同想の歌がほかにある。「難波人《なにはひと》葦火《あしひ》焚《た》く屋の煤《す》してあれど己《おの》が妻こそ常《つね》めづらしき」(2651)。「恋しけもはも」はやはり「恋しけむはも」の訛。「葦火を焚いてすすけているわが家だが、筑紫に行ってから恋しいことだろうなあ」という歌は実感がある。筑紫は、都より先に外来文化が入る華やかなところである。しかし文化の華やぎなどは、一時《とき》のものにすぎない。基本的な人間の魂の安らぎは、すすけたわが家にこそあることを民衆は知っているのである。

東歌に「筑紫《つくし》なるにほふ児ゆゑに陸奥《みちのく》の可刀利《かとり》少女《をとめ》の結《ゆ》ひし紐解く」(3427)とあるのは、旅立ちのとき、恋人が契《ちぎ》りをこめて結んでくれた紐を、筑紫の女性の香に迷って解いてしまったというもの。「にほふ児」は、遊女であろう。これに対応するような女性歌に、「うち日《ひ》さす宮のわが背は倭女《やまとめ》の膝枕《ひざま》くごとに吾《あ》を忘らすな」(3457)がある。大和の女性の膝を枕とすることはあきらめてしまっているが、そのときもせめて自分を忘れるなと願う歌である。この二首に共通するものは、筑紫を「にほふ」といい、都を「うち日さす」といって讃美し、一方の東国を卑しいものと認めている点であろう。これとおなじ前提がいまの４４１９にもあって、「葦火焚く」鄙と「にほふ」ような筑紫が対比されているのである。その、「にほふ」ような筑紫にあっても、すすけたわが家がよいという強調である。

４４１９の歌の住みよい家とは、ふたりで住む家である。そのことは、次歌と一対になっていることでもわかる。武蔵国の防人歌は妻との唱和をもつ点が他と異なる特色だが、この歌に対する妻の歌は、

草枕旅の丸寝《まるね》の紐絶《ひもた》えばあが手と着けろこれの針持《はるも》し　（４４２０）

である。私の手だと思って、この針で着物を縫ってくださいと、妻の椋椅部弟女《くらはしべのおとめ》は、夫に針をもたせたらしい。二首の歌う内容はちがっているが、ともに中心は愛の心にあり、心は通いあっている。男の歌のほうには多少の誇張があるからユーモラスに響くが、女の歌はまじめな歌である。庶民の素直な感情を表現していて、心をうつものがある。

4424　色深《いろぶか》く背《せ》なが衣《ころも》は染《そ》めましを御坂《みさか》たばらばま清《さや》かに見む

物部刀自売《もののべのとじめ》

作者は武蔵国埼玉郡《さきたまのこおり》の上丁、藤原部等母麻呂《ともまろ》の妻である。夫が「足柄《あしがら》の御坂《みさか》に立《た》して袖振らば家《いは》なる妹は清《さや》に見もかも」（4423）（足柄峠で袖を振ったら、家の妻はそれをはっきりと見るだろうか）と歌ったのに対して答えた歌である。呼吸のあった贈答である。「濃い色に夫の衣は染めればよかった。御坂を越えるとき、はっきりと見ることができるものを」。「まし」は反実仮想で、染めなかったことに対する悔恨がある。「たばる」は「賜わる」。当時の人びとは峠に峠の神がいると考え、この神を恐れた。そこでその神の許可をいただいて御坂を越すと考えたのである。

ところで、足柄峠で振る袖を、埼玉県から見ることはもちろんできまい。境界の坂に立って、袖を振るのは、いよいよ境を異にする世界に入るに際して魂を招き、魂の結合を願ったのである。だから、その結果、招かれたことを感じたとき、それを「見る」といった。「見る」とは、そのような知覚をいうのであり、不可視の領域におけるタマ（霊）の発現に対していったものであった。現代でも、虫の知らせとか、夢枕に立つとかということがあるが、古代の知覚はそれより確かな、もっと肉体的なものであった。現代では不可能になってしまった、澄んだ知覚が古代にはあったのである。

だから、われわれが現実に見るのと、ほとんど同様な実際の視覚のなかに、妻の丹誠こめて染めた袖が存在した。妻が染めたいと願っている色は、実際に男が着るかどうかは二の次として、めだつ赤ではあるまいか。赤または紅は、慕情の色である。かりに、紅はうつろいやすいものとして、実際には黒い橡《つるばみ》色に染めたとしても思慕の色としての紅を、はっきりと見ることを期待する精神状態である。「ま清かに」といっているところにも、期待の激しさがある。

濃い紅色に染めることが願望だとすると、一方の袖を見ることが願望だったことも好一対をなそう。

4468　うつせみは数なき身なり山川の清《さや》けき見つつ道を尋ねな

大伴宿禰家持《おほとものすくねやかもち》

天平勝宝八年（七五六）六月十七日、家持は4465〜4470の六首の歌を一日につくった。4467の歌の左注によると、淡海真人《おうみのまひとみ》三船《ふね》の讒言《ざんげん》によって大伴古慈斐《こしび》が任を解かれたので、「族《やから》に喩《さと》せる歌」（4465〜4467）を詠んだとある。『続日本紀』によれば、三船・古慈斐ともに解任されているし、まもなくふたりとも元に復しているから、たいしたことはなかったのであろう。しかし、一族の長老が任を解かれたことによる氏人《うじびと》の動揺は大きく、自重をうながす必要があったと思われる。

家持の心は、4465の長歌の結句にしめされている。

……あたらしき　清きその名そ　おぼろかに　心思ひて　虚言《むなこと》も　祖《おや》の名断《た》つな　大伴の　氏《うぢ》と名に負《お》へる　大夫《ますらを》の伴《とも》

と。すなわち「名」に中心のある歌で、二首の反歌も、それをくりかえしている。名を重んじよという歌は、山上憶良にもある。「士《をのこ》やも空しくあるべき万代《よろづよ》に語り続《つ》くべき名は立てずして」（978）。家持は越中で、この歌に追和歌（4164〜4165）を詠んでいるから、このときも憶良を思い出していたにちがいない。

この「族に喩せる歌」と同日につくった「病《やまひ》に臥《ふ》して無常を悲しび、修道を欲《ほ》りして作れる歌二首」が4468と4469である。「族に喩せる歌」は、現実のなかで名族のひとりとして生きようという歌だったが、こちらは、現世を否定しているといえよう。そこで相反する二種の歌を、同日に詠んでいることになり、矛盾があるといわれることもある。おそらく家持の心はあとの歌にあったろうが、一方、一族のひとりとしての立場がある。しかもときに大伴氏は衰運にあり、大伴の名を立てなければならないという気持も強くあった。繊細な感情をもち、ときに鬱情をいだく人が、いま正反対の立場を要求されているのである。心中の相剋は大きく、切なかったと思われる。

そこでこの4468の歌の内容だが、「うつせみ」は、古来、「現し身（乙類）」といわれてきたが、「うつせみ」の「み」は甲類の仮名なので、「現し見（甲類）」ではないかと思う。つまり「うつしみ」の「み」は、物体としての「身」ではなくて、生きてあること自体を指すのであろう。現実体験といったものである。現実の生が「数なき身」だとは、とるに足りない身であるということ。そこで「山と川の清らかな風景を見つつ、道（仏道）を尋ねよう。現実は、はかないものであるから」ということになる。

これは家持が、具体的に歌で描いた仏道図といえようか。当時、仏世界を可視的な図柄として描く曼陀羅《まんだら》があった。そこからの風景曼陀羅的着想ではあるまいか。

また、「出家遁世」の語があり、万葉でも「家出《いへで》」（3265）といわれているが、「世間《よのなか》を倦《う》しと思ひて家出《いへで》せしわれや何にか還《かへ》りて成らむ」（3265）は、還俗の歌である。当時は出家したり還俗したりすることがよくあった。憶良の漢詩にも欣求浄土のことが歌われているが、家持はこれらを受けて、いま強く浄土欣求を願っているのであろう。「山川の清けき」とは「浄土」の訳語と思われる。

ちなみにもう一首は、

渡る日の影《かげ》に競《きほ》ひて尋ねてな清《きよ》きその道またも遇《あ》はむため　(4469)

である。「太陽と時を争って尋ねたいことだ。清らかなその仏の道にまた来世でも逢うために」。

現世だけでなく、来世でも仏の功徳《くどく》につつまれていたいと、落日と時間を争って願うのは、「病に臥して」という題詞にもかかわらず、無力感や、虚脱状態ではない。心に熱のこもった歌といえる。「族に喩せる歌」と一連のものであり、つぎの「寿《いのち》を願ひて作れる歌」にも通じるところがある。

泡沫《みつぼ》なす仮《か》れる身そとは知れれどもなほし願ひつ千歳《ちとせ》の命を　(4470)

「みつぼ」は、水の粒をいう。「水の泡のようなはかないかりの身であると知りながら、やはり願ったことだ。千年の命を」。

表面的に矛盾があっても、心熱のある積極的な願望の歌である。六首の根底に流れているものは、このおなじ心熱であった。

4493 初春《はつはる》の初子《はつね》の今日の玉箒《たまばはき》手に執《と》るからにゆらく玉の緒

大伴宿禰家持《おほとものすくねやかもち》

題詞によると、天平宝字二年（七五八）正月三日に、侍従や豎子《じゆし》（宮中に仕える少年）、王臣たちを召して、内裏《うち》の東の対屋（東院とも呼ばれるところ）の垣下《みかきのもと》（相伴者の席）に伺候させ、玉箒を賜わって肆宴《しえん》（天皇主催の宴）したという。この年は正月三日が初子の日に当たった。古来中国には「帝王躬《みずか》ら耕し、后妃親しく蚕《さん》す」といわれる行事があり、日本にも伝えられて、初子の日に玉箒と唐鋤《からすき》で蚕を飼い、田を耕す模擬の儀式があった。まさにこのときの玉箒と唐鋤各一対が、いまも正倉院に伝わっている。柄《え》に「東大寺子日献天平宝字二年正月」とある。

「初春の初子の今日の」と「初」をくりかえし、「の」を重ねることで、のびやかな調子が生まれる。「美しい玉箒を手にとるだけで飾りの玉がゆれる」。「玉の緒」と玉はおなじ。長いものを緒という習慣があり、玉は緒に通して長くするからこういう。息を息の緒というのも、息が長くつづくからである。

玉は魂で、しばしば霊魂のことであった。だから生命のきわみと霊魂のきわみとは、一致するので、「玉きはる命」といった。この歌でも現実の玉がゆれることを歌いながら、魂がゆれることも歌う。玉がゆれるのは、生命力の発動で、「魂振り」は、魂をふるわすことが、すなわち生命力が発動することであったのとおなじである。

『古事記』に、垂仁の皇子本牟智和気《ほむちわけ》は口がきけなかったが、空高く行く鵠《くぐい》(白鳥のこと)の声をきき、はじめて片言をいったとある。そしてまた皇子を二俣榲《ふたまたすぎ》でつくった二俣小舟に乗せ、ゆらゆらとゆらして魂振りをし、ことばを発しないほどに衰えている生命力を発動させようとした話がある。また践祚大嘗会《せんそだいじょうえ》では、天皇の着物を箱に入れて振るのだというが、これも魂を発動させる行為だった。このように玉のゆらゆらゆらぐ玉箒は、魂振りの祈りであった。

なお、左注に「大蔵《おほくら》の政《まつりごと》に依《よ》りて奏《まを》し堪《あ》へざりき」とあるから、家持があらかじめつくって用意していったものであった。残念ながら奏上する機会がなかったらしい。

4515　秋風のすゑ吹き靡《なび》く萩の花ともに挿頭《かざ》さずあひか別れむ

大伴宿禰家持《おほとものすくねやかもち》

「すゑ」は、葉末とか枝の先を指す。「秋風が葉末に吹いてはなびき伏す萩の花を、ともに挿頭《かざし》にすることもなくたがいに別れゆくのであろうか」。

天平宝字二年（七五八）六月十六日、家持は因幡守に任ぜられた。その餞宴が、七月五日に大原今城の家で催されたときの歌である。今城は、もと今城王で、519の題詞によれば、母は大伴女郎、父は桜井王。家持とは異父兄弟になろうか、ふたりはたいへん親交が篤かった。

天平宝字元年（勝宝九歳）六月、橘《たちばなの》奈良《なら》麻呂《まろ》の変が起き、大伴氏の長老古麻呂や、家持の越中時代の親友大伴池主も、仲麻呂側の拷問の杖下《じょうか》に死んだ。この前年六月、家持は兵部大輔になっていたから、その支配下の軍事力は、親交のあった奈良麻呂から強く要請されたであろう。それに抗して、非加担の態度を持するには、どれほどの克己心を要したことであろうか。しかし家持は因幡守に左遷された。この傷ついた家持の心を、もっとも深く理解したひとりが、今城であった。この餞宴は、こうした経緯のなかで行われたものであった。
七年前、越前の池主の館で、家持・久米広縄と三人が別れを惜しんだときは八月五日で、越中の萩は初花をつけていた。「君が家に植ゑたる萩の初花《はつはな》を折りて挿頭《かざ》さな旅別るどち」（4252）。しかしいま、一月早い都では、初秋の萩の花は稚くて、挿頭にするべくもなかったようだ。挿頭はいうまでもなく、そもそもが生命の無事を祈る呪術だった。その意識がすこしでも生きていたら、挿頭にしないで別れるとは、生命の寿《ことほ》ぎを祈れずに別れるということである。不吉な予感がある。こう歌う家持の全身に、寂寥がみちているように感じられる。

4516 新《あら》たしき年の始《はじめ》の初春《はつはる》の今日降る雪のいや重《し》け吉事《よごと》

大伴宿禰家持《おほとものすくねやかもち》

天平宝字三年（七五九）春正月一日、因幡の国庁で、恒例によって配下の郡司たちに馳走した宴会の歌一首である。国庁は鳥取市にあった。

国司は中央より派遣されるが、郡司たちは在地の人びとで、彼らとの共食が、大事な仲間としての証拠となった。その席上で家持は歌う。「新たな年の最初の、立春の今日、降り積もる雪のように、ますます重なれよ、吉き事よ」と。

「の」をくりかえすうえに、内容も重複している。こうした賀宴の歌は響きの効果が重要である。神を相手としたことばである、祝詞《のりと》や神託とおなじであろう。そもそも祭礼のことばは、始原的な段階では呪的なものであった。

当時、雪はどのように考えられていたのだろう。古来、雪月花と称するように、この三者は美を代表する。ということは、聖なるほどに美しく、魔性をもつゆえに尊ばれ、恐れられるべきものであった。雪は中国の讖緯《しんい》説のなかで瑞祥《ずいしょう》と考えられているが、それも恐れをいだくほどに貴かったからである。

『万葉集』のなかには幾種か新春の賀歌が歌われている。

新《あら》しき年のはじめに豊《とよ》の年しるすとならし雪の降れるは　(3925)

これは葛井諸会《ふじいのもろあい》の作。おなじように豊年のしるしとして雪を歌う。天平十八年（七四六）の正月のことで、橘諸兄以下の諸王諸臣が、元正天皇の御在所の雪かきをし、肆宴を賜わり、献上歌が奏上された。家持もそのなかのひとりであった。

あしひきの山の木末《こぬれ》の寄生《ほよ》取りて挿頭《かざ》しつらくは千年《ちとせ》寿《ほ》くとそ　（４１３６）

これも家持の作。「天平勝宝二年正月二日に、国庁《こくちょう》に饗《あへ》を諸《もろもろ》の郡司《ぐんじ》等《たち》に給へる宴《うたげ》の歌一首」と題詞がある。

「ほよ」は、宿り木の古名。欅《けやき》・桜・栗などの落葉高木に寄生するが、とくに霊力を感じさせるものがあったであろう。梢のほよをとって挿頭にしたのは、植物の生命力を身につけて、千年を寿ごうとしたのである。

新《あらた》しき年の初めは弥年《いやとし》に雪踏み平《なら》し常《つね》かくにもが　（４２２９）

これも家持の一首。左注によると、天平勝宝三年（七五一）正月二日、四尺の積雪のなかを、人びとが越中の国守邸に参集した、とある。「新春には年ごとに人びとが大勢訪れ、雪を踏みならし、いつもこうありたいものだ」という歌。家持の謝意と喜びが感じられる。

霜の上に霰《あられ》たばしりいや増しに我《あれ》は参《ま》ゐ来《こ》む年の緒《を》長く　（４２９８）

天平勝宝六年（七五四）正月四日、大伴氏一族が、佐保の家持邸に集まり、新春の賀宴を催した折の歌が三首あり、これはそのなかの大伴宿禰千室《ちむろ》（伝未詳）の作。

「霜の上に霰がどんどん勢いを増して飛び散るように、来る年も来る年も私はおうかがいいたしましょう」。「緒」は、息の緒・玉の緒のように、長いものにつける。「年の緒長く」ということばのなかに、永遠を寿ぐ気持がある。

以上、どれも祝福が共通する新春の歌である。しかし家持のこの最終歌ほど巧みに景をもって祝賀を表現したものはない。またほかの歌がせいぜい願望を歌うのにすぎないのに、この「いや重け吉事」という命令は強い。この、吉事への命令をもって『万葉集』は終わる。

あとがき

すでに『万葉秀歌』と名のる書物は斎藤茂吉や久松潜一先生にあるが、これが私の秀歌である。とり上げた歌は、上下をあわせて二百五十二首になる。そのほかに言及した歌があるから、あわせて五百二十三首ということになろう。これは全体で四千五百余首もある『万葉集』から見れば、ほんの一部にすぎない。じつは、私はすべての歌について、こうした鑑賞をしてみたいという夢をもっている。見果てぬ夢といったほうがいいのかもしれないが、まずはこの書物が、その第一歩ということになろうか。その意味でこの書物は私にとって意味のあるものだと思っている。

私はいま鑑賞ということばを使ったが、じつは鑑賞ということが、世上しばしば虐待されていると私は考えている。なにしろ学問としてこれを認めることに、多くの人が抵抗を示すだろう。そんなのは、素人の思いつきにすぎない、と。なにしろ、むつかしくなければ学問ではないと思う人も多いのだから。

しかし私は反対である。鑑賞をはずしてしまうと、学問はどこにも文学を追及する方向をもつことができないからだ。学問が実証にもとづくものであることはもちろんだから、思いつきが学問でないことはいうまでもない。歌を前にして気持がいい、読んでうっとりするなどとだけいっていてもはじまらない。しかし、なぜ、どのように、快いのかを求めることこそが、ほんとうの作品との対話だろう。私にそれができているなどとは、ゆめ思っていないが、すくなくとも万人が、万葉なら万葉で、その確かな手ごたえを感じつつ作品と対話できたら、これ以上の楽しみはないのではないかと、私は思う。

ただ、作品を鑑賞するためには、相手のいっていることが正確にわからないといけない。正しく読み解き、そのうえで鑑賞したい。その点、この書物には注釈を完全には入れられなかったが、部分的に、重要と思われる語釈や全訳は掲げた。そのほかのものは著者にも全訳注（文庫版および机上版――講談社）があるので、これについて御覧いただきたい。この書物にも、一部その記述を借りたところがある。

おわりになったが、一書のなるにあたってのもろもろの人びととの愛情に感謝したい。とくに、「はじめ」に述べたN万葉会のみなさんの熱意がなかったら、この書物は土台ができなかった。そしてまた、日進月歩の万葉学にあって、現代の「万葉秀歌」がないのはおかしいではないかと、その出版を誘ってくれ、否応なしに仕事の段どりをつけてくれた鷲尾賢也さん、整稿の一切を引き受けてくれた佐藤元子さんの友情に心から謝意を表したい。

一九八四年春、長かった冬のあとに

中西　進

文庫版あとがき

いま改めて、ちくま学芸文庫に仲間入りすることとなった。

そこで元版の日付けから二十八年たっていることに、驚いている。元版の「あとがき」に「日進月歩の万葉学」と書いてあるからだ。

たしかにいま「万葉集とは何か」と、開き直って聞かれると、根本のところで見方が大きく変った点もある。早い話、戦争中は皇国史観とよばれるものがあったが、いまもうだれもそれを正当な唯一の史観だとは、思っていまい。違いは大きい。むしろ根本のところで古典の役割を改めて問いつづけることは、常に大事だろう。

しかし一方、三十年近くたって、何も変っていないではないかという感慨も強い。じつはこの両面にわたしは驚いているのだが、変らない点というのは、和歌が歌い上げる心についての部分である。

今回も新版のゲラに目を通す過程で、つくづくと人間の心がそうそう変るものではないことを、感じつづけた。

それでこそ古典はつねに生きているといえるのだろう。心の受けとり方に違いがあるとしたら、せいぜい心の何を強調するかといった違いぐらいだろう。あるいは心の模様の何かが変るていどだろう。

そう思って旧著の再登場に拍手を送ってやりたいと考えるに到った。こんな僥倖をあたえてくれたのは、筑摩書房の平野洋子さんである。平野さんは読みやすくなる工夫、理解を助ける挿図、そしてまた親しく手にとってもらえる本の衣裳などを、新たにきめ細かく、いいセンスで考えてくれた。

筑摩書房に拙著がおせわになるのは一九七〇年の『柿本人麻呂』以来だから四十二年ぶりだなあなどと思いつつ、ここでは古典の長い命を感じている次第である。

二〇一二年初夏

著者

本書は一九八四年、講談社より刊行され、その後『中西進著作集 22』（二〇〇八年、四季社）に収められた。今回は、著作集版を底本とした。

ちくま学芸文庫

万葉《まんよう》の秀歌《しゅうか》

二〇一二年七月十日　第一刷発行
二〇二二年五月五日　第三刷発行

著　者　中西進（なかにし・すすむ）
発行者　喜入冬子
発行所　株式会社　筑摩書房
東京都台東区蔵前二―五―三　〒一一一―八七五五
電話番号　〇三―五六八七―二六〇一（代表）
装幀者　安野光雅
印刷所　株式会社精興社
製本所　株式会社積信堂

ISBN978-4-480-09457-5 C0192